Hinter dem Pseudonym Trevanian verbirgt sich ein erfolgreicher englischsprachiger Schriftsteller, der mit seinen Romanen »Der Experte«, »im Auftrag des Drachen« und »Ein Herzschlag bis zur Ewigkeit« hervorragende ironisch-parodistische Superthriller geschrieben hat. Die internationale Presse rühmt seinen satirischen Esprit und sprachlichen Witz.

Von Trevanian sind außerdem
als Knaur-Taschenbücher erschienen:

»Im Auftrag des Drachen (Band 461)
»Ein Herzschlag bis zur Ewigkeit« (Band 663)

Vollständige Taschenbuchausgabe
Droemersche Verlagsanstalt Th. Knaur Nachf.,
München/Zürich

Titel der Originalausgabe »The Loo Sanction«

Aus dem amerikanischen von Werner Peterich
Umschlaggestaltung
Atelier Angelika & Adolf Bachmann, München
Satz Utesch, Hamburg
Druck und Bindung Mohndruck, Gütersloh
Printed in Germany · 6 · 5 · 782
ISBN 3-426-00535-2

Gesamtauflage dieser Ausgabe: 54 000

Trevanian:
Der Experte

Roman

Knaur

St. Martin's-In-The-Fields

Er litt ungeheuer. Aber zumindest war das Ende abzusehen. Qualvolle Martern wallten immer stärker in ihm auf, bis sein Körper sich aufbäumte und seine Gedanken ins Schwimmen gerieten. Dann, unmittelbar bevor er vollends den Verstand verlor, brachen die Wogenkämme sich, spülte der Schmerz ihn über die Schwelle des Bewußtseins hinweg, und er versank in Bewußtlosigkeit.

Doch immer wieder tauchte er kalt und schwitzend zugleich aus seiner Agonie auf, jedesmal noch mehr geschwächt und noch mehr von Entsetzen gepackt.

Ein frischer Wind fuhr durch die Bogen des Glockenturms, in dem er eingesperrt war, und trieb seine Tränen horizontal an seinen Schläfen entlang nach hinten. In den Talsohlen des Bewußtseins, zwischen den Höhepunkten der Qual, kam er wieder klar zu sich; er war bestürzt, wie er auf den unmittelbar bevorstehenden Tod reagierte. Matthew Parnell-Greene (»Uranus« im Planeten-Code des Geheimdienstes, für den er arbeitete) war sich immer darüber klar gewesen, daß ein gewaltsamer Tod in seinem Beruf eine höchst reale Alternative zur Pensionierung darstellen konnte. Physisch war er nicht mutig – dazu besaß er viel zuviel Phantasie –, und so war er stets bestrebt gewesen, seine Angst dadurch zu beschwichtigen, daß er sich gegen diese Phantasie verhärtete und sich ihr nicht allzusehr auslieferte. Er hatte sich bewußt immer wieder ausgemalt, wie es wäre, wenn er gezwungen würde, Zyanidgas aus einer Flasche einzuatmen, die in einer zusammengefalteten Zeitung verborgen war; wenn er erschossen, erstochen oder vergiftet würde – wobei er es sich mit seinem Hang zur großen Welt nicht anders vorstellen konnte, als daß man das Gift in exotischen Gerichten zu sich nahm, die man in wirklich guten Restaurants verzehrte. Außerdem hatte er versucht, seine zartfühlende Seele dadurch zu wappnen, daß er seine Phantasie durch die imaginäre Vorwegnahme der abschreckenderen Möglichkeiten abstumpfte. Man hatte ihn in einer Badewanne ertränkt, ihn – blaugesichtig und mit hervorquellenden Augen – unter einer Plastiktüte erstickt, und man hatte ihm Luft ins Herz injiziert. Immer war er bei diesen Gelegenheiten gut gestorben, hatte er sich eine gewisse Würde dabei bewahrt und nicht dumpf gegen Unmögliches angekämpft. Zwar hatte er sich durchaus auch vorgestellt, daß es gälte, Schmerzen zu ertragen, doch war das Ende immer rasch gekommen. Schon vor langer Zeit war er sich

darüber klargeworden, daß er Folterungen nicht ertragen könne, und hatte beschlossen, sollte es jemals dazu kommen, voll und ganz mit seinen Peinigern zusammenzuarbeiten.
Angst, Schmerzen, Wut und sogar Selbstmitleid hatte er in Gedanken so oft durchlebt, daß sie nicht mehr Qualen bargen, als er zu ertragen imstande war. Worauf seine rege Phantasie ihn jedoch nicht vorbereitet hatte, das war ein Gefühl, das ihn jetzt überwältigte: Ekel. Ekel war es, was ihm da gallebitter in der Kehle saß. Ekel ließ seine Mundwinkel zucken und seine Nasenlöcher sich weiten. Wenn sie ihn fanden, würde er widerwärtig aussehen, abstoßend. Dieser Gedanke war ihm außerordentlich peinlich.
In den zwei Stunden, seit eine wäßrige Dämmerung London unter ihm sichtbar gemacht hatte, waren Parnell-Greenes Augen viele Male verschwommen – bei jedem neuen Ansturm der Schmerzen, der ihn über die Schwelle des Unbewußten hinüberrutschen ließ, wenn wieder einmal irgendein Bindegewebe in ihm riß und eine Serie von Schocks durch seinen Körper sandte.
Wie lange war er nun schon hier? Sechs Stunden? Ein halbes Leben? Sein ganzes Dasein schien in zwei Hälften geteilt: Die eine umfaßte siebenundvierzig aktive, abwechslungsreiche und abenteuerliche Jahre – die andere sechs Stunden Schmerzen. Es war die zweite Hälfte, die wirklich etwas bedeutete.
Er erinnerte sich, wie sie ihn nach St. Martin's gebracht hatten. Obwohl sie ihn schwer unter Drogen gesetzt hatten, war alles vollkommen klar für ihn gewesen. Die Drogen hatten eine angenehme, euphorische Wirkung gehabt – hatten ihn seines Willens beraubt; dennoch erinnerte er sich an alles ganz genau. Zwei von ihnen hatten ihn hergebracht. Sie hatten links und rechts von ihm gestanden und ihn gestützt, denn er war unsicher auf den Beinen gewesen. Dann hatte er eine Zeitlang mit einem von ihnen – dem Stummen – auf einer der hinteren Bänke zusammengesessen, während der andere den Kirchturm hinaufgestiegen war, um nachzusehen, ob mit dem Apparat auch alles in Ordnung war. Er erinnerte sich noch an den hölzernen Spendenkasten mit der Aufschrift:

SPENDEN FÜR DEN STÄNDIGEN UNTERHALT
DIESER KIRCHE. DAMIT IHRE TÜR IMMER OFFEN STEHE!

Sie hatten ihn die metallene Wendeltreppe zum Glockenturm hinaufgeführt und dann hinaus auf die dunkle, windumtoste Plattform. Und dann hatten sie . . . und dann hatten sie . . . Parnell-Greene weinte, so entsetzlich war alles gewesen.
Er schluchzte, und das hätte er besser nicht tun sollen. Die Verkrampfung brachte in ihm etwas zum Zerreißen; Schmerz wühlte wie mit Klauen in seinem Körper, klopfte in seinem Kopf. Ihm schwanden die Sinne.

Auf der Straße zu Füßen der Kirche wimmelte es von Menschen. Hunderte eilten die Villiers Street entlang und quollen aus dem Eingang der Charing Cross Station hervor; alle strebten rasch der Arbeit zu oder bildeten übertrieben diszipliniert Schlangen und warteten darauf, in die roten Doppeldecker-Busse einzusteigen, wobei sich Körper an Körper drängte und die Blicke einander geflissentlich auswichen. Rolltreppen spien namenlose Massen aus den Schächten der Untergrundbahn aus: junge Büroangestellte, ohne Hut auf dem Kopf und mit roten Augen; Arbeiter mit Stoffmützen, mürrisch und abgestumpft durch ihr eintöniges Leben; Verkäuferinnen und Sekretärinnen, die auch zu dieser Jahreszeit Miniröcke trugen, ihre Hände, Gesichter und Beine gerötet und aufgesprungen; ältere Frauen auf der Jagd nach billigen Einkäufen, Frauen, die sich im Watschelgang den Weg durch das Gedränge bahnten, wobei sie in ihren baumelnden Einkaufsnetzen schwere Gegenstände trugen, die eine Gefahr für die vorübereilenden Schienbeine bildeten.
Jeder einzelne von ihnen hätte Parnell-Greenes zusammengesackte Silhouette zwischen den Bogen des Glockenturms entdecken können, doch niemand sah hinauf. Automatenhaft, wie britische Angestellte nun einmal sind, hatten sie das Kinn in den Kragen gedrückt, hingen sie keinen bestimmten Gedanken nach.
Kalter Schweiß stand ihm auf der Stirn, als er wieder zu Bewußtsein kam. Er atmete vorsichtig und riß den Mund dabei weit auf, um ja keine Bewegung zu machen. Endlich war aus seinen fest gefesselten Armen jedes Gefühl gewichen, und das war ein Segen. Die erste Stunde etwa hatte das Aufhören der normalen Blutzirkulation einen dumpfen Schmerz zur Folge gehabt, der ihn irgendwie mehr mitnahm als die unregelmäßig aufzuckenden Schmerzen, wenn wieder irgend etwas in ihm riß.
Um Hilfe schrie er nicht. Das hatte er zunächst zwar versucht, doch konnte von der Höhe des Glockenturms herab niemand seine schwache Stimme hören, und überdies hatte er jeden solchen Versuch mit einer platzenden Blase flüssigen Schmerzes bezahlen müssen.
Nach und nach paßte die zunehmende Abstumpfung seiner im Übermaß angespannten Nerven sich dem neuen Schmerzpegel an und neutralisierte ihn. Er wußte, daß ihm noch stärkere Schmerzen bevorstanden, aber das waren jetzt keine lebendigen Feinde aus Fleisch und Blut mehr, denen er an die Gurgel hätte gehen können und sie zerquetschen, zerquetschen! Sein Schmerz und sein Leben waren verschmolzen. Von Stund an würden sie nie wieder voneinander getrennt werden. Wenn er keinen Schmerz mehr spürte, würde er auch nicht mehr am Leben sein.
Ihm war sehr kalt, und er war sehr traurig.
Er blickte ins Weite, hinüber über den Fluß, auf den massigen Klotz des Charing Cross Hotels. Da waren die Elemente des neuen London. Die

nichtssagende, funktionale Masse der Royal Festival Hall, die leere Architektur der Queen Elizabeth Hall, ein Kompromiß zwischen Strafanstalt und Raumstation. Das neue London – von Wirtschaftsinteressen bestimmte, gnadenlose Architektur. Weiter draußen versuchten Kuben aus Glas und Aluminium die Londoner Skyline dazu zu bewegen, Chicago nachzueifern. Einige von den blutlosen Kolossen standen noch nicht fertig gebaut da – Opfer der ständigen Streiks. Über einigen der häßlichen Giganten ragten riesige Baukräne auf, Skelette von Dinosauriern, die ihre Hälse reckten, sich an gewaltigen Salzblöcken gütlich zu tun.
Bekümmert wandte er die Augen ab. So vieles ging für immer verloren! Selbst die vorläufig vom Fortschritt ausgesparten Fassaden waren mit Baugerüsten und Planen maskiert, hinter denen man mit Dampf und Bürsten versuchte, die charaktervolle Patina abzuschrubben.
Alles ging verloren.
Er spürte Feuchtes seine Beine hinunterlaufen – nicht nur Blut, wie er voller Entsetzen feststellte. Widerwärtig! Ekelerregend!
Ein bißchen Sonne brach durch die niedrig hängenden, zinkfarbenen Wolkenschichten. Er spürte die Wärme. Licht! Als ob er schwebte! Wie wohltuend es sein würde, vollends gewichtslos zu sein. Gnädig begann die Gefühllosigkeit sich nach oben auszubreiten. Sein Hals schwoll an. Er war so erschöpft.
Das Surren und Geschepper eines mechanischen Apparates hinter ihm riß ihn zurück ins Bewußtsein. Der Klöppel der großen Glocke arbeitete sich knirschend zurück gegen seine Auslösefeder und verharrte eine Sekunde, ehe er gegen die Glockenwandung schoß. Der Glockenturm dröhnte und vibrierte! Eine heftige Erschütterung ging durch die Glockenmechanik. Der Schmerz explodierte wie ein Feuerwerk, als alles in ihm riß!
Jetzt schrie Parnell-Greene.
Niemand hörte ihn.
An diesem Abend standen die Tatsachen in den Londoner Zeitungen, von denen jede den Geschmack ihrer Leserschaft spiegelte.

UNBEKANNTER IN ST. MARTIN'S-IN-THE-FIELDS GEPFÄHLT

DIE OPPOSITION STELLT DIE SICHERHEIT DER ENGLISCHEN GLOCKENSTÜHLE IN FRAGE

GLÖCKNER UNTERSUCHT STÄRKE DES KLÖPPELSCHLAGS

ZEITIGER KIRCHENBESUCHER ENTDECKT GRAUSIGES

Das zweite Programm der BBC unterbrach seine über ein Jahr laufende Sendereihe über die Entwicklung der Viola da Gamba und schob eine

Sondersendung ein, in der drei Universitätsprofessoren in großen Zügen über die Folter im allgemeinen und die Praxis des Pfählens im Abendland im besonderen Auskunft gaben. Dann diskutierte ein Forum von Fachleuten darüber, was die letzte Pfählung ausgerechnet am Vorabend des Beitritts Großbritanniens zur Europäischen Gemeinschaft zu bedeuten habe. Schließlich wies eine Parlamentsabgeordnete von der Labour Party mit Nachdruck darauf hin, daß diese buchstäbliche Pfählung die ganze Nation schockiert und mit Abscheu erfüllt habe, wohingegen sie der symbolischen Pfählung der Frau durch den Phallus des männlichen Chauvinismus seit Jahren gleichgültig gegenüberstehe, was nach allem, das . . .

»*You!*« sang der Sänger anklagend, wies mit vorstoßendem Zeigefinger über die Köpfe der Menge hinweg, während er die andere Hand auf die Hüfte gestützt hatte; die wild flackernden Augen in den grün geschminkten Höhlen hatte er weit aufgerissen, und seine Perücke aus Goldflitter glitzerte im Scheinwerferlicht. »*You! . . .*

. . . you're driving me crazy,
What can I do? What can I do?
My love for you makes everything hazy . . .«*

Seine dünne, metallische Altstimme verschmolz mit den gedämpft spielenden Instrumenten, während sein steifer Oberkörper im Tempo des Songs zuckte und seine Knie mechanisch nachgaben. Er stand auf einem erhöhten Podium, und sein brauenloses, clownweiß geschminktes Gesicht hüpfte rhythmisch über den Köpfen der sich summend unterhaltenden Menge. In den Ausstellungsräumen der Galerie Tomlinson brauste es von der allgemeinen Unterhaltung: vertrauliches Gespräch, bedeutungsvoll und konzentriert; tiefsinniges Gerede über die Kunst und das Leben; geistreiches Geplauder, darauf angelegt, gehört und wiederholt zu werden.

». . . deshalb gebe ich mich einfach in seine Hände. Er entwirft alle meine Anzüge und sucht sogar die Hemden und Krawatten für mich aus. Ja, ich bin das, als was er mich sieht . . .«

». . . um Gottes willen, Midge, er ist schließlich nicht nur dein Mann, sondern auch mein Freund. Glaubst du etwa, *ich* möchte ihn verletzen? . . .«

». . . es wäre eine echte Aufgabe für mich, Sie zu malen. Ich würd es gern tun und versuchen, Ihre – äh – Tiefe zu erfassen und sie – wenn ich das mal so unverblümt sagen darf – mit sexuellen Mitteln auszudrücken . . .«

». . . tja, wenn Sie mich fragen, dann würd ich sagen, das war reiner Hohn – eine Herausforderung der Polizei. Mitten im Glockenstuhl von St. Martin's-In-The-Fields einen Menschen auf einem hölzernen Pfahl aufzuspießen! Hast du schon deinen Martini gehabt, Liebling?«

Im gleichen Augenblick, da Jonathan Hemlock den überfüllten Emp-

* Aus dem Song »You're Driving Me Crazy« von Walter Donaldson, Copyright 1930 und 1957 by Donaldson Publishing Co. Abdruck mit freundlicher Erlaubnis von Mrs. Walter Donaldson.

fangsraum betrat, tat es ihm leid, daß er gekommen war. Er schaute über die Köpfe hinweg, entdeckte jedoch die Frau nicht, mit der er sich hier treffen sollte. Daher schickte er sich an, sich in Richtung Tür wieder zurückzuziehen, wobei er geschickt mit seinem Glas jonglierte und den Malermodellen mit den leeren Augen zunickte, die ungeduldig an den Armen älterer Männer hingen und ihm zulächelten, als er an ihnen vorüberkam. Doch gerade als er die Tür erreicht hatte, packte David Tomlinson ihn am Arm, manövrierte ihn in die Mitte des Raums und sprang dort selbst auf ein weiches Rundsofa.
»Meine Damen und Herren – ich bitte einen Moment um Ihre Aufmerksamkeit – um die *aller!*« (Zögernd breitete sich Schweigen vom Mittelpunkt des Raums wellenförmig nach außen aus.) »Ich habe die große Ehre, Ihnen Dr. Jonathan Hemlock vorzustellen, der eigens aus Amerika zu uns herübergekommen ist, um uns in Sachen Kunst einmal richtig auf die Sprünge zu helfen.« (Unterdrücktes Gelächter und ein »hört, hört!«) »Alle möglichen Leute haben sich zusammengetan und sich bemüht, ihn hierherzubringen: die Guggenheim-Stiftung, das Arts Council – all diese hochwohllöblichen und wohltätigen Einrichtungen. Und wir müssen sehen, daß wir uns das jetzt möglichst zunutze machen. Bitte keinen Kommentar von dir jetzt, Andrew!« (Gekicher.) »Jetzt werden Sie sich alle in acht nehmen müssen, denn Dr. Hemlock versteht *wirklich* etwas von Kunst.« (Aufstöhnen und ein einsames Gekicher.) »Ich bin fest überzeugt, Sie alle haben seine Bücher gelesen, und jetzt weilt er leibhaftig unter uns, wie man so sagt. Und nicht vergessen: Das erstemal haben Sie ihn bei Tomlinson gesehen!« (Gelächter und gelinder Applaus.)
Tomlinson stieg von dem Rundsofa herab und sprach mit so großer Aufrichtigkeit, daß es ihm förmlich weh zu tun schien. »Ich bin entzückt, daß Van es fertiggebracht hat, Sie dazu zu bewegen, herzukommen. Damit ist dieser Abend für mich ein voller Erfolg. Darf ich Sie Jonathan nennen?«
»Nein. Hören Sie mal, Sie haben nicht zufällig Van gesehen, oder?«
»Offen gestanden, nein.«
Jonathan brummte etwas Unverständliches vor sich hin und verzog sich zur Bar hinüber, wo er einen doppelten Laphroaig bestellte. Er bemerkte fforbes-Ffitch zu spät, als daß er ihm hätte aus dem Weg gehen können.
»Hatte schon gehört, daß Sie herkommen würden, Jon. Und da dachte ich, zur Feier des Tages läßt du dich auch hier blicken.« fforbes-Ffitch sprach mit dem frischen Hab-mehr-zu-tun-als-Sie-Tonfall des vielbeschäftigten Akademikers. Seinen Doktor hatte er in den Vereinigten Staaten gemacht, wo er es offenbar im Erschleichen von Stipendien zu wahrer Meisterschaft gebracht hatte, eine Disziplin, der er sich mit solcher Hingabe widmete, daß er es bald zum jüngsten Ordinarius am Royal

College of Art gebracht hatte und erst kürzlich ins Kuratorium der National Gallery gewählt worden war.
»Sagen Sie, Jon, haben Sie eigentlich meine Aktennotiz bekommen?«
Jonathan redete fforbes-Ffitch nie mit Vornamen an, ja, er kannte den nicht einmal. »Welche Aktennotiz?«
fforbes-Ffitch putzte seinen bogenförmig nach unten geschnittenen Schnurrbart, indem er mit dem Daumen darüber hinfuhr, und räusperte sich, um dem, was er nun sagte, Gewicht zu verleihen. »Die über die Vortragsreise, die Sie für uns in Skandinavien machen sollen.«
Jonathan hatte sie schon vor Wochen bekommen, sie jedoch als einen Versuch von f-F abgetan, seinen Ruf als jemand aufzupolieren, der wichtige Persönlichkeiten kannte und Dinge unter Dach und Fach brachte. »Nein, die hab ich nie bekommen.«
»Was halten Sie von der Idee?«
»Klingt furchtbar.«
»Ach? So? Na ja, ich verstehe. Nun, zu schade! Äh – ganz imponierende Gesellschaft hier heut abend, finden Sie nicht auch?«
»Nein.«
»Hm, ja. Ganz Ihrer Meinung. Es sind ja auch keine richtigen Kunsthistoriker hier. Aber immerhin . . . wichtige Leute. Nun ja. Ich muß jetzt gehen. Mein Schreibtisch quillt über von Arbeit, die danach schreit, getan zu werden.«
»Dann machen Sie sich mal auf die Socken.«
»Werd ich auch! Wiedersehen!«
Großer Ekel vor der Gesellschaft befiel Jonathan, als er f-F durch die Menge davongehen sah, wie er sämtlichen Gästen, die »einen Namen hatten«, die Hand schüttelte und geflissentlich die Hände jener übersah, die keinen hatten. Kein Zweifel, dieser f-F war ein Mann, der es bestimmt schaffte, einmal geadelt zu werden.
Jonathan hatte gerade seinen Whisky ausgetrunken und wollte sich verziehen, als Vanessa Dyke an seiner Seite auftauchte.
»Na, amüsierst du dich gut, Liebling?« fragte sie boshaft.
Er schaute mit nichtssagendem Lächeln über die Menge und sprach aus dem Mundwinkel heraus auf sie ein: »Wo hast du denn gesteckt? Du hast mir doch versprochen, es wäre nicht wieder eine von den üblichen Vernissagen . . .«
Sie winkte jemandem am anderen Ende des Raums zu. »Die Wahrheit ist, daß ich gelogen habe. Schlichtweg.«
»Irgendwann einmal, Van . . .«
»Ich freu mich jetzt schon drauf!« Sie klopfte eine Gauloise auf ihrem Daumennagel zurecht, steckte sie sich an, indem sie wie ein Seemann, der auf einem windigen Deck steht, die Hände um das Streichholz herum krümmte, hielt dann mit zusammengekniffenen Augen durch den sich

dräuselnden Rauch nach einem Aschenbecher Ausschau, konnte jedoch keinen entdecken und warf das Streichholz daher einfach auf den dicken Spannteppich. Eine Hand in die Hüften gestemmt, blickte sie verächtlich über die Party hinweg; die beizende französische Zigarette klebte ihr seitlich an der Unterlippe, und ihre harten intelligenten Augen prüften die Gäste und taten sie ab. Als in Europa lebende Amerikanerin schrieb Vanessa außerordentlich knappe und scharfsinnige kritische Berichte über die zeitgenössische englische Kunst, und zwar unter dem Namen Van Dyke, den die Nichteingeweihten für ein Pseudonym hielten. Jonathan kannte sie seit Jahren und hatte sie immer bewundert und gemocht, selbst während jener überschäumenden Phase ihres Lebens, als sie mit je einer jungen Hure links und rechts am Arm auf allen möglichen Partys aufgekreuzt war und ihr Lesbiertum mit defensivem Schwung zur Schau getragen hatte. Über Kunst gingen ihre Ansichten vollkommen auseinander, und unter sich hatten sie große Schlachten darüber ausgetragen, doch wenn jemand, der nicht ganz so gut Bescheid wußte wie sie, hinzukam, taten sie sich zusammen, um ihn fertigzumachen. Jonathan betrachtete ihr Profil und bemerkte überrascht, daß das Alter zunehmend seine Spuren in ihrem Gesicht hinterließ. Immer noch dünn wie ein Rohr unter ihren schwarzen Hosen und dem Rollkragenpullover, die gewissermaßen ihr Warenzeichen waren, hatte sie graue Strähnen in ihrem kurzgeschnittenen Wuschelkopf, und die lebhaften, nervösen Bewegungen ihrer ausdrucksvollen Hände ließen Nägel erkennen, die bis zu den Fingerkuppen abgekaut waren.

»Hast du den ringenden jungen Künstler schon kennengelernt?« fragte sie, stützte sich mit den Ellbogen auf die Bar und ließ ihren Blick ohne jede Sympathie über die Anwesenden schweifen.

»Nein. Warum hast du mich gebeten hierherzukommen?«

Vanessa überhörte die Frage einfach. »Hast du seinen Scheiß gesehen?«

»Ich hab mich ein bißchen umgesehen, als ich hereinkam.«

»Das ist er – der da drüben.« Mit ihrem spitzen Kinn wies sie hinüber.

Jonathan erblickte inmitten der sich durcheinanderdrängenden und -schiebenden Leiber einen mürrisch dreinblickenden jungen Mann mit struppigem Bart und einer Jagdjoppe aus Kord, der seine Nichtzugehörigkeit zu irgendeiner Klasse dadurch betonte, daß er Bier trank. Er war von lauter Leuten umgeben, die offensichtlich Wert darauf legten, mit ihm gesehen zu werden, so daß sie sogar das Opfer zu bringen gewillt waren, ihm zuzuhören. Ein wenig im Hintergrund stand ein ausgemergeltes, unsicher wirkendes Mädchen in langem Schottenrock, dessen Nase markant zwischen herabhängenden Strähnen fettigen Haars hervorsprang. Sie hatte den intensiven Blick der Ehefrau eines Studenten in höheren Semestern, die ganz und gar in Fragen der sozialen Ungerechtigkeit aufging; Jonathan hielt sie für die Geliebte des Malers.

Herrgott, sie sahen doch alle gleich aus!
Da sie wußte, daß seine Gedanken in eine ähnliche Richtung gingen wie die ihren, zuckte Vanessa die Achseln und sagte: »Na ja, zumindest ist er nicht übertrieben anmaßend.«
Jonathan warf abermals einen Blick auf die Schmierereien an den stoffbespannten Wänden. »Meinst du, es könnte noch mal was aus ihm werden?«
Ein Paar drängte durch die Menge und strebte auf Jonathan zu. »Oh, verdammt!« stieß er zwischen den Zähnen hervor, die er zusammengebissen hatte, um ein Lächeln auf sein Gesicht zu zaubern.
»Komm!« sagte Vanessa und hakte sich bei ihm ein, lehnte sich an ihn, als ob sie in ein romantisches Gespräch vertieft seien, und führte ihn davon. Doch als sie um die erste Ecke bogen, liefen sie geradewegs in eine Dreiergruppe hinein, die sich einer angeregten Unterhaltung hingab.
»Van – du Nutte!« begrüßte sie ein junger Mann in blaßblauer Wildlederjacke mit Fransen daran, deren Enden kleine Metallkügelchen zierten. »Du hast ja unseren hochberühmten und vielgepriesenen Kunstsachverständigen ganz allein mit Beschlag belegt und verschlingst ihn mit Haut und Haar.« Mit hochgezogener Braue sah er Jonathan an; offenkundig erwartete er, ihm vorgestellt zu werden.
Vanessa ließ ihn einfach stehen und wandte sich einem Herrn in mittleren Jahren zu, in derbem Anzug und mit einem offenen, eifrigen Ausdruck wie ein Hund. »Sir Wilfred Pyles – Jonathan Hemlock. Ich glaube, Ihre Kommission hat auch mitgeholfen, ihn hierherzubringen.«
»Freut mich, Sie hier zu sehen, Jon.«
»Meinen Sie, hier auf dieser Party, Fred?«
»Hm, nein – eigentlich meinte ich: hier in England.«
»Ah-ha!« machte Vanessa. »Ich wußte nicht, daß ihr beiden euch kennt.«
»Doch, doch«, erklärte Sir Wilfred. »Ich gehöre schon seit Jahren zu Jons Bewunderern – allerdings nicht als Kunstkritiker. Ich bin wohl leider nur einer von denen, die halt wissen, was ihnen gefällt und was nicht. Nein, meine Bekanntschaft mit Jonathan Hemlock steht unter einem anderen Stern. Ich bin nämlich begeisterter Bergsteiger. Das heißt, eigentlich nur jemand, der sich ab und zu mal japsend einen Berg vorknöpft, zu mehr reicht's bei mir nicht. Aber ich lese sämtliche Alpinistenzeitschriften, und daher kenne ich alle Erfolge unseres Freundes. Und als sich die Möglichkeit bot, ihn mal kennenzulernen, hab ich die beim Schopf gepackt. Das war – wie lange ist das schon her, Jon?«
Jonathan lächelte unbehaglich wie immer, wenn von seiner Bergsteigerei die Rede war. »Ich bin schon seit Jahren nicht mehr geklettert.«
»Hm, das wundert mich nicht. Ich meine – das muß schon eine ziemlich scheußliche Sache gewesen sein, an der Eigerwand. Drei Mann, nicht wahr?«

Jonathan räusperte sich. »Ich habe die Bergsteigerei an den Nagel gehängt.«
»Nicht nur das«, sagte Vanessa und drückte ihm den Arm, da sie spürte, daß er gern das Thema gewechselt hätte, »auch die Kritikasterei betreibt er nicht mehr ernsthaft. Oder haben Sie etwa den Haufen Unsinn nicht gelesen, den er letzthin geschrieben hat?« Damit wandte sie sich der frischen, schönen Frau unbestimmbaren Alters zu, die neben Sir Wilfred stand. »Und Sie sind . . .?«
»Ach ja – Entschuldigung!« sagte Sir Wilfred. »Mrs. Amelia Farquahar. Eine Freundin von mir.«
»Mich hat bis jetzt noch niemand vorgestellt«, meldete sich die Wildlederjacke jetzt.
Vanessa klopfte ihm sanft auf die Wange. »Das kommt nur daher, weil dich bis jetzt noch niemand bemerkt hat, mein Herz!«
»Oh, das bezweifle ich. Das bezweifle ich doch sehr.« Doch er war nur einen Augenblick lang eingeschnappt. »Übrigens waren wir gerade mitten in einer angeregten Unterhaltung, als ihr hereinplatztet – angeregt und ein bißchen frivol.«
»Ach?« Vanessa sah Mrs. Farquahar an.
»Ja. Wir unterhielten uns gerade über die Mär vom Vaginalorgasmus.« Mrs. Farquahar wandte sich an Jonathan: »Wie denken Sie darüber, Dr. Hemlock?«
»Als Kunstkritiker?«
»Als Bergsteiger, wenn Ihnen das lieber ist.«
Sir Wilfred grunzte. »Das gehört wohl alles zur *Women's Lib,* würd ich sagen. Soviel man hört, ist die ja bei Ihnen drüben ganz groß im Schwange.«
»Nur unter den Verliererinnen«, sagte Jonathan lächelnd.
Vanessa erwiderte sein Lächeln. »Du Schwein!«
»Und Sie, Miss Dyke?« fragte Mrs. Farquahar. »Haben Sie in dieser Beziehung bestimmte Ansichten?«
Vanessa ließ ihre Kippe in das Weinglas der Wildlederjacke fallen. »Ich halte das Ganze keineswegs für ein Märchen. Der große Irrtum besteht nur darin, daß man meint, um einen Vaginalorgasmus zu erreichen, brauchte man unbedingt einen Penis.«
»Wie interessant«, meinte Mrs. Farquahar.
»Das würd ich auch sagen«, mischte sich die Wildlederjacke wieder ins Gespräch, die wohl das Gefühl hatte, draußen gelassen worden zu sein. »Haben Sie übrigens von dem Mann gelesen, den man gepfählt in St. Martin's-In-The-Fields aufgefunden hat?«
»Oh, eine grauenhafte Sache«, meinte Sir Wilfred.
»Ach, ich weiß nicht. Wenn man schon ins Gras beißen muß . . .« Er wackelte mit der Schulter und schlürfte einen Schluck Wein.

Während er den Mund voll Zigarettentabak hatte und würgend damit fertigzuwerden versuchte, sagte Vanessa zu Mrs. Farquahar: »Kommen Sie, ich werde Sie mit dem jungen Mann bekannt machen, der diese erlauchte Gesellschaft hier zusammengeführt hat.«

»Ach, das wäre reizend.«

Vanessa voran, zwängten sie sich durch die dicht gedrängte Menge, und Vanessa sah sich dabei suchend um. Die Wildlederjacke stellte sich auf die Zehenspitzen und winkte irgend jemand, der gerade gekommen war, maßlos übertrieben zu, sagte dann ein Wort der Entschuldigung und kämpfte sich zu ihm durch.

Jonathan und Sir Wilfred standen nebeneinander an der Wand. »Was soll eigentlich das ganze Gerede über die Bergsteigerei, Fred?« fragte Jonathan, ohne ihn dabei anzublicken. »Sie kriegen ja schon vom Auf-Dem-Teppich-Stehen Nasenbluten.«

»Nichts weiter, Jon. Es war nur das erste, was mir in den Sinn kam.« Die nuschelnde Sprechweise des unbeholfenen britischen Beamten war plötzlich wie verflogen.

»Ich verstehe. Sind Sie noch im aktiven Dienst?«

»Nein, nein. Ich stehe jetzt schon seit einigen Jahren auf dem Abstellgleis. Das Ausmaß meiner Gegenspionage beschränkt sich jetzt darauf herauszubekommen, wieviel mein Chauffeur meiner Frau erzählt.«

»Als ich Ihren Namen auf der Aufforderung sah, hier herüberzukommen, nahm ich an, MI-5 hätte in Ihnen eine strapazierfähige Tarnung gefunden.«

»Leider stimmt das nicht – ich bin wirklich und ohne Flachs ins Abseits geschickt worden. Das elektronische Zeitalter hat mich überholt. Man muß heutzutage schon verdammt viel technischen Verstand besitzen, um weiter im Spiel zu bleiben. Nein, ich diene meinem Vaterland, indem ich den Vorsitz bei Komitees führe, die es sich zur hehren Aufgabe gemacht haben, kulturelle Bereicherungen an unsere Gestade zu bringen. Und Sie stellen eine solche kulturelle Bereicherung dar.« Er lachte. »Wer hätte sich das in der guten alten Zeit jemals träumen lassen, als wir Europa unsicher gemacht haben, manchmal im selben Team, manchmal in verschiedenen -- daß wir jemals so tief sinken könnten.«

»Und *Sie* wissen doch, daß ich jetzt überhaupt nichts mehr damit zu tun habe?« Jonathan wollte ganz sicher gehen.

»Aber gewiß doch. Darüber hab ich doch sofort Erkundigungen eingezogen, als Ihr Name das erstemal in diesem Zusammenhang genannt wurde. Die Leute in Ihrem alten Büro sagten – wenn ich mich ihres ›Kompliments‹ bedienen darf, das nun wahrhaftig keins ist –, Sie seien politisch unwirksam. Woraus ich entnahm, daß Ihre und des CII Wege sich getrennt hätten.«

»Das haben sie. Übrigens gratuliere ich zum Adelstitel.«

»Das ist weniger mein Verdienst, als Sie sich vorstellen können. Heutzutage entgehen nur wenige dieser Auszeichnung. Sobald man aus dem aktiven Dienst ausscheidet, hängen sie einem automatisch den *Knight Commander of the British Empire* an. Vermutlich kommt sie das billiger zu stehen, als wenn sie einem zum Abschied die obligate goldene Uhr verehren würden. Ah, da sind die Damen ja wieder.«
Als sie bei ihnen war, sagte Vanessa zu Jonathan: »Ich hab dich nicht hierhergelockt, bloß um dich mit meinen Bekannten zu quälen. Da ist etwas, was ich dir gern zeigen möchte.« Sie wandte sich an Mrs. Farquahar: »Jon und ich müssen Sie leider für einen Augenblick allein lassen.«
Mrs. Farquahar lächelte und neigte zustimmend den Kopf.
In der Halle, wo es vergleichsweise ruhig zuging, fragte Jonathan: »Worum geht es eigentlich, Van?«
»Das wirst du gleich sehen. Eine Chance für dich, dir ein kleines Taschengeld zu verdienen. Aber hör zu, sei jetzt bitte nicht verschnupft und mach um Gottes willen keine Schwierigkeiten. Das könnte für mich ziemlich böse Folgen haben.« Sie führte ihn einen Korridor hinunter, vorüber an einem Tisch, an dem die Mädchen mit dem Lohnkellner flirteten, bis an die Tür eines kleinen privaten Ausstellungsraums. »Komm!«
Jonathan trat ein und blieb überrascht stehen. In der Mitte des abgedunkelten Raums stand ein Bronzepferd mit Reiter von Marino Marini, dessen rauh modellierte Oberfläche im steil herabfallenden Lichtschein eines raffiniert in spitzem Winkel hervorstoßenden Punktstrahlers ganz besonders vorteilhaft zur Geltung kam. Die Skulptur war ein wenig über einen Meter hoch und schien mit ihrer sandfarbenen Patina die für Marini so typischen urtümlichen, gedrungenen, an die Etrusker gemahnenden Formen auf eine überraschende und höchst untypische Weise mit einer nahezu asiatischen Verrenkung der Köpfe von Pferd und Reiter zu verbinden. Des fetten Reiters stämmige Zigarre von einem Penis hingegen war wieder unverkennbar Marini. Langsam schritt Jonathan um den Bronzeguß herum, blieb bisweilen stehen, um ein Detail ins Auge zu nehmen, und war ganz hingegebene Aufmerksamkeit.
Jonathan ging so sehr in der Betrachtung der Skulptur auf, daß es eine ganze Weile dauerte, ehe er einen Mann bemerkte, der unter einem matten Scheinwerfer an der Wand lehnte, welcher beinahe mit dem gleichen Raffinement angebracht und ausgerichtet war wie der Punktstrahler, der sein Licht auf Reiter und Pferd warf. Dieser Mann trug einen außerordentlich modischen Anzug aus dunklem Goldsamt; um seinen Hals stand steif ein gestärktes Spitzenjabot. Die Arme hatte er vor der Brust verschränkt, seine Haltung war ausgewogen und gekonnt, doch

hinderte eine innere Spannung sie daran, wirklich locker zu wirken. Er folgte Jonathan mit seinen grauen Augen, die so blaß waren, daß sie beinahe farblos wirkten.
Jonathan betrachtete den Mann mit unverhohlener Neugier. Er war die schönste Männergestalt, die er je gesehen hatte – von einer unirdischen, blutlosen Schönheit, wie sie in Ansätzen bisweilen den Meistern der Frührenaissance gelungen war. Intuitiv wußte er, daß der Mann sich der Wirkung seiner kalten Schönheit durchaus bewußt war und sich in diesem besonderen Licht aufgestellt hatte, um diese Wirkung noch zu unterstreichen.
»Nun, Jonathan?« Vanessa hatte außerhalb des Lichtscheins gestanden, und ihre Stimme klang ganz uncharakteristisch leise.
Jonathan ließ abermals den Blick auf dem Renaissance-Mann ruhen. Irgendwie ging aus seiner ganzen Haltung hervor, daß er nicht sprechen wollte und auch nicht wollte, daß man ihn ansprach. Jonathan beschloß, ihn sein albernes Spiel zu Ende spielen zu lassen.
»Ja, was soll sein?« fragte er Van.
»Ist sie echt?«
Jonathan war über diese Frage völlig verblüfft, denn er vergaß, wie so oft, wie allein er mit seiner ganz einzigartigen Gabe dastand. Wie manche Menschen ein vollkommenes Gehör haben, so besaß Jonathan ein untrügliches Auge. Hatte er einmal die Arbeit eines Künstlers gesehen, dann irrte er sich bei einer Expertise nie. Ja, auf dieser besonderen Gabe gründete sich sein ganzer Ruf, nicht auf seiner Gelehrsamkeit, wie er andere gern glauben ließ. »Selbstverständlich ist sie echt. Marini hat von dieser Skulptur drei Abgüsse gemacht und einen später zerschlagen. Warum, weiß niemand. Irgendein Fehler, vermutlich. Jetzt existieren nur noch zwei. Bei diesem hier handelt es sich um das Dallas-Pferd. Ich wußte gar nicht, daß es in England ist.«
»Ah . . .« Vanessa kramte nach einer Gauloise, um ihre Anspannung zu verbergen, und dann fragte sie unversehens: »Was, meinst du, würde man dafür bekommen?«
Fast erschrocken blickte Jonathan auf. »Steht sie denn zum Verkauf?«
Sie inhalierte tief und blies den Rauch zur Decke. »Ja.«
Jonathan sah zu dem Renaissance-Mann hinüber, der keinen Muskel gerührt hatte und ihn immer noch beobachtete; seine farblosen Augen kamen in dem auf sie gerichteten Lichtstrahl unter den dunklen Brauen ganz besonders klar zur Geltung.
»Gestohlen?« fragte Jonathan.
»Nein«, sagte Vanessa.
»Redet er nicht?«
»Bitte, Jonathan.« Sie berührte seinen Arm.
»Was zum Teufel geht hier vor? Will er sie verscherbeln?«

»Ja. Aber er wollte unbedingt, daß du sie dir vorher ansiehst.«
»Wozu? Um bei diesem Stück die Echtheit zu bezeugen, braucht man mich doch nicht. Seine Herkunft ist doch über jeden Zweifel erhaben. Das hätte ja sogar ein britischer Experte gutachtlich bezeugen können.« Diese Worte richtete er an den Mann, der auf der anderen Seite des Lichtstrahls stand, der die Skulptur ausleuchtete. Als der Mann dann sprach, war seine Stimmlage genau so, wie man sie erwartet hätte: präzise, sorgsam moduliert und farblos.
»Woher wußten Sie, daß es sich um das Pferd aus Dallas handelt, Dr. Hemlock?«
»Ah, Sie sprechen doch. Ich dachte schon, Sie setzten sich bloß in Positur.«
»Woher wußten Sie, daß es sich um das Dallas-Pferd handelt?«
So kurz wie möglich erklärte Jonathan, daß jedermann, der ein bißchen Ahnung von den Marini-Pferden hätte, die Geschichte des Ankaufs dieses Stückes durch einen jungen texanischen Millionär kenne, der die Skulptur persönlich abgeholt, das heißt auf seinen Lastwagen geladen und auf seine Ranch hinausgebracht hatte. Beim Entladen sei sie dann heruntergefallen und zerbrochen. Daraufhin sei sie durch einen Automechaniker wieder zusammengeschweißt worden und ziere jetzt, da es sich um ein fehlerhaftes Stück handelte, eine Grillgrube in seinem Garten. »Jeder Laie würde sie erkennen«, sagte er und wies auf die schartigen Schweißnähte.
Der Renaissance-Mann nickte. »Die Geschichte war mir selbstverständlich bekannt.«
»Warum fragen Sie dann?«
»Ich wollte Sie nur auf die Probe stellen. Was, meinen Sie, würde es auf einer öffentlichen Versteigerung bringen?«
»Gutachten abzugeben ist mein Beruf. Ich werde für meine Schätzungen bezahlt.«
Vanessa räusperte sich. »Hm, Jon, er hat mir einen Umschlag für dich gegeben. Ich bin überzeugt, daß du nicht zu kurz kommst.«
Weder ihre Stimme noch die Worte paßten zu der sonst so schnodderigen, trinkfreudigen Vanessa Dyke, und Jonathans Abscheu vor dieser ganzen theatralischen Inszenierung wuchs. Er antwortete daher ziemlich kurz angebunden: »Das kann man einfach nicht sagen. Was ein Käufer sich leisten kann. Kommt ganz darauf an, wie sehr er darauf versessen ist oder wie sehr ihm daran liegt, daß andere wissen, daß er sie besitzt. Wenn mein Gedächtnis mich nicht trügt, hat der Texaner, von dem Sie sie haben, so um eine Viertelmillion dafür bezahlt.«
»Und was würde sie jetzt bringen?« fragte Vanessa.
Jonathan zuckte mit den Achseln. »Ich hab's dir doch schon gesagt. Ich kann es nicht sagen.«

Der Renaissance-Mann sprach, ohne daß auch nur ein Fältchen seines Anzugs sich verzogen hätte. »Lassen Sie mich Ihnen eine leichtere Frage stellen. Eine, die Sie beantworten *können.*«
In der Antwort, die Jonathan darauf gab, klang unmißverständlich seine frühe Jugend in den Slums durch. »Hören Sie mal, Sie Kunstheini! Behalten Sie Ihr Honorar. Oder stecken Sie sich's noch besser in den Hintern.« Er machte kehrt, um zu gehen, doch Vanessa vertrat ihm den Weg.
»Bitte, Jon! Mir zu Gefallen!«
»Was hast du eigentlich mit diesem Lümmel zu tun?«
Sie runzelte die Stirn und schüttelte den Kopf, wollte sich jetzt nicht darauf einlassen. Er begriff das nicht und wurde wütend. Doch immerhin – Vanessa war eine Freundin von ihm. Also drehte er sich noch einmal um. »Was wollen Sie wissen?«
Der Renaissance-Mann nickte, akzeptierte Jonathans Kapitulation. »Dieses Pferd wird bald zur Versteigerung angeboten werden. Es wird einen sehr, sehr hohen Preis erbringen. In welcher Höhe, meinen Sie, würde die Kunstwelt den Preis unglaubhaft finden? Von welcher Zahl ab würden die Zeitungen anfangen, einen Riesenwirbel darum zu machen?«
Jonathan nahm an, es ginge darum, der Steuer ein Schnippchen zu schlagen. »Man würde sich zwar ein bißchen das Maul zerreißen, aber vermutlich würde niemand aus den Schuhen kippen, wenn man, sagen wir, eine halbe Million dafür bezahlte. Sofern diese aus der richtigen Quelle käme.«
»Eine halbe Million? Dollar?«
»Ja, Dollar.«
»Ich habe ja selbst schon mehr als das dafür bezahlt. Was würde passieren, wenn der Preis weit darüber läge?«
»Wie weit darüber?«
»Sagen wir mal . . . fünf Millionen Pfund . . . *Pfund.*«
Jonathan lachte. »Niemals! Das Pendant zu dieser Skulptur, das sich gleichfalls in privater Hand befindet, könnte man für ein Zehntel der Summe haben. Und *das* ist niemals in Scherben gegangen.«
»Vielleicht ist der Käufer aber auf die andere Skulptur nicht scharf. Vielleicht hat er gerade eine Schwäche für fehlerhafte Arbeiten?«
»Fünf Millionen Pfund sind ungeheuerlich – selbst für einen perversen Geschmack, der auf fehlerhafte Stücke kapriziert ist.«
»Ein solcher Preis würde dann also eine echte Sensation sein?«
»Ja, es würde eine Riesensensation sein.«
»Ich verstehe.« Der Renaissance-Mann sah zu Boden. »Ich danke Ihnen für Ihre Meinung, Dr. Hemlock.«
»Ich glaube, wir gehen jetzt, Jon, es ist besser«, sagte Vanessa und berührte ihn am Arm.

In der Halle blieb Jonathan stehen und ließ sich vom Portier seinen Mantel geben. »Na? Willst du mir jetzt vielleicht erzählen, was das alles auf sich hat?«
»Was gibt's da schon zu erzählen? Ein gemeinsamer Freund bat mich, einen Kontakt zwischen euch beiden zu arrangieren. Man hat mich dafür bezahlt. Ach, übrigens, hier.«
Sie reichte ihm einen großen Umschlag, der ein dickes Bündel Banknoten enthielt.
»Aber wer ist denn dieser Vogel?«
Sie zuckte die Achseln. »Ich habe ihn nie zuvor in meinem Leben gesehen, mein Lieber. Komm. Ich lad dich zu einem Glas ein.«
»Ich geh da nicht wieder rein. Außerdem hab ich für heute abend eine Verabredung.«
Vanessa blickte in Richtung auf Mrs. Farquahar. »Ich glaube, ich auch.«
Als er seinen Mantel anzog, warf er noch einmal einen Blick zurück auf den privaten Ausstellungsraum. »Sie haben schon mächtig komische Freunde, Madame.«
»Findest du?« Sie lachte und drückte ihre Zigarette auf dem Teller aus, der für Trinkgelder bestimmt war. Dann verschwand sie in dem überfüllten Empfangsraum, wo der Sänger mit der Goldlaméperücke und dem grünen Lidschatten über den Köpfen der Gäste in seinem dünnen Falsett etwas von einer Tasse Kaffee, einem Sandwich und du sang.

Der Renaissance-Mann machte es sich auf dem Rücksitz seines Jensen Interceptor bequem und zupfte sein Jackett zurecht, damit es nicht zerknautschte. »Ist er fort?«
Der Stumme nickte.
»Und er wird beschattet?«
Abermals nickte der Stumme.
Der Renaissance-Mann drückte auf die Taste des eingebauten Kassetten-Recorders und lehnte sich zurück, um ein wenig Bach zu hören, während der Wagen mit ausgeschalteten Scheinwerfern knirschend die Auffahrt hinunterfuhr.

Ein junger Mann in kariertem Sportmantel und mit einer Kamera um den Hals stand in einer roten Telefonzelle unter einer Straßenlaterne an der Ecke. Während das Telefon am anderen Ende der Leitung zweimal summte, klemmte er sich den Hörer ein wenig ungeschickt unters Kinn und kritzelte etwas in ein Notizbuch. Die Wagennummer behielt er dadurch am Rande seines Gedächtnisses, daß er sie sich immer und immer wieder vorsagte. Als er hörte, wie am anderen Ende abgenommen wurde, ließ er sein Geldstück im Schlitz herunterfallen und sagte mit gutturaler amerikanischer Aussprache und rollendem R: »*Hi, there!*«

Eine kultivierte Stimme antwortete: »Ja? Was gibt's, Yank?«
»Woher wissen Sie, daß ich es bin?«
»Das erkenne ich an Ihrer hermaphroditischen Aussprache.«
»Ach so.« Niedergeschlagen ließ der junge Mann seinen aufgesetzten amerikanischen Akzent fahren und fuhr mit dem nasalen Englisch fort, das seine rein britische Erziehung verriet. »Er hat die Party verlassen, Sir. Er hat ein Taxi genommen.«
»Ja, und?«
»Hm, ich dachte, das würd Sie interessieren. Man ist ihm gefolgt.«
»Gut, gut.«
»Soll ich mich jetzt an seine Fersen heften?«
»Nein, das wär vermutlich nicht besonders klug.« Einen Augenblick verstummte die kultivierte Stimme. »Sehr schön. Ich nehme an, Sie haben alles arrangiert, daß die Sache in der Baker Street klappt?«
»Jawohl, Sir. Übrigens, nur falls Sie es wissen wollen, ich hab mir den Zeitpunkt seiner Abfahrt notiert. Er ist auf die Minute genau um . . . Herrgott!«
»Was ist?«
»Meine Uhr ist stehengeblieben.«
Der Mann am anderen Ende der Leitung seufzte tief auf. »Gute Nacht, Yank!«
»Gute Nacht, Sir.«

Covent Garden

Jonathan saß tief in die Polster des Taxirücksitzes gekuschelt da und achtete nur flüchtig auf den über die nassen Straßen zischenden Verkehr. Was er im Moment durchlebte, war der übliche gesellschaftliche Katzenjammer, der ihn stets nach einem Zusammentreffen mit Kritikern, Hochschullehrern, Galeriebesitzern und Schirmherren der Künste befiel – jenen pseudokreativen Nichtstuern, welche die Kunst mit ihrer Aufmerksamkeit so belasten, den Parasiten, die vorgeben, in Symbiose mit der Kunst zu leben, und mit ihrem speichelleckerischen Führungsanspruch die teratogenetische Freizügigkeit der demokratischen Kunst stützen.
»Beschissene *grex vanalium!*« fluchte er halblaut vor sich hin und gab dadurch seinen gesamten Hintergund zu erkennen – den der Slums und der Universitäten.
Soll'n sie mir doch! sagte er sich. Sie können mir mal! Er freute sich auf diesen Abend, auf ein oder zwei angenehme Stunden mit MacTaint, dem Menschen, mit dem er in ganz London am liebsten zusammen war. Ein Dieb, ein abgefeimter Gauner und ein Kenner mit einem ausgeprägten Sinn fürs Obszöne und hochmütiger Verachtung für gesellschaftliche Imperative wie etwa Sauberkeit. MacTaint wirkte im London von heute wie direkt einem Buch von Dickens entsprungen oder aber dem Chor der *Dreigroschenoper.* Allerdings verstand er von Malerei so viel wie nur ganz wenige Menschen in Europa und war Englands rührigster Händler auf dem grauen Markt gestohlener Kunstwerke. Wenngleich Jonathan noch nie in seinem Haus gewesen war, so hatten sie sich doch oft in den kleinen Kneipen rund um Covent Garden getroffen, um zu trinken, sich Witze zu erzählen und sich über Kunst zu unterhalten.
Bei dem Gedanken daran, wie sie sich vor drei Monaten kennengelernt hatten, schmunzelte er. Er war nach einem anstrengenden Tag voller Vorträge, Vorlesungen vor ernsthaften, unbegabten Studenten, Unterredungen mit Komitees, die über ihrem ausgeprägten Sinn für Geschäftsordnungen den Zweck ihrer Zusammenkünfte vergaßen, und Unterhaltungen mit Fachkollegen von den Universitäten und Kunstkritikern, die samt und sonders in ihrer Miniatur-Arena um eine Position kämpften – nach so einem Tag also war er abends in seine Wohnung zurückgekehrt. Es stand ihm alles bis obenhin, und er mußte erst einmal wieder zu sich kommen, im Zwiegespräch mit seinen Bildern, den elf Impressionisten,

die alles waren, was ihm von den vier Jahren geblieben war, die er für die Abteilungen »Spürhund« und »Strafaktion« des CII gearbeitet hatte. Diese Gemälde waren ihm das Wichtigste in seinem Leben. Schließlich hatte er für sie getötet. Unter dem Schutz und der ausdrücklichen Billigung der Regierung hatte er ein halbes Dutzend Vergeltungsschläge für die Spionageabwehr vorgenommen (»Strafaktionen«, wie es im schönfärberischen Bürokratenjargon des CII hieß).

Abgespannt und niedergedrückt hatte er die Tür seiner Wohnung aufgestoßen und war dann mitten in eine im fortgeschrittenen Stadium befindliche Party hineingeraten. Sämtliche Lampen waren angeknipst, seine Whiskyflaschen geöffnet, und auf dem Plattenspieler wurde Haydn gespielt; die Möbel waren beiseitegerückt worden, damit die elf Impressionisten, die an die Wand gelehnt dastanden, besser betrachtet werden konnten.

Freilich war es eine Party für nur eine einzige Person. Ein alter Mann saß allein in einem tiefen Ohrensessel, ein Glas in der Hand, den abgewetzten Mantel immer noch an, den Kragen hochgeschlagen, so daß kaum mehr als wirres graues Haar und eine Kartoffelnase sichtbar waren.

»Nur hereinspaziert! Nur hereinspaziert!« lud ihn der alte Mann ein.

»Vielen Dank!« sagte Jonathan und hoffte, daß der Sarkasmus dieser Worte nicht allzu aufdringlich klang.

»Wollen Sie einen Whisky?«

»Ja, ich glaub schon.« Jonathan schenkte sich einen großen Schluck Laphroaig ein. »Soll ich Ihnen nachgießen?«

»Ach, ist nett von dir, mein Sohn. Aber ich hab genug gehabt.«

Jonathan schlängelte sich aus seinem Regenmantel heraus. »Wenn das stimmt, dann machen Sie aber, daß Sie rauskommen, verdammt nochmal!«

»Nicht so hastig! Nicht so hastig! Nu mal immer mit der Ruhe, mein Sohn! Ich labe meine müden Augen an dem Stück verkrusteter Farbpigmente hier. Ein Manet! Das tut der Seele gut!«

Jonathan lächelte, war schon halb gewonnen von diesem Kobold, der aussah wie eine Kreuzung zwischen einem emeritierten Professor aus der Provinz und einem dreckigen Arbeiter von der Müllabfuhr. »Ja, es ist eine erstklassige Kopie.«

»Scheibenkleister!«

»Wie bitte, Sir?«

Der Besucher lehnte sich vor, Schuppen rieselten aus seinem verklebten Haar, und dann verkündete er noch einmal sehr prononciert: »Scheibenkleister! Wenn das 'ne Kopie ist, dann bin in 'n Auswurf aus'm Mund von 'ner Nutte!«

»Wie Sie wollen. Aber jetzt raus mit Ihnen!« Als er sich dem gnomenhaften Eindringling näherte, hielt eine Barriere von üblem

Geruch Jonathan zurück – eine Geruchsmischung aus altem Schweiß, Körperschmutz und seit ewig nicht gelüfteter Kleidung. Der alte Mann hob die Hand. »Eh du jetzt anfängst, mich zu verdreschen, stell ich mich wohl am besten vor. Ich bin MacTaint.«
Jonathan verschlug es die Sprache, und erst nach geraumer Zeit lachte er und schüttelte MacTaint die Hand. Dann verbrachten sie ein paar Stunden zusammen, tranken und unterhielten sich über Kunst. Kein einziges Mal zog MacTaint seinen alten, abgewetzten knöchellangen Mantel aus; später sollte Jonathan erfahren, daß er das überhaupt nie tat.
MacTaint kippte den letzten Whisky hinunter, stellte die Flasche neben seinen Sessel auf den Fußboden und musterte Jonathan mit einem abschätzenden Blick unter buschigen weißen Augenbrauen hervor, bei denen einem sofort lange, einzeln stehende Haare auffielen, die wie Fühler über seinen blitzenden Augen hervorstanden. »So! Du bist also Jonathan Hemlock!« Er gluckste. »Ich kann dir nur sagen, Junge, als du hier auftauchtest, da hast du eine ganze Menge von uns dazu gebracht, vor Angst fast in die Hose zu pissen. Du hättest schon verdammt unangenehm werden können mit deinem phänomenalen Auge. Meine Kollegen aus der Fälscherbranche, die sich mit großen Meistern beschäftigen, hätten in Teufels Küche kommen können, wenn du hier rumgehangen hättest. Man hat sogar erwogen, dich von der Bürde deines blühenden Lebens zu befreien. Aber sieh mal einer an! Dann kam nämlich die frohe Botschaft, daß du, wie alle Männer, die was taugen, im Herzen genauso ein diebisches und habgieriges Stück warst wie wir alle auch.«
»Neuerdings bin ich nicht mehr so habgierig.«
»Das stimmt schon, jetzt, wo du es sagst. Wie lange ist es eigentlich her, daß du kein Bild mehr gekauft hast – wie lange?«
»Vier Jahre.«
»Und warum das?«
»Ich hab mich von meiner Geldquelle getrennt.«
»Ach ja. Hab da was von einer Verbindung mit der Regierung läuten hören. Wenn ich mich recht erinnere, war das irgendwas, wovon niemand gern was wissen wollte. Aber immerhin, schlecht bist du nicht dabei gefahren. Schließlich bist du glücklicher Besitzer von diesen elf phantastischen Bildern, von denen zwei, wenn ich dich erinnern darf, aufgrund meiner Beziehungen in deine Hände gelangt sind.«
»Dessen bin ich mir nie ganz sicher gewesen, Mac. Was sind Sie eigentlich? Ein Dieb? Oder ein Händler?«
»Wenn's nach mir ging, nur'n Dieb. Aber wenn Not am Mann ist, verklopp ich auch schon mal was für andere. Und du? Was bist du – außer'n hingewichstes Geheimnis?«
»Hingewichstes Geheimnis?«

MacTaint kratzte sich Schuppen von der Kopfhaut. »Du weißt ganz genau, was ich mein. Meine Kollegen auf dem Kontinent war'n anfangs genauso neugierig wie ich, und so haben wir unsere Informationen ausgetauscht. Aber all die Teile und Einzelheiten wollten sich irgendwie nie zu 'm richtigen Bild zusammenfügen. Du hattest diese Gabe, dieses Auge, das es dir ermöglichte, eine Fälschung auf Anhieb zu erkennen. Aber alles andere schien irgendwie nicht recht zu passen. Universitätsprofessor. Kritiker und Schriftsteller. Sammler von Schwarzmarktbildern. Bergsteiger. Jemand, der mit irgend so'm dreckigen Regierungsjob seine Kröten verdiente. Ja, 'n hingewichstes Geheimnis – das bist du . . .«

Der Taxifahrer fluchte unterdrückt und riß die Handbremse hoch. Sie hatten sich in dem Verkehrsgewirr um den Trafalgar Square herum festgefahren. Jonathan beschloß, den Rest des Weges zu Fuß zurückzulegen. Nach seinem übereilten Aufbruch von Tomlinsons Galerie war er für seine Verabredung mit MacTaint ohnehin eine Stunde zu früh, und ein bißchen Bewegung würde ihm guttun.

Um für kurze Zeit den Menschenmassen und dem Verkehrslärm zu entrinnen, bog er in die Craven Street ein, ging an der *Monk's Tavern* vorüber zur Craven Passage und The Arches, wo mittellose alte Frauen sich anschickten, die Nacht auf den Pflastersteinen zu verbringen und Pappstücke unter sich auszubreiten, welche die Feuchtigkeit aufsaugen sollten, während sie den Rücken gegen die Häuserwand lehnten und sich mit irgendwelchen Lumpen zudeckten, um sich warm zu halten. Mit Hilfe von Gin dösten sie so vor sich hin, schliefen jedoch nie so tief, daß sie irgendeinen Vorübergehenden nicht bemerkt hätten, den sie mit dröhnendem Singsang um Geld oder um Zigaretten anbettelten.

Swinging London!

So lange wie möglich hielt er sich an die Nebenstraßen. In Gedanken beschäftigte er sich immer wieder mit dem Renaissance-Mann, den er bei Tomlinson kennengelernt hatte. Fünf Millionen Pfund für eine Reiterstatue von Marini? Unmöglich! Trotzdem schien der Mann sehr zuversichtlich gewesen zu sein. Das Erlebnis hatte ein gewisses Unbehagen in Jonathan zurückgelassen. Das Ganze hatte etwas von tödlich Absurdem, von melodramatischen Theatermätzchen einer Schmierenkomödie, gleichzeitig aber auch etwas von der höchst realen Bedrohung, wie er sie mit den um Leben und Tod spielenden Draufgängern der internationalen Geheimdienste assoziierte, jener Gruppe von gesellschaftlichen Mutanten, die er so verachtet hatte, als er noch für das CII arbeitete, und die er schon so lange aus seiner Erinnerung verdrängt hatte.

Er tauchte wieder in die Lichter und in den Lärm der eigentlichen City ein. Der Regen hatte sich in schmutzigen, herumhängenden Nebel aufgelöst, der die Kaskaden von Neonlichtern verschwimmen und miteinander

verschmelzen ließ und zum Teil den Lärm verschluckte, in dem ganze Trauben von Vergnügungssüchtigen sich ihren Weg bahnten.
Moderne junge Mädchen schritten mit knochigen Beinen unter knöchellangen Röcken weit aus, und ihre schmalen Schultern machten ihrer schlechten Haltung wegen einen Buckel; einige trugen kräuseliges Haar im Afro-Look, andere glatte lange Haare. Sie gehörten zu jenen, die den künstlichen Hilfsmitteln der Kosmetik abgeschworen hatten und darauf bestanden, daß man sie nahm, wie sie waren: als Kriegsgegner, sozial engagiert, sexuell befreit, langweilig, langweilig und abermals langweilig. Mädchen aus der Arbeiterklasse klapperten auf ihren Plastikschuhen mit den dicken Sohlen einher, mit denen Picassos Sprößling die Massenmode gestraft hatte, und ihr Gang verriet bereits in Ansätzen den der erwachsenen britischen Frau: Spreizfüße, gebogene Knie und steif gehaltener Rücken – als ob sie ständig unter irgendeiner chronischen Afterstörung litten. Massige, von Miniröcken bis zum Schritt den Blicken enthüllte Beine, gewaltige schwabbelnde Brüste in steifen BHs, und ihr Teint ein Opfer der fatalen angelsächsischen Vorliebe für vitaminfreies Essen. Teigige Körper, teigiges Denken. Pummelige Nuttchen.
Swinging London!
Jonathan ging möglichst nahe an den Häuserwänden dahin, wo nicht ein solches Gedränge herrschte.
»'n Penny für'n armen Schlucker, Mister?«
Die Stimme erklang hinter ihm. Als er sich umdrehte, erblickte er drei tückisch schielende Ganoven Anfang Zwanzig in Jeans und mit Stahlkappen beschlagenen Stiefeln. Einer von ihnen schob einen Rollstuhl, in dem sich eine Guy-Fawkes-Puppe aus ausgestopften alten Kleidern und mit einer komischen Maske unter einem Bowlerhut zurücklehnte.
»Wie ist's, Mister?« Der größte der Gauner hielt ihn am Ärmel fest. »'n Penny für den armen Schlucker?«
»Nichts zu machen?« Er riß sich los, und Jonathan hatte, während er weiterging, ein unangenehmes Gefühl im Rücken, doch sie folgten ihm nicht.
Er bog in die New Row ein, mit ihren Gaslaternen, den heruntergelassenen Jalousien vor den Gemüseläden und Bäckereien. Seine eiligen Schritte trugen ihn rasch fort von den Mazurka-Clubs, Nepplokalen und Striptease-Bars von Piccadilly und tiefer hinein nach Covent Garden, mit seiner eigentümlichen Mischung aus Markt und Theaterwelt, italienischen Obstgroßhändlern, schäbigen Künstleragenturen, importiertem Olivenöl und einer Schule für modernen Tanz und Ballett (Spezialität Steppen).
In der Nähe der Straßenlaterne beobachtete ein einsames Strichmädchen sein Näherkommen wie ein Aasgeier. Sie war pummelig und in den Vierzigern, ihre Beine oberhalb der dicken weißen Kniestrümpfe waren

voller Fettwülste. Sie trug ein kurzes Kleid und einen College-Blazer mit Wappen auf der Brusttasche, und ihr stumpfes, platinblondgefärbtes Haar war in zwei lange Zöpfe geflochten, die zu beiden Seiten ihrer runden Wangen herniederfielen. Einer kürzlich erlassenen Polizeiverordnung folgend, derzufolge sie keine Freier ansprechen durfte, steckte sie einfach einen Daumen in den Mund und wackelte mit ihrem dicken Körper hin und her, wobei sie große Augen machte wie ein kleines Mädchen. Als er an ihr vorüberging, bemerkte Jonathan das bröckelige Make-up, das zwar jedesmal zugeschmiert, aber niemals richtig wieder aufgefrischt wurde, wenn ihr im Schweiße ihres Angesichtes bei der Arbeit etwas davon abbröckelte.

Als er tiefer in das Marktviertel hineingeriet, wich der beizende Benzingestank dem süßlichen Duft verwesenden Obstes, und statt alter weggeworfener Zeitungen, Tüten und Flugblätter lagen Salatblätter auf dem Boden, die sich unter den Sohlen glitschig und tückisch anfühlten. Weiter hinten in einer dunklen Seitenstraße erklangen die abgehackten Töne eines verstimmten Klaviers, und die Silhouetten müder Tänzer schoben sich über die heruntergelassenen Sonnenrollos. Junge Mädchen schwitzten und keuchten in ihren feuchten Übungskostümen. Angehende Stars.

»'n Penny für'n armen Schlucker, Sir?«

Er fuhr herum, stellte sich mit dem Rücken gegen die Ziegelwand, beide Hände wie Klauen vor der Brust.

Die beiden Kinder kreischten auf, rannten die Straße hinunter und ließen die alte Kinderkarre mit der erbärmlichen und ziemlich schäbigen Puppe mit einer Zwerg-Nase-Maske einfach stehen.

Jonathan rief ihnen nach, doch seine Stimme trieb sie nur noch mehr, die Beine in die Hand zu nehmen. Als die Straße wieder ruhig war, lachte er vor sich hin, steckte Zwerg Nase eine Pfundnote in die Tasche und hoffte, daß die Kinder sich später wieder heranschleichen und sie finden würden.

Er eilte weiter durch ein Gewirr von engen Sträßchen, in denen es ziemlich laut zuging, und bog schließlich in eine Sackgasse ein, in der es keine Straßenlaternen gab. Das Ende eines verfallenen Hofes wurde von einer schweren Doppeltür aus verwittertem, zerspelltem Holz verschlossen, die lautlos auf gut geölten Angeln aufschwenkte. Das Dunkel drinnen war undurchdringlich, doch er wußte, daß er sein Ziel erreicht hatte, denn der ranzige Kümmelgeruch alten Schweißes war unverkennbar.

»Ah, da bist du ja, mein Junge. Ich wollt schon nach dir sehen. Man kann sich hier leicht verlaufen, wenn man noch nie hier gewesen ist. Komm, hier geht's lang!«

Jonathan stand abwartend da, bis MacTaint die innere Tür aufgemacht hatte, woraufhin der tintenschwarze Hof in ein blasses gelbes Licht getaucht wurde. Sie betraten eine große offene Halle, die einst die Lagerhalle eines Obstgroßhändlers gewesen war. Undefinierbarer Abfall türmte sich in den Ecken, und zwei bauchige Kohleöfen strahlten eine fröhliche Wärme aus. Ihre langen Ofenrohre reichten hinauf bis unter das im Dunkeln liegende aus Wellblech bestehende Dach, das sich etwa sieben oder acht Meter über ihren Köpfen erstreckte. Räumlich sehr weit voneinander getrennt, standen drei Maler in Lichtkegeln, die von nackten Glühbirnen mit flachen Stahlschirmen geworfen wurden, die an langen Kabeln von der Decke herunterhingen. Zwei von den Künstlern ließen sich in ihrer Arbeit nicht im geringsten stören, standen vor ihrer Staffelei und nahmen anscheinend von den Eindringlingen keine Notiz. Der dritte hingegen, ein lang aufgeschossenes, hohlwangiges Subjekt mit ungepflegtem Bart und wilden Augen, drehte sich um und starrte wütend wegen der plötzlichen Zugluft zu ihnen herüber.

Jonathan folgte MacTaint durch die Lagerhalle bis zu einer Tür am anderen Ende, und dort ging es nun in einen völlig anderen Bereich. Der Raum war üppig im viktorianischen Geschmack möbliert: Kristallüster hingen von einer reich verzierten Stuckdecke; blaue Tapeten mit Flammenmuster beherrschten die Wände über der eierschalenfarbenen Holzvertäfelung; ein prächtiges Feuer flackerte in einem mächtigen Marmorkamin; Spiegel und Leuchter an sämtlichen Wänden sorgten für eine gleichmäßige Verteilung des gedämpften Lichtes, und bequeme Diwane und Ohrensessel, die mit blauem Damast bezogen waren, standen in schönen Gruppen um geschnitzte und mit Intarsien versehene Tische herum. Eine voll erblühte Mittfünfzigerin lag hingegossen auf einem der Diwane, den schwabbeligen Arm locker hinter dem Kopf. Das leuchtende Orange ihres Haars stach grell von dem Blutrot ihres Lippenstiftes ab, und ganze Girlanden von Ketten klirrten leise, als sie eine Zigarette in eine Zigarettenspitze aus Bergkristall steckte.

»Da wären wir«, sagte MacTaint, als er in seinem abgerissenen Mantel zur Kristallbar hinüberschlurfte. »Er hatte sich doch nicht verlaufen. Das hier, meine Teure, ist Jonathan Hemlock, von dem ich dir noch nie was erzählt habe. Und diese fette Wachtel, Jon, ist Lilla – mein ganz persönlicher Läuterungsberg. Laphroaig, nehm ich an?«

Lilla zwirbelte zur Begrüßung ihre Zigarettenspitze in der Luft. »Wie reizend von Ihnen, uns einen Besuch abzustatten. Mr. MacTaint hat Sie nie erwähnt. Aber wo du gerade dabei bist, mein Lieber, könntest du mir auch einen kleinen Schluck Gin mitbringen.«

»Säuft wie'n Loch!« brummelte MacTaint leise vor sich hin und grinste amüsiert.

»Kommen Sie, nehmen Sie hier Platz, Dr. Hemlock!« Lilla klopfte Staub aus dem Diwansitz neben sich. »Ich nehme an, daß Sie vom Theater sind?«

Jonathan lächelte höflich in die niedergeschlagenen, übertrieben stark geschminkten Augen. »Nein, nein, das bin ich nicht.«
»Oh, wie schade! Ich habe viele Jahre hindurch in der Theaterwelt gelebt. Und ich gestehe, bisweilen vermisse ich sie schon sehr. Was haben wir gelacht! Das war noch eine unbeschwerte Zeit!«
MacTaint kam mit den Gläsern herübergeschlurft. »Das einzige, was sie mit 'm Theater zu tun hatte, war, daß sie immer draußen stand und versuchte, Freier anzulocken – Kunden, die zu besoffen waren, sich drum zu kümmern, auf was sie sich da einließen. Da, das ist für dich, mein Herz! Arsch hoch, wie man in deinem Gewerbe zu sag'n pflegte.«
»Werd jetzt bitte nicht ordinär, Liebster!« Sie kippte das Glas Gin und schmatzte – eine Bewegung, bei der ihre üppigen Wangen ins Zittern gerieten. Dann ließ sie eine Pranke auf Jonathans Unterarm fallen und sagte: »Selbstverständlich, heutzutage ist wohl alles anders geworden, nehme ich an. Die alten Künstler gibt es nicht mehr – nur noch ungares Gemüse da mit langen Haaren und lauten Songs.« Mit einem zitternden Seufzer verschaffte sie sich Erleichterung.
»Ach was, es ist schlimmer, als du ahnst«, sagte MacTaint, ließ sich in einen damastbezogenen Sessel fallen und angelte sich mit den Zehen einen zweiten heran, um seine Füße draufzulegen. »Das Gesetz erlaubt nicht mehr, daß man ein Schild mit den Positionen vor sich herträgt, auf die man spezialisiert ist. Und Rinnsteinbedienung auf Gummimatratzen ist völlig aus der Mode.«
»Fick dich doch selbst, MacTaint!« sagte Lilla, und als sie diese Worte sprach, lag der ganze gehässige Ton der ehemaligen Dirne darin.
MacTaint ging unverzüglich auf diese Tonart ein. »Verpiß dich, du Penny-Fotze! Ich würde dir 'n Tritt in 'n Arsch geben, wenn ich nicht Angst hätt, mein Schuh blieb drin stecken!«
Mit angeschlagener Würde erhob Lilla sich und reichte Jonathan zum Abschied huldvoll die Hand.
»Ich muß die Herren jetzt allein lassen. Ich hab noch ein paar Briefe zu schreiben, ehe ich mich zur Ruhe begebe.«
Jonathan erhob sich und machte eine knappe Verbeugung. »Gute Nacht, Lilla.«
Sie ging zum anderen Ende des Raums, wobei sie eine Flasche Gin mitgehen ließ, als sie an der Bar vorüberkam. Sie mußte sie zweimal anvisieren, ehe sie die Mitte der Tür traf, die zu öffnen ihr dann einige Schwierigkeiten bereitete. Zuletzt versetzte sie der Tür einen Stoß, daß sie fast aus den Angeln gesprungen wäre, woraufhin sie aber tatsächlich aufsprang. Dann drehte sie sich noch einmal um, schwenkte ihre Zigarettenspitze grüßend vor Jonathan in der Luft und verschwand schwankend.
Fragend blickte Jonathan MacTaint an, der in einer freudigen Grimasse

die Zähne bleckte und die Fingernägel in den eingewachsenen Stoppe unter seinem Kinn vergrub. »Sie trinkt, weißt du«, sagte er.
»Ach nein?«
»O ja. Vor fünfzehn Jahren hab ich sie mal draußen auf dem Hof aufgegabelt«, erklärte er und kratzte sich jetzt unterm Arm. »Irgendwer hatte sie ziemlich bös zusammengeschlagen.«
»Und dann haben Sie sich ihrer angenommen?«
»Ja, und das werd ich bis in alle Ewigkeit bedauern. Aber immerhin! Gelegentlich 'n Fick tut den Drüsen gut. Im Grunde ist sie 'n gutes, altes Loch.«
»Und was war das für eine Nummer, die sie da für mich abgezogen hat?«
MacTaint zuckte die Achseln. »Bruchstücke aus alten Rollen, die sie mal gespielt hat, nehm ich an. Sie ist nicht ganz richtig im Kopf, weißt du.«
»Da steht sie nicht allein da. Prost!« Jonathan trank die Hälfte seines Whiskys und sah sich dann anerkennend im Raum um. »Sie leben aber gut.«
MacTaint nickte zustimmend. »Ich zieh nicht mehr viele Bilder hoch – nur ein oder zwei pro Jahr. Aber da ich ja keine Einkommensteuer zahle, geht's mir dabei ganz leidlich.«
»Was sind denn das für Maler da draußen?«
»Wenn ich das wüßte! Die kommen und gehen. Ich halt die Halle warm und sorg für Beleuchtung, und Tee und Brot und Käse ist auch immer für sie da. Manchmal sind's nur ein oder zwei, manchmal aber auch 'n halbes Dutzend. Die lange Latte, die dich so bitterbös angestarrt hat, nassauert jetzt schon viele, viele Jahre hier rum. Er arbeitet immer noch an derselben Leinwand. Bildet sich ein, ihm gehört der Laden – nach Gewohnheitsrecht, nehm ich an. Ab und zu beschwert er sich, wenn der Käse nicht nach seinem Geschmack ist. Die anderen kommen und gehen. Ich vermute, einer hört es vom andern.«
»Sie sind ein guter Mensch, MacTaint.«
»Damit hast du 'n Nagel auf 'n Kopf getroffen! Hab ich dir jemals erzählt, daß ich früher selbst gemalt hab?«
»Nein, das haben Sie nicht.«
»Aber ja! Vor mehr als vierzig Jahren kam ich in dieses Sündenbabel, um hier Kunst zu studieren. Hatte den Kopf damals voller Flausen – Kunst und Sozialismus und so. Meine Bilder, die sollte man nicht betrachten – lesen sollte man sie. Essays waren das! Hungrige Gören, Streikende, die von der Polizei aus'nandergetrieben wurden – die Richtung. Quatsch und Kitsch! Schließlich kam ich dann dahinter, daß meine eigentliche Berufung im Stehlen und Unter-der-Hand-Verscherbeln von Bildern lag. Macht Spaß, zu tun, worin man gut ist.«
Eine Weile versanken sie in Schweigen und sahen zu, wie die Flammen des Kaminfeuers blau und gelb hochleckten. Funkensprühend sackte es in

sich zusammen, und das Knistern riß MacTaint aus seinen Gedanken.
»Jon, ich hab dich aus 'm bestimmten Grund heut abend zu mir gebeten.«
»Nicht nur, um ein Glas Whisky mit Ihnen zu trinken?«
»Nein. Ich hab da was, das ich dir mal zeigen wollte.« Grunzend rappelte er sich aus seinem Sessel hoch und ging zu einem Bild hinüber, das in einem reich verzierten alten Rahmen mit der Vorderseite an der Wand lehnte. Liebevoll trug er es herbei und stellte es auf einen Stuhl. »Was hältst du davon?«
Jonathan ließ die Augen aufmerksam darüber hinwandern und nickte. Er neigte sich vor, um es sich noch genauer anzusehen. Nach fünf Minuten setzte er sich zurück und trank seinen Laphroaig aus. »Sie spielen doch nicht etwa mit dem Gedanken, es zu verkaufen?« MacTaints Augen unter den buschigen Brauen zwinkerten. »Und warum nicht?«
»Ich dachte an Ihren Ruf. Sie haben doch noch nie eine Fälschung verhökert.«
»Gottverdammich, hast du 'n Auge!« kam es keckernd von MacTaint. Er kratzte sich sein zerzaustes Haar. »Das Ding da würde überall auf der Welt als echt durchgehen.«
»Ich behaupte ja gar nicht, daß es keine gute Kopie wäre – nein, sie ist sogar ganz außergewöhnlich gut. Aber es ist nun mal eine Fälschung, und Sie verkaufen keine Fälschungen.«
»Darüber zerbrich dir nur jetzt nicht 'n Kopf. Ich hab noch nie Ramsch verkauft, und werd's auch in Zukunft nicht tun. Aber jetzt befriedige mal meine Neugierde, mein Junge. Woher weißt du, daß es nicht echt ist?«
Jonathan zuckte mit den Achseln. Es war schwer, den nahezu automatisch ablaufenden Prozeß in seinem Gehirn zu erklären – und sein Auge, in dem seine Gabe lag. »Ach, tausend Kleinigkeiten«, sagte er.
»Zum Beispiel?«
Er lehnte sich zurück und schloß die Augen, versuchte, das Original vor seinem geistigen Auge heraufzubeschwören – das *Kartenhaus* von J.-B.S. Chardin – und es nicht aus dem Blickfeld zu verlieren, während er es sich genau vergegenwärtigte. Dann schlug er langsam die Augen auf und betrachtete das Bild vor ihm. »Na schön. Das hier ist in Holland gemacht worden. Zumindest ist nach der Van-M.-Methode vorgegangen worden. Man nehme ein vergleichsweise wertloses Bild entsprechenden Alters und Formats, schmirgele es mit Sandpapier ab, und mittels verschiedener Trocknungsvorgänge bringe man dann die nötigen Risse auf der Oberfläche der verschiedenen Farbschichten hervor.«
MacTaint nickte.
»Aber die Risse hier sind nicht ganz vollkommen.« Er tippte auf die weißen Stellen rund um das Gesicht des jungen Mannes im Dreispitz. »Und als die Risse nicht ganz klar durchkamen, hat Ihr Fälscher die Leinwand aufgerollt, um sie mit Gewalt hervorzuzwingen. Grundsätzlich

ist das auch eine gute Methode. Aber hier an diesen Stellen müßten sie eigentlich deutlicher hervorkommen; sie müßten tiefer gehen und nicht so dicht beieinander liegen. Ihr Mann scheint vergessen zu haben, daß Weiß langsamer trocknet als die anderen Farben.«
»Und ist das der einzige Fehler? Die Risse?«
»Nein, nein. Es gibt noch Dutzende von anderen Fehlern. Die meisten beruhen auf übertriebener Genauigkeit. Fälscher pflegen in ihrer Zeichnung noch genauer zu sein als die alten Meister selbst. Hier zum Beispiel, sehen Sie sich die Perspektive im Auge des jungen Mannes an.«
»Für mein Gefühl ist daran nichts auszusetzen.«
»Genau. Im Original ist Chardin aber ein kleiner Fehler unterlaufen – vermutlich weil er zur Fertigstellung zwei Sitzungen gebraucht hat. Und sehen Sie sich diese Münze an. Sie ist genauso sorgfältig ausgeführt wie das Schreibtäfelchen hier. Im Original sind die Umrisse der Münze aber ganz leicht verschwommen, als ob man sie aus einem anderen Blickwinkel sähe.«
MacTaint schüttelte voller Bewunderung den Kopf, und ein Regen von Schuppen rieselte auf seinen Schoß. »Gottverdammich, was für Augen du hast!«
»Aber lassen wir doch mal meine Augen aus dem Spiel – dieses Bild würde doch wie eine Bombe einschlagen, sobald es auf dem Markt auftauchte. Das Original hängt schließlich in der National Gallery.«
»Hm, da muß ich dir recht geben.«
Sie lachten, denn beide wußten, daß in den großen Gemäldegalerien der Welt viele Fälschungen hingen, ohne daß jemals jemand ihre Echtheit angezweifelt hätte – wohingegen die Originale die heimlichen Glanzstükke privater Sammlungen darstellten. Das war – bis auf eines – der Fall mit sämtlichen Impressionisten in Jonathans Sammlung.
»Würde dieses Bild eine Untersuchung überstehen?«
Beide wußten, daß die Kunst der meisten bedeutenden Kuratoren auf die Dokumentation der Vorbesitzer beschränkt war, obwohl sie dazu neigten, sich in ihren Gutachten auszudrücken, als ob sie wirklich etwas von der Sache verstünden.
»Mit welchem Stammbaum?« fragte Jonathan.
»Oh . . . sagen wir, es hinge in der National Gallery, anstelle des Originals.«
Jonathan schob die Brauen in die Höhe. Jetzt war es an ihm, seiner Bewunderung Ausdruck zu verleihen. »Dann ohne jede Frage«, verkündete er im Brustton der Überzeugung. »Aber wie wollen Sie denn an den echten Chardin herankommen, Mac? Seit diesem Ding '57 haben sie ihre Sicherheitsvorkehrungen doch enorm verstärkt, und bis jetzt sind keine erfolgreichen Diebstähle wieder vorgekommen.«
»Wieso kommst du denn auf die Idee?« MacTaints Augen waren vor

aufgesetztem Erstaunen groß und rund geworden, so daß er mehr denn je einem boshaften Kobold ähnelte.
»Aber man arbeitet dort doch mit einem Gewichtsalarmsystem! Sie könnten es doch unmöglich von der Wand abhängen, ohne daß es entdeckt würde!«
»Selbstverständlich würde man es entdecken. Solche Sachen werden immer entdeckt.«
»Immer? Sagen Sie mal, Mac – wie viele Bilder haben Sie schon aus der National Gallery herausgeholt?«
»Alles in allem?« Angestrengt nachdenkend kniff Mac Taint die Augen zu. »Über die Jahre? Ah, laß mal sehen – sieben.«
»Sieben!« Jonathan starrte den alten Mann an. »Jetzt brauche ich aber noch was zu trinken«, sagte er ruhig.
»Sollst du haben, mein Junge!«
»Chin-Chin!«
»Prost!«
Schweigend tranken sie. Jonathan schüttelte den Kopf. »Ich versuch mir das mal vorzustellen, Mac. Erst einmal also spazieren Sie in die Galerie hinein.«
»Jawohl, das tu ich – zu Fuß.«
»Dann hängen Sie das Bild von der Wand ab. Und der Alarm wird ausgelöst.«
»Ein entsetzliches Geräusch.«
»Dann hängen Sie eine einigermaßen überzeugende Fälschung anstelle des Originals auf. Geht es so?«
»Hm, man kann eigentlich nicht sagen, daß ich gradezu gemächlich heineinspazierte. Das hat schon mehr was von Arsch-über-Kopf-Reinstürzen. Aber im großen und ganzen stimmt's schon.«
»Tja, und das Alarmsystem verrät denen, an welchem Bild man rumgefummelt hat, stimmt's?«
»Stimmt.«
»Und trotzdem kommen sie nicht auf die Idee, so ein Bild dann genauer unter die Lupe zu nehmen.«
»Doch, sie machen schon ein großes Getue um so'n Bild. Nur genau unter die Lupe nehmen tun sie's nicht.« MacTaint weidete sich geradezu an Jonathans Verwirrung. »Du würd'st sonstwas dafür geben, um zu erfahren, wie ich's mach, oder?«
»Weiß Gott!«
»Hm, aber das werd ich dir nun nicht auf die Nase binden! Da hast du'n Knochen, auf dem du mal so richtig rumbeißen kannst! Wenn du dir die Zeitungen genau durchliest, wirst du schon ohne Schwierigkeiten dahinterkommen.«
»Und wann soll das Unternehmen steigen?«

»Genau heut in 'ner Woche.«
»Sie sind ein ganz geriebener Fuchs und ein Mann, der dicht halten kann, außerdem!«
»Das macht zum Teil meinen Charme aus.«
»MacTaint . . . « Jonathan hakte nicht weiter nach. Er hegte nicht den geringsten Zweifel, daß der alte Fuchs zu seinem Bild kommen würde.
»Na schön«, ließ MacTaint sich herbei, »ich will dir 'n kleinen Fingerzeig geben:« Er fischte ein Federmesser aus den Tiefen seiner Manteltasche heraus, ließ mit Hilfe eines abgebrochenen, schmutzstarrenden Daumennagels eine Klinge aufschnappen und verharrte damit eine Sekunde über der Leinwand, ehe er zweimal blitzschnell ritsch, ratsch und mitten durch das Gesicht des jungen Mannes ein großes X schnitt. »Da. Wie find'st du das?«
»Sie sind meschugge, MacTaint. Ich muß hier raus.«
Glucksend lachte MacTaint in sich hinein, und dann begleitete er Jonathan zur Tür. »Hast du noch nie Lust gehabt, mal so was zu tun, mein Junge? Ein Bild zu zerfetzen? Oder ein rohes Ei in der Hand zu zerquetschen? Oder 'ne fremde Dame im Aufzug zu küssen?«
»Sie sind meschugge! Meine Empfehlung und meine Liebe an Lilla.«
»Ich hab schon Schwierigkeiten genug, ihr meine eigene zu zeigen.«
»Gute Nacht.«
»Ja.«

Der als Atelier dienende Lagerschuppen lag in Dunkelheit da; nur eine einzige brennende Lampe hing von der Wellblechdecke herunter, und die voll aufgeschütteten Kohleöfen verstrahlten durch ihre Glimmerfenster ein warmes, rötliches Licht. Es war nur noch ein einziger Maler bei der Arbeit, der – ganz hingegebene Konzentration – allein in seinem einsamen Lichtkreis vor seiner Staffelei stand. Lautlos schritt Jonathan über den Zementboden und blieb am Rande des Lichtkegels stehen. Seine Aufmerksamkeit wurde ganz von den flinken, katzenhaften Bewegungen gefangengenommen, mit denen der Maler seine Leinwand bearbeitete, dann zurücktrat, um die Wirkung zu begutachten, daß es einige Augenblicke dauerte, ehe ihm aufging, daß es sich um eine Frau handelte. Offensichtlich völlig selbstvergessen und ohne seine Anwesenheit wahrzunehmen, streifte sie die überschüssige Farbe mit Daumen und Zeigefinger vom Pinsel und wischte ihre Finger dann am Hosenboden ihrer Jeans ab; dann nahm sie den Pinsel quer zwischen die Zähne und ergriff einen feineren Pinsel, um eine Winzigkeit auszubessern. Die unbekümmerte Art, mit der sie die Farbe abstreifte, schien ihr zur Gewohnheit geworden, denn ihr Hosenboden war ein Durcheinander von allen möglichen Farben, und Jonathan fand das Muster darauf interessanter als das modernistische Gepinsel auf der Leinwand.

»Was halten Sie davon?« fragte sie mit dem Pinsel zwischen den Zähnen, ohne den Kopf zu wenden.
»Zweifellos farbenprächtig. Und höchst anziehend straff. Aber ich glaube, am attraktivsten daran sind die ihm innewohnenden Möglichkeiten zur Bewegung.«
Sie trat zurück und betrachtete kritisch die Leinwand. »Straff?«
»Nun, damit meine ich nicht steif. Eher schmal und doch wohlgefüllt.«
»Und *interessant?*«
»Sehr sogar.«
»Das ist der Todeskuß. Wenn jemand nicht gefällt, was man gemacht hat, und einem nicht auf den Schlips treten will, dann nimmt er immer Zuflucht zu dem Wörtchen ›interessant‹.«
Jonathan lachte. »Ja, da haben Sie wohl recht.« Er war entzückt von ihrer Stimme. Sie kostete die Vokale rollend aus wie die Iren, und ihre Stimmlage war ein eher trockener Alt.
»Jetzt aber mal ehrlich. Was halten Sie davon?«
»Wollen Sie das wirklich wissen?«
»Vermutlich nicht.« Mit einer raschen Bewegung strich sie eine Strähne bernsteinfarbenen Haars mit dem Handrücken zurück. »Aber sagen Sie's trotzdem.«
»Wie die meisten modernen Bilder, halte ich es für undisziplinierten, zügellosen Käse.«
Sie nahm den Pinsel aus dem Mund, verschränkte die Arme vor der Brust und stand einen Moment bloß da. »Hm, hm, hm. Man könnte Sie immerhin nicht verdächtigen, daß Sie versuchten, Süßholz zu raspeln, um ein Mädchen ins Bett zu locken.«
»Aber ich rasple doch Süßholz«, protestierte er, »und vermutlich sogar aus eben diesem Grund.«
Zum erstenmal sah sie ihn an, und ihre Augen verengten sich anerkennend. »Klappt das eigentlich oft – es so rundheraus zu sagen, ohne ein Blatt vor den Mund zu nehmen?«
»Nein, oft nicht. Aber ich spare dabei verdammt viel Energie.«
Sie lachte. »Verstehen Sie wirklich was von Kunst?«
»Ich fürchte, ja.«
»So, so.« Nachdenklich steckte sie die Pinsel in eine Konservenbüchse mit Terpentin. »Nun ja. Das wär's dann wohl.« Sie wandte sich ihm zu und lächelte. »Sind Sie in der richtigen Stimmung zu feiern?«
»Was zu feiern?«
»Das Ende meiner Laufbahn.«
»Aber wer wird denn gleich!«
»Nein, nein. Bilden Sie sich bloß nicht gleich ein, es liege an Ihrer Meinung, so wohlbegründet die auch sein mag, wie Sie mir versichern. Zufälligerweise bin ich ganz derselben Ansicht. Vermutlich bin ich eine

bessere Kritikerin als Malerin. Immerhin habe ich einen großen Beitrag zur Kunst geleistet. Ich hab sie von meiner Wenigkeit befreit.«
Er lächelte. »Na schön. Wie möchten Sie das große Ereignis denn gern feiern?«
»Ich glaube, ein Abendessen wär für den Anfang nicht schlecht. Ich habe seit heute morgen nichts mehr gegessen.«
»Sind Sie pleite?«
»Vollkommen blank.«
»Das einzige, was um diese späte Stunde noch offen haben dürfte, wäre eines von den exklusiveren Restaurants.«
»Keine Angst. Ich werde Sie nicht blamieren. Ich will nur rasch aufräumen und mich umziehen, ehe wir gehen.«
»Sie haben Ihre Kleider hier?«
Sie nickte und wies mit dem Kopf auf zwei Koffer, die an der Wand standen. »Heute morgen hätte ich meine Miete bezahlen müssen, und meine Vermieterin war sowieso nicht besonders erbaut von dem Terpentingestank auf dem Flur.«
Sie fing an, sich mit einem in Terpentin getauchten Lappen die Farbe von den Händen zu reiben.
»Haben Sie vor, hier zu schlafen?«
»Nur für eine Nacht. Der alte Kauz hätte nichts dagegen. Mein letztes Geld hab ich darin angelegt, ein SOS-Telegramm nach Irland zu schicken, an Verwandte, und ich nehme an, morgen früh werden sie mir wohl etwas schicken. Falls ein weiblicher Akt Sie geniert, brauchen Sie sich nur umzudrehen – obwohl ich mich nicht ganz nackt ausziehen werde.«
»Nein, nein, lassen Sie sich nicht stören. Ich habe einige meiner schönsten Augenblicke in der Gegenwart von weiblichen Akten verbracht.«
Unter anmutigen Hüftverrenkungen entledigte sie sich ihrer stramm sitzenden Jeans und beförderte sie mit einem Fußtritt in ihre Hände. »Allerdings wäre ich als Aktmodell nicht gerade nach Rubens' Geschmack gewesen. Ich bin das genaue Gegenteil von üppig, wie Sie sehen. Ich nähere mich verdammt der Zweidimensionalität.«
»Das sind zwei meiner liebsten Dimensionen.«
Sie zog sich den Pulli über den Kopf und hielt mitten in der Bewegung inne und blickte durch den Halsausschnitt hindurch. »Sie haben schon eine seichte Art zu reden. Vermutlich finden die Mädchen das dufte.«
»Sie aber nicht.«
»Nein, nicht besonders. Aber ich drehe Ihnen keinen Strick draus, denn ich nehme an, es ist bloß eine schlechte Angewohnheit. Meinen Sie, das geht?« Sie zog aus einem der geöffneten Koffer einen langen grünen Kaschmir-Rock, der in schönem Kontrast zu dem Kupferton ihrer Haare stand.
»Der geht wunderbar.«

Sie zog ihn über den Kopf und strich sich dann ihr kurzes, feines Haar glatt. »Ich bin soweit.«

Er stellte ihr die Wahl des Restaurants frei, und sie entschied sich für ein teures französisches Lokal in der Nähe vom Regent's Park – und zwar, wie sie sagte, weil sie erstens nie das Geld gehabt habe, dort hinzugehen, und weil es zweitens Spaß mache, sich als Schnorrer die Dinge auch noch aussuchen zu dürfen. Am Essen stimmte aber auch gar nichts. Die Butter, in der die Scampi à la meunière gesotten waren, schmeckte nach Holzkohle, der Salat niçoise war mehr essigsauer als erfrischend angemacht, und der einzige Wein, der in der richtigen Temperatur vorhanden war, war ein Pouilly-Fuissé, jener nach nichts schmeckende Weiße, für den die Engländer eine so unbegründete Vorliebe entwickelt haben. Dennoch genoß Jonathan den Abend in vollen Zügen. Dieses Mädchen war wirklich ausgesprochen charmant, und so spielte die Qualität des Essens keine Rolle – es sei denn, als weiterer Grund für Gelächter. Der Schwung und die Farbigkeit ihrere Redeweise waren ansteckend, und er mußte sich zurückhalten, um nicht unversehens der Gefahr zu erliegen, sie nachzumachen.
Sie aß mit gesundem Appetit sowohl ihre als auch seine Portion, während er ihr dabei wohlgefällig zusah. Ihr Gesicht fand er verwirrend. Der Mund war zu breit, das Kinn zu eckig und die Nase nichts Besonderes. Ihr bernsteinfarbenes Haar war so fein, daß es ständig von kleinen Luftzügen, die man sonst gar nicht spürte, aufgewirbelt wurde. Sie hatte ein jungenhaftes Gesicht, und der Schalk saß ihr im Nacken wie einem Gassenbuben. Das Aufregendste an ihrem Gesicht aber waren die Augen – flaschengrün und viel zu groß für das Gesicht –, und die Wimpern wirkten wie Streifen aus Zobelpelz. Ihr besonderer Reiz lag in dem ständigen Wirbel von Ausdrucksmöglichkeiten, deren sie fähig waren. Beim Lachen drängten sie nach oben, und gleich darauf konnten sie vor verwundbarer Überraschung ganz flach werden; und schon im nächsten Augenblick verengten sie sich ungläubig, dann strahlten sie intensiv Intelligenz aus, und wenn sie nichts Besonderes ausdrückten, war auch nichts Besonderes an ihnen. In der Tat – kein einziges Element ihres Gesichtes war bemerkenswert, doch als Ganzes fand er es faszinierend.
»Finden Sie mich hübsch?« fragte sie, als sie aufblickte und seine Augen auf sich gerichtet sah.
»Nein, hübsch nicht.«
»Ich weiß, was Sie meinen. Aber ich kann mit der Visage ganz zufrieden sein. Mir macht es Spaß, mich selbst zu porträtieren. Allerdings muß ich dabei diesen verrückten Wunsch unterdrücken, meinen über den Daumen gepeilten Maßen ein bißchen hinzuzumogeln. Ihr Gesicht ist übrigens gar nicht übel.«

»Freut mich.«
Sie wandte sich ihrem Salat zu. »Ja, es ist ein interessantes Gesicht. Knochig und zerfurcht. Aber Ihre Augen, mit denen hat man es nicht leicht.«
»Ach?«
»Haben Sie auch wirklich keinen Hunger?«
»Ganz bestimmt nicht.«
»Ehrlich gesagt – die erschlagen einen geradezu. Aber es sind keine sehr beruhigenden Augen.« Sie blickte auf und betrachtete sie mit professioneller Neugier. »Schwer zu sagen, ob sie grün oder grau sind. Und obwohl Sie lachen und grinsen und so – die Augen wechseln ihren Ausdruck nie. Wissen Sie, was ich meine?«
»Nein.« Selbstverständlich wußte er genau, was sie meinte, aber er hatte es gern, wenn sie über ihn redete.
»Bei den meisten Menschen scheinen die Augen irgendwie mit ihren Gedanken zusammenzuhängen. Fenster der Seele und so. Aber bei Ihnen ist das nicht so. Man kann nichts drin lesen, wenn man sie sich anschaut.«
»Und ist das schlecht?«
»Nein – nur ein bißchen beunruhigend. Wenn Sie den Salat nicht essen, dann eß ich den auch noch – schon damit nichts umkommt.«
Beim Kaffee, beim Kognak und nochmals beim Kaffee redeten sie, ohne irgendein bestimmtes Thema zu verfolgen.

»Wissen Sie, was ich mir schon immer gewünscht habe?«
»Nein. Was denn?«
»Ich hab mir immer gewünscht, eine große, wunderschöne Schwarze zu sein – mit langen Beinen und einem geringschätzigen Blick aus den Augenwinkeln heraus.«
Er lachte. »Warum ausgerechnet das?«
»Ach, so genau weiß ich das eigentlich gar nicht. Aber stellen Sie sich mal vor, was für Kleider ich dann tragen könnte . . .«

» . . . Ach, es war wohl eine typisch irische Mittelschichtkindheit, nehme ich an. Als Baby verhätschelt und verwöhnt, als Kind völlig sich selbst überlassen. Man hat mir beigebracht, Prüfungen zu bestehen und mit guter, aufrechter Haltung dazustehen. Mein Vater war ein fanatischer irischer Nationalist, litt jedoch wie die meisten von ihnen insgeheim an Minderwertigkeitskomplexen. Er schickte mich auf die Universität nach London – damit ich eine *wirklich gute* Ausbildung erhielt, und als ich zurückkam und mit englischem Akzent sprach, waren sie hochentzückt. Die Schule habe ich als Mädchen gehaßt, besonders Sport und Gymnastik. Ich erinnere mich noch, daß wir eine ultramoderne Lehrerin für ›Körperertüchtigung‹ hatten. Eine große, knochige Frau war das, mit

einer affektierten Stimme und einem Anflug von Damenbart auf der Oberlippe. Die versuchte, uns Mädchen in die Freuden der Eurhythmie einzuführen. Sie hätten uns sehen sollen! Diese Hühnerschar von ungelenken Mädchen – einige mit Streichholzbeinen und knubbeligen Knien, andere hingegen fett, daß nichts sie aus der Ruhe bringen konnte – und alle dabei, die Anweisungen der Lehrerin zu befolgen: ›sich vor innerer Leidenschaft zu winden und ausdrucksvoll dem Sonnengott entgegenzurecken und eure Körper von ihm durchdringen zu lassen‹. Über die innere Leidenschaft und das Durchdringenlassen mußten wir natürlich kichern, und unsere Lehrerin nannte uns dumme, seichte Puten mit einer dreckigen Phantasie. Dann wand sie sich, um uns zu zeigen, wie es gemacht werden sollte. Und dann kicherten wir noch mehr. Zigarette?«
»Ich rauche nicht.«

Sie schien gar nicht zu bemerken, daß sie ihre Geschichte in der Mitte abgebrochen und ihre Gedanken nach innen gewendet hatte.
Er ließ dem Schweigen seinen Lauf, und als sie – ein wenig erschrocken – sich wieder ihm zuwandte, sagte er: »Dann wollen Sie also nicht mehr zurück nach Irland?«
Entschlossen drückte sie ihre Zigarette aus. »Nein. Niemals.« Sie zündete sich eine neue an und starrte das goldene Feuerzeug an, als sähe sie es zum erstenmal. »Ich hätte nie in den Norden gehen sollen. Aber ich hab's nun mal getan und . . . dort ist zuviel passiert. Es gibt dort zuviel Haß. Und Tod.«
Sie seufzte und schüttelte energisch den Kopf. »Nein, nach Irland will ich nie wieder zurück.«

»Sagen Sie mal, mögen Sie eigentlich Sterne?« fragte sie.
»Ah . . . Komisch, daß Sie ausgerechnet Sterne erwähnen.«
»Warum?«
»Ich habe keinen Schimmer, von wem Sie reden.«
»Von Sterne«, sagte sie, »dem Schriftsteller.«
»Ach so, *dem* Sterne.«
»Ich habe immer das bestimmte Gefühl gehabt, daß ich gut mit jemand zurechtkäme, der Sterne, Trollope und Galsworthy liebt . . .«
»Und – hat sich das bestätigt?«
»Ich weiß nicht. Ich habe nie jemand kennengelernt, der Sterne mochte.«
»Noch etwas Kaffee?«
»Bitte.«
». . . und dann haben Sie angefangen zu malen?«
»O nein, das kam nach und nach. Zu Anfang übrigens nicht mit besonders viel Zutrauen. Dann hab ich mich aber Hals über Kopf hineingestürzt und beschlossen, nichts anderes zu tun als zu malen, bis mir das Geld ausging.

Meine Familie sträubte sich mit Händen und Füßen dagegen, vor allem da sie soviel Geld verschwendet hatten, mich hierher auf die Uni zu schicken. Wenn ich eine Nutte geworden wäre, hätte sie das vermutlich weniger unglücklich gemacht. Da hätten sie jedenfalls das Profitstreben begriffen. Nun ja, ich malte und malte, und kein Mensch nahm irgendwelche Notiz davon. Dann ging mir das Geld aus, und ich verkaufte alles, was ich besaß und was irgendeinen Wert darstellte. Aber eh' ich mich's versah, war ich dann pleite und konnte nicht mal mehr meine Miete bezahlen.«
»Und das war's dann.«
»Und das war's dann.« Sie blickte auf und lächelte. »Und jetzt bin ich hier.«

»Ich muß Ihnen etwas gestehen«, sagte er mit ernstem Gesicht.
»Sind Sie etwa Träger von Typhuserregern?«
»Nein.«
»Sind Sie entschlossen, Ihrem Leben ein Ende zu setzen?«
»Nein.«
»Sind Sie ein Junge?«
»Nein. Sie kommen doch nie drauf.«
»Dann geb ich's auf.«
»Ich habe die Filme von Eisenstein nie gemocht. Sie haben mich zum Verrecken gelangweilt.«
»Das ist allerdings eine ernste Sache. Was reden Sie eigentlich so beim Espresso?«
»Oh, ich will mich nicht entschuldigen. Ich halte das für einen ernsten Charakterfehler bei mir.«

». . . oh, ich fahre leidenschaftlich gern! Schnell, bei Nacht, durch die Seitenstraßen, mit abgeschalteten Scheinwerfern. Sie nicht?«
»Nein.«
»Die meisten Männer tun's aber gern, besonders die Briten. Für sie sind schnelle Wagen ein Sexersatz, falls Sie verstehen, was ich meine.«
»Wie bei den Italienern.«
»Ich nehme es an.«
»Vielleicht ist das der Grund, warum beide Länder so viele ausgezeichnete Grand-Prix-Fahrer hervorbringen. Sie können auf den öffentlichen Straßen üben.«
»Aber mögen Sie denn nicht gern schnell fahren?«
»Das habe ich nicht nötig.«
Sie lächelte. »Gut.« Das *U* kam langgedehnt und irisch gerollt.

». . . Lebensphilosophie?« fragte er und mußte bei dieser Vorstellung lächeln. »Nein, die habe ich nie gehabt. Als ich noch ein Kind war, da waren wir viel zu arm – da konnten wir uns das gar nicht leisten. Und später kam so was dann sowieso aus der Mode.«

»Nun lassen Sie mich aber mal nicht abblitzen. Ich weiß, das Wort klingt furchtbar verblasen, aber irgendeine Lebensphilosophie hat doch jeder – irgendeine Art, das Gute im Leben vom Schlechten zu scheiden . . . oder das potentiell Gefährliche.«

»Vielleicht. Dem kommt vermutlich mein Festhalten an einem ganz bestimmten Prinzip am nächsten: dem Grundsatz, ein bißchen zu lassen.«

»Was zu lassen?«

»Ein bißchen bei allem zu lassen. Eine Party zu verlassen, ehe sie anfängt, langweilig zu werden. Die Hände von einer Mahlzeit zu lassen, ehe man proppenvoll ist. Eine Stadt zu verlassen, ehe man das Gefühl hat, daß man sie kennt.«

»Und ich nehme an, das gilt auch für menschliche Beziehungen?«

»Ganz besonders für menschliche Beziehungen. Man soll sich trennen, solange es noch aufwärts geht. Schluß machen, ehe ihr weiterer Verlauf vorhersagbar wird oder – was noch schlimmer ist – *bedeutungsvoll*. Bereit zu sein, auf ein paar Ereignisse zu verzichten, um der schönen Erinnerung willen.«

»Das halte ich für eine schreckliche Philosophie.«

»Tut mir leid, aber das ist nun mal die einzige Philosophie, die ich habe.«

»Das ist ja die Philosophie eines Feiglings.«

»Nein, die Philosophie eines Mannes, der überleben will. Wollen wir noch eine Käseplatte zum Nachtisch nehmen?«

Er hatte sich höflich halb erhoben, als sie an den Tisch zurückkehrte.

»Noch einen letzten Kognak?«

»Ja, bitte.« Für einen Moment war sie nachdenklich. »Wissen Sie, mir ist gerade der Gedanke gekommen, daß man die National-Charakteristika wie von einem Barometer ablesen könnte, wenn man die verschiedenen Sorten Klopapier studiert, die in den verschiedenen Ländern benutzt werden.«

»Klopapier?«

»Ja. Haben Sie darüber noch nie nachgedacht?«

»Äh . . . nein. Nie.«

»Nun ja, zum Beispiel habe ich gerade bemerkt, daß manches englische Klopapier mit irgendwelchen Desinfektionsmitteln imprägniert ist. Das würden Sie in Irland nie erleben.«

»Die Engländer sind eben ein vorsichtiges Volk.«

»Wahrscheinlich. Aber ich habe mir sagen lassen, amerikanisches Klopapier sei weich und mit Duftstoffen versetzt – und im Fernsehen machen sie dafür Reklame, da wird es zärtlich gestreichelt und

gedrückt – neben Werbespots für Antibabyzäpfchen und Lebensmittel, nach denen man sich alle zehn Finger lecken könnte. Das sagt doch etwas über die Dekadenz und das üppige Leben einer Überflußgesellschaft aus, die weit über ihre heimischen Verhältnisse lebt, finden Sie nicht?«
»Wie interpretieren Sie denn das gewachste Papier, das die Franzosen so lieben?«
»Weiß ich nicht. Vielleicht: mehr Interesse an raschen und glatten Abläufen als an Tüchtigkeit?«
»Und das griffige italienische Papier, das die Elastizität einer Hostie besitzt?«
Sie zuckte mit den Achseln. Es lag auf der Hand, daß man auch daraus etwas machen konnte, aber sie war des Spiels überdrüssig.

Sie hakte sich bei ihm ein, als sie die Straße bis zu einer Ecke hinuntergingen, an der die Wahrscheinlichkeit, daß sie ein Taxi finden würden, größer war als in der Straße selbst.
»Ich werde Sie bei Mac absetzen. Das liegt mehr oder weniger auf meinem Weg.«
»Und wo wohnen *Sie?*«
»Hier.«
Und in der Tat gingen sie gerade an dem Eingang zu dem Hotel vorüber, in dem er ein Penthouse-Appartement bewohnte.
»Aber Sie sagten doch . . .«
»Ich dachte, ich bring Sie hin.«
Schweigend gingen sie eine Weile nebeneinander her, bis sie seinen Arm drückte. »Das war eine nette Geste – wirklich rücksichtsvoll.«
»So bin ich nun mal!«, sagte er und lachte.
»Aber ist es nicht verdächtig, daß Sie ausgerechnet zwei Schritte neben dem Restaurant wohnen, in dem wir gegessen haben?«
»Nun hören Sie aber auf, Madame! Sie haben doch schließlich selbst das Restaurant ausgewählt.«
Sie runzelte die Stirn. »Das ist wahr, oder? Aber wie dem auch sei – es ist schon ein merkwürdiges Zusammentreffen.«
Er blieb stehen, legte ihr die Hand auf die Schulter und blickte ihr mit aufgesetzter Treuherzigkeit ins Gesicht. »Könnte es nicht . . . Schicksal sein?«
»Ich halte es eher für einen Zufall.«
Er pflichtete ihr bei, und damit gingen sie weiter – allerdings zurück zum Hotel.

Das Telefon klingelte mehrere Male, ehe eine zornige Stimme sich meldete. »Ja? Was ist?«
»Guten Abend, Sir.«

»Guter Gott! Wissen Sie eigentlich, wie spät es ist?«
»Jawohl, Sir. Tut mir leid. Ich dachte bloß, Sie wollten gern wissen, daß sie gerade eben in das Hotel in der Baker Street gegangen sind.«
»Gibt es irgendwelche Schwierigkeiten? Ist alles vorbereitet?«
»Keine Schwierigkeiten, Sir.«
»Aber warum rufen Sie mich dann an?«
»Tja, ich dachte, Sie wollten auf dem laufenden gehalten werden. Sie betraten das Hotel um Punkt . . . Ach, du liebe Neune! Ich muß meine Uhr zum Uhrmacher bringen.«
Am anderen Ende der Leitung herrschte Schweigen.
Dann: »Gute Nacht, Yank!«
»Gute Nacht, Sir.«

»Ach du liebes Lieschen!« rief sie. »Das ist ja schauderhaft!«
Jonathan lachte, als er voranging und die Lampen anknipste. Sie folgte ihm durch zwei Zimmer.
»Hat das denn nie ein Ende?« fragte sie.
»Das Ganze besteht aus elf Zimmern, davon sechs Schlaf-, aber nur ein Badezimmer.«
»Das muß ja peinliche Verkehrsprobleme geben.«
»Nein. Ich lebe hier ganz allein.«
Sie sank auf das üppige rosa Samtpolster einer übergroßen Chaiselongue mit geschnitzten Muscheln, sich windenden Seedrachen und Meerjungfrauen mit fülligen Brüsten, die mit altweißem Emaillelack gestrichen und mit goldenen Streifen verziert waren. »Ich hab ja richtig Angst, diesen Trödel hier anzufassen. Angst davor, irgendwas runterzuwerfen.«
»Die Angst ist nicht ganz unbegründet. Nichts verrät sich leichter als schlechter Geschmack, wie Ortega y Gasset uns gewarnt hat. Du brauchst nur an die Pop-Art oder an die Romane von Robbe-Grillet zu denken.«
Spöttisch blickte sie ihn an. »Man merkt wirklich, daß du ein Akademiker bist, nicht wahr?« Sie ließ den Blick über einen rosa Marmorkamin schweifen, über die Tapete mit dem Schachbrettmuster, die modernen dänischen Möbel, den gelben Hirtenteppich und die Wandleuchten aus böhmischem Glas und Schmiedeeisen. Die Anhäufung von zuckersüßen Scheußlichkeiten ließ sie die Nasenlöcher blähen, was wiederum bewirkte, daß sich ihr die Kehle zuschnürte. »Wie kannst du es hier nur aushalten?«
Er zuckte die Achseln. »Es ist nun mal umsonst. Und ich habe ja meine kleine Wohnung in Mayfair. Hier bin ich nur, wenn ich mal an diesem Ende von London bin.«
»Du meine Güte! Recht eindrucksvoll, Sir, das muß ich schon sagen. *Zwei* Wohnungen bei dieser Wohnungsknappheit. Und er liest Ortega y . . . was weiß ich. Was, Bettlermädchen, begehrt dein Herz noch mehr?«
»Einen Drink zum Beispiel?« Aus einer getriebenen Aluminiumkaraffe in Form eines Watvogels schenkte er ihr ein. »Der einzige Vorzug, den dieses Loch hier hat, besteht darin, daß es jedesmal eine Freude ist, wenn man runtergehen kann auf die Straße. Und so was braucht man in London. Prost!«

»Prost! Hast du für London nichts übrig?«
»Nun, immerhin zwang London mich, mein ästhetisches Urteil über Gary in Indiana zu revidieren.«
Sie trank und schlenderte in das angrenzende Zimmer hinüber, das weniger geschmacklos eingerichtet war. »Wie bist du denn an diese Absteige geraten? Hast du Feinde unter den Wohnungsmaklern?«
»Nein. Sie gehört einem Filmproduzenten, der vor Jahren einen fünfundzwanzigjährigen Mietvertrag darüber abgeschlossen hat, um einiges von dem ›überflüssigen Geld‹ anzulegen, das er hier in England gescheffelt hatte, aber nicht mit aus dem Land hinausnehmen durfte. Er benutzt sie als *pied-á-terre*, wenn er in London ist, und die Schlüssel verteilt er freizügig an durchreisende Freunde. Als ich ihm erzählte, daß ich ein Jahr in England verbringen würde, bot er mir an, sie mir zu leihen.«
»Hat er sie selbst eingerichtet?«
»Dazu verwendete er Möbel und Kulissen aus seinen Filmen, Doris-Day/ Rock-Hudson-Streifen und so.«
»Ach so. Und wohin ziehst du dich zurück, wenn du den Krach nicht mehr ertragen kannst?«
»Komm mit!« Er führte sie durch zwei weitere Zimmer, die verschont geblieben waren. Dorthin hatte er einige von den weniger aufdringlichen Möbeln geschleppt und seine Impressionistensammlung an den Wänden aufgehängt. Das war der Raum, in dem er MacTaint kennengelernt hatte, als dieser sich an seinem Whisky gütlich getan und seine Bilder bewundert hatte.
Die Gemälde veranlaßten sie, stehenzubleiben. Sie setzte ihr Glas ab und stand in Schweigen versunken vor einem in pointillistischer Manier gemalten Pissarro.
»Es ist mein Hobby, die schönsten Kopien zu sammeln, die ich finden kann«, erklärte er ihr.
»Wunderschön!«
»Oh ja. Obwohl es nur Kopien sind, bringen sie es ohne weiteres fertig, die gesamte Moderne auf ihren Platz zu verweisen.«
»*Okay*, Sir«, sagte sie mit penetrant irischem Akzent, »aber damit hätt ich davon ein für allemal genug.« Sie trat zu den hohen Fenstern und schaute auf die regelmäßig angeordneten Lampen in dem Park unten hinunter. »Sechs Schlafzimmer, stimmt's? Die Wahl des Zimmers muß ja eine interessante Zensur für die Frauen sein, die du mit heraufbringst.«
»Jetzt fisch mal nicht nach Komplimenten.«
»Tut mir leid. Du hast ganz recht.«
»Wenn ich darüber nachdenke, muß ich übrigens gestehen, daß ich noch nie eine Frau hier heraufgebeten habe.«
Über den Rand ihres Glases hinweg sah sie ihn an, und ihre grünen Augen

waren eine runde Maske der Treuherzigkeit. »Dann bin ich also wirklich die allerallererste?«

»Die erste, die ich *eingeladen* habe.« Und dann erzählte er ihr, wie er eines Morgens aufgewacht war und eine Frau überraschte, die in seinem Badezimmer herumtorkelte. Trotz der eingefallenen Augen und der grünlich-fahlen Hautfarbe, die verriet, daß sie eine wüste Nacht hinter sich hatte, hatte er in ihr eine bekannte Schauspielerin erkannt, die es mit Hilfe von Schönheitsoperationen und Paraffininjektionen in ihren Busen fertiggebracht hatte, über ihre Zeit hinaus im Geschäft zu bleiben. Offensichtlich hatte sie vor Jahren von dem Filmproduzenten einen Schlüssel bekommen und war jetzt nach einer durchzechten Nacht mit einem Schwarm junger Griechen volltrunken heraufgekommen. Die Griechen hatten sie sitzenlassen, nachdem sie ihr alles Geld abgeknöpft hatten, das sie in ihrer Börse finden konnten. Sie hatte sich an nichts erinnert, und nachdem Jonathan ihr ein Frühstück vorgesetzt hatte, das so fade war, daß sie es runterbrachte, hatte sie eine Brust, die sich verirrt hatte, zurückgestopft in ihren Morgenrock, ihn mit einem lüsternen Blick aus ihren blutunterlaufenen Augen gemustert und gefragt, wie es denn mit ihnen gewesen sei.

»Und was hast du zu ihr gesagt?«

Jonathan zuckte mit den Achseln. »Was sollte ich ihr schon sagen? Ich sagte ihr, sie sei umwerfend gewesen, und es sei eine Nacht gewesen, die ich nie vergessen würde. Dann ließ ich ein Taxi für sie kommen.«

»Und sie ist tatsächlich abgezwitschert?«

»Nachdem sie mir ihr Autogramm gegeben hat. Das liegt da drüben.«

Sie ging zum Kaminsims und entfaltete ein Stück Papier. »Aber das ist ja ganz leer.«

»Stimmt. Es war keine Tinte in ihrem Füllfederhalter, aber das hat sie gar nicht gemerkt.«

Sorgsam faltete sie das Stück Papier wieder zusammen und legte es wieder an seinen Platz. »Die arme alte Schachtel!«

»Sie weiß doch nichts davon. Sie glaubt, sie hätte einen Heidenspaß gehabt.«

»Trotzdem, ich könnte darüber heulen.«

»Wenn sie erst mal dahinterkommen würde, wo sie überall leere Autogrammzettel hinterlassen hat!«

Sie wandte sich wieder dem Fenster zu und sah schweigend hinaus, wobei sie ihre Wange an den Vorhang legte. Nach einer Weile sagte sie: »Das war lieb von dir.«

»Doch nur die einfachste Art, da rauszukommen.«

»Wahrscheinlich.« Sie drehte sich um und sah ihn nachdenklich an. »Wie heißt du eigentlich?«

»Jonathan Hemlock. Und du?«

»Maggie. Maggie Coyne.«
»Wollen wir jetzt ins Bett gehen, Maggie?«
Sie nickte und summte vor sich hin. »Ja, gern würd ich das. Nur . . .« Um ihre Augen herum legte sich die Haut in kleine schalkhafte Fältchen. »Nur hab ich leider eine ziemlich schlechte Nachricht für dich.«
Ein paar Sekunden verharrte er in Schweigen.
»Du willst mich wohl auf die Schippe nehmen. So was passiert anständigen Jungs doch nicht!«
»Wenn ich dich nur auf die Schippe nehmen wollte! Ich wollte dich wirklich nicht betrügen. Aber ich hatte ja nun mal keinen Platz, wo ich hätte hingehen können, verstehst du?«
»Gottverdammich!«
»Ein Jammer, daß wir uns nicht einen oder zwei Tage später getroffen haben.«
»Nur einen oder zwei?«
»Ja.«
Jonathan erhob sich. »Madame! Ich bin immer der Meinung gewesen, daß die feineren Freuden der Liebe denjenigen vorbehalten sind, die etwas wagen und sich ganz verlieren können. Was hältst du davon?«
Sie setzte ein Grinsen auf. »Der Meinung bin ich auch immer gewesen, Sir!«
»Dann sind wir uns ja einig.«
»Ja, das sind wir.«
»*En route!*«

Kurz nach Morgengrauen erwachte er mit noch nicht ganz klarem Kopf, drehte sich zu ihr um und paßte ihr Hinterteil seinem Schoß an. Sie kuschelte sich leicht an ihn, und er schlang die Arme um sie.
»Guten Morgen!« Seine Stimme war krächzend – die Folge von wenig Schlaf und großer Anstrengung.
»Guten Morgen«, flüsterte sie.
Er lehnte die Stirn gegen ihren Hinterkopf und vergrub sein Gesicht in ihrem Haar. »Maggie.«
»Was ist?«
»Nichts. Ich sag nur deinen Namen.«
»Oh, das ist lieb. Mit dem Namen ist nicht viel Staat zu machen. Kein bißchen romantisch. Keine wohlklingenden Vokale wie in Diane oder Alexandra oder Thomasyn. Maggie ist ein handfester Name. Kurz und bündig. Man braucht sich nicht zu verzehren, wenn man von Maggie träumen will, aber dafür kann man einer guten, alten Maggie immer vertrauen.«
Er lächelte, als er den aufschäumenden Klang ihrer Vokale hörte. Die körperliche Nähe und die dadurch entstandene Hitze verfehlten ihre

Wirkung nicht, und das spürte sie selbstverständlich wegen ihrer besonderen Lage sofort. »Ich glaube, ich verschwinde erst einmal kurz auf dem Klo, falls du es aushältst, so lange zu warten.«
Er gab sie frei. »Aber komm nicht kalt zurück.«
Sie glitt aus dem Bett heraus, und er versank wieder in Schlaf.

»Jonathan?«
Er war augenblicklich hellwach. Zwar hatte sie leise gesprochen, aber ihre Stimme verriet eine spröde Spannung, die ihn in Alarmzustand versetzte. Er fuhr hoch.
»Was ist?«
Sie stand in der Tür, eine nicht angezündete Zigarette hing ihr zwischen den Fingern. Jetzt, wo sie nichts weiter anhatte als ihren kurzen Slip, sah sie zerbrechlich und verwundbar aus.
»Was hast du denn, Maggie?«
»Das Badezimmer.« Ihre Stimme besaß überhaupt keine Kraft.
»Ja, und?«
»Jonathan!« Jetzt lag nacktes Entsetzen in ihrer Stimme.
Während er sich aus dem Bett schwang, griff er nach seinem Morgenmantel und reichte ihn ihr, dann ging er raschen Schritts den Flur hinunter auf die offene Badezimmertür zu.
Ein Mann hockte auf dem Toilettensitz, zusammengekrümmt und die Arme vor den Bauch gepreßt. Er trug einen dunklen Anzug, und sein leicht ergrautes Haar war makellos gekämmt. Was der Szene den Hauch von schwarzem Humor raubte, war der durchdringende Gestank, der den ganzen Raum erfüllte, und eine dicke, langsam sich ausbreitende Lache Blut, das durch seine völlig durchtränkten Hosen auf den Kachelboden heruntertropfte.
Jonathans Erfahrung beim CII sagte ihm sofort, was geschehen war. Der Mann hatte einen Bauchschuß, und wie immer in solchen Fällen hatte eine Verkrampfung des Afters ihn unwillkürlich dazu gebracht, seinen Darm zu entleeren. Der miteinander vermischte Gestank von Blut und Exkrementen war überwältigend.
Jonathan ging auf ihn zu, wobei er es vermied, in das gerinnende Blut auf dem Boden zu treten. Er legte die Fingerspitzen an die Kehle. Der Mann war noch nicht tot, doch ging sein Puls nur noch schwach und unregelmäßig. Der Mann hob den Kopf und sah Jonathan aus glasigen Augen heraus an. Er hatte keine Chance mehr. Die Augen besaßen jene milchige Trübung, wie sie dem Sterben vorausgeht. Seine Pupillen waren verengt. Er stand schwer unter Drogen.
»Tut mir . . . tut mir . . . entsetzlich leid. Schrecklich peinlich . . . Ich . . .«
»Wer sind Sie?«

»Schande . . .«
»Wer sind Sie?«
Aus den Augenwinkeln heraus sah Jonathan Maggie an der Badezimmertür stehen. Ihr Gesicht war von Ekel und Entsetzen gezeichnet. Sie versuchte offensichtlich, sich zu beruhigen, indem sie sich eine Zigarette anzündete, doch in ihrer Aufregung konnte sie das Feuerzeug nicht anknipsen.
»Raus!«
»Was?« Sie war ganz durcheinander.
»Geh raus! Er schämt sich.«
Sie verschwand.
»O Gott . . . o guter Gott . . .« Der Körper des Mannes straffte sich. Voller Qual und fassungslos starrte er Jonathan an, die Zähne zusammengebissen. Sein Kopf bebte von der die Venen bis zum Zerplatzen bringenden Anstrengung, sich ans Leben festzuklammern. »O mein Gott!«
Dann konnte er nicht mehr. Er sackte in sich zusammen und ließ das Leben entfliehen.
Ein letzter Laut kam von seinen Lippen. Ein Name.
Dann rutschte er nahezu anmutig vom Toilettensitz herunter, und seine Wange tauchte in sein eigenes Blut. Die Hände sackten gleichfalls weg, und die grau-grünen Därme quollen heraus. Sein Hosenboden war feucht und von Exkrementen besudelt.
Jonathan erhob sich und trat zurück. Zum erstenmal bemerkte er etwas, was hinter das Klobecken gestopft war. Es war eine Maske wie für den Abend vor Aschermittwoch – Kasper, das Gespenst. Jonathan verließ mit stelzigen Schritten das Bad und schloß still die Tür hinter sich.
Maggie stand weiter unten im Flur, den Rücken gegen die Wand gedrückt, als wollte sie sich verteidigen, ihr Gesicht schreckensbleich. Er legte den Arm um ihre Schultern, um sie zu stützen, und führte sie zurück ins Schlafzimmer.
»Komm. Leg dich hin. Nimm die Füße hoch.«
»Ich glaube, ich muß mich übergeben«, sagte sie mit schwacher Stimme.
»Das ist der Schock. Tu dir keinen Zwang an, übergib dich. Steck dir den Finger in den Hals.«
Sie versuchte es und würgte. »Ich kann nicht.«
»Hör mir zu, Maggie! Ich möchte nicht grausam oder gefühlsroh sein, aber du mußt dich jetzt zusammenreißen. Wir müssen hier raus. Der Mann da drin . . . Das Ganze ist eine Falle! Es ist nicht das erstemal, daß ich so was erlebe. Es ist nur zu deinem Besten, wenn du genau das tust, was ich dir sage. Wenn du dich jetzt übergeben mußt, tu's! Wenn nicht, zieh dich an. Dann leg dich hin und entspann dich. Ich muß noch ein paar Kleinigkeiten erledigen.«

Sie starrte ihn an, fassungslos und voller Angst vor seiner kühlen Überlegenheit. »Was ist denn los? Was geht hier vor?«
»Tu genau das, was ich dir gesagt habe! Hier. Gib sie mir. Ich werde sie dir anzünden.«
»Danke!«
»So, und jetzt rutsch mal etwas rüber!«
»Was hast du vor?«
»Nichts.«
Jonathan streckte sich in voller Länge neben ihr aus und schloß die Augen. Wie im Gebet legte er die Hände zusammen und senkte sie auf sein Gesicht, so daß die Daumen unter seinem Kinn ruhten und die Zeigefinger die Lippen berührten. Dann regulierte er seinen Atem, machte nur ganz flache Atemzüge, die er jedoch bis in den Bauch hinunterzog. Seinen Geist richtete er auf das Bild eines Teiches, der in kühler Morgendämmerung vollkommen still und glatt dalag. Die Spannung schwand; das Adrenalin versickerte; sein Geist wurde ganz friedlich und klar.
Nach drei Minuten schlug er die Augen langsam auf und brachte das Zimmer wieder in sein Blickfeld. Es war wieder alles in Ordnung mit ihm. Er stand auf und bewegte sich mit raschen Schritten im Zimmer, zog sich an und leerte Taschen und Schubladen auf der Suche nach Geld.
Maggie rauchte ihre Zigarette zu Ende, ließ ihn aber keine Sekunde aus den Augen. Etwas an seinen zielgerichteten, professionellen Bewegungen faszinierte sie. Und jagte ihr gleichzeitig Angst ein.
Er ließ den Blick durch das Zimmer wandern, um zu sehen, ob alles in Ordnung sei, kniete dann auf dem Bett nieder und strich ihr eine Haarsträhne aus der Stirn. »Komm jetzt. Zieh dich an, Liebling!« Er vergrub die Nase in dem Ausschnitt des Morgenrocks und gab beiden Brüsten einen leichten Kuß. Dann ließ er sie allein, um die anderen Schlafzimmer nach Geld zu durchsuchen.
Typisch für Jungen aus ärmlichen Verhältnissen, denen es schließlich finanziell gut geht, ging er auffallend sorglos mit Geld um und trug immer eine ziemlich große Summe in bar mit sich herum. Als er wieder zurückkehrte in ihr Schlafzimmer, war er gekämmt und rasiert und hatte nahezu dreihundert Pfund zusammengetragen.
Sie saß auf dem Bettrand, angekleidet, doch immer noch wie benommen.

Er schlürfte seinen dritten Café crème. Maggie hatte den ihren fahrig umgerührt, als er gekommen war, doch hatte sie ihn nicht getrunken; bräunlicher Schaum hatte sich obendrauf gebildet. Ohne irgend etwas wahrzunehmen, starrte sie ins Glas – ihre Gedanken waren ganz nach innen gerichtet. Von ihrem Tisch im Hintergrund des Cafés auf der anderen Straßenseite behielt Jonathan den Eingang seiner Wohnung in

der Baker Street aufmerksam im Auge. Seitdem er bestellt hatte, hatte er noch nicht wieder geredet.
Sie brach das Schweigen, ohne von ihrem Glas aufzusehen. »Sind wir hier auch sicher? Ganz einfach auf der anderen Seite der Straße?«
Er nickte – doch seine Augen wichen keinen Augenblick von der Drehtür des Hotels. »Ziemlich sicher, ja. Sie erwarten von uns, daß wir uns möglichst weit von hier zu entfernen versuchen.«
»Sie? Wer sind denn diese *Sie*?«
»Das weiß ich nicht.«
»Aber du hast eine Ahnung?«
»Sie könnten vom CII sein, einer amerikanischen Geheimdienstorganisation, für die ich früher mal gearbeitet habe. Vor Jahren.«
»Als was?«
Jetzt warf er ihr einen raschen Blick zu. Wie sollte er ihr erklären, daß er als Killer gearbeitet hatte? Oder, um moralische Haarspalterei zu betreiben, als Vergeltungskiller? Er wandte sich wieder der Drehtür zu.
»Aber weshalb sollten sie versuchen, dich wieder in . . . in dieses schreckliche Geschäft von früher zu verwickeln?«
»Sie haben abwegige, perverse Gedanken. Es ist unmöglich zu sagen, was sie vorhaben. Möglich, daß sie mich zwingen wollen, wieder für sie zu arbeiten.«
»Das verstehe ich nicht.«
»Trink deinen Kaffee.«
»Ich mag nicht.«
Abermals versanken sie in Schweigen und gaben sich ihren eigenen Gedanken hin. Doch nach einer Weile überkam der Impuls zu reden sie beide gleichzeitig.
»Weißt du, was das Schlimmste war . . . Wie bitte? Was hast du gesagt?«
»Hör mal, Maggie, es tut mir entsetzlich leid . . . Du mußt mir verzeihen . . . Das Schlimmste . . . wobei?«
»Entschuldige . . . Nein, jetzt sag schon.«
»Verzeihung . . . ich wollte gerade sagen, was ohnehin auf der Hand liegt, Liebling. Es tut mir entsetzlich leid, daß du da mit hereingezogen worden bist.«
»Bin ich das? Richtig mit hineingezogen, Jonathan?«
Er schüttelte den Kopf. »Nein, Nein. Nicht wirklich. Ich werde dich da schon raushalten. Nur keine Sorge!«
»Und was ist mit dir?«
»Ich komme schon selbst zurecht.«
»Das stimmt!« Forschend blickte sie ihm in die Augen. »Nur allzu gut, finde ich.«
»Was willst du damit sagen?«
»Nun, genau das, was ich eben schon sagen wollte. Wenn ich darüber

nachdenke, ist das Schlimmste an der ganzen Sache deine Reaktion. Wie umsichtig du reagiert hast. Als ob das dein Beruf wäre. Als ob du an solche Geschichten gewöhnt wärst. Deine Geistesgegenwart und deine Ruhe waren geradezu erschreckend.«

»Ich war aber nicht wirklich ruhig. Ich hatte Angst und war verwirrt. Deshalb mußte ich diese kleine Meditation einlegen.«

»Auf dem Bett?«

»Ja.«

»Und du schaffst es, so wieder einen klaren Kopf zu bekommen? In den paar Minuten?«

»Heute kann ich das. Nach einigen Jahren Übung.«

Sie dachte einen Moment darüber nach. »Es muß ein paar schreckliche Dinge in deinem Leben gegeben haben, daß du imstande warst, diese Fähigkeit zu entwickeln . . .«

»Da! Da sind sie.«

Sie folgte seinen Augen zum Eingang des Hotels. Durch Lücken im Verkehr hindurch sah sie zwei Männer herauskommen, auf dem Bürgersteig stehenbleiben und suchend nach links und rechts die Straße hinabspähen. Einer von ihnen war in komischer Aufmachung: auffallend modische Hose, Cowboystiefel und ein ziemlich langes, eng geschnittenes kariertes Sportjackett. Der Kragen seines Hawaii-Hemds war über den Jackenkragen geschlagen, wie man es vor fünfundzwanzig Jahren getan hatte. Außerdem hatte er ein Ungetüm von Fotoapparat vor seiner Brust hängen. Der andere war ein kräftig gebauter Riese. Den gewehrkugelförmigen Schädel hatte er kahlrasiert, und die Haut lag bis zur Hälfte seines Nackens hinauf in tiefen Falten. Er trug einen dicken Rollkragenpullover unter einer Tweedjacke und sah ganz wie ein Preisboxer aus, bis auf seine große, spiegelnde Sonnenbrille.

Hawaii-Hemd sagte etwas zu Kugelkopf. Seinem Gesichtsausdruck nach zu urteilen war er wütend. Kugelkopf blökte zurück und schien offensichtlich nicht willens, irgendeine Schuld auf sich zu nehmen. Wieder blickten sie die Straße hinauf und hinunter, und dann gab Hawaii-Hemd ein Signal mit der Hand, und ein dunkler Bentley hielt am Rinnstein. Sie stiegen ein, Kugelkopf saß vorn, Hawaii-Hemd allein hinten im Fond. Der Bentley reihte sich in den flutenden Verkehr ein, boxte sich praktisch kraft seines Rufes in den Verkehrsfluß hinein.

Maggie sah Jonathan an, der die Gesichter der am Hotel Vorübergehenden studierte. »Mehr sind's nicht«, sagte er dann gewissermaßen zu sich selbst. »Nur die beiden.«

»Woher weißt du . . .«

Er hielt die Hand hoch. »Moment.« Er beobachtete aufmerksam die Straße, bis nach etwa drei Minuten der Bentley wieder vorüberkam, vor dem Hoteleingang die Fahrt verlangsamte und die Männer im Wagen sich

vorneigten, um den Eingang sorgfältig abzusuchen. Dann wechselte der Wagen auf die mittlere Fahrbahn über und fuhr davon.
»Okay. Die kommen nicht wieder – zumindest für die nächsten paar Stunden nicht. Aber sie haben zweifellos drinnen jemand postiert.«
»Woher weißt du eigentlich, daß sie es waren?«
»Instinkt. Sie riechen einfach nach diesen verrückten Typen, wie man sie in der Spionagebranche findet. Und wie sie sich hinterher benommen haben, das hat meinen Verdacht in allen Punkten bestätigt.«
»Spionage? Um alles in der Welt, Jonathan, was geht hier vor?«
Er schüttelte bedächtig den Kopf. »Ich weiß es nicht, ehrlich.«
»Hast du irgendwas angestellt?«
»Nein.« Er spürte, wie Zorn und Bitterkeit in ihm aufstiegen. »Ich nehme an, es geht um etwas, das ich für sie erledigen soll.«
»Und um was, wenn ich fragen darf?«
Er wechselte schroff das Thema. »Sag mir, wie würdest du den Obermacker von diesen Typen beschreiben? Den mit dem Fotoapparat und dem geschmacklosen Hemd?«
Sie zuckte mit den Achseln. »Ich weiß nicht. Ein Amerikaner, nehme ich an. Ein Tourist vielleicht?«
»Nein, kein Tourist. Obwohl er zweifellos aufgeregt war, hat er sich den Straßenverkehr genau angeschaut, indem er erst von rechts nach links und dann von links nach rechts sah. Als ob er Linksverkehr gewohnt sei. Ein Amerikaner hätte zuerst nach links geschaut und dann rechts.«
»Und die Coboystiefel?«
»Stimmt. Aber die Hose hatte einen britischen Schnitt.«
»Er sah schon ziemlich sonderbar aus, wenn ich darüber nachdenke. Wie ein Amerikaner – allerdings wie ein Amerikaner in alten Filmen.«
»Das ist auch genau mein Eindruck.«
»Was schließt du denn daraus?« Verschwörerisch lehnte sie sich vor.
Jonathan schenkte ihr ein Lächeln; der Ton ihrer Unterhaltung hatte ihn plötzlich belustigt. »Eigentlich gar nichts. Trink deinen Kaffee.«
Sie schüttelte den Kopf.
Für ein paar Minuten zog er sich in sich selbst zurück, die Brauen gekräuselt, den Blick auf ein Ziel gerichtet, das jenseits der Wand lag, die er anstarrte. Er ordnete die Dinge, die er nacheinander im Laufe des Tages machen mußte. Dann holte er tief Atem und wandte seine Aufmerksamkeit wieder Maggie zu. »Okay, hör zu!« Mit diesen Worten zog er seine Brieftasche aus der Brusttasche seiner Jacke. Darin lagen sein Scheckheft, etliche Bogen Schreibpapier, Briefmarken und Umschläge – alles Dinge, die er bei seinem Streifzug durch das Penthouse aufgelesen hatte. »Ich freß 'n Besen!« Er hatte nämlich auch den Umschlag herausgeholt, der das Geld enthielt, das der Renaissance-Mann ihm für seine Stegreifschätzung des Pferdes von Marini gezahlt hatte. Das hatte er ganz vergessen.

Folglich konnte es um die Klarheit seines Denkens doch nicht so gut bestellt sein, wie er sich eingebildet hatte. Er riß den Umschlag auf und zählte das Geld: zehn Fünfzig-Pfund-Noten. Gut. Dann brauchte er also doch keinen Scheck einzulösen.
»Hier«, sagte er und schob ihr zweihundert Pfund über den Tisch, »nimm das.«
Sie zog die Hand von dem Geld zurück, als ob sie sich vor einer Ansteckung fürchtete. »Ich brauch es nicht.«
»Selbstverständlich brauchst du es. Du hast kein Zimmer. Du hast kein Geld. Und zu MacTaint kannst du auch nicht zurück.«
»Warum nicht?«
»Sie werden seinen Schuppen überwachen. Diese ganze Geschichte ist ziemlich ausgeklügelt. Sie müssen mich den größten Teil der Nacht über beschattet haben. Ich schlafe schließlich nicht allzuoft dort oben. Für gewöhnlich bin ich doch in meiner Wohnung in Mayfair.«
»Wenn du mich nicht getroffen hättest . . .«
»Unsinn. Wenn sie wirklich etwas von mir wollen, hätten sie es früher oder später doch getan.«
»Übrigens, da fällt mir gerade etwas ein, Jonathan. Wie sind sie überhaupt hereingekommen?«
»Ach, da gibt's tausend Möglichkeiten. Mit einem Dietrich. Oder mit einem richtigen Schlüssel. Von denen gibt's ja einen ganzen Haufen. Denk doch bloß an diese betrunkene Schauspielerin.«
»Trotzdem, es muß doch nicht ganz einfach gewesen sein. Den armen Mann hochzuschleppen.«
»Als sie reinkamen, war er noch quicklebendig. Erschossen haben sie ihn erst im Badezimmer. Auf dem Flur war kein Blut zu sehen. Er stand nur schwer unter Drogen.«
»Und trotzdem – wie haben sie ihn in deine Wohnung hinaufgebracht?«
Er schüttelte den Kopf. Während sie auf den Fahrstuhl gewartet hatten, um hinunterzufahren, hatte er einen zusammenklappbaren Rollstuhl an der Wand lehnen sehen. Der und die Kaspermaske, die sie hinter seine Toilettenschüssel gestopft hatten – das hatte ihm verraten, daß sie den armen Kerl als Guy-Fawkes-Puppe hinaufgeschafft haben mußten. Jonathan sah keinen Grund, warum er Maggie mit dieser häßlichen Einzelheit belasten sollte.
»Hier, nimm das Geld.«
»Nein, wirklich . . .«
»Nimm es!«
Ihre Hand zitterte, als sie die Geldscheine einsteckte.
»Ich weiß, Liebling. Und es tut mir schrecklich leid. Es ist wirklich ein Riesenpech, daß du in diese Sache mit hineingezogen werden mußtest. Aber dir wird schon nichts passieren. Hinter dir sind sie ja nicht her.«

Tränen stiegen ihr in die Augen – eine Reaktion auf die Aufregung und die Angst, die sie ausgestanden hatte, und auf alles andere. Sie entschuldigte sich deswegen nicht und versuchte auch nicht, zu zwinkern und sie zu unterdrücken. »Aber hinter *dir* sind sie her, und ich habe Angst um *dich*!« Sie riß sich zusammen, und dabei half es ihr, in derber irischer Aussprache weiterzureden. »Du bist mir nämlich ziemlich lieb geworden, weißt du!«

»Sie sind mir gleichfalls sehr ans Herz gewachsen, Madame. Vielleicht später, wenn ich mit dieser Sache erst einmal zu Rande gekommen bin . . .«

»Ja. Laß es uns versuchen!«

»Willst du jetzt einen Kaffee?«

Sie nickte und schniefte, als sie die letzten Tränen abwischte.

Er bestellte noch mehr Kaffee und ein paar Croissants, und sie sprachen kein Wort, bis der Kellner das Gewünschte gebracht hatte und wieder gegangen war. Sie trank ihren Kaffee und brach auch ein Croissant auseinander, aß es jedoch nicht. Sie schob ihren Teller beiseite und sagte: »Meinst du, du schaffst es, mich wissen zu lassen, wie du vorankommst?«

»Das wäre unklug. Um deinetwillen, Maggie. Außerdem werde ich ja auch gar nicht wissen, wo du wohnst. Und ich will es auch nicht.«

»Oh, aber es wird für mich entsetzlich sein, nicht zu wissen, daß mit dir alles in Ordnung ist.«

»Na schön. Dann hör zu. Morgen nachmittag werde ich einen Vortrag im Royal Institute of Art halten. Du kannst ja hinkommen. Auf diese Weise kannst du mich dann sehen und weißt, daß es mir gut geht. Wenn es so aussieht, als ob wir uns hinterher treffen könnten, werde ich die Diskussion damit beenden, daß ich sage, ich würde mich freuen, über einige der angeschnittenen Fragen mit Interessenten privat weiter zu diskutieren. Und etwa eine Stunde später können wir uns dann dort treffen, einverstanden?«

Sie runzelte die Stirn und war verwirrt. »Du willst diesen Vortrag wirklich halten?«

»Aber gewiß doch. Ich werde allen meinen gesellschaftlichen Verpflichtungen nachkommen. Das ist nun mal so in diesem Spiel – wenn es ihnen gelingt, mein ganzes Leben durcheinanderzubringen, haben sie gesiegt. Das würde mich zwingen, mich entweder mit ihnen zu einigen oder aber mich für alle Ewigkeit zu verstecken. Und in der Öffentlichkeit, besonders in öffentlichen Vortragssälen, bin ich vergleichsweise sicher. Du hast ja gesehen, daß sie auch hier nicht gleich die Polizei verständigt haben. Die Schwierigkeit wird darin bestehen, sicher zu diesem Vortrag zu kommen und sicher wieder wegzukommen – und mich bis dahin unsichtbar zu machen. Aber in solchen Sachen bin ich ausgebildet. Also mach dir keine Sorgen.«

»Was ist denn das für ein Rat?«
Er lächelte. »Mach dir wenigstens keine allzu großen Sorgen!«
»Glaubst du wirklich, du kannst ihnen bis in alle Ewigkeit aus dem Weg gehen?«
»Nein. Nicht bis in alle Ewigkeit. Aber ich werde mir schon etwas einfallen lassen. Und ich werde versuchen, es so hinzudeichseln, daß ich derjenige bin, der den Treffpunkt bestimmt.«
»Was wirst du jetzt tun? Wenn ich dich verlassen habe?«
»Ich muß ein paar praktische Dinge erledigen. Und wenn ich damit fertig bin, werde ich vermutlich ins Kino gehen.«
»Ins Kino?«
»Das ist der beste Ort, sich für ein paar Stunden zu verlieren. In eines dieser Porno-Kinos, wo man sich einen Regenmantel leihen kann.«
»Einen Regenmantel leihen?«
»Ach, laß nur.«
»Und was willst du mit diesem Mann machen . . . den wir gefunden haben? Du kannst ihn doch nicht einfach da liegenlassen.«
»Etwas anderes bleibt mir gar nicht übrig. Außerdem müßte ich mich schon schwer täuschen, wenn er in einer Stunde immer noch da ist. Wenn es sich vermeiden läßt, werden sie nicht zulassen, daß die Polizei ihre Nase hineinsteckt. Denn im Gefängnis wäre ich ihnen von keinem großen Nutzen. Nein, geplant haben sie bestimmt, mich einfach zu überrumpeln und unbestreitbare Beweise gegen mich beizubringen. Vermutlich ein Foto oder so etwas Ähnliches. Dann hätten sie etwas in der Hand, mich zu zwingen, für sie zu arbeiten. Irgend etwas muß schief gegangen sein – was, weiß ich nicht. Vielleicht sind wir zu früh aufgewacht und zu schnell ausgeflogen. Jetzt werden sie sich erst einmal etwas Neues einfallen lassen müssen. Und ich hoffe, daß sie dazu eine Weile brauchen.«
Sie erschauerte. »Tut mir leid. Ich versuche die ganze Zeit über, nicht an ihn zu denken . . . an den Mann in deinem Loo . . . aber dann steigt immer wieder das Bild vor mir auf, wie er da . . .«
Überrascht blickte Jonathan zu ihr auf. »In meinem Loo?«
»Ja, in deiner Toilette, deinem Badezimmer. Was ist?«
»Kurz bevor er starb, sagte der Mann ein einziges Wort. Einen Namen, dachte ich. Ich glaubte, er sagte Lew, wie in Lewis. Oder Lou wie in Louise. Aber er könnte auch Loo gemeint haben – im Badezimmer.«
»Und was könnte das bedeuten?«
Jonathan schüttelte den Kopf. »Ich habe keinen blassen Schimmer.«

Ehe sie auseinandergingen und nachdem sie noch einmal in allen Einzelheiten besprochen hatten, wie sie es machen wollten, um sich nach dem Vortrag am Royal Institute zu treffen, machte Maggie eine

Beobachtung, die Jonathan gleichfalls nicht entgangen war. »Es ist ein seltsames Gefühl. Der Wechsel im Ton zwischen heute morgen und dem Gefrotzel im Restaurant gestern abend. Ich kann mir nicht helfen, ich habe das komische Gefühl, als ob wir uns schon seit Jahren kennen. In wenigen Stunden haben wir alles durchlebt: Lachen, Liebe und dann diesen ganzen Schlamassel. Es ist schon ein eigenartiges Gefühl.«
»Ich bewundere, wie du dich dabei zusammengenommen hast.«
»Ach, weißt du, ich bin darin nicht ganz ohne Übung. Die Schwierigkeiten in Belfast sind nicht spurlos an mir vorübergegangen. Die Seele entwickelt ziemlich rasch so etwas wie eine Hornhaut. Das ist ja das eigentlich Entsetzliche am Terror – man gewöhnt sich an ihn.«
»Stimmt.« Und in der Tat hatte es ihn selbst überrascht, mit welcher Leichtigkeit er wieder in alte Muster und Verhaltensweisen zurückgefallen war, eine Existenz, von der er angenommen hatte, daß sie lange hinter ihm läge. »Wir werden uns bald wiedersehen, Maggie.«
»Ja, bald.«

Er stand in einer öffentlichen roten Telefonzelle und prägte sich die Nummern von zwei Bahnhofshotels ein.
»Great Eastern Hotel?« Die Stimme der Telefonistin hatte etwas vom Rattern der Eisenbahn.
Er ließ die Münze im Schlitz herunterfallen. »Ich möchte gern ein Zimmer bestellen.«
Im Great Eastern ließ er unter dem Namen Greg Eastman ein Zimmer reservieren. Dann rief er im Charing Cross Hotel an und ließ auch dort eins reservieren, allerdings hier unter dem Namen Charles Crosley. Bahnhofshotels waren genau das, was er brauchte. Sie waren still, nicht hochgestochen, sehr groß und an Durchgangsverkehr gewöhnt. Wohnen wollte er im Great Eastern, wo ein Fahrstuhl ihn direkt von der U-Bahn ins Hotel hochbringen würde, er also nicht erst auf die Straße hinausmußte. Das Zimmer im Charing Cross war nur als Kleiderdepot gedacht.
Danach rief er seinen Schneider in der Conduit Street an.
»Ah, so, Dr. Hemlock. Womit kann ich Ihnen dienen?«
»Ich brauche zwei Anzüge, Matthew.«
»Sehr wohl, Sir. Wollen wir einen Termin für die Anprobe vereinbaren?«
»Dafür habe ich keine Zeit. Sie haben ja mein Anzug-Schnittmuster da.«
»Wie Sie wünschen, Sir.«
»Ich brauche die Anzüge heute abend noch.«
»*Heute* abend? Das ist ein Ding der Unmöglichkeit, Dr. Hemlock.«
»Nein, das ist es nicht. Sie führen doch auch Konfektionsanzüge von Bruno Piattelli, nicht wahr? Nehmen Sie sich welche von der Stange und setzen Sie einen Ihrer Schneider daran, sie nach meinen Maßen zu

ändern. Was die Farben betrifft, konservativ, und im Schnitt nicht allzu modisch. Wenn Sie zwei Leute dransetzen, schaffen sie es in drei oder vier Stunden.«

»Wir haben aber auch noch andere Verpflichtungen, Sir.«

»Berechnen Sie das Doppelte für die Anzüge – und zwanzig Pfund für Sie.«

Der Angestellte stieß ein theatralisches Seufzen aus. »Sehr wohl, Sir. Ich werde sehen, was sich machen läßt.«

»Sie sind ein guter Mensch. Liefern Sie sie ins Charing Cross Hotel, für Mr.« – er mußte eine Sekunde nachdenken und überlegen, was für eine Eselsbrücke er sich zum Behalten des Namens gebaut hatte – »Mr. Charles Crosley.«

Der nächste Anruf galt seinem Hemdenmacher in der Jermyn Street. Dort galt es, den Leuten die Sache noch ein wenig mehr zu versüßen, denn Jonathan haßte Konfektionshemden, und der Zuschneider mußte sie nach den dort für ihn liegenden Schnittmustern erst zuschneiden. Doch endlich erhielt er auch dort eine Zusage, daß sie ihm bis fünf Uhr sechs Hemden liefern würden, zusammen mit Socken und Unterwäsche.

Jonathans letzter Anruf galt MacTaint.

»Ach, du bist's, mein Junge. Moment mal.« (Das Geräusch eines Telefons, über dessen Sprechmuschel eine Hand gelegt wurde, war zu vernehmen.) »Lilla? Ich telefoniere grade. Halt doch mal deine verdammte Klappe!« (Wütendes Geplänkel, doch die einzelnen Wörter waren nicht zu verstehen.) »Stopf dir 'ne Socke rein! . . . So, was kann ich für dich tun, Jonathan?«

»Ich werde heute nachmittag dreihundert Pfund an Sie überweisen.«

»Das ist nett. Wofür?«

»Ich sitz ein bißchen in der Klemme und muß eine Geldquelle haben, die ich nicht mit mir rumzuschleppen brauche.«

»Polizei?«

»Nein.«

»Soso. Ich versteh. Also wirklich bös in der Klemme. Und was soll ich mit dem Geld tun?«

»Zweihundertfünfzig in bar bereithalten, damit Sie sie mir schicken können, wenn ich Sie anrufe. Vermutlich wohne ich im *Great Eastern*, unter dem Namen Greg Eastman.«

»Und die restlichen fünfzig sind für meine Mühe?«

»Richtig.«

»Abgemacht. Halt die Ohren steif, mein Junge.«

Jonathan hängte ein. Er wußte MacTaints sachliche Art zu schätzen. Auch war es richtig, daß er sein Honorar einstrich, ohne erst lange rührselig von Freundschaft und so zu reden, und es war richtig, daß er keine Fragen stellte.

Die Telefonzelle stand in der Nähe einer U-Bahn-Haltestelle, und Jonathan fuhr mit dem Fahrstuhl tief hinab. Bis er wußte, woran er war, würde er sich vornehmlich des anonymen Verkehrsmittels der U-Bahn bedienen.

In der Nähe von Soho kam er wieder ans Sonnenlicht und fand rasch ein Kino mit einem Doppelprogramm, das dem Zuschauer wollüstige Schauder über die Haut jagen sollte. *Sie arbeitete sich durch die türkische Armee* lautete der Titel des einen Films, der des anderen Streifens: *Au-Pair-Mädchen im Vatikan.* Vier Stunden lang blieb er unsichtbar, untergetaucht in der Armee der Verlorenen, der Einsamen, der Kranken und der Frustrierten, die ihre Nachmittage auf abgewetzten und nach Mehltau riechenden Kinositzen verbrachten, Bonbonpapier unter den Füßen, Menschen, die mit starren Pupillen schwedischen »Starlets« bei ihrer schweißtreibenden Arbeit zusahen, wie sie in vorgetäuschter Ekstase geziert an Gliedern und künstlichen Penissen herumknabberten und -lutschten.

London

Jonathan verbarg sich im Schutz des Menschengewühls um das Charing Cross Monument herum und behielt den Eingang des Charing Cross Hotels im Auge. Es war fast fünf, und der abendliche Berufsverkehr hatte stark zugenommen. Schlangen an Bushaltestellen wanden und ringelten sich: In wenigen Minuten würden Autoverkehr und hastende Menschen zu einer ununterscheidbaren Masse gerinnen. Darauf verließ er sich, falls die Leute, die hinter ihm her waren, durch Erfahrung gewitzt waren oder kraft ihrer Intelligenz darauf verfallen sollten, bei seinem Schneider nachzufragen.

Er warf einen Blick zum Glockenturm von St. Martin's-In-The-Fields hinauf, um festzustellen, wie spät es sei, und dabei fielen ihm die Zeitungsberichte über den Unseligen ein, den man dort gepfählt aufgefunden hatte. Ein Lieferwagen mit dem Namen seines Hemdenmachers darauf fuhr vor dem Hotel vor, aber von dem kugelköpfigen Boxer mit Sonnenbrille oder von dem amerikanischen Touristen des Jahrgangs 1950 war weit und breit nichts zu sehen. Seine Anzüge vom Schneider waren allerdings noch nicht angekommen, und es hing alles davon ab, ob es ihm gelang, sich Hemden und Anzüge während der Hauptverkehrszeit abzuholen.

Punkt fünf Uhr hielt ein Taxi vor dem Hotel, und ein junger Mann stieg aus. Einen großen, weißen Karton über seinen Kopf haltend, bahnte er sich den Weg durch die dicht gedrängte Menge. Das mußten seine Anzüge sein. Jonathan überquerte die Straße und stand vor der Vorderfront des Hotels. Keine Sonnenbrille, kein Hawaii-Hemd, kein Bentley – nichts.

Er wartete, bis Fahrgäste aus einem Taxi ausgestiegen waren, und dann trat er an den Taxifahrer heran.

»Warten Sie bitte hier fünf Minuten auf mich? Fünf Minuten.«

»Das kann ich nicht tun, junger Mann. Hauptverkehrszeit, Sie verstehen.«

Jonathan entnahm seiner Brieftasche eine Zehn-Pfund-Note und riß sie in der Mitte auseinander. »Hier. Die andere Hälfte kriegen Sie, wenn ich zurückkomme – in fünf Minuten.«

Einen Moment war der Fahrer unentschlossen. »In Ordnung«, sagte er dann, warf einen Blick in den Rückspiegel auf die wachsende Schlange von Taxis hinter ihm. »Aber machen Sie schnell!«

Jonathan betrat die Hotelhalle vom Restaurant aus und blickte sich um, ehe er ein Haustelefon ergriff.

»Hier ist Charles Crosley, Zimmer 536. Es müssen ein paar Pakete für mich angekommen sein. Würden Sie dem Portier bitte Bescheid sagen, er möchte sie heraufbringen lassen?«

Durch die Glasscheibe der Telefonkabine beobachtete er die Telefonistin und hoffte, daß sie nicht erst nachsehen würde, ob überhaupt sein Schlüssel dahing. Bei dem Andrang der Gäste und den vielen Nachfragen zu dieser Stunde unterließ sie es. Ein Pikkolo übernahm den Auftrag und ging in den Paketraum, wo er ein großes und ein kleineres Paket abholte. Als er mit ihnen auf den Lift zuging, trat Jonathan aus der Telefonkabine heraus und heftete sich an seine Fersen. Gerade als die Fahrstuhltüren sich hinter ihnen schlossen, bemerkte Jonathan noch, wie sich zwei Männer drängelnd und in Eile durch die Hoteltür zwängten. Hawaii-Hemd und Kugelkopf.

Also waren sie doch auf die Idee gekommen, bei seinem Schneider nachzufragen. Freilich, ein bißchen zu spät, falls alles gut ging.

»Das sind wohl meine Pakete, die Sie mir bringen?«

»Sir?«

»Crosley? Zimmer 536?«

»Jawohl, Sir.«

Jonathan drückte den Knopf von Etage vier. »Kommen Sie, ich nehme sie gleich mit.« Damit drückte er dem Pikkolo eine Pfundnote in die Hand.

»Aber hier ist erst der vierte, Sir.«

»Stimmt. Aber meine Sekretärin wohnt auf dem vierten.« Er zwinkerte, und der junge Bursche zwinkerte verständnisvoll zurück.

Während er auf den Fahrstuhl wartete, der ihn in die Halle zurückbringen sollte, verfolgte er den Indikator des Fahrstuhls daneben, bis er im fünften Stock hielt. Also hatte er einen Vorsprung von einer Minute. Das würde reichen, sofern der Taxifahrer es fertiggebracht hatte, dem Zorn und der Ungeduld der Männer in der Schlange hinter ihm zu widerstehen.

Der Bentley war am Eingang geparkt, und der Fahrer, ein muskulöser Bursche mit ziemlich langem Haar, erkannte Jonathan, als er vorüberging. Hastig kletterte er aus dem Wagen heraus und machte ein, zwei Schritte auf Jonathan zu, besann sich jedoch eines Besseren und wandte sich dem Hoteleingang zu, um seine Kameraden zu alarmieren, hielt dann jedoch inne und kam offenbar zu dem Schluß, daß er Jonathan nicht aus den Augen verlieren dürfe. Er rannte zurück zum Bentley, wußte offensichtlich jedoch nicht so recht, was tun, beugte sich zum Fenster hinein und drückte auf die Hupe. Aufgeschreckte Taxifahrer in der Schlange drückten als Antwort auf ihre Hupe. Verwirrt durch das Hupkonzert, blieb ein Auto mitten auf der Kreuzung stehen, und der Fahrer eines Lastwagens hinter ihm mußte auf die Bremsen treten und

machte seinem Ärger dadurch Luft, daß er sein Doppelhorn ertönen ließ. Vorüberfahrende Autos schwenkten zur Seite, und die Fahrer drückten gleichfalls wütend auf die Hupe.
Über diesen Lärm hinweg schrie Jonathan dem Taxichauffeur zu: »Charing Cross, U-Bahn-Station.«
»Aber das ist ja nur einen Block von hier, Kumpel!«
Jonathan reichte ihm die andere Hälfte des auseinandergerissenen Zehn-Pfund-Scheins. »Aber für Sie lohnt es sich schließlich, oder?«
Daraufhin fiel auch der Taxichauffeur in das mißtönende Hupkonzert ein und scherte auf die Fahrbahn aus. »Blöde Amerikaner«, brummte er. »Die haben ja alle einen Knall!«
Gerade als das Taxi um die Ecke bog, kamen Hawaii-Hemd und Kugelkopf aus der Drehtür herausgestürzt und stießen eine alte Dame beiseite, die sich zweimal um die eigene Achse drehte, ehe sie endlich auf den Stufen zum Sitzen kam und nicht wußte, wo ihr der Kopf stand. Der Bentley war einen halben Block hinter ihnen, als Jonathan beim U-Bahn-Eingang aus dem Wagen sprang. Seine sperrigen Pakete über den Kopf haltend, lief er die lange Doppelrolltreppe hinunter, vorbei an denen, die es weniger eilig hatten und höflich auf die rechte Seite traten. Die Verbindungstunnel waren voll von Berufstätigen, die nach Hause wollten, und die Pakete stellten für Jonathan sowohl eine Belastung als auch eine Waffe dar. Endlich stand er auf dem richtigen Bahnsteig und ging auf das Schild »Ausgang« zu, so daß ihm ein Fluchtweg offenstand, falls der Zug nicht rechtzeitig einlief.
Und dort wartete er. Kein Zug. Mädchen plauderten gackernd miteinander, und ältere Männer starrten blicklos, dem Koma der Routine verfallen, vor sich hin. Der Zug kam immer noch nicht. Eine Reklameplakat forderte die Leser auf, an einem Wohltätigkeitskonzert für Bangladesh teilzunehmen, und darunter hatte jemand handschriftlich empfohlen: *Fuck the Irish!*, während jemand anders etwas von »Superschwanz« hingekritzelt hatte. Immer noch kein Zug.
Die Menge am anderen Ende des Bahnsteigs, wo der Tunnel müdete, geriet in Bewegung, und Kugelkopf und Hawaii-Hemd stürzten auf den Bahnsteig. Des ersten Kopfhaut glänzte vor Schweiß, als er auf- und abblickte und die Gesichter der Wartenden absuchte. Jonathan drückte sich gegen die Mauer, aber es half nichts. Sie erkannten ihn, die beiden bahnten sich mit Gewalt einen Weg durch die protestierenden Pendler und kamen auf ihn zugeeilt.
Jonathan schlüpfte zum Ausgang hinaus und durch einen gekachelten Gang in Richtung der doppelten Rolltreppen. Ein Zug war auf einem anderen Bahnsteig eingelaufen, und hinter ihm ergoß sich eine Menschenmenge vor die Rolltreppen, eilten viele Menschen zu ihren Anschlußzügen. An der Spitze dieser Menge gelang es ihm, auf der

endlosen Rolltreppe immer zwei Stufen auf einmal zu nehmen. Oben blickte er zurück in die Tiefe. Hawaii-Hemd und Kugelkopf waren in der Menge eingekeilt, die langsam von der Rolltreppe emporgehoben wurde. Daraufhin machte Jonathan kehrt und betrat die nach unten führende Rolltreppe. Seine Verfolger mußten wutentbrannt, aber hilflos zusehen, wie er, keine zweieinhalb Meter von ihnen entfernt, an ihnen vorüberfuhr. Sie drängelten sich nach vorn, um rascher vorwärtszukommen, doch Männer in Mützen drohten ihnen an, sie zu vermöbeln, und das brachte sie dazu, wenn auch nicht gerade mit philosophischer Gelassenheit, sich in das Unvermeidliche zu schicken. Als sie auf gleicher Höhe waren, nickte Jonathan ihnen frech zu und legte den Mittelfinger an die Kante des Kartons in seinem anderen Arm. Auf diese herausfordernde, höhnische Geste reagierten sie nicht, und Jonathan ging auf, daß er die amerikanische Ein-Finger-Version dieses universalen Symbols gebraucht hatte, statt sich der britischen Zwei-Finger-Schreibweise zu bedienen.
Kaum stand er wieder unten auf dem Bahnsteig, spürte er den Anhauch abgestandener Luft, der die Ankunft eines Zuges signalisierte. Dieser hielt, ratternd gingen Türen auf, Menschen stiegen aus, andere stiegen ein, die Türen wurden wieder zugerammt, und quietschend fuhr der Zug ab. Kugelkopf, der seinen keuchenden Genossen überrundet hatte, lief noch ein Stück draußen vorm Fenster mit dem anfahrenden Zug mit und machte seiner Wut und seiner Frustration lautstark Luft. Jonathan neigte sich vor und verständigte sich per Zeichensprache mit ihm, diesmal auf britisch. Als der dunkle Tunnel sie aufnahm, schaute Jonathan auf und sah das indigniert erstarrte Gesicht einer adretten alten Dame auf dem Sitz ihm gegenüber. Unbeabsichtigt hatte er die obszöne Geste nur wenige Zentimeter vor ihrer Nase gemacht.
»Hm, nach oben gerichtet *könnte* es ›Victory‹ – Sieg – bedeuten, wissen Sie. Oder vielleicht Frieden? Ich wette, Sie haben keine Lust, darüber zu reden, hab ich recht?«
In der viktorianischen Üppigkeit des großen Speisesaals im Great Eastern nahm Jonathan am nächsten Morgen das Frühstück ein. Das Bahnhofshotel bot ein perfektes Versteck. In einem Hotel garni hätte er wegen seiner amerikanischen Großmannssucht auffallen können, und sie – wer immer sie auch waren – hatten die besseren Hotels selbstverständlich längst abgeklappert.
Am Abend zuvor hatte er ein ausgiebiges, sehr heißes Bad in einem Badezimmer genommen, das so kalt gewesen war, daß es alsbald mit dicken, langsam kreisenden Dampfwolken erfüllt gewesen war. Er hatte regungslos in der tiefen Wanne gelegen und sich einweichen lassen, wobei der offene Heißwasserhahn die Temperatur so heiß gehalten hatte, bis die Anspannungen und die Strapazen des Tages aus seinem Körper verflogen waren. Da seine Haut von dem Bad glühte, war er nackt

zwischen die steifgestärkten Laken gekrochen. Er mußte ausgeruht sein, wenn die Geschichte morgen wieder losging, und so entleerte er seinen Geist, faltete er die Hände über der Brust, atmete ganz langsam und steuerte sich durch behutsame Meditation in den Schlaf. Jeden frei schweifenden Gedanken, der sich in seine Vorstellungen einschleichen wollte, schob er sanft beiseite, um die glatte Oberfläche des Teiches seiner Schau nicht zu stören. Das letzte bewußte Bild – Maggies unvollkommenes und doch so wohltuendes Gesicht – ließ er länger vor seinem inneren Auge verweilen, ehe er auch dies beiseiteschob.
Was auch geschehen mochte, er mußte sie im Windschatten der Schwierigkeiten halten, die auf ihn zukommen würden.

Das Mittagessen in der Botschaft verlief wie immer außerordentlich angeregt und gleichzeitig abgrundtief langweilig. Jonathan betrachtete seine Teilnahme an derlei gesellschaftlichen Verpflichtungen als den Preis, den er für ihre üppige Unterstützung seines Englandaufenthaltes zahlen mußte; er machte es sich jedoch zur Regel, ein ziemlich langweiliger Gesellschafter zu sein und sich mit so wenig Leuten wie nur möglich zu unterhalten. In diesem Sinne trug er hier sein Glas amerikanischen Champagners in die wohltuende Stille einer nicht frequentierten Ecke hinüber, die sich allerdings als doch nicht genügend isoliert erwies.
»Ah, da sind Sie ja, Jonathan!«
Es war fforbes-Ffitch; es schien Jonathans Schicksal zu sein, ihn auf jeder Party zu treffen.
»Hören Sie, Jonathan. Ich habe mich da hinten gerade mit dem Kulturattaché unterhalten, und der ist Feuer und Flamme für meine Idee, Sie auf eine Vortragsreise nach Schweden zu schicken. Das Image der Amerikaner ist dort im Augenblick nicht besonders glänzend, wegen der Situation in Südostasien und so. Das könnte eine großartige Sache sein – gemeinschaftlich getragen vom USIS, dem United States Information Service, und dem Royal College. Klingt das nicht verlockend?«
»Nein.«
»Oh. So, so, ich verstehe.«
»Ich habe Ihnen doch schon neulich abends gesagt, daß ich nicht daran interessiert bin.«
»Hm, ich dachte, Sie wollten vielleicht nur auf Knien drum gebeten werden.«
Müdigkeit in den Augen, sah Jonathan ihn an. »Überstürzen Sie doch bloß nichts, f-F. Sie werden's schon schaffen. Bei Ihrer Betriebsamkeit und Ihrem Ehrgeiz zweifle ich keinen Moment dran, daß Sie es noch bis zum Erziehungsminister bringen werden. Aber, bitte, klettern Sie nicht auf meinem Rücken die Leiter rauf.«

fforbes-Ffitch lächelte matt. »Immer frei von der Leber weg und kein Blatt vor den Mund, was? Aber nehmen Sie's mir bitte nicht krumm, daß ich's versucht hab.«
Schweigend und mit schweren Lidern sah Jonathan ihn an.
»Richtig«, sagte f-F. forsch. »Aber ich hoffe doch, Sie kommen Ihrer Zusage nach und halten heute nachmittag einen Vortrag im Royal College für uns, oder?«
»Selbstverständlich. Nur scheinen Ihre Leute, was die Kommunikation betrifft, ein bißchen im Rückstand zu sein.«
»So? Inwiefern?«
»Bis jetzt hat mir noch niemand mitgeteilt, über welches Thema ich reden soll. Aber Sie brauchen nichts zu überstürzen. Wir haben ja noch eine ganze Stunde bis dahin.«
fforbes-Ffitch runzelte gewichtig und nachdenklich die Stirn. »Tut mir leid, Jonathan. Mein Mitarbeiterstab ist gerade tüchtig durchgebeutelt worden. Dabei sind links und rechts Köpfe gerollt. Bis jetzt habe ich noch nicht wieder klar Schiff machen können. Aber in einer Abteilung, der ich vorstehe, ist eine solche Nachlässigkeit einfach nicht drin.« Er berührte Jonathans Schulter mit dem Finger. »Ich werde mal eben anrufen und nachforschen. Sofort.«
Jonathan nickte und zwinkerte. »Gute Show, die Sie da abziehen.«
fforbes-Ffitch drehte sich um und verließ den Empfangsraum mit der Miene höchster Geschäftigkeit, und Jonathan stand gerade im Begriff, sich in eine andere stille Ecke zurückzuziehen, da wurde er vom Gastgeber abgefangen, dem ranghöchsten Beamten, der anwesend war. Er konnte als typisch gelten für die höheren amerikanischen Diplomaten – eine eindrucksvolle und entschiedene Persönlichkeit mit gewelltem grauem Haar, herzhaftem Händedruck und der Gabe, das auf der Hand Liegende im Ton bebender Aufrichtigkeit vorzubringen. Wie bei den meisten Exemplaren seiner Spezies beruhte seine Qualifikation zum Staatsmann auf der Fähigkeit, sich von diesem oder jenem Gremium wählen zu lassen oder aber ganz besonders fette Spenden für den Wahlkampf aufzutreiben.
»Nun, wie ist es Ihnen ergangen, Dr. Hemlock?« erkundigte sich dieser ranghöchste Beamte, als er an Jonathans Hand herumriß. »Man bekommt Sie ja bei solchen Anlässen viel zu wenig zu sehen.«
»Das finde ich komisch. Ich stand ganz unter dem gegenteiligen Eindruck.«
»Ja. Ja, so.« Der ranghöchste Beamte lachte, denn er verstand nicht ganz. »Ja, das mag wohl stimmen. Aber das ist immer so, wirklich. Selbst wenn es nicht den Anschein hat. Das ist eines der Dinge, die man in meinem Beruf lernt.«
Jonathan stimmte zu, daß dem wahrscheinlich so sei.
»Sagen Sie mal«, fragte der ranghöchste Beamte und tat so, als fiele ihm

das spontan ein, »Sie lassen sich doch den Wind der öffentlichen Meinung um die Ohren wehen. Was für unterschwellige Strömungen gibt es denn in bezug auf die amerikanischen Wahlen?«

»Überhaupt keine. Die Leute reden darüber nicht mit mir, weil sie wissen, daß mich das nicht interessieren würde.«

»Ja, so.« Der ranghöchste Beamte nickte und schien dafür vollstes Verständnis zu haben. »So, so. Nun ja, auch keine Kommentare über die Watergate-Affäre?«

»Nein.«

»Gut. Gut. Ist ja in Wahrheit auch nichts dran. Nichts weiter als ein Versuch, den Präsidenten in eine unsaubere Sache zu verwickeln. Unter uns gesagt, ich glaube, daß die ganze Sache entweder von der Opposition oder von den Kommunisten inszeniert worden ist. Ich nehme an, es löst sich alles in Wohlgefallen auf. Das tun solche Sachen immer. Das ist eines der Dinge, die man in meinem Beruf lernt.«

»Herrgott, Jonathan, da ist eine Rieser sauerei passiert.« fforbes-Ffitch war wieder da. »Ah!« Er begrüßte den ranghöchsten Beamten mit übertriebenem Lächeln. »Habe ich Sie beide dabei erwischt, wie Sie über meine Pläne in bezug auf eine Vortragsreise in Schweden gesprochen haben?«

»Ja, das haben Sie«, log der ranghöchste Beamte mit geübter Unbekümmertheit. »Ich bin sehr dafür. Falls es etwas gibt, wo mein Büro behilflich sein könnte, um die Dinge voranzutreiben . . .«

»Das ist außerordentlich liebenswürdig von Ihnen, Sir.«

Nachdem man einander mit warmer Herzlichkeit die Hand geschüttelt hatte, wobei er mit beiden Händen Jonathans Rechte umschloß, kehrte der ranghöchste Beamte zu seinen Gastgeberpflichten zurück und nötigte einem durchreisenden Moslem ein Glas Whisky auf.

»Sie sagen, es ist eine Sauerei passiert?« fragte Jonathan.

»Ja. Tut mir leid. Die Schuld liegt allein bei uns. Wenn Sie es wünschen, blase ich alles ab.«

Jonathan hatte sich jedoch darauf gefreut, Maggie unter den Zuhörern zu sehen und vielleicht später mit ihr in ein Café zu gehen. »Wo drückt denn der Schuh?« fragte er daher.

»Bei den Vorankündigungen ist gedruckt worden, daß Sie über den Film sprechen würden. Hier habe ich den genauen Titel: ›Filmkritik – Brauch und Mißbrauch.‹ «

Jonathan lachte. »Kein Grund zur Aufregung. Das schüttle ich aus dem Ärmel.«

»Aber . . . Film? Ihr Spezialgebiet ist doch die Malerei, oder?«

»Ach, ich bin ein Hansdampf in allen Gassen. Und trotz Godard ist der Film grundsätzlich immer noch eine visuelle Kunst. Haben Sie Ihren Wagen hier?«

»Warum? Äh . . . ja.« fforbes-Ffitch war überrascht und erfreut zugleich. »Soll ich Sie zum College hinüberfahren?«
»Das wäre reizend von Ihnen.« f-Fs speichelleckerische Konversation empfand Jonathan als angemessenen Preis für den Vorteil, in seiner Deckung fahren zu können, falls Hawaii-Hemd und Kugelkopf sich außerhalb des riesigen Botschaftsgebäudes herumdrücken sollten, das aussah wie ein Hauptpostamt.

». . . Rhythmen, die man durch die Geschwindigkeit und den Tonus beim Schneiden erreicht. Die Intensität der raschen Bildabfolge hingegen ist eine Folge dessen, was Whitaker in seiner knappen Darlegung der Filmlinguistik ›Schnittvolumen‹ genannt hat. Ist damit Ihre Frage beantwortet?«
Jonathan ließ den Blick über das zahlreich erschienene Publikum schweifen, suchte Maggie und beantwortete dabei automatisch Fragen. Der Saal war voll, hinten standen sogar einige Leute. Der Überfüllung wegen war ein Polizeibeamter anwesend. Mit seinem hohen Helm und der steifen Unifom bildete er einen lebhaften Gegensatz zu der eher legeren Künstleraufmachung des Publikums.
Jemand mit dünner, näselnder Stimme aus den letzten Reihen stellte gerade eine Frage – da entdeckte er endlich Maggie, die gegen die Hinterwand des Saals gelehnt stand. Sie stand genau unter einer der konisch gearbeiteten Lichtleisten, welche in die Unterseite des vorspringenden Balkons hineingearbeitet waren, und der weiche schmale Lichtstrahl isolierte sie von der Masse und verschmolz mit dem Bernsteinton ihres seidigen Haars. Er freute sich, daß sie da war.
». . . und sind deshalb unvermeidlich damit verbunden?«
Er hatte die Frage nicht ganz mitbekommen, erkannte jedoch den Stil: wieder eine verschachtelte Frage von einem aufgeweckten Burschen, die nicht gestellt worden war, um etwas zu erfahren und hinzuzulernen, sondern um mit kürzlich erworbener Belesenheit zu glänzen.
Mit einem Trick zog Jonathan sich aus der Affäre. »Das ist ein harter Brocken, und diese Frage schneidet einen derart umfassenden Problemkreis an, daß es mehr Zeit brauchte, als uns hier zur Verfügung steht, ihr angemessen nachzugehen. Wie wäre es, wenn Sie jene Teilfrage herausschälten, die Sie am meisten interessiert – und sie präzise noch einmal formulierten?«
Die dünne Stimme geriet ins Stottern und wand sich vor Verlegenheit, wiederholte dann die Frage noch einmal in ihrem ganzen Umfang, ja, fügte ihr sogar noch weitere Elemente hinzu, die dem Frager in seiner Belesenheit zufielen.
Doch Jonathans Aufmerksamkeit war womöglich noch weniger konzentriert als zuvor. Am Ende des Saals, gleichfalls gegen die Rückwand

gelehnt, stand Kugelkopf. Jonathan suchte mit den Augen weiter. Hawaii-Hemd kam den Gang rechts herunter. Jonathan blickte zurück zu Maggie. Immer noch stand sie in dem Lichtstrahl da und war sich ihrer Anwesenheit offensichtlich nicht bewußt.

Pause. Gehüstel. Die Frage war gestellt worden, und sie erwarteten eine Antwort. Ein paar Schlüsselworte, die in seinem Gedächtnis haften geblieben waren, boten Jonathan einen Anhaltspunkt, in welcher Form er sie angemessen beantworten konnte: »Das bringt uns von der Diskussion des Films qua Film dazu, uns der augenblicklichen Lage der Filmwissenschaft und der Filmkritik in der ganzen Welt zuzuwenden. Sofern Sie einverstanden sind – ich bin zu diesem Wechsel gern bereit. Pauschal gesagt, geht man wohl nicht fehl, wenn man feststellt, daß die Wissenschaft vom Film und die Filmkritik sich in einem chaotischen Zustand befinden, gleichzeitig aber auch einer Wüste gleichen. Zumindest müssen wir uns jedoch einmal eingestehen, daß es vielleicht mit Ausnahme von Mitry und Bazin so gut wie überhaupt keine soliden Filmkritiker gibt.«

Wo, zum Teufel, war denn bloß der Bobby geblieben?

»Was wir haben, sind doch nichts weiter als Rezensenten von unterschiedlich anspruchsvollem Niveau. Die französische Schule – falls man diese höchst zufällige Gruppierung sich ausschleimender Persönlichkeiten überhaupt eine Schule nennen kann – geht von der für sie unumstößlichen Tatsache aus, daß die Filmkunst eine gallische Erfindung ist, deren Feinheiten von Menschen weniger begünstigter Herkunft überhaupt nicht gemeistert werden können.«

Kugelkopf kam jetzt den Gang links herunter. Maggie stand immer noch einsam im Lichtkegel.

»Ihr heimtückischster Exportartikel seit der Französischen Krankheit ist ihr eigensinniges Festhalten an der Überzeugung, daß der amerikanische Film dort am bedeutendsten ist, wo er auf seinen größten gemeinsamen Nenner gebracht werden kann. Sie haben rückgratlose amerikanische und britische Gelehrte dazu verführt, solch schalen Machwerken wie denen von Frank Capra, Howard Hawks und Jerry Lewis die Weihe ernsthafter wissenschaftlicher Untersuchungen angedeihen zu lassen.«

Der junge Fahrer des Bentley ging am Ende des Saals quer auf Maggie zu! Verdammt nochmal, wo blieb denn dieser Polizist?

»Auch in den Vereinigten Staaten ist die Situation nicht gesünder; auch dort gerieren sich die sogenannten Filmkritiker unter den Journalisten als mutwillige kleine gesellschaftliche Stars. Boshafte Florettfechtereien untereinander, Phrasendrescherei und das Errichten von Pantheons sind symptomatisch für ihre kritische Malaise. Daneben gibt es selbstverständlich die Kritikaster der Untergrund-Presse á la *Village Blat*, die sich ein Sonntagsvergnügen daraus machen, in ihrer zumeist jugendlichen

Leserschaft Vorurteile zu nähren, denen zufolge Trunkenheit Obskurantismus ist und technisches Unvermögen soziales Engagement. Das schlimmste Handicap der amerikanischen Filmkritik ist jedoch, daß sie an den Universitäten beheimatet ist und damit von Leuten beherrscht wird, die wegen ihrer Trägheit von Tuten und Blasen keine Ahnung haben!«
Hawaii-Hemd stand vor den Treppenstufen, die zum Podium heraufführten, Kugelkopf vor den Stufen auf der anderen Seite. Der junge Fahrer hatte sich neben Maggie gestellt.
»Die Universitäten der Ostküste richten ihre Aufmerksamkeit auf obskure Filme, Filmfolgen und Regisseure, die es nötig haben, daß kritische Analyse sie dem verdienten Vergessen entreißt. Diese symbiotische Liaison zwischen Filmemachern und Kritikern hat sie in Studien über Wertow und Antonioni verwickelt, die das Entzücken kleiner Klüngel von Jüngern bilden, die mit großen Augen die Hervorbringungen ihrer Meister bestaunen, doch tragen diese Untersuchungen nichts, aber auch gar nichts zur Erkenntnis des Hauptstroms der Filmentwicklung bei. An den Universitäten an der Westküste ist es kaum besser: Bei ihnen ist Technik und Umtriebigkeit Trumpf, und deshalb gehen aus ihnen Akademiker hervor, in denen das technische Können von Greenwich Village Hand in Hand geht mit der Sensibilität von *I Love Lucy* . . .«
Der Fahrer neigte sich vor und sagte etwas zu Maggie. Mit großen, weit aufgerissenen Augen sah sie zu Jonathan herüber. Er schüttelte den Kopf. Der Fahrer packte sie am Arm und führte sie zur rückwärtigen Tür hinaus. Herrgott nochmal, wo steckte bloß dieser Bobby?
»Und in der Mitte des Kontinents, isoliert durch weite Entfernungen und durch Veranlagung unangekränkelt von jedem Widerspruchsgeist, floriert das, was man die Chicagoer Schule in der Kritik nennen könnte. Hier stoßen wir auf verbitterte, neidische junge Leute, die, ohne einen Funken von Schöpfertum, versuchen, das Vorhandensein dieser Kreativität in anderen dadurch zu leugnen, daß sie ihre Aufmerksamkeit filmischen *Genres* zuwenden. Als ob Filme sich von selbst drehten und die Männer, die die Regie führen, genausowenig Künstler wären wie sie, die gleichmacherischen Kritiker.«
Aus dem Publikum wurde eine Frage gestellt. Jonathan warf einen Blick in die Kulissen, und ihm fiel ein Mühlstein vom Herzen, als er die verläßliche Kompaktheit des Polizisten entdeckte, der, die Hände im Rücken verschränkt und die Augen auf die Lichter hinter dem Blendgitter gerichtet, stoisch und gelangweilt dastand. Ein Fels im Sturm.
»Da ich Gast Ihres Landes bin, sage ich vielleicht besser nichts über den Stand der seriösen Filmkritik an den britischen Universitäten – vielleicht nur, daß sie finanziell gut abgesichert sind und die Regierung ganz besonders langmütig mit den verschiedenen Instituten ist, die sich seit Jahren gegenseitig aus dem Felde zu schlagen versuchen. Ich bin sicher,

daß sie sich dazu durchringen werden, bis zum Ende des Jahrhunderts einen wichtigen Beitrag zur Untersuchung des Films zu leisten.«
Jonathan achtete nicht auf den Applaus und eilte rasch auf die Kulissen zu, wo er sich an den Bobby wandte, der überrascht schien, daß er sich an ihn wandte. »Da draußen sind drei Männer, Wachtmeister.«
»Was Sie nicht sagen, Sir!«
»Und sie haben eine junge Frau bei sich.«
»So?«
»Ich hab keine Zeit, das erst lang zu erklären. Kommen Sie mit mir.«
»Gehen Sie nur voran, Sir.«
Ein rascher Blick über die Schulter verriet Jonathan, daß Hawaii-Hemd und Kugelkopf nicht auf die Bühne heraufgekommen waren. Den Bobby hinter sich, drängte er sich durch den Bühnenausgang und lief den leeren Korridor draußen hinunter. Schritte, die im Gang widerhallten, kamen um die Ecke herum auf sie zu. Jonathan blieb stehen, der Polizist neben ihm tat desgleichen. Die Schritte näherten sich immer noch. Dann kamen die vier um die Ecke. Kugelkopf und Hawaii-Hemd voran, der Fahrer mit Maggie hinterdrein. Am Ende des Korridors blieben sie stehen.
Jonathan und der Bobby gingen langsam auf sie zu. »*Sie* lassen sie besser laufen«, sagte Jonathan, und seine Stimme klang unerwartet laut in dem leeren Korridor.
Der Polizist sprach: »Ist dies der Mann, Sir?«
»Ja.«
»Ja.«
Jonathan und Hawaii-Hemd hatten gleichzeitig gesprochen. »Dann sind Sie es also!« Der riesige Bobby legte Jonathan mit eisernem Griff die Hand auf den Arm.
»Was zum Teufel geht hier vor?« protestierte Jonathan.
»Unser Wagen steht draußen direkt vor der Tür, Wachtmeister«, sagte Hawaii-Hemd. »Bringen Sie ihn hinaus, ja?«
»Kommen Sie, Sir!« Der Wachtmeister sprach in herablassend väterlichem Ton. »Lassen Sie uns kein Aufsehen erregen!«
Kugelkopf trat großspurig einen Schritt vor, dicht an sie heran, und sagte: »Vielleicht sollte *ich* ihn lieber nehmen. Bei mir macht er keine Faxen.« Er brachte seine gemeine Visage ganz nahe an Jonathans Gesicht heran. »Das würden Sie doch nicht, oder, Freundchen?«
An dem Affen vorbei sah Jonathan auf Hawaii-Hemd, der offenbar das Kommando zu führen schien. »Diese junge Dame hat mit dieser Sache hier nichts zu tun.«
»Wirklich nicht?«
»Lassen Sie sie gehen.«
»Das kann ich nicht, Kumpel!«, sagte Hawaii-Hemd. Das kam urkomisch heraus: amerikanische Worte in lupenreiner britischer Aussprache.

»Wenn Sie sie laufen lassen, mache ich keine Schwierigkeiten und komme mit.«
Kugelkopf saugte die Luft zwischen den Zähnen ein und stieß mit dem Kopf vor. »Sie kommen mit uns – egal wie, Freundchen!«
Jonathan lächelte ihn an. »Sie täten nichts lieber, als es jetzt endlich hinter sich zu bringen, nicht wahr?«
»Da haben Sie recht, Genosse. Ich hab's satt, durch ganz London hinter Ihrem Arsch herzuwetzen.«
»Aber sie sind ja gar nicht bewaffnet. Obwohl Sie ein beträchtliches Übergewicht haben, sehe ich, daß Sie keine Pistole tragen.«
»Jetzt aber Schluß damit!« warnte der Bobby.
»Dafür hab ich die hier, Freundchen!« Kugelkopf streckte seine Pranken vor – sie waren riesig und ungeschlacht.
Jonathan wandte sich an den Bobby: »Wachtmeister?«
Automatisch erwiderte der Polizist höflich: »Sir?«
Das war's! In diesem Augenblick standen die Dinge für Jonathan günstig. Für den Bruchteil einer Sekunde war alles so, wie er es sich nicht besser hätte wünschen können – die Position von Jonathans Körper im Verhältnis zu dem Kugelkopfs, das leichte Nachlassen des Polizistengriffs, als der Bobby Jonathan antwortete – in diesem Augenblick hätte Jonathan es schaffen können. Ein Handkantenschlag direkt auf Kugelkopfs Nasenspitze würde ihn außer Gefecht gesetzt haben; möglicherweise hätte er ihn sogar umgebracht, wenn ein Knochensplitter in sein Gehirn gedrungen wäre. Mit einem Ruck hätte er sich vom Polizisten freimachen können, und Hawaii-Hemd würde er gewiß längst bei der Gurgel gepackt haben, ehe der Fahrer überhaupt hätte reagieren können. Damit hätte das Leben eines Mannes zwischen seinem Daumen und Zeigefinger gehangen, und er hätte eine Geisel gehabt. Wäre er jedoch wieder auf der Straße gewesen, so wäre er Freiwild im Versteckspiel gewesen.
Aber er ließ die Gelegenheit verstreichen. Maggie stand drei Schritt zu weit weg. Der Fahrer würde sie in seiner Gewalt gehabt haben, ehe Jonathan Hawaii-Hemd an der Gurgel war.
Verdammt!
»Sir?«, wiederholte der Bobby.
Jonathan ließ die Schultern sacken. »Äh . . . hat Ihnen mein Vortrag gefallen?«
»Aber ja, Sir. Nicht, daß ich allem hätte folgen können. Das liegt an Ihrer Aussprache, wissen Sie.«
»Los jetzt!« knurrte Kugelkopf. »Machen wir, daß wir vorankommen.«
Der Bentley war draußen geparkt, und dahinter eine andere dunkle Limousine mit einem Fahrer. Als sie die lange Flucht der flachen Granitstufen hinuntergingen, kam Jonathan das Kafkaeske der Situation

zu Bewußtsein. Mitten am hellen Nachmittag, inmitten des Menschengewühls wurden sie von einem Polizisten abgeführt.
Maggie mußte auf dem Rücksitz der Limousine Platz nehmen, neben einem jungen Mann, der vorher an einen Briefkasten gelehnt dagestanden zu haben schien, während Jonathan genötigt wurde, auf dem Rücksitz des Bentley Platz zu nehmen. Hawaii-Hemd setzte sich neben ihn, Kugelkopf saß vorn neben dem Fahrer. Dann lösten die beiden Wagen sich vom Rinnstein, fuhren dicht hintereinander, bis sie auf eine Schnellstraße kamen. Dort gaben die Fahrer Gas, und sie brausten in Richtung Wessex davon.
»Wie wär's mit 'm Sargnagel?« fragte Hawaii-Hemd und hielt Jonathan ein Päckchen amerikanische Zigaretten hin.
»Danke, nein.«
Hawaii-Hemd setzte ein freundliches Lächeln auf. »Kein Grund, vergrätzt zu sein, Dr. Hemlock. Sie sind uns zwar lange durch die Lappen gegangen, doch es wird schon alles wieder okay werden.«
»Und was ist mit der jungen Dame?«
»Sie ist 'ne reizende Puppe. Ehrlich!« Hawaii-Hemd lächelte abermals. »Wir sollten uns vielleicht vorstellen. Der Fahrer hier ist Henry.«
Der Fahrer reckte sich, um Jonathans Gesicht im Rückspiegel zu sehen, und nickte grinsend. »Sehr erfreut, Sir.«
»Hallo, Henry.«
»Und mein beleibter Assistent ist ›Der Sergeant‹.«
»Heißt er nicht Kugelkopf?«
»Der Sergeant« machte ein finsteres Gesicht, runzelte die Stirn und schaute zum Fenster hinaus. Er hatte die Zähne fest aufeinandergebissen.
»Und mich nennen sie Yank.« Er grinste. »Das ist zwar 'n ziemlich irrer Spitzname, aber alle nennen mich so, weil ich so auf alles steh, was amerikanisch ist: Kleidung, Slang, alles. Für mein Gefühl seid ihr Jungs nun mal alle goldrichtig.«
Im Verlauf weniger Minuten hatte Yank Slang-Ausdrücke aus den letzten dreißig Jahren durcheinandergewirbelt, und Jonathan nahm an, er holte sie sich aus den Spätvorstellungen der Kinos. »Wo fahren wir denn hin, Yank?«
»Das wer'n Sie seh'n, wenn wir da sind. Aber keine Bange. Nur ruhig Blut. Wir sind vom Loo.«
»Von wem?«
»Vom Loo.«

Während sie die Schnellstraße dahinsausten, setzte Yank ihn in groben Zügen über Geschichte und Zweck der Loo-Organisation ins Bild. Zwar habe er Instruktionen, ihm nichts darüber hinaus zu sagen, so erklärte er, doch an ihrem Bestimmungsort werde er, Dr. Hemlock, einen Mann kennenlernen, der ihm alles erklären werde.

Typisch für die Entwicklung von Spionageorganisationen in den westlichen Demokratien, hatte man in England ursprünglich eine Institution gebraucht, um feindliche Spione und Saboteure aus ihren Schlupfwinkeln auf den britischen Inseln aufzuscheuchen und sie kontrollieren zu können.

Man hatte Unterlagen über wirkliche und bloß eingebildete Feinde gesammelt und aktenkundig gemacht und war gelegentlich auch mal bei der Jagd auf eine nur in der Phantasie der Beamten bestehende Gruppe über einen echten Spionagering gestolpert; so hatte dieser bürokratische Organismus stetig an Umfang und an Macht zugenommen und jeden weiteren Ausbau auf der Basis des vorhergehenden gerechtfertigt. Aus einem einzelnen, ungeordneten Schreibtisch im Gebäude des Militärischen Abwehrdienstes war schließlich ein ganzes Büro geworden: Zimmer Nr. 5, und nach der einfallslosen Kodesprache der Behörden war daraus MI-5 geworden.

Schließlich war den Spionagespezialisten aufgegangen, daß sie genausogut eine aktive und nicht nur eine passive Rolle in diesem Spiel der Spionageabwehr spielen könnten, und so hatten sie eine Schwesterorganisation aufgebaut, welcher die Aufgabe zufiel, die britischen Geheimagenten im Ausland zu kontrollieren. Der traditionellen britischen Neigung zur Unabhängigkeit entsprechend folgte daraus notwendigerweise, daß beide Organisationen vollkommen autonom waren; die Rivalität zwischen ihnen ging schließlich so weit, daß sie sich weigerten, das Vorhandensein der Schwesterorganisation jeweils zuzugeben. Das freilich hatte eine gewisse Dezimierung des von ihnen beschäftigten Personals zur Folge, da die Agenten beider Organisationen einen Großteil ihrer Zeit damit verbrachten, den Agenten der Schwesterorganisation nachzuspionieren, ihnen ins Gehege zu kommen und sie gelegentlich auch um die Ecke zu bringen. Es war daher ein Meisterstück organisatorischer Einsicht, als man sich dazu entschloß, beide Organisationen Verbindung miteinander aufnehmen zu lassen; der internationale Zweig wurde im Zimmer nebenan untergebracht und hieß in offiziellen Kreisen folglich MI-6.

Hand in Hand arbeitend, wurstelten sie sich durch den Zweiten Weltkrieg, wobei sie sich weitgehend auf das französische Organisationsprinzip verließen, das »Système D«. Die Agenten machten sich ihrer Unerschrockenheit und ihres Unternehmungsgeistes wegen einen guten Namen, denn beide Fähigkeiten waren ja überlebensnotwendig, insbesondere wenn man an die Stümper dachte, die auf die gloriose Idee verfielen, französisch sprechende Agenten mit dem Fallschirm über Jugoslawien abzusetzen. Man sparte keine Energie beim Zusammentreiben irischer Nationalisten; denn schließlich ging das Gerücht, daß Irland insgeheim die Vereinbarungen der Achsenmächte mitunterschrieben habe.

An der Heimatfront entlarvten sie Agentenringe, die ihre Informationen mittels kryptischer Schlüssel in den Strickmustern von Kopfschützern weitergaben, welche Frauenvereine für die in Afrika stationierten Truppen strickten. Außerdem machten sie nicht weniger als siebenhundert mit dem Fallschirm abgesprungene deutsche Spione dingfest, die so raffiniert-hinterhältig ausgebildet worden waren, daß sie überhaupt kein Wort Deutsch sprachen und behaupteten, unschuldig mit dem Fahrrad zur Arbeit in die Munitionsfabrik gefahren zu sein. Wer wollte da nicht einsehen, daß es sich hier um Spione von Rang handelte, da ihre Drahtzieher sich sogar die Mühe gemacht hatten, besondere Schutzmaßnahmen für sie zu treffen, zu denen unter anderem im Blitzkrieg zerstörte Häuser gehörten sowie nachprüfbare Eintragungen auf den Einwohnermeldeämtern auf dem flachen Land, Eintragungen, die sie mit Generationen von britischen Vorfahren versorgten.

Auf dem europäischen Festland sprengten die Agenten der MI-6 Brücken, die dem Vormarsch der vorrückenden alliierten Armeen im Weg waren, so daß übereilte und unbedachte Vorstöße in Richtung Osten vereitelt wurden. Sie waren es auch, die dahinterkamen, daß die Schweiz beabsichtigte, Schweden den Krieg zu erklären, wenn alle Stricke reißen sollten. Und dreimal verhinderten einzig widrige Umstände, daß sie General Patton samt seinem ganzen Stab gefangennahmen.

Als der Krieg vorüber war, erhielt jeder einzelne Agent die Aufgabe, ein Buch über seine Abenteuer zu schreiben; danach erst durfte er sich ins Privatleben zurückziehen und einen bürgerlichen Beruf ergreifen. Doch die Romantik, die MI-5 und MI-6 umgab, war durch regelmäßiges Abspringen von Agenten und das Durchsickern von Informationen etwas angeschlagen; beides setzte den britischen Abwehrdienst genauso in Verlegenheit wie die britische Intelligenz die Tatsache, daß es so etwas wie diese Organisation in ihrem Lande überhaupt gab. Selbstverständlich mußte etwas unternommen werden, um das Abspringen zu verhindern,

die undichten Stellen abzudichten und die Ehre und den guten Ruf der Organisation auf diese Weise von jedem Makel reinzuwaschen. Der Tagesmode folgend, nahm sich die Regierung daher die Vereinigten Staaten zum Vorbild.
Das war genau die Zeit, wo in Amerika die einhundertundzwei Splitterorganisationen des Abwehrdienstes von Armee, Marine, Außenministerium, Finanzministerium und dem Büro für die Belange der Indianer in einem riesigen, bösartig bürokratischen Gebilde zusammengefaßt wurden – im CII. Diese Organisation mußte, genau wie ihr britisches Gegenstück, ihr gerüttelt Maß an Verrat und hexenjagdähnlichen Selbstanklagen über sich ergehen lassen, wie sie im Gefolge der McCarthy-Panik an der Tagesordnung waren. Als Folge davon stellte sie eine innere Kadergruppe auf, welche die Aufgabe hatte, das eigene Personal zu überwachen und zu kontrollieren und es im Ausland vor Beseitigung mittels Mord zu schützen. Letzteres erreichte man mit der Androhung von Vergeltungsmaßnahmen, und die Abteilung, welche die Vergeltungsschläge in Amerika wie auch im Ausland ausführte, war unter dem Namen »Spürhund und Strafaktion« bekannt – volkstümlich SS-Abteilung genannt.
Für diese Abteilung hatte Jonathan gearbeitet, ehe es ihm gelang, sich von der Verstrickung mit dem CII zu befreien.
Nach dem Muster der Aufbaustruktur dieser amerikanischen Organisation entwickelten die Briten einen Elite-Kerntrupp, dessen Büro sie im nächsten Raum auf dem schon sattsam bekannten Korridor installierten, und dieser Raum war zufälligerweise eine Toilette. Trotz der Tatsache, daß der gesamte Raum völlig umgebaut wurde, um seiner neuen Funktion zu entsprechen, belegten Spaßvögel diese Mordabteilung sofort mit dem Spitznamen »Loo«, das Klo.
». . . und damit sollten Sie eigentlich so ziemlich im Bilde sein«, schloß Yank seine Ausführungen. »Zumindest wissen Sie, wer wir sind. Noch Fragen?«
Jonathan hatte nur mit halbem Ohr zugehört, während er die Landschaft am Autofenster vorüberfliegen sah; ein schmutziges Zwielicht verschleierte die Silhouetten der Berge im Hintergrund. Sie waren jetzt von der Schnellstraße abgebogen und fuhren durch Straßen weiter, die kaum besser als Feldwege waren. Als sie durch ein Dorf hindurchkamen, bemerkte Jonathan das Wappen an einem öffentlichen Gebäude: grünes Feld, darin drei Grashalme, von denen der erste abgeknickt war. Offensichtlich waren sie immer noch in Wessex und hatten sich über Nebenwege vorangeschlichen, ohne räumlich gesehen große Fortschritte zu machen. Er warf einen Blick durchs Rückfenster hinaus, um sich zu überzeugen, daß das Auto mit Maggie ihnen immer noch dicht auf den Fersen war.

»Nur keine Bange«, sagte Yank. »Die wissen, wo wir hinwollen. Es ist alles in Butter.«
»Das ist ja großartig. Hm, nun sagen Sie mal, warum erzählen Sie mir nicht einfach, was das Ganze hier soll?«
»Kann ich nicht. Der Gouverneur wird's Ihnen schon aufs Butterbrot schmieren, wenn wir da sind. Der Gouv wird Ihnen gefallen – ganz alte Schule und so. Aber beileibe kein Spießer, sondern 'n ziemlich irrer Typ. Er hat toll was auf 'm Kasten.«
Der Bentley fuhr vor einem am Straßenrand gelegenen Gasthof namens »Olde Worlde Inn« vor und rollte dort knirschend über Kies hinters Haus, wo er vor einem die Weiterfahrt versperrenden Schlagbaum hielt. Der Wagen mit Maggie folgte und parkte etwa zwanzig Schritt von ihnen entfernt. Zwei junge Männer geleiteten sie durch die Hintertür des Gasthauses hinein.
»Na, wie finden Sie das hier?« fragte Yank, als Jonathan ausstieg und vom Sergeant und Henry in die Mitte genommen wurde. »Dufte Klitsche, was?«
Jonathan ließ den Blick über die ausgedehnten Baulichkeiten schweifen: nachgemachter Tudorstil, vermutlich Ende des vorigen Jahrhunderts erbaut und seiner ursprünglichen Bestimmung nach ganz bestimmt kein Gasthaus. Dutzende von Einzelheiten verrieten das Aufgesetzte eines imitierten Stils. Doch wenn es an Geschmack und weiser Zurückhaltung gemangelt hatte – an Geld gewiß nicht, denn Glas, Holz und Ziegel waren von der besten Qualität, die man in den achtziger Jahren des vorigen Jahrhunderts gehabt hatte – jenem letzten Augenblick, ehe ehrliches, solides Handwerk den Maschinen und den Gewerkschaften zum Opfer gefallen war.
»Hier entlang, Sir.« Henrys gequetschte Diphthonge verrieten seine Herkunft aus der Arbeiterklasse. Man führte Jonathan zur Vorderseite des Gasthofs, wo sie an der Rezeption von einer gesunden, übertrieben geschminkten jungen Dame begrüßt wurden, die einen engen Pulli und einen so knappen Minirock trug, daß der Doppelzwickel ihrer Strumpfhose zu sehen war. Nach Aussprache, Kleidung und Make-up gehörte sie derselben Klasse wie Henry an, und aus den Blicken, die sie tauschten, ging hervor, daß zwischen ihr und Henry etwas lief.
»Ist dieser Herr hier der Spezialgast, den du mitbringen sollst?« fragte sie und bedachte Jonathan von Kopf bis Fuß mit einem abschätzenden Blick, der erotisch gemeint war.
»Ganz recht«, sagte Yank. »Er soll sofort vom Gouv empfangen werden.«
»Der Gouv ist in der Kirche – Abendandacht. Wird er länger bleiben?«
Jonathan haßte es, daß in der dritten Person von ihm gesprochen wurde.
»Nein, ich werde nicht lange bleiben, Kleine.«
»Nur 'n paar Tage«, sagte Yank.

»Dann bring ich ihn in Nummer vierzehn unter«, sagte die Schnepfe. »Du und der Sergeant, ihr könnt die beiden Zimmer links und rechts davon haben. Einverstanden?«
Yank nahm den Schlüssel und ging eine schmale, üppig geschnitzte Treppe in den zweiten Stock voran, und nachdem sie durch ein Gewirr von dunklen, verschachtelten Korridoren mit unebenen Dielenbrettern gegangen waren, die unter dem Läufer knarrten, blieben sie vor einer Tür stehen. Der Sergeant machte sie auf und hieß Jonathan mit einer Daumenbewegung eintreten.
Das Zimmer war geräumig, ungemütlich und kalt, wie es der Zeit entsprach, in der es eingerichtet worden war. Das erste, was Jonathan ins Auge fiel, war ein offener Schrank, in dem seine Anzüge hingen, die er sich ins Hotel hatte bringen lassen.
»Wir hatten Sie ja erwartet«, sagte Yank, offensichtlich stolz darauf, wie tüchtig seine Organisation war.
Jonathan durchquerte das Zimmer und schaute zum Fenster hinaus. Unterm Fenster erstreckte sich ein gepflegter Garten, der jetzt in der herbstlichen Bräune freilich etwas traurig wirkte; in der Mitte war in Form eines vierblättrigen Kleeblatts ein Teich angelegt worden, dessen Wasser algengrün war und sich jetzt im Wind leicht kräuselte. Hinter dem Garten erstreckten sich die sanften Hügel von Wessex, von dem metallischen Dunst von Farbe leergesaugt. Getrübt wurde die Aussicht durch die dicken Eisenstangen vor dem Fenster.
»Das Gitter hält die Zugluft ab«, gluckste der Sergeant.
Müde sah Jonathan ihn an, doch dann wandte er sich an Yank: »Sie gehören alle zu euch, nehme ich an. Das Hotelpersonal auch?«
»Richtig. Die ganze Klitsche gehört Loo. Übrigens«, sagte er mit Einverständnis heischendem Zwinkern, »wie fanden Sie die Kleine an der Rezeption? Dufte Hummel, was? Glücklicher Vögler!«
Selbstverständlich war Jonathan sich nicht ganz sicher, doch er war ziemlich überzeugt, daß besagte Hummel gelegentlich auf »Spezialgäste« angesetzt wurde. »Und wann habe ich das Vergnügen, den Obermacker kennenzulernen?«
»Wen?«
»Mr. Loo. Den Gouv.«
»Bald«, sagte Yank, dem Jonathans Respektlosigkeit nicht so recht zu behagen schien. »Ich glaub, Sie werden's ganz gemütlich hier haben. Eine Unannehmlichkeit hat es hier allerdings. Man wird Sie hier einschließen, bis der Gouv einen anderen Befehl gibt, und das Klo ist nun mal am Ende des Korridors, also . . .« Yank zuckte verlegen die Achseln; es war ihm offensichtlich peinlich, daß britischen Gasthäusern die Bequemlichkeiten ihrer amerikanischen Pendants abging.
Der Sergeant mischte sich ein: »Wenn Sie also mal aufs Töpfchen

müssen, Kumpel, klopfen Sie nur an die Wand, und ich werd Sie an die Hand nehmen und hinbringen. Kapiert?«
Gequält blickte Jonathan den Sergeant an, als er Yank fragte: »Muß er denn unbedingt hier herumhängen? Habt ihr keinen Hundezwinger?«
Den Sergeant schienen diese Worte zu wurmen. »Ich hoff, Sie machen mir keine Schwierigkeiten, Kumpel!«
»Hoffnung ist billig, Anus. Viel Vergnügen!« Damit wandte er sich Yank zu. »Was ist mit Miß Coyne, der jungen Dame, die Sie zusammen mit mir aufgelesen haben? Es besteht kein Grund, sie festzuhalten. Sie hat nichts mit mir zu tun.«
»Um die machen Sie sich man keine Sorgen. Der geht's gut. Warum waschen Sie sich jetzt nicht'n bißchen und hau'n sich für 'ne Weile aufs Ohr, eh' Sie mit dem Gouv reden?«
Nachdem sie ihn allein gelassen hatten, stand Jonathan am Fenster, fühlte sich ein wenig irritiert und war wütend. Das Gefühl des *déjà vu*, das ihn befiel, konnte nicht vollkommener sein. Diese Leute mit ihren umständlich verbrämten und getarnten Machenschaften, das Gefühl, daß die Schlinge sich um ihn zuzog, der vulgäre Sergeant, für den Mord und Verstümmelung offensichtlich nichts als Routine waren, die penetranten Amerikanismen von Yank – all das war das genaue britische Gegenstück zum CII. Und wenn auch dieser »Gouv« dem Klischee entsprach, dann würde sich herausstellen, daß er umgänglich, kerngesund, freundlich und . . . skrupellos war.
Er legte sich aufs Bett, preßte die Finger leicht zusammen und starrte blicklos auf die Wand vor ihm. Er schickte sich bewußt an, seinen Geist Bild um Bild jeden Inhalts zu entleeren, bis er einen Zustand der absoluten Empfindungslosigkeit und Ausgeglichenheit erreichte. Die Muskeln seines Körpers wurden weich und entspannten sich, zuletzt seine Bauch- und Stirnmuskeln.
Als sie zwanzig Minuten später an seine Tür klopften, war er bereit. Die Maschine seines Geistes und seines Körpers lief reibungslos und glatt. Er hatte die Ereignisse der letzten beiden Tage Revue passieren lassen und war zu folgender abscheulichen Erkenntnis gelangt: Es war nicht nur möglich, sondern sogar sehr wahrscheinlich, daß Maggie ein Lockvogel der Leute von Loo gewesen war.
Die bedrohliche Gestalt des Sergeant im Rücken, gingen Yank und Jonathan etwa zweihundert Schritt die Straße von der »Olde Worlde Inn« hinunter, ehe sie in einen von Lebensbäumen gesäumten Weg einbogen, der durch einen Torbogen hindurch zu einer sonderbaren Kirche führte.
Als sie den Vorraum betraten, verkündete der ungleichmäßige Gesang von Laiensängern, welche dem Herrn freudig Lärm darbrachten, daß die Abendandacht noch im Gange war. Der Sergeant blieb draußen, wohingegen Yank und Jonathan weiter in die Kirche eindrangen.

Amüsiert sah Jonathan zu, wie Yank auf Zehenspitzen auf eine der hinteren Bänke zuging, dort niederkniete und hastig ein Gebet brummelte, ehe er sich aufsetzte und den Priester mit dem Ausdruck höflicher und verbissener Frömmigkeit anstarrte. Jonathan ließ den Blick über die Innenausstattung der Kirche wandern und stellte überrascht fest, daß es sich um Jugendstil handelte: ein Stil, der seines Wissens in sakraler Architektur einzigartig war. Mit unverhohlener Neugier betrachtete er das Kircheninnere, als der Pfarrer der Handvoll spärlich auf den Bänken verteilten Gläubigen seine Predigt hielt.

»Ihr werdet euch zweifellos erinnern« – die Stimme war ein brummiger Baß, die hingenäselten und langgedehnten Vokale verrieten den gebildeten Engländer –, »daß wir begonnen haben, uns mit der Bedeutung der Sakramente zu beschäftigen. Heute abend möchte ich gern einen Blick auf die Taufe werfen – das einzige Sakrament, das für die meisten von uns einen unfreiwilligen Akt darstellt.«

Die Einrichtung der Kirche faszinierte Jonathan, wenn sie ihm auch nicht gerade gefiel. Die florealen Schnitzereien waren mit Perlmutt- und Zinn-Intarsien versehen; schwindsüchtige Engel, deren ausgemergelte Körper sich in lockeren, S-förmigen Verrenkungen wanden, die Hände mit den fragilen Fingern leicht zum Gebet zusammengelegt, blickten mit großen Augen und schweren Lidern darüber auf die Gemeinde herab; kurzlebige exotische Blumen schwebten auf den Glasmalereien der Fenster von schlanken Stengeln herunter; und über dem Altar zertrat ein schimmernder, verweichlichter Christus aus poliertem Zinn den Kopf einer Schlange mit rubinroten Augen.

Die Andacht entwickelte sich weiter bis zum Abendmahl, und jeder – bis auf Jonathan – trat vor, um den Leib des Herrn zu empfangen. Jonathan sah zu, wie Yank vom Chorgitter zurückkehrte: mit zusammengelegten Handflächen, die Augen gesenkt, während Christus ihm auf der Zunge zerging.

Auf ein Zeichen von Yank hin blieb Jonathan sitzen, während der Rest der Gläubigen nach einer letzten energischen Attacke auf einen Choral das Gotteshaus verließ. Dann führte Yank ihn in die Sakristei, wo der Pfarrer gerade die Überbleibsel vom Leib des Herrn verspeiste.

»Sir?« Yanks Stimme klang schüchtern. »Darf ich Ihnen Dr. Hemlock vorstellen?«

Mit einem offenen, huldvollen Begrüßungslächeln wandte der Pfarrer sich um und nahm Jonathans Hand zwischen seine gewaltigen, behaarten Pranken. »Es ist mir wirklich ein Vergnügen«, sagte er und zwinkerte ihm zu. »Wie liebenswürdig von Ihnen, daß Sie hergekommen sind.« Sein dröhnender Baß wurde bei den gewandt vorgebrachten Höflichkeitsfloskeln zunehmend herzlicher. »Gestatten Sie nur, daß ich dies eben noch zu Ende bringe, und dann können wir ausgiebig plaudern.« Er trank den

letzten Schluck des Abendmahlsweins und rieb dann das Innere des Kelches sorgfältig trocken, während Jonathan sein volles, gedunsenes Gesicht, mit einer Spur von roten Äderchen über den Backenknochen und einem ganzen Netz davon auf der fleischigen, formlosen Nase, in Augenschein nahm. Sein Haar war bis über die Horizontlinie seiner breiten Stirn zurückgewichen, hing jedoch vom Haarkranz lang herunter und setzte sich in den vollen, schafsvliesähnlichen Koteletten fort.
»Sonderbares Ritual, nicht wahr?« sagte der Pfarrer und stellte die Abendmahlsgeräte an ihren Platz. »Die letzten Reste des geweihten Brotes müssen vom Priester verzehrt werden. Vermutlich entspringt diese Sitte einer alten Furcht vor Ansteckung und Gotteslästerung, falls der Leib und das Blut Christi den Weg in den Verdauungskanal eines Ungläubigen finden sollten.« Abermals zwinkerte er.
»Was ist die Missionsarbeit anderes als der Versuch, Christus in die Uneingeweihten einzuführen?« meinte Jonathan.
Der Pfarrer lachte aus vollem Herzen. »Richtig! Richtig! Sie, möchte ich annehmen, nehmen nicht oft das Abendmahl.«
»Ich habe für Kannibalismus nichts übrig.«
»Oh, ich verstehe. Ja.« Der Pfarrer faltete das letzte seiner Meßgewänder sorgsam zusammen und legte sie beiseite. Von hinten gesehen schien seine achtunggebietende Gestalt die fließende schwarze Soutane ganz auszufüllen. »Wie wär's mit einem kleinen Gang um den Friedhof, Dr. Hemlock? Dort ist es im schwindenden Tageslicht ganz besonders bezaubernd. Wir werden Sie jetzt nicht brauchen, Yank. Ich bin sicher, Sie finden für diese paar Minuten irgend etwas, das Sie amüsiert.«
Yank vollführte eine Geste, die eine entfernte Ähnlichkeit mit einem militärischen Gruß aufwies, und verließ die Sakristei. Mit väterlicher Wärme blickte der Pfarrer ihm nach. »Sie haben da einen jungen Mann, der nicht auf den Kopf gefallen ist, Dr. Hemlock. Er ist energisch. Und eifrig. Wir haben ihn aus einem anderen Projekt herausgenommen und ihn zum Verbindungsmann zwischen Ihnen und unserer Organisation gemacht, weil wir dachten, es wäre angenehmer, mit jemand zusammenzuarbeiten, der in bezug auf amerikanische Dinge *au courant* ist.« Er legte Jonathan seinen schweren Arm um die Schulter und geleitete ihn gemächlich das Mittelschiff der Jugendstilkirche hinunter. »Wunderschön, finden Sie nicht auch? Einzig in ihrer Art.«
»Gehört sie Ihnen?«
»Nein, eigentlich dem lieben Gott. Doch auch wenn Sie mich fragen, ob ich der Gemeindepfarrer bin, dann lautet die Antwort: nein. Ich vertrete ihn nur, denn er ist für zwei Wochen auf Hochzeitsreise in Spanien. Aber je weniger Worte man darüber verliert, desto besser.« Er vollführte mit dem Arm eine weitausladende Geste. »Wann, würden Sie meinen, wurde diese Kirche erbaut?«

Jonathan machte einen Schritt beiseite, befreite sich auf diese Weise von dem um seine Schultern gelegten Arm und sah sich noch einmal um. »Um 1905.«
Der Pfarrer blieb unvermittelt stehen und schob die buschigen, graugesprenkelten Augenbrauen in die Höhe. »Erstaunlich! Fast aufs Jahr genau!« Doch dann lachte er. »Aber selbstverständlich! Kunst ist schließlich Ihr Fachgebiet, nicht wahr?« Er warf einen raschen Blick auf Jonathan. »Das heißt, *eines* Ihrer Fachgebiete.«
»Der einzige Beruf, den ich habe«, sagte Jonathan mit leichtem Nachdruck.
Der Pfarrer verschränkte die Hände hinter seinem Rücken und betrachtete den Parkettfußboden. »Ja, ja. Mr. Dragon hat mir gesagt, daß Sie nach dieser scheußlichen Sache in den Alpen das CII mit einigem Abscheu verlassen hätten.« Wieder zwinkerte er.
Jonathan lehnte sich an die Seitenwange einer Bankreihe. Dieser Pfarrer wußte offensichtlich eine ganze Menge über ihn. Er kannte sogar den Namen von Yurasis Dragon, dem Leiter der Abteilung »Spürhund und Strafaktion« des CII – und das war immerhin ein Name, der in den gesamten Vereinigten Staaten nicht mehr als einem Dutzend Menschen bekannt war. Es sah ganz so aus, als ob der Pfarrer sich vorgenommen hätte, auf dem sanften Umweg über höfliches Geplauder auf seine schmutzige Sache zu kommen, was immer das auch sein mochte; doch Jonathan beschloß, da nicht mitzumachen.
»Ja«, fuhr der Pfarrer nach einer unbehaglichen Pause fort, »das muß schon eine scheußliche Sache für Sie gewesen sein. Wenn ich die Einzelheiten richtig in Erinnerung habe, mußten Sie die drei Männer, mit denen Sie kletterten, umbringen, weil Ihre Abteilung Spürhund nicht in der Lage gewesen war, Ihnen genau mitzuteilen, wer nun eigentlich das Opfer war.«
Jonathan ließ ihn keinen Moment aus den Augen, gab ihm jedoch keine Antwort.
»Ich glaube, so etwas zu tun, dazu gehört wirklich eine ganz besondere Art von Mann«, sagte der Pfarrer mit dem offenbar unvermeidlichen Zwinkern in den Augen. »Schließlich könnte man sich vorstellen, daß zwischen Männern, die eine so schwierige Besteigung wie die der Eiger-Nordwand machen, eine gewisse Kameraderie entsteht. Ist das nicht so?«
Keine Antwort.
Der Pfarrer brach das sich ausbreitende Schweigen mit aufgesetzter Herzlichkeit. »Schön, schön! Auf jeden Fall wird das kleine Projekt, für das wir Sie vorgesehen haben, nicht so eine scheußliche Sache sein. Zumindest braucht es das nicht zu sein. Nicht notwendigerweise. Das ist immerhin etwas, wofür Sie dankbar sein könnten, stimmt's?«

Nichts.
»Ja. Hm. Mr. Dragon hat mich schon gewarnt, daß Sie Sperenzchen machen könnten.« Der Ton kerniger Freundlichkeit schwand mit einemmal, und als er fortfuhr, verriet seine Stimme die mechanische Sachlichkeit eines Mannes, der es gewohnt ist, Befehle zu erteilen. »Na schön. Kommen wir also zur Sache. Wieviel hat Yank Ihnen über uns erzählt?«
»Nicht mehr als das, was Sie ihm aufgetragen hatten. Ich nehme an, daß Ihre Loo-Organisation mehr oder weniger ein Gegenstück zu unserer Abteilung ›Spürhund und Strafaktion‹ ist und sich mit Vergeltungsaufgaben beschäftigt.«
»Das stimmt. Allerdings fällt das, wofür wir Sie vorgesehen haben, ein wenig aus dem Rahmen dieser Aktivitäten. Was wissen Sie noch?«
Jonathan schlenderte das Kirchenschiff hinunter auf den Vorraum zu. »Im Grunde nichts. Allerdings habe ich einige Vermutungen angestellt.«
Der Pfarrer folgte ihm. »Dürfte ich erfahren, was für welche?«
»Nun, Sie sind selbstverständlich Mr. Loo. Allerdings bin ich mir nicht ganz darüber im klaren, ob dieses Pfarrerspielen hier nur eine Fassade ist oder nicht.«
»Nein, nein, ganz gewiß nicht. Zuvörderst und in allererster Linie bin ich Kirchenmann. Während des Zweiten Weltkrieges habe ich als Feldgeistlicher gearbeitet, und hinterher war ich immer noch mit Regierungssachen befaßt. Wir sind schließlich eine Staatskirche.« Er zwinkerte.
»So, so.« Jonathan trat durch den Vorraum nach draußen und schlug einen Weg ein, der durch den Kirchhof hindurchführte, welcher in der fortgeschrittenen Dämmerung kühl und schimmernd dalag. Yank und der Sergeant standen in einiger Entfernung und sahen zu, wie der Pfarrer an seine Seite trat.
»Es ist nichts weiter Ungewöhnliches, Dr. Hemlock, daß Männer der Kirche von England irgendein Steckenpferd reiten, um ihren Geist zu beschäftigen. Zumal ihr Lebensstandard einigermaßen bescheiden ist. Viele widmen sich dem Studium der Natur; einige der jüngeren von uns liebäugeln heutzutage mit sozialen Reformen und derlei Dingen. Umstände und persönliche Neigungen haben mich allerdings etwas andere Wege geführt.«
»Zu Mord, um genau zu sein.«
Die Antwort des Pfarrers fiel gemessen und kühl aus. »Ich besitze gewisse organisatorische Fähigkeiten, welche ich in den Dienst meines Vaterlandes gestellt habe, falls es das ist, was Sie meinen.«
»Ja, genau das ist es, was ich gemeint habe.«
»Und welche Vermutungen haben Sie sonst noch angestellt?«
»Diese junge Dame – Maggie Coyne, falls das ihr richtiger Name ist . . .«
»Zufällig ist er das.«

». . . ich nehme an, daß sie eine von Ihren Agentinnen ist. Daß sie mich mit dem Mann in meinem Badezimmer in eine Falle gelockt hat.«
»Oh, oh! Sie sind aber wirklich äußerst scharfsinnig. Wie kommen Sie denn zu diesem Schluß?«
Jonathan nahm auf einem Grabstein Platz. »In der Rückschau paßte alles zu gut zusammen, sah alles zu sehr nach Zufall aus. Ich benutze das Penthouse in der Baker Street nur ganz gelegentlich. Trotzdem wußten Ihre Leute genau, daß ich in dieser bestimmten Nacht dort sein würde. Und dann war es auch Miß Coyne, die das Restaurant vorschlug, das nur einen halben Block vom Hotel entfernt war.«
»Ich verstehe.«
»Und zusammen mit aus den Fingern gesogenem, zufälligem Beweismaterial, das mich mit dem armen Burschen auf meiner Toilette in Verbindung brachte, mußte es irgendwelche handfesten Beweise geben – vermutlich irgendwelche Fotos. Stimmt's?«
»Ich erröte, daß Sie die Dinge so klar durchschauen.«
Jonathan erhob sich, und sie nahmen ihren Rundgang wieder auf. »Wie sind Sie denn zu den Fotos gekommen?«
»Die junge Dame hat sie aufgenommen.«
»Wann? Und womit?«
»Das Feuer . . .«
»Das Feuerzeug!« Jonathan schüttelte über seine Dummheit den Kopf. Ein goldenes Feuerzeug im Besitz einer jungen Frau, die nicht wußte, wovon sie ihre nächste Mahlzeit bezahlen sollte! Selbstverständlich eine Kleinbildkamera. Und wie sie damit herumgefummelt hatte, scheinbar nicht imstande, sich ihre Zigarette anzuzünden, als sie da in der Badezimmertür gestanden hatte.
Er riß einen Zweig von einem Busch, streifte mit zorniger Gebärde die Blätter ab und zerrieb sie in der Hand. »Und die Pistole? Die würde man vermutlich in meiner Wohnung finden?«
»Außerordentlich gut versteckt. Finden würde man sie nur, wenn man die Wohnung besonders gründlich durchsuchte. Aber man würde sie finden.« Der Pfarrer zwinkerte.
Langsam schritt Jonathan weiter und rollte dabei die zermahlenen Blätter zwischen den Handflächen. »Ich bin neugierig, Padre . . .«
»Neugier ist ein Zeichen für einen gesunden Verstand.«
»Nachdem Ihre Leute den Mann in meinem Badezimmer umgelegt hatten, sind sie fort. Sie haben nicht versucht, Hand an mich zu legen – wie ich annehme, weil sie die Fotos noch nicht hatten.«
»Ganz recht.«
»Warum sind sie dann später noch einmal zurückgekommen?«
»Um das Feuerzeug abzuholen und den Film zu entwickeln. Miß Coyne sollte es einfach liegenlassen.«

»Aber sie tat es nicht.«
»Nein. Sie tat es nicht – und das brachte meine Leute einigermaßen in Verwirrung.«
»Was, meinen Sie, hat sie dazu gebracht, sich nicht an den verabredeten Plan zu halten?«
»Ah.« Der Pfarrer breitete die Arme aus und ließ sie in einer Geste der Hilflosigkeit fallen. »Wer vermag schon das menschliche Herz zu ergründen, zumal, wenn er nur mit den groben Werkzeugen der Logik, ausgestattet. ist, Dr. Hemlock? Vielleicht hat sie beim Anblick des armen Kerls in Ihrem Badezimmer einen Schock erlitten? Auch ist es denkbar, daß eine gewisse Zuneigung zu Ihnen sie dazu verleitet hat zu vergessen, wo ihre Loyalität lag.«
»Warum hat sie dann den Film nicht zerstört?«
»Ja, sehen Sie. Sie fragen nach konsequenter Logik, wo es doch um Gefühle geht! Der Mensch ist nichts, wenn er nicht wie ein Labyrinth ist. Und wenn ich ›Mensch‹ sage, dann meine ich damit selbstverständlich auch die Frau. Denn in diesem Zusammenhang umschließt der Mann, wie in der Liebe, die Frau. Ich werde nie begreifen, warum die Amerikaner der Meinung sind, daß wir Briten keinen Humor haben.«
Jonathan begriff das sehr wohl. »Und so rannten Ihre Leute durch halb London und suchten sowohl mich als Miß Coyne?«
»Ein paar Stunden haben Sie uns Schwierigkeiten gemacht. Aber das liegt jetzt alles hinter uns. Kommen Sie! Verbeißen wir uns doch nicht in der unangenehmen Seite der Sache. Vorausgesetzt, daß Sie Ihr Können in den Dienst unseres kleinen Vorhabens stellen, werden wir der Polizei gestatten, in jenem Zustand begnadeter Ahnungslosigkeit zu verbleiben, der so typisch für sie ist.« Der Pfarrer blieb neben einem frischen Grab stehen, das noch keinen Grabstein aufwies. »Das ist das Grab des armen Parnell-Greene«, sagte er und stieß einen tiefen Seufzer aus. »Dieser Unglückswurm!«
»Wer ist Parnell-Greene?«
»Unser letzter Ausfall. Darüber werden Sie später noch mehr erfahren.« Er machte eine umfassende Geste mit seinem Arm. »Alle, die hier liegen«, sagte er mit volltönender, vor Bewegung leicht zitternder Stimme, »gehören zu uns. Es sind alles Loo-Leute.«
Jonathan warf einen Blick auf die Inschriften der nahegelegenen Grabsteine, die im immer mehr schwindenden Licht gerade eben noch zu lesen waren. *Ging hinüber in ein größeres Leben. Zur ewigen Ruhe! Heimgekehrt! Fand ewigwährenden Ruhm.*
»Ist denn keiner von ihnen eines natürlichen Todes gestorben?« fragte er.
»Wie beliebt?«
»Nichts.«
»Namen und Daten auf den Grabsteinen stimmen natürlich nicht. Aber es

waren alles tapfere Burschen.« Er seufzte überlaut. »Gute, junge Burschen – jeder einzelne von ihnen.«
»Woll'n Sie mich vergackeiern?«
Vorwurfsvoll starrte der Pfarrer ihn an, doch dann lachte er. »Ach, ja! Mr. Dragon warnte mich vor Ihrer Neigung, daß Sie gelegentlich zu den gesellschaftlichen Atavismen Ihrer Kindheit Zuflucht nehmen. Damit scheinen Sie ihm ziemlich zugesetzt zu haben.«
»Sie scheinen ja auf gutem Fuß mit Mr. Dragon zu stehen.«
»Wir korrespondieren regelmäßig miteinander, tauschen Informationen und Personal aus und derlei mehr. Wundert Sie das? Schließlich haben wir ja auch unsere Abmachungen mit unseren russischen und französischen Kollegen. Jedes Spiel muß nach bestimmten Regeln gespielt werden. Doch ich muß zugeben, daß Mr. Dragon uns in der Sache, mit der wir es hier zu tun haben, auch nicht weiterhelfen konnte. Dazu ist er viel zu sehr mit den Ereignissen beschäftigt, die vor seiner Haustür passiert sind. Zweifellos haben Sie schon von der Watergate-Affäre gehört?«
»Komisch – aber sie wurde zufällig gerade heute in der Botschaft erwähnt, und so hörte ich davon. Mir scheint, das ist viel Wind um eine triviale und danebengegangene Herumschnüffelei.«
»Das sollte man annehmen, aber ganz so trivial kann die Sache eigentlich nicht sein, wenn das CII mit ins Spiel gebracht wird. Offenbar muß da eine ganze Menge vertuscht werden, und Mr. Dragon ist mit dieser Seite der Affäre befaßt. Es würde mich nicht wundern, wenn die Statistiken über die Todesfälle durch Unglücksfälle in den nächsten paar Wochen völlig unerklärliche Steigerungsraten aufwiesen. Der Gelassenheit, mit der Sie das aufnehmen, entnehme ich freilich, daß Sie sich um diese Wahl weiter keine Sorgen machen.«
»Es fällt schwer, sich aufzuregen, wenn man nur die Wahl zwischen einem Narren und einem Schurken hat.«
»Mir persönlich sind die Schurken lieber. Sie sind berechenbarer.« Diesmal zwinkerte der Pfarrer besonders nachdrücklich.
»Dann war es also Dragon, der Sie auf mich aufmerksam gemacht hat?«
»Ja. Wir wußten selbstverständlich, daß Sie in England waren, doch hatte man uns dahingehend informiert, daß Sie aus diesem Geschäft ausgestiegen wären, und deshalb haben wir uns nicht weiter für Ihren Besuch interessiert. Zu dem Zeitpunkt Ihrer Einreise hatten wir nicht die Absicht, uns Ihrer zu bedienen. Nichts ist gefährlicher als ein Agent, der sich sperrt und nicht zur Zusammenarbeit bereit ist. Allerdings. Diese Sache kam nun mal auf uns zu, und . . .« Der Pfarrer blähte seine Backen auf und zuckte fatalistisch mit den Achseln. ». . . uns blieb keine andere Wahl. Wirklich.«
»Aber warum ausgerechnet ich? Warum nicht einer von Ihren eigenen Leuten?«

»Das werden Sie schon noch rechtzeitig erfahren. Wundervoller Abend, finden Sie nicht auch? Dieser köstliche Augenblick, da Tag und Nacht in vollkommmenem Gleichgewicht zueinander stehen.«
Jonathan wußte, daß er am Haken hing. Falls er sich weigerte mitzumachen, würde Loo ihm zweifellos den Mord an dem armen Kerl auf seiner Toilette in die Schuhe schieben, selbst wenn man dadurch auf seine Dienste verzichten mußte. Wie das CII hatte Loo erkannt, daß Drohungen und Erpressungen nur dann wirksam waren, wenn der Betroffene wußte, daß man nicht fackeln würde, die Drohung auch in die Tat umzusetzen.
»Na schön«, sagte Jonathan und setzte sich auf eine Grabumfriedung. »Dann schießen Sie mal los!«
»Nicht jetzt. Ich erwarte noch einige letzte Informationen aus London. Sobald ich die habe, bin ich in der Lage, Sie völlig ins Bild zu setzen. Darf ich Sie morgen vormittag im Pfarrhaus erwarten? Gegen Mittag?«
Der Pfarrer schnippte einfach mit den Fingern, und Yank, der sie in der Ferne nicht aus den Augen gelassen hatte, wobei er freilich in der Dämmerung seine Augen ziemlich hatte anstrengen müssen, trabte herbei. Er trabte buchstäblich.
Als er die schmale Stiege zum zweiten Stock hinaufstieg, trat Jonathan beiseite, um Maggie vorbeizulassen, die auf dem Weg nach unten begriffen war. Sie blieb stehen und sah ihn betroffen an. »Ich nehme an, es klingt ein bißchen dumm, wenn ich jetzt sage, daß es mir leid tut?«
»Ja, dumm. Und ist völlig unangebracht.«
Sie strich eine Strähne ihres bernsteinfarbenen Haars beiseite und zwang sich, seinem Blick nicht auszuweichen. »Dann werde ich es eben auf mich nehmen, dumm zu sein.«
»Kommen Sie schon!« knurrte der Sergeant von hinten. »Ich hab nicht den ganzen Abend Zeit, hier rumzustehen.«
Jonathan drehte sich um und beglückte ihn mit seinem sanften Kampfeslächeln. Er winkte ihn näher heran und sprach leise in sein nichtssagendes Mondgesicht mit dem rasierten Schädel darüber und dem stacheligen, kurzgeschnittenen, militärischen Schnurrbart darin. »Wissen Sie was? Mir geht allmählich alles auf den Wecker, was hier geschieht. Und irgendwie habe ich das Gefühl, daß meine Wut sich irgendwann einmal auf Sie entladen wird. Und wenn das geschieht . . .« Jonathan grinste und nickte. »Ja, wenn das geschieht . . .« Und damit tätschelte er dem Sergeanten sanft die Wange. Dann machte er kehrt und ging in sein Zimmer hinauf.
Der Sergeant wußte sich keinen rechten Vers auf das zu machen, was eben passiert war, kratzte sich zornig die eben gestreichelte Wange und brummte hinter der entschwindenden Gestalt her: »Jederzeit, Yankee! Jederzeit!«

Yank holte ihn zum Abendessen in den im Pseudo-Tudor-Stil gehaltenen Speisesaal hinunter, einen Anbau mit launigen Stuckmustern, die entstanden, wenn man seine Finger im noch feuchten Gips herumwirbeln ließ, und gegossenen Plastikbalken an der Decke, die Holz imitieren sollten und an Stellen angebracht worden waren, wo sie ganz offensichtlich nichts zu tragen hatten. Weniger als ein Dutzend Gäste wurden von einem portugiesischen Kellner bedient, der mit schwungvollen Gesten servierte, die in gar keinem Verhältnis zu seiner Tüchtigkeit standen.
Jonathan und Yank nahmen an einem Ecktisch Platz, während der Sergeant drei Tische weiter saß und sich, wenn er nicht gerade riesige Gabeln voll Essen in den Mund schob, damit beschäftigte, Jonathan mit drohender Intensität anzustarren, daß es schon fast komisch wirkte. Henry, der Fahrer, saß in traulicher Unterhaltung mit der Schnepfe von der Rezeption zusammen, die oft kicherte und ihr Knie an seinem rieb. Der Rest waren junge Männer, die aus dem gleichen Holz geschnitzt schienen wie Henry: längeres Haar, gerötete Gesichter, dunkle Anzüge mit auffällig gemusterten Jacken und unten ausgestellten Hosen.
»Ich sehe, daß Miß Coyne nicht zum Abendessen heruntergekommen ist«, sagte Jonathan.
»Nein, das ist sie nicht«, sagte Yank. »Sie ißt auf ihrem Zimmer. Sie fühlt sich nicht wohl.«
»Ein zartbesaitetes Kind.«
»Nehm ich an.«
Es war ein klassisches englisches Mahl: Fleisch, das so lange gekocht war, bis es zerfaserte, wäßrige Kartoffeln und die unvermeidlichen Erbsen und Karotten – mehlig und geschmacklos. Sobald sein Hunger notdürftig gestillt war, schob Jonathan seinen Teller von sich.
Wiewohl er mit großem Appetit gegessen hatte, folgte Yank Jonathans Geste. »Dieser englische Fraß ist ein Verbrechen, hab ich recht?« sagte er. »Da lob ich mir Hamburgers und Pommes frites.«
»Wer sind denn all diese jungen Männer?« fragte Jonathan.
»Die meisten sind Wachen«, sagte Yank. »Soll ich uns 'n Mokka bestellen?«
»Ja, bitte! All diese Wachen meiner Person wegen? Da bin ich aber geschmeichelt.«
»Nein, die arbeiten nicht hier. Sie arbeiten . . .« Ihm war sichtlich unbehaglich zumute. ». . . weiter oben an der Straße.«
»Bei der Kirche?«
Yank schüttelte den Kopf. »Nee. Wir ha 'm hier noch 'n anderes Etablissement. Weiter hinten in den Feldern.«
»Was für eine Art Etablissement?«
»Äh – ich glaub, der Kellner hat mich gesehen.« Yank hielt seine Kaffeetasse hoch und zeigte auf sie. Zuerst war der portugiesische Ober

verwirrt, doch dann schien ihm ein Licht aufzugehen, denn er nahm seinerseits eine Tasse, hielt sie in die Höhe, zeigte mit dem Finger der anderen Hand darauf und schob fragend die Brauen in die Höhe. Yank nickte und formte langsam mit übertriebener Lippenbewegung das Wort »Kaffee«, ohne freilich einen Ton dabei hervorzubringen.
Als der Kaffee kam, juckte es Jonathan zu fragen: »Dieses andere Etablissement, das Sie da eben erwähnt haben. Was geht da vor?«
Yanks Unbehagen war augenblicklich wieder da. »Ach. Nichts weiter. Sagen Sie mal!« Übergangslos wechselte er das Thema. »Ich muß schon sagen, ich beneide Sie wirklich.«
»So? Hatten Sie schon immer den heimlichen Wunsch, gekidnappt zu werden?«
»Nein, das nicht. Wahrscheinlich beneide ich jeden Amerikaner. Es will einfach nicht in meinen Kopf rein, wie ihr hier rüberkommen könnt, um unter uns Tommys zu leben. Wenn ich es jemals schaff, in die Staaten rüberzukommen, dann setz ich mich da fest, da können Sie Gift drauf nehmen. Und eines Tages geh ich auch rüber. Ich werd in die Staaten geh'n, mir in Nebraska oder sonstwo 'ne Ranch zulegen und mich da niederlassen.«
»Das ist ja wunderbar, Yank.«
»Und nicht, daß Sie denken, das wär bloß'n Wunschtraum. Sobald ich das Moos zusammenhab, schmeiß ich den Kram hier hin und geh rüber.«

Als er wieder in seinem Zimmer war, legte Jonathan sich im Dunkeln aufs Bett und starrte an die Decke. Der tiefe Zorn darüber, daß man sich seiner bediente und ihn in die Enge getrieben hatte, äußerte sich als Druck hinter seinen Augäpfeln, der immer stärker und dann allmählich unerträglich wurde. Er rieb sich die Schläfen, um den Druck zu lindern, da hörte er, wie ein Schlüssel in seinem Schloß umgedreht wurde. Er schlug die Augen auf, ohne den Kopf zu wenden, und sah, wie die Schnepfe von der Rezeption hereinschlüpfte und sich seinem Bett näherte.
»Schlafen Sie?«
»Nein.«
Sie setzte sich auf den Bettrand und legte die Hand auf ihn. »Wie steht's, möchten Sie gern 'ne Nummer schieben?«
Er lächelte vor sich hin und betrachtete im Dämmer, so gut es ging, ihr Gesicht. Gemessen am Typus englischer Mädchen ihrer Klasse und ihres Alters war sie ganz annehmbar. »Ich hatte den Eindruck, Sie hätten was mit dem jungen Mann, der mich hierhergefahren hat.«
»Mit wem – Henry? Ja, hab ich natürlich. Wir denken sogar daran, irgendwann mal zu heiraten. Aber das ist ja mein Privatleben, während dies hier zu meiner Arbeit gehört. Die Burschen, die hierherkommen, sind immer so verspannt und verkrampft, und da helf ich ihnen, sich zu

entspannen. Das gehört, wenn Sie so wollen, gewissermaßen zu meinen Aufgaben.«

»Flittchen vom Dienst, was?«

»Ach, nichts weiter als 'n Job. Später gibt's 'ne gute Pension. Henry und ich sind übereingekommen, daß ich weiterarbeite, wenn wir verheiratet sind. Bis wir Kinder haben, jedenfalls. Wir sparen unser Geld und haben schon 'ne ganze Menge geklebt. Irgendwann werden wir bestimmt 'ne kleine Kneipe in Dagenham aufmachen. Henry ist nicht auf 'n Kopf gefallen, nee, ganz schön helle, mein Henry. Na ja. Wenn Sie mich also nicht wollen, dann will ich mich mal wieder vor die Glotze klemmen. Den Krimi möcht ich nicht verpassen, wenn's irgend geht.«

»Nein, ich brauche Sie wirklich nicht. Sie sind 'n süßer kleiner Fratz, aber das ist denn doch ein bißchen zu klinisch und steril für meinen Geschmack.«

Sie zuckte die Achseln und ging. Kannte sich einer bei den Männern aus!

Er war in einer tiefen Schicht des Schlafs versunken, als das durch Mark und Bein gehende Gestampfe aus der Diskothek ihn hochfahren und zu Bewußtsein kommen ließ – im Kopf war er noch ganz benommen, und seine Glieder waren steif. Er konnte es nicht glauben! Die Lautstärke war so ungeheuer, daß das stampfende Vibrato des Basses den Boden erzittern ließ und das Trinkglas auf dem Waschtisch leise klirrte. Das im Sprechgesang mit Schilddrüsenüberfunktionsgeschwindigkeit vorgebrachte Gequassel des Diskjockeys, eine raschzüngige East-End-Imitation des sturzbachhaften Ohne-Punkt-und-Komma-Gebrabbels amerikanischer Radioansager, kündigte die nächste Nummer an, und abermals begann das ganze Zimmer zu vibrieren. Jonathan schwang sich aus dem Bett heraus und hämmerte gegen die Wand, damit man ihn hinausließ, erhielt jedoch keine Antwort. Deshalb rüttelte er an der Tür, die ohne weiteres aufging. Man hatte ihn also gar nicht mehr eingeschlossen. Der Pfarrer mußte ihnen gesagt haben, daß sie ihn ganz fest an der Angel hatten.

Nachdem er sich das Gesicht unter dem Hahn mit Wasser vollgespritzt und sich ein frisches Hemd angezogen hatte, ging er in die Halle und den angrenzenden Gastraum hinunter, der mit jungen Leuten vollgepfropft war, die sich gegenseitig anschrien, sich anrempelten, Biergläser hoch in die Luft hielten und mit Zigaretten in der Gegend herumfuchtelten. Er zwängte sich durch die Menge in der Bar, versuchte ein Entrinnen aus diesem Heidenlärm zu finden, fand sich jedoch statt dessen in der Diskothek wieder, umgeben von jungen Leuten, die schwitzend zu den ohrenbetäubenden Beat-Klängen aus den Lautsprechern herumhopsten, und das auch noch in einem Halbdämmer, das gelegentlich durch einen farbigen Lichtstrahl aus einem behelfsmäßig angebrachten Strobolicht

erhellt wurde. Der Lärm war brutal, besonders der verstärkte Baß, der in seinen Tiefen vibrierte.
Eine Gestalt näherte sich ihm durch das rauchgeschwängerte Dämmer.
»Hat der Lärm Sie aufgeweckt?« fragte Yank.
»Was?«
»Ob Sie von dem Lärm aufgewacht sind.«
Jonathan schrie Yank ins Ohr: »Das hier geht mir auf die Nerven. Zeigen Sie mir, wie ich hier rauskomme!«
»Folgen Sie mir.«
Sie schlängelten sich an den in einem Pesthauch von Rauch und schalem Bier kreisenden Körpern vorbei und traten durch eine Hintertür auf den Parkplatz hinaus, auf dem jetzt viele Autos und Gruppen junger Männer standen, die sich unterhielten und hier und da in forciertes Gelächter ausbrachen, sobald irgendeiner von ihnen eine zotige Bemerkung machte. Ein ganzes Stück hinter dem Parkplatz, in dem Garten, auf den Jonathan von seinem Fenster aus hinunterblickte, war der Lärm immerhin soweit abgeschwächt, daß es ihnen möglich war, zu sprechen. Sie blieben stehen, und Yank zündete sich eine Zigarette an.
»Was ist denn hier bloß los?« fragte Jonathan.
»Die Diskothek ist fünf Abende die Woche über geöffnet. Das junge Volk kommt sogar von London hierher. War eine Idee vom Gouv. Das dient uns als Tarnung für unsere Operationen, und außerdem bringt es uns eine kleine Extraeinnahme.«
Jonathan schüttelte den Kopf. »Und wann machen die Schluß?«
»Wenn wir schließen. So gegen halb elf.«
»Und was soll ich bis dahin machen?«
»Steh'n Sie nicht auf Musik?«
Jonathan warf ihm einen Blick zu. »Meine Tür ist nicht mehr verschlossen. Ich nehme daher an, ich kann mich frei bewegen?«
»Innerhalb gewisser Grenzen, ja. Vielleicht wäre es aber besser, ich käme mit Ihnen.«
Sie schlenderten durch den Garten und einen Fußweg hinan, der von dem Gasthaus fortführte. Yank redete in einem fort von den Vorzügen Amerikas und der amerikanischen Lebensweise, von Orten, die er besuchen, und von Dingen, die er tun wollte, sobald er genug Geld beisammen hatte, um auszuwandern. »Das klingt so, als ob *Merry Old England* mir bis hier stünde. Aber das stimmt nicht. Es gibt viele Dinge hier – Lebensweise, Traditionen –, die ich bewundere und die mir bestimmt abgehen werden. Aber im Grunde hat sich ja doch schon alles überlebt. Entweder gibt's sie nicht mehr, oder sie liegen in den letzten Zügen. England ist 'ne Art ärmlicher Vereinigter Staaten geworden. Und wenn man schon in den Staaten leben muß, warum dann nicht gleich in den richtigen, finden Sie nicht auch?«

Jonathan hatte ihm nicht zugehört und wies auf eine Weggabelung vor ihnen. »Wo geht's denn da hin?«
»Ach . . . nichts Besonderes.« Yank schickte sich an, der unteren Abzweigung zu folgen.
»Nein. Lassen Sie uns hier entlanggehen.«
»Hm . . . da kommen Sie aber nicht weit. Mit 'm Zaun abgesperrt, wissen Sie.«
»Was ist denn da oben?«
»Ein anderer Zweig unserer Organisation. Die Wachen, die Sie vorhin gesehen haben, kommen von dort. Ich hab nichts damit zu tun.«
»Was ist es denn?«
»Es ist . . . äh . . . Futter-Station wird es genannt.«
»Eine Farm?«
»So was Ähnliches. Kommen Sie, kehren wir um.«
»Geh'n Sie nur wieder zurück. Ich kann den Lärm nicht aushalten.«
»Okay. Aber gehen Sie nicht viel weiter auf diesem Weg. Nachts sind die Hunde los.«
»Hunde? Um die Menschen von der Futter-Station fernzuhalten?«
»Nö.« Yank nahm einen tiefen Zug aus seiner Zigarette. »Um die Menschen drinzuhalten.«

Jonathan saß auf einer Steinbank neben dem wie ein vierblättriges Kleeblatt geformten Teich. Leichter Nebel bildete sich in der windstillen Luft, und ein Frösteln lief ihm über die Haut. Am nördlichen Himmel war ein tiefroter Fleck zu sehen – der Widerschein der letzten Stoppelfelder, die abgebrannt wurden; die Luft war voll von dem Herbstgeruch verbrannten Laubs und Strohs. Die Diskothek hatte geschlossen, und ganze Scharen von jungen Leuten hatten sich lachend und johlend auf ihre Autos auf dem Parkplatz gestürzt. Man hatte durcheinandergehupt, Kies war aufgespritzt unter den Reifen, und ein letzter Betrunkener war ganz allein in die Dunkelheit hinausgewankt und hatte mit wachsender Verzweiflung mehrere Male »Alf!« gerufen, ehe er dann auf die Straße hinausgetorkelt war, um per Autostopp zurückzufahren.
Es herrschte eine Zeitlang tiefe Stille, ehe das Nachtgetier sich endlich wieder sicher fühlte; dann begann ein Gesumm von Insekten, das Rascheln von Feldmäusen und das Platschen von Fröschen.
Jonathan saß allein da. Er war tief niedergeschlagen. Wie sicher war er doch gewesen, daß sein Bruch mit dem CII endgültig und für immer wäre. Alle häßlichen Erinnerungen daran hatte er unterdrückt. Und da saß er nun. Sie hatten ihn wieder in ihren Klauen. Was ihn am meisten dabei bekümmerte, war nicht die Ironie, die in dem Ganzen lag, oder der Umstand, daß er nicht mehr die Freiheit der Wahl hatte, sondern vielmehr die Entdeckung, daß er die ganze Geschichte längst nicht so weit

hinter sich gelassen hatte, wie er sich eingebildet hatte. Schon jetzt war die wie geölt funktionierende aggressive Mentalität, die man brauchte, um auf diesem Gebiet zu überleben, wie von selbst und ganz natürlich in ihn zurückgekehrt – als ob sie unter einer dünnen Schicht von Abscheu dort immer nur geschlummert hätte.

Daß sie sich näherte, hörte er bereits aus fünfzig Schritt Entfernung. Er machte sich nicht einmal die Mühe, den Kopf zu wenden. Ihre Schritte hatten nichts Heimliches, verrieten aber auch keine Dringlichkeit und gaben keine Gefahrensignale von sich.

»Hast du Feuer?« fragte sie, nachdem sie bereits eine Weile neben ihm gestanden hatte und es ihr nicht gelungen war, ihm auch nur das geringste Zeichen zu entlocken, daß er ihre Anwesenheit wahrgenommen hätte.

»Was ist passiert? Ist dir in deinem Feuerzeug der Film ausgegangen?«

Sie versuchte zu lachen. »Im Grunde spielt es sowieso keine Rolle. Ich hab ja nicht mal eine Zigarette.«

»Nur das tiefe Bedürfnis, dich mit einem anderen Menschen auszusprechen. Ja, ich kenne das Gefühl.«

»Jonathan, ich hoffe, du bist mir nicht allzu böse, denn . . .«

»Ja, das Fehlen an Kommunikation ist eines der Hauptprobleme in der Welt von heute, wie wir sie im Alltagsleben kennen. Alle Menschen sind im Grunde gut und voller Liebe und friedfertig – nur daß sie unter der Schwierigkeit leiden, diesen Umstand anderen mitzuteilen. Stimmt's? Vielleicht liegt es daran, daß sie Mauern des Mißtrauens um sich aufrichten. Die Menschen müßten lernen, sich gegenseitig mehr zu trauen. Die einzigen Menschen, denen man wirklich trauen kann, sind Frauen namens Maggie. Irgendwer hat mir mal erzählt, der Name Maggie klinge zwar nicht melodisch, sie sei dafür aber zumindest verläßlich. Daß man der guten, alten Maggie immer trauen könne.«

»Na schön. Ich geb's auf.«

»Gut.« Er stand auf und schickte sich an, zum Gasthaus zurückzugehen. Sie folgte ihm. »Etwas muß ich dir allerdings noch sagen.«

»Laß mich mal raten. Du würdest alles drum geben, wenn du mich nicht in diese Falle hättest zu locken brauchen. Du könntest heulen, wenn du an mich denkst, wie ich da im tiefen Schlummer der sexuell Ausgepumpten und Befriedigten liege – vermutlich mit einem jungenhaften Lächeln auf meinem Gesicht –, während du aus dem Bett schlüpftest und die Tür aufmachtest, um die Loo-Leute reinzulassen und diesem armen Hund auf meinem Scheißhaus die Därme aus dem Leib ballern zu lassen.«

»Ehrlich! Ich hatte keine Ahnung . . .«

»Aber gewiß doch! Schließlich war ich zuerst nichts weiter als eine Nummer für dich. Aber später war's anders, hab ich recht? Nachdem wir uns triviale Geständnisse gemacht und ein bißchen gevögelt hatten, entdecktest du tiefere Gefühle in dir. Aber da war es schon zu spät, um noch auszusteigen! Maggie! . . .« Er zähmte seinen Zorn und senkte die Stimme. »Maggie, was du getan hast, besitzt für mich nicht mal den Reiz der Neuheit. Man hat mich schon einmal reingelegt – das heißt, eine Dame hat es getan. Der einzige Unterschied bestand darin, daß sie Oberligaformat hatte.«

Ihre Augen hatten die seinen nicht losgelassen, und sie war während seiner ganzen Tirade nicht zusammengezuckt. »Ich weiß, Jonathan.«

Ihm wurde bewußt, daß er zugegriffen und sie fest am Oberarm gepackt hatte. Jetzt ließ er sie fahren, mit einer ruckartigen Bewegung seiner Hand. »Woher weißt du das?«

»Aus den Akten. Das CII hat uns deine ganzen Unterlagen herübergeschickt, und ich mußte sie sehr genau durchackern, ehe . . .«

»Ehe du mich in die Falle locktest.«

»Na schön! Ehe ich dich in die Falle lockte.«

Er glaubte ihr ihre Scham, die sich in ihrer plötzlichen Zornesaufwallung kundtat. Plötzlich war er unendlich müde. Und er bedauerte, daß er sich hatte hinreißen lassen. Er wandte den Blick ab und zwang sich, langsamer zu atmen.

Sie sprach ohne besonderen Nachdruck und ohne jeden flehentlichen Ton. »Ich möchte dir was sagen.«

»Ich brauch es nicht.«

»Aber *ich* brauche es. Ich wußte nicht, was sie vorhatten. Ich dachte, sie wollten dich mit Drogen benebeln oder etwas Ähnliches. Und als sie mit diesem armen Schwein vor der Tür standen . . . wußte ich . . . wußte ich nicht . . .«

»Da lebte er noch.«

Sie schluckte und sah an ihm vorbei, auf die Straße, die schwach im gespenstischen Mondlicht im Nebel schimmerte. Jetzt darüber zu sprechen hieß, daß sie am schmerzenden Schorf der Erinnerung zerrte. »Ja. Er stand schwer unter Drogen und konnte ohne Hilfe nicht mal aufrecht stehen. Und dann trug er auch noch diese schauderhafte grinsende Maske. Sie mußten ihn hineintragen und ihn auf den Klositz . . . Aber er war sich bewußt, was da mit ihm geschah. Ich konnte das seinen Augen ansehen – nur den Augen hinter den in die Maske eingeschnittenen Schlitzen. Er sah mich mit solcher . . .« Sie ließ die Augenlider flattern, um die Tränen zurückzudrängen. »Es lag eine so unendliche Trauer in seinen Augen! Sie bettelten mich förmlich an, ihm zu helfen. Das habe ich gespürt. Doch ich . . . Herrgott im Himmel – es ist ein entsetzliches Geschäft, in dem wir stecken, Jonathan.«

Er zog ihren Kopf an seine Brust. Es schien das einzig Vernünftige zu sein, was er in diesem Augenblick tun konnte.

»Warum haben sie ihn denn nicht sauber erledigt?«

Eine Weile konnte sie einfach nicht sprechen, und er hörte, wie sie die Tränen runterschluckte. »Das sollten sie ja auch. Der Pfarrer war entsetzlich böse mit ihnen, daß sie es so verhunzt haben. Sie gingen ins Badezimmer, während ich draußen wartete. Dann hast du dich im Bett umgedreht und irgendeinen Laut ausgestoßen. Ich hatte Angst, du könntest womöglich aufwachen, und deshalb pochte ich leise an die Tür, und im selben Augenblick hörte ich einen Platschlaut.«

»Schalldämpfer.«

»Ja, ich nehm's jedenfalls an. Sie kamen sofort herausgestürzt, aber einer von ihnen fluchte halblaut vor sich hin. Mein Klopfen hatte ihn erschreckt, so daß er sein Ziel verfehlte.«

Er wiegte sie sanft hin und her.

»Ich kroch zurück ins Bett und bemühte mich, dich nicht zu wecken. Da lag ich dann da und starrte ins Dunkel, konzentrierte mich, so intensiv ich konnte – nur um die Dämmerung aufzuhalten.«

»Aber es hat nichts genützt.«

»Nein, kein bißchen. Der Morgen kam. Du wachtest auf. Dann . . . ich konnte einfach nicht mit dir schlafen, als du wolltest.«

Er nickte. Das sprach für sie, war ein Pluspunkt, den sie für sich verbuchen konnte. »Komm, machen wir einen Spaziergang um das Gasthaus, ehe wir wieder hineingehen.«

Sie schniefte und riß sich zusammen. »Ja, das würde ich sehr gern tun.«

Langsam, die Arme umeinandergelegt und jeder sich an den Schritt des anderen anpassend, schlenderten sie durch die Nacht. »Sag mir«, fragte er, »warum hast du das Feuerzeug nicht einfach weggeworfen?«

»Ach, du weißt davon? Hm, eigentlich sollte ich mich eher fragen, warum ich es nicht in deinem Zimmer einfach habe liegenlassen, wie es verabredet war. Ich weiß es nicht. In dem Augenblick könnte es so gewesen sein, daß ich dich schützen wollte, indem ich ihnen die Filme nicht auslieferte. Aber dann hätten sie nur was Neues ausgeheckt, und du hättest alles nochmal durchmachen müssen.«

»Hm, ich verstehe.« Er blickte zu Boden, sah zu, wie ihre Schuhe im gleichen Rhythmus vorstießen. »Wer waren denn die Männer, die in meine Wohnung kamen?«

»Die beiden, mit denen du im Bentley hergefahren bist. Nicht Yank, die beiden anderen.«

»Und wer war derjenige, der geschossen hat?«

»Der Sergeant.«

»Das sieht ihm ähnlich.« Ein neuer Posten fügte sich der Schuldrechnung hinzu, die der Sergeant bei ihm hatte. Eines Tages würde er unweigerlich dafür bezahlen müssen.

Ohne zu reden gingen sie eine Weile nebeneinander her, hauchten ihren warmen Atem dampfend in die feuchte Frische der Nachtluft. »Es mag

zwar dumm klingen«, sagte sie schließlich, »aber ich war froh, daß du Sylvia hast abblitzen lassen.«
»Wer ist denn Sylvia?«
»Das Mädchen, das hier arbeitet. Du weißt doch, die Freundin von Henry.«
»Ach so, die. Nun ja, sie ist eben nicht mein Typ.«
Sie waren wieder bei der Tür angelangt, wo sie sich zu ihm umdrehte und fragte: »Bin ich denn dein Typ?«
Einige Sekunden sah er sie an: »Ich fürchte, ja.«
Sie gingen hinein.

»Es tut mir leid«, sagte sie aus einem langen Schweigen heraus. Sie saß mit dem Rücken gegen das geschnitzte Kopfende des Bettes gelehnt und hatte sich gerade eine Zigarette angezündet.
Er schlang die Arme um ihre Hüften und legte seine Wange in die Einbuchtung ihrer Taille. Sie hatten sich geliebt, geschlafen, sich wieder geliebt, und jetzt war seine Stimme vor Müdigkeit rauh. »Was tut dir leid?«
»Das zuletzt – diese inneren Krämpfe, wenn ich meinen Orgasmus kriege. Ich kann einfach nichts dagegen machen. Das ist etwas, wo ich mich nicht beherrschen kann.«
Er stöhnte laut auf und brummelte: »Darüber müssen wir uns unterhalten – unbedingt.«
Sie lachte ihn an. »Redest du hinterher nicht gern darüber? Das gilt doch als sehr gesund und modern und so.«
»Vermutlich. Aber ich bin nun mal so altmodisch, daß das Ganze für mich einen gewissen Gefühlswert besitzt. Zumindest die ersten paar Minuten hinterher.«
»Hm-m.« Sie nahm einen Zug aus der Zigarette, wobei die Glut kurz ihr Gesicht beleuchtete. »Leute wie du sind nun mal so.«
Er drehte sich herum. »Leute wie ich?«
»Die Gewalttätigen. Die neigen zur Sentimentalität. Vermutlich gleichen sie damit ihren Mangel an Mitleid aus – eine Art Ersatz für echte Gefühle. Ich hab irgendwo mal gelesen, daß hohe Nazi-Funktionäre über Wagner Tränen vergießen konnten.«
»Bei Wagner muß auch ich weinen. Allerdings nicht aus Gefühlsseligkeit. Leg dich hin und schlaf.«
»Na schön.« Doch nach einem kürzeren Schweigen: »Trotzdem, es tut mir leid, daß meine kleinen Spasmen dir deine Pläne vereitelt haben, die du vielleicht in bezug auf heroische Beherrschung hattest.«
»Deinetwegen leid oder meinetwegen?«
»Ah, dann bist du also doch ein bißchen kratzbürstig, stimmt's? Leidest du immer unter postkoitaler Aggression?«

Er richtete sich auf und stützte das Kinn mit der Handfläche. »Jetzt hören Sie mal gut zu, Madame. Ich kann mich nicht besinnen, daß ich derjenige gewesen wäre, der all dies angefangen hat. Das einzige, was ich fühle, ist eine gewisse postkoitale Abgeschlafftheit. Und jetzt gute Nacht.« Er ließ sich wieder in sein Kissen fallen.
»Gute Nacht!« Doch daran, daß ihr Körper noch so angespannt war, spürte er, daß sie einfach nicht bereit war zu schlafen. »Weißt du, was ich mir wünschte? Worunter du zu leiden hättest, meine ich?« fragte sie nach einer kurzen Pause.
Er gab keine Antwort.
»Unter intrakoitaler Kameraderie – darunter«, sagte sie und lachte.
»Okay. Du sollst deinen Willen haben.« Er raffte sich hoch und lehnte sich gleichfalls gegen das Kopfende. »Unterhalten wir uns!«
Woraufhin sie unter der Bettdecke verschwand. »Ach, ich weiß nicht so recht. Ich bin irgendwie müde.«
»Gleich werde ich dich versohlen!«
»Tut mir leid. Aber es macht solchen Spaß, dich aufzuziehen. Du schnappst so willig nach dem Köder. Worüber möchtest du dich denn gern unterhalten – jetzt, wo du mich hellwach gemacht hast?«
»Da es uns an interessanteren Themen mangelt, laß uns über dich reden. Erzähl mir, wie es kommt, daß ein so reizendes Mädchen wie du . . .«
»Warum ich für Loo arbeite?«
»Ja. Warum *ich* für sie arbeite, wissen wir beide ja zur Genüge.«
Sie wußte, daß sein Gefrotzel nicht ganz ohne ernsten Hintergrund war, fand jedoch, daß er wirklich ein gewisses Recht darauf hätte, ein bißchen verbittert zu sein. Vielleicht war es das beste, wenn er die Wahrheit erfuhr. Schließlich war diese Wahrheit dazu angetan, in ihm ein bißchen Verständnis dafür zu wecken, daß sie in der Organisation mitmachte.
»Nun ja, das meiste, was ich dir neulich abends erzählt habe, stimmte schon. Geboren wurde ich in Irland. Besuchte hier die Universität und kehrte dorthin zurück. Ich war jung, unbedarft und politisch engagiert – wahrscheinlich habe ich nach einer Sache gesucht, für die ich mich einsetzen könnte, nehme ich an. Oder vielleicht hatte ich auch Langeweile. Auf jeden Fall traf ich mich oft mit meinem Bruder und einigen seiner Freunde in einem Café, und wir redeten über ein geeintes Irland. Zornige Reden waren das, die wir da führten. Pläne und Intrigen, du kennst so was bestimmt. Dann war mein Bruder eines Tages verschwunden, und ich kam dahinter, daß er nach Ulster gegangen war. Er hatte immer behauptet, er wolle gern der Sache aktiv dienen, doch hatte ich das für romantische Gedankenspinnerei gehalten und nicht ernst genommen. Er war ein Dichter, verstehst du. Blitzende Augen und wallendes Haar und was sonst noch dazugehört. Ich kann mir nicht vorstellen, daß er dir gefallen hätte.«

»Und er ist umgekommen?«
Er spürte, daß sie nickte. »Ja. Er wurde in seinem Wagen aufgefunden.« Ihre Stimme wurde ganz leise. »Sie haben ihn durchs Ohr geschossen. Und ich . . . ich . . .«
Er zog sie an sich. »Sprich nicht davon.«
»Aber ich möchte es ja gern. Es tut mir gut. Monatelang hat mich das Bild verfolgt, wie man ihn im Auto erschoß. Richtige Alpträume hatte ich. Und weißt du, bei welchem Traum ich immer schweißgebadet aufwachte und dann nach Atem ringend dalag?«
Er klopfte ihr begütigend auf die Schulter.
»Das Geräusch, das dabei entsteht. Kannst du dir vorstellen, was für ein entsetzliches Geräusch das sein muß?«
Jonathan kam sich hilflos vor und dumm. Sie tat ihm leid, aber gleichzeitig wußte er, wie nichtssagend es sein würde, wenn er ihr das jetzt sagte. »Wer hat es denn getan?« fragte er. »Die UDA? Die IRA?«
Sie zuckte mit den Achseln. »Ach, das spielt im Grunde doch keine Rolle, oder? Sie sind doch alle gleich.«
»Ich bin überrascht, daß du das erkannt hast. Das ist gut für dich.«
»Ach, damals wußte ich das selbstverständlich nicht. Ich wollte ihn rächen. Mehr meinetwegen als um meines Bruders willen, nehme ich an. Deshalb ging ich nach Belfast und schloß mich einer Zelle von Aktivisten an. Und . . .«
»Hast du deine Rache bekommen?«
»Ich weiß es nicht. Wir legten Bomben. Menschen wurden dabei verletzt – wahrscheinlich hat's immer die falschen erwischt. Nach einiger Zeit kam ich wieder zur Vernunft und erkannte, wie dumm die ganze Sache war, und so beschloß ich, nach Dublin zurückzukehren. Und dabei wurde ich aufgegriffen und verhaftet. So geschieht das wohl immer.«
»Wurdest du verurteilt?«
»Nein. Sie karrten mich in einem Armeelastwagen von einem Gefängnis zum anderen, und dabei wurden wir von bewaffneten Guerillas von der Straße abgedrängt. Alle Soldaten wurden erschossen. Mich nahmen die Guerillas mit. Nur mich. Die anderen Gefangenen ließen sie laufen.«
»Ich nehme an, diese Guerillas waren von Loo?«
»Ja.«
»Und wie lange ist das her?«
»Erst einen Monat. Sie brachten mich hierher, für eine Woche, damit ich mich aufgrund der Unterlagen des CII mit deinem Hintergrund vertraut machte. Dann installierten sie mich bei Mr. MacTaint, wo wir uns trafen. Ja, das ist's wohl.«
Jonathan rutschte neben sie, und so lagen sie eine Weile nebeneinander und starrten in die Dunkelheit über ihnen. »Warum ausgerechnet du,

frage ich mich?« meinte er schließlich. »Nicht daß ich mich beklagen möchte.«
Sie holte tief Atem. »Ich weiß es nicht. Ich konnte malen – na ja, einigermaßen jedenfalls. Und dann stand es außer Zweifel, daß ich mitmachen würde. Der Pfarrer braucht ja nichts weiter zu tun als den Telefonhörer aufzunehmen, und schwupps bin ich wieder in Belfast und muß mich vor Gericht verantworten. Und diesmal müßte ich vermutlich auch noch für die Soldaten geradestehen, die dabei getötet worden sind.«
Jonathan ballte die Hand zur Faust und spreizte die Finger wieder. »Das ist schon ein toller Hecht, dieser Pfarrer. Der gibt sich nicht erst lange mit unsicheren Kandidaten ab! Wenn der einen haben will, dann macht der Nägel mit Köpfen.«
»Genau. Und er hat uns beide. Und dabei erledigt er das Ganze mit einem herzhaften Händeschütteln und höflichem Geplauder.«
»Und seinem Zwinkern.«
»Ach ja, und seinem Zwinkern. Ich nehme an, diese Zwinkerei ist bloß ein nervöser Tick, aber es bringt einen doch auf die Palme. Es ist geradezu ansteckend, wenn man sich mit ihm unterhält. Man spürt diesen fast unwiderstehlichen Drang in sich, zurückzuzwinkern, und dabei würde man sich vermutlich ganz schön in die Nesseln setzen.«
Jonathan war ein Stein vom Herzen gefallen, daß ihre Unterhaltung jetzt eine Wendung zum Leichteren nahm. Das letzte, was er gebrauchen konnte, war, mit den Problemen dieser jungen Frau belastet zu werden, oder, was vielleicht noch schlimmer war, mit ihrer Liebe. Mit jemand zu schlafen bedeutete für ihn keine Bedrohung seiner kostbaren Abkapselung. Zwei Menschen treffen sich auf dem beiden gemeinsamen Boden der Lust, kratzen sich, wo's juckt, und hinterher ziehen sie sich wieder in sich selbst zurück. Nichts geteilt, nichts verloren. Aber das hier – dieses Teilen von Problemen und Ideen, dieses stille Gespräch in einer gemeinsamen Dunkelheit – das konnte gefährlich werden. Das zehrte.
Maggie reichte über ihn hinweg und drückte ihre Zigarette in dem Aschenbecher neben dem Bett aus. Dann kuschelte sie sich wieder an ihn und ließ die Finger locker über seine Bauchdecke gleiten. »Das ist ein alter Hut für dich, nicht wahr? Ich habe in deinen Akten über diese Eiger-Sache gelesen – über die Frau, die dich dort hineinmanövriert hat.« Sie spürte augenblicklich, wie seine Bauchdecke sich spannte, sprang jedoch kopfüber hinein mit dem wohlmeinenden Instinkt für das emotionale Jonglieren, das charakteristisch ist für Frauen, die fest entschlossen sind, ihren Partner zu verstehen und ihm zu helfen. »Sie hieß Jemima Brown, nicht wahr?«
Nichts verriet seine innere Anspannung, als Jonathan sagte: »Ja.«
»Hatte sie irgendeine Ähnlichkeit mit mir?«
»Nein, überhaupt keine.«

»Oh.« Sie nahm die Hand weg. »Hast du sie geliebt?«
Jonathan fuhr hoch und setzte sich auf den Bettrand. Hinter dem Fenster war der nächtliche Horizont immer noch schmutzig-rötlich überhaucht von den brennenden Stoppelfeldern, doch war diese falsche Morgendämmerung gar nicht so weit von der richtigen entfernt, denn die Vögel fingen gerade an, ihr erwartungsvolles Gezirp vernehmen zu lassen.
Maggie setzte sich gleichfalls auf und klopfte mit der Handfläche neben sich auf das Bett. »Ich schlag dir einen Handel vor«, sagte sie mit komisch breiter irischer Aussprache. »Du bettest deinen schönen Körper wieder hierher, und ich quäl dich nicht weiter mit bohrenden Fragen nach deinem Gefühlsleben. Womit ich nicht behaupten möchte, daß ich in dieser Beziehung keine Ansprüche an dich stellen will, ich meine: überhaupt keine.«
Er legte sich wieder zu ihr, streckte sich flach auf dem Rücken aus und wußte, daß seine Empfindlichkeit kindisch gewesen war. Sie schob sich neben ihm hinunter und lehnte die Stirn gegen seine. Er sah ihr in das schelmische Auge – eines nur, das bei dieser kurzen Entfernung riesengroß schien. »Du hast schon eine Art, einen zu löchern, was?« sagte er.
»Das ist nur mein Instinkt, um gefühlsmäßig zu überleben. Bist du dir darüber im klaren, daß wir uns in der kurzen Zeit, die wir zusammen gehabt haben, ganz schön ferkelig benommen haben?«
»Es ist eine Schande!«
»Na, nicht ganz. Ich würd's physisch verschwenderisch nennen.«
»Vermutlich ist es nur fair, wenn ich dich warne und dir sage, daß ich ein alternder Mann bin. Ich weiß nicht recht, ob ich da mithalten kann.«
»Himmel, ich hasse Doppeldeutigkeiten!«

Das Frühstück – die einzige englische Mahlzeit, mit der englische Köche zu Rande kommen – wurde vom Sergeant unterbrochen, der mit gerötetem und schweißüberströmtem Gesicht in den Speisesaal hereingestürmt kam. »Wo, zum Teufel, haben Sie gesteckt?« schrie er Jonathan an, der gerade dabei war, zusammen mit Maggie und Yank an einem Ecktisch außerhalb der Zugluft seine letzte Tasse Tee zu trinken. »Ich hab mir in diesen verdammten Bergen den Arsch nach Ihnen abgewetzt.«
Jonathan legte seine Serviette beiseite und blickte durchs Fenster hinaus in die Landschaft, wo die Stoppelfelder pastellfarben unter einem immer tiefer hängenden grauen Himmel lagen.
Der Sergeant war mit drei wütenden Riesenschritten bei ihrem Tisch, und jetzt ragte seine massige Gestalt bedrohlich über Jonathan auf.
»Noch etwas Tee?« fragte Jonathan Maggie.
»Vielen Dank, nein.«
»Ich rede mit Ihnen, Kumpel!« Der Sergeant legte Jonathan seine schwere

Pranke auf die Schulter. Jonathan warf einen flüchtigen Blick auf die Wurstfinger, als ob sie von einem über ihm dahinfliegenden Vogel fallengelassen worden wären, und dann sah er mit erhobenen Augenbrauen zu Yank hinüber.

Yank mischte sich nervös ein. »Nun komm schon! Warum denn gleich in die Luft gehen? Er hat doch nur hier gesessen und zusammen mit uns gefrühstückt. Nun komm mal wieder auf den Boden, Mann!«

»Als ich heute morgen in sein Zimmer kam, war sein verdammtes Bett unberührt. Sah ganz so aus, als ob er verduftet wär. Die Männer und ich haben die ganze Gegend nach ihm abgesucht.«

»Da müssen Sie sich ja ganz schön Appetit gemacht haben«, lautete Jonathans sanfter Kommentar. »Und man sieht's, Sie brauchen diese Übung.«

»Ich bin besser in Form, als Sie es je sein werden, Kumpel!«

»In diesem Fall brauchen Sie sich doch wohl nicht auf mich zu stützen, um sich auf den Beinen zu halten.« Abermals warf Jonathan betont einen Blick auf die Hand, die mit einem wütenden Ruck fortgenommen wurde.

»Nun, beruhige dich schon!« beschwichtigte Yank den Sergeant. »Schließlich hat der Gouv Dr. Hemlock erlaubt, sich frei hier zu bewegen.«

»Aber du weißt doch ganz genau, daß er ihn nicht da oben . . . haben will.« Mit einer ruckartigen Bewegung wies der Sergeant in Richtung des Fußwegs, der zur Futter-Station führte. »Und außerdem hat mir kein Aas gesagt, daß er hier frei rumlaufen darf.«

»Dann sag ich's dir jetzt«, erklärte Yank prononciert und machte damit für Jonathan deutlich, wie die Befehlshierarchie, vom Pfarrer abwärts, beschaffen war. »Und jetzt sei mal ruhig und frühstück erst mal.«

Finster blickte der Sergeant Jonathan an, dann verließ er brummelnd ihren Tisch.

Yank lehnte sich vor und redete vertraulich auf Jonathan ein. »Ich an Ihrer Stelle würd ihn nicht so reizen. Er ist zwar nicht gerade ein Intelligenzbolzen, aber er ist ziemlich aufbrausend, und im Nahkampf ist er ein Meister.«

»Danke für die Warnung.«

»Übrigens, aus reiner Neugier – wo haben Sie eigentlich die Nacht verbracht?«

Maggie lächelte auf ihren Teller hinab.

Jonathan antwortete scheinbar ohne Arg aus dem Stegreif heraus, richtete es jedoch so ein, daß die Antwort Yank gerade überraschte, als er mit einer Gabelvoll Ei den halben Weg bis zum Mund herauf geschafft hatte. »Bei der Futter-Station.«

Die Gabel hielt in ihrer Aufwärtsbewegung inne und sank dann beladen wieder auf den Teller hinab. Alles Blut war Yank aus dem Gesicht

gewichen. »Das ist verdammt weniger komisch, als Sie meinen, Dr. Hemlock!«
Es amüsierte Jonathan, zu beobachten, daß sämtliche Spuren eines amerikanischen Akzents in Yanks Aussprache unter Streß schwanden, genauso wie Leute, die viele Sprachen beherrschen, sich immer ihrer Muttersprache bedienen, wenn sie fluchen, zählen oder beten.
Da er nicht weiteressen konnte, entschuldigte Yank sich und ließ sie allein.
»Das war gemein«, sagte Maggie.
»Hu-hu. Was weißt du übrigens über die Futter-Station?«
»Eigentlich gar nichts. Sie liegt irgendwo oben am Fußweg. Wachen und Hunde und so. Manchmal kommen die Wachen herunter in die Bar oder essen hier auch zu Mittag, aber reden tun sie nie darüber.«
»Kannst du versuchen, für mich ein bißchen was herauszufinden?«
»Versuchen schon.«
»Bitte, tu's!«

Es war regnerisch und böig geworden, als Jonathan schließlich erlaubt wurde, zum Pfarrhaus zu gehen, leicht bewacht von Yank, der wieder einen endlosen Strom von Banalitäten von sich gab und sich offensichtlich von seiner Vertrauenskrise erholt hatte, die Jonathans Erwähnung der Futter-Station bei ihm hervorgerufen hatte. Als sie die Gartenpforte erreichten, gesellte Yank sich zu zwei anderen jungen Männern in den auffälligen dunklen Jacken und den grellfarbigen Krawatten, die fast so etwas wie eine Uniform der Loo-Leute war. Jonathan konnte nicht umhin zu bemerken, wie ähnlich sie irgendwelchen Ganoven aus dem East End waren.
Er fand den Pfarrer in seinem Garten in eine derbe Jagdjoppe und Zwillichbreeches gekleidet, die er in dicke Kniestrümpfe gesteckt hatte. Dazu trug er breite, derbe Wanderschuhe. Seine Aufmachung stach deutlich von Jonathans maßgeschneiderter Stadtkleidung und den handgenähten Schuhen ab. Der Pfarrer schien Jonathans Anwesenheit gar nicht zu bemerken, denn er brummelte wütend etwas vor sich hin, während er den Karpfen in seinem Teich ihr Futter hinstreute. Dann sah er auf. »Ah, Dr. Hemlock. Wie nett, daß Sie gekommen sind.«
»Sie scheinen Kummer zu haben.«
»Wie bitte? Ach so, ja, ein bißchen. Hat aber nichts mit Ihrer Sache zu tun. Es ist dieser verdammte Boggs! Möchten Sie irgend etwas? Kaffee vielleicht oder Tee?«
»Nein, vielen Dank!«
»Auch gut. Ich hatte gedacht, wir könnten vielleicht einen kleinen Spaziergang durch die Felder machen und uns dabei unterhalten. Es geht doch nichts über das offene Land, wenn man ungestört sein will. In den

Hecken gibt es zwar Insekten, aber keine Wanzen – falls Sie verstehen, was ich meine.«

Jonathan blickte zu dem bedrohlich von Windstößen durchfahrenen Himmel auf.

»Ach, über das Wetter machen Sie sich nur keine Sorge«, versicherte der Pfarrer ihm. »Die Wettervorhersage spricht nur von gelegentlichen Schauern.« Er zwinkerte.

Jonathan zuckte mit den Achseln und folgte ihm bis zum Ende des Gartens, wo der Weg zu einem schmalen Trampelpfad durch dichtes Gestrüpp wurde. »Womit hat dieser Boggs denn ihren Zorn auf sich geladen?« wandte er sich an den Rücken der Gestalt, die kräftig vor ihm ausschritt.

»Wie beliebt? Ach so. Ja nun, diesem Boggs gehört das Land neben der Kirche. Er ist Farmer, wissen Sie. Und jetzt hat er wieder Hecken abgeholzt. Wissen Sie, daß in England Jahr für Jahr fünftausend Meilen Hecken abgeholzt werden?«

»Ein Jammer, daß sie diese hier ausgespart haben«, brummte Jonathan, nachdem er über eine Wurzel gestolpert war.

»Was?«

»Ach nichts.«

»Fünftausend Meilen Heimat für Kleintiere und Nistplätze Jahr für Jahr einfach abgeholzt! Dabei sind einige von unseren Hecken schon zur Zeit der Sachsen gepflanzt worden. Aber die Farmer behaupten, sie wären ihren modernen landwirtschaftlichen Maschinen im Wege. So opfern sie das Erbe von Jahrhunderten nur für einen Profit von ein paar lumpigen Pfunden. Sie haben überhaupt kein Verantwortungsgefühl. Kein Verantwortungsgefühl der Natur gegenüber. Kein Gefühl für Geschichte! Ach, das tut mir aber wirklich leid! Ist Ihnen dieser Zweig ins Gesicht geschlagen, als ich ihn losließ? Und wissen Sie, was dieser Boggs sich jetzt wieder geleistet hat?«

Jonathan war das völlig egal.

»Hat er es doch wahrhaftig fertiggebracht, das Stück Land neben der Kirche an eine Baugesellschaft zu verkaufen! Man muß sich das einmal vorstellen! Jetzt kann es sein, daß wir hier eine Reihenhaussiedlung für Pensionäre kriegen, die unmittelbar an den Friedhof angrenzt. Dünnwandige Kästen mit Namen wie ›Ende der Reise‹ oder ›Endlich Rast‹!«

»Ist Ihnen all das wirklich so wichtig, oder ziehen Sie diese kleine Show eigens für mich ab?«

Der Pfarrer blieb stehen und drehte sich um. »Dr. Hemlock! Der Kirche ist mein Leben geweiht. Mein besonderes Interesse gilt der Erhaltung der noch lebenden Zeugen ihrer architektonischen Größe. Jeden Penny, den ich mit meiner Arbeit für die Regierung verdiene, stecke ich in diese Aufgabe.« Er zwinkerte.

»Und damit rechtfertigen Sie die häßlichen Dinge, die Ihre Organisation tut?«
»Wer weiß? Falls Patriotismus überhaupt einer Rechtfertigung bedarf.«
»Ich verstehe! Sie halten sich gewissermaßen für eine Art Hure in Christo. Vermutlich sind Sie aus dem Magdalen College hervorgegangen.«
Der Pfarrer setzte eine eisige Miene auf. Sein Gesicht schien flach zu werden, und er schlug eine härtere Tonart an. »Mir scheint, wir täten besser daran, uns auf das vor uns liegende Problem zu konzentrieren.« Damit drehte er sich um, nahm seinen Weg wieder auf und brach durch das Unterholz hinaus auf ein Stoppelfeld.
»Ja, lassen Sie uns das tun.«
»Es versteht sich von selbst«, wandte der Pfarrer sich über die Schulter an Jonathan, »daß Sie alles, was Sie im Laufe Ihrer Arbeit für uns erfahren, bitte absolut vertraulich behandeln wollen. Mein junger Assistent – der Mann, den Sie unter dem Namen Yank kennen – hat Ihnen in groben Zügen den Sinn der Loo-Organisation dargelegt. Es handelt sich um so etwas Ähnliches wie die Abteilung ›Spürhund und Strafaktion‹ beim CII. Loo hat die undankbare Aufgabe übernommen, mittels Vergeltungsmaßnahmen den Schutz der Agenten von MI-5 und MI-6 zu gewährleisten. Nolens volens flattern uns als der geheimsten der geheimen und der wirksamsten der wirksamen Abteilungen außergewöhnliche Aufgaben auf den Schreibtisch. Bei der Aufgabe, von der wir hier sprechen, handelt es sich um eine solche. Recht eigentlich geht es dabei nicht um das, was Sie drüben bei sich eine Strafaktion zu nennen belieben. Es handelt sich auch nicht darum, eine ganz bestimmte Person zu beseitigen. Präzise ausgedrückt bedarf es bei dieser Sache nicht unbedingt eines Mordes. Allerdings besteht die Möglichkeit, daß Sie gezwungen werden, zu so extremen Mitteln zu greifen, wenn Sie mit heiler Haut davonkommen wollen. O du meine Güte! Ich hätte Sie vor dieser morastigen Stelle warnen sollen. Kommen Sie, reichen Sie mir die Hand. Da! Ach, mir scheint, einer Ihrer Schuhe ist steckengeblieben. Aber keine Sorge. Ich werde ihn für Sie herausholen. Da ist er. So gut wie neu.«
Der Pfarrer drängte weiter und holte tief Atem in der frischen Luft, die regengeschwängert zu sein schien. »Ich glaube, Sie sehen die Sache klarer, wenn ich versuche, sie Ihnen unter moralischen Gesichtspunkten darzulegen, denn was dem ganzen Problem zugrunde liegt, das sind moderne Trends der Verworfenheit. Sexuelle Zügellosigkeit, um genauer zu sein. Die neue Moral, bei der es sich weder um eine echte Moral handelt noch um eine besonders neue, wie ein Seitenblick auf das gesellschaftliche Leben der claudianischen Kaiser bestätigt – diese sogenannte neue Moral hat alle Schichten der Gesellschaft verseucht, von den Universitäten bis zu den Kohlengruben – nicht daß zwischen beiden ein

so gewaltiger Unterschied bestünde, dafür sorgt schon die Demokratisierung des Schulwesens. Vielleicht ist es auch ganz natürlich, daß eine Generation, welche den größeren Teil ihrer Existenz unter der unverhohlenen Drohung atomarer Vernichtung gelebt und es erlebt hat, wie die Saat des uns aufgezwungenen Egalitarismus und Liberalismus so wunderbar aufgegangen ist, welche die traditionellen Bollwerke der Familie und der Klasse zerbröckeln sieht, welche den Niedergang formalistischer Literatur und Kunst und das Aufkommen des Fernsehens erlebt hat, der Pop-Art, der Massenbegeisterung für Folk-Music, Thriller, Happenings und was weiß ich sonst noch, Machwerke also, die eher die Nerven kitzeln statt den Geist zu beschäftigen und mehr zu spontaner Reaktion herausfordern statt zu stiller Komtemplation – vielleicht also ist es nur natürlich, daß eine solche Generation Zuflucht im sexuelllen Narkotikum sucht. Wiewohl ich als Mann der Kirche derlei Aktivitäten nicht entschuldigen kann, so kann ich als Menschenfreund selbstverständlich die Existenz mächtiger Stimulanzen zugeben, die die Menschen dazu verführt, ihren Kopf im Sumpf von Fleischlichkeit und Orgasmus zu verstecken. – Wär schön, wenn wir eine Feldflasche Tee bei uns hätten. Das würde Sie innerlich aufwärmen. Kommen Sie, legen wir ein bißchen Tempo zu, damit das Blut schneller durch unsere Adern fließt.
Ich will mich mit der Feststellung begnügen, daß der Rückzug in sexuelle Ausschweifungen heute zum Leben in allen Kreisen dazugehört – mit Ausnahme der Arbeiterklasse, die aufgrund ihres Mangels an Vorstellungskraft vor jeder Ansteckung gefeit geblieben ist. Offenbar ist es so, daß anomales Sexualverhalten ein Laster ist, das zur Gewohnheit wird. Sobald ein Reiz-Sucher sich einmal auf etwas eingelassen hat, entwickelt er Toleranz für die – nun ja – mehr allgemein üblichen Praktiken in diesem Bereich und stellt fest, daß sie nicht mehr ausreichen, ihn zu entspannen und ihm den Geist zu benebeln. Die Nerven scheinen gewissermaßen so etwas wie eine Hornhaut dagegen zu entwickeln. Und so drängt es den Sybariten zu – nun ja – unkonventionelleren – nun ja . . .«

»Ich verstehe.«

»Das hatte ich schon angenommen. Seit etlichen Jahren hat sich nun dieser Steppenbrand – wenn ich mir diese Metapher erlauben darf – auch unter den Mitgliedern der Regierung und der Behörden ausgebreitet. Anfangs beschränkte sich das auf die vergleichsweise ungefährliche und nicht weiter aufregende Praxis des Frauentauschs während des Urlaubs. Doch nach und nach verlangte das Feuer nach verborgenerer Nahrung. Wie zu erwarten, tauchten plötzlich gewisse Organisationen auf, die diesen Forderungen nachkamen und das Entsprechende lieferten. Bei den meisten von ihnen handelt es sich um schmierige kleine Unternehmen, die nichts weiter bieten als Abwechslung hinsichtlich der

Zahl, Rasse und Positionen; außerdem genossen sie den zweifelhaften Vorteil, aufgrund der Bemühungen von spionierenden Pressefotografen zu einem gewissen Ruhm zu gelangen. Etwas höher auf der Rangliste standen Etablissements, welche Varianten boten, wie sie auf dem Kontinent längst gang und gäbe sind, ganz besonders selbstverständlich in Frankreich. Als Nonnen verkleidete Mädchen, Mädchen, die in Särgen liegen – solche Sachen eben. Sehen Sie mal! Haben Sie die gesehen? Zwei Hasen sind eben über das Wiesenstück da gehoppelt. Herbsthasen! Weckt Kindheitserinnerungen, was?«

Jonathan schlug den Kragen seiner Jacke hoch und machte ein Gesicht wie drei Tage Regenwetter.

»An der Spitze dieser Pyramide des Lasters – o je, ich werde nachgerade immer mehr zum viktorianischen Gentleman! Diese Spitze also bildet ein kleines und schrecklich teures Unternehmen, welches einer ausgesuchten Elitekundschaft Dinge offeriert, die man als Nonplusultra sexueller Ausschweifung bezeichnen kann. Mit den Einzelheiten solcher Praktiken werde ich Sie nicht behelligen. Ich will Ihnen nur noch sagen, daß dieselbe Organisation sich auch mit dem Einschleusen von Pakistanis beschäftigt – mit illegaler Einwanderung also; diese Leute finden hier keine lohnende Arbeit und werden zum Äußersten getrieben, nur um am Leben zu bleiben. Diese Organisation hat besondere Verwendung für Pakistanikinder beiderlei Geschlechts zwischen neun und fünfzehn Jahren. Und ich muß gestehen, daß es nicht nur die Männer in der Regierung sind, die dieses Etablissement frequentieren, sondern oft auch ihre Frauen und Töchter. Und diese Verruchtheiten spielen sich zu erlesenen Diners, bei ausgezeichneten Weinen und Hummern ab – je nach der Saison.«

»Ich nehme an, daß die Kundschaft nicht auf Subalternbeamte und Angehörige des Mittleren Dienstes beschränkt ist.«

»Es ist zwar traurig – aber leider wahr. Ich erröte, wenn ich Ihnen gegenüber zugeben muß, daß sich unter den Kunden besagten Etablissements gewisse sehr hochgestellte Persönlichkeiten befinden.«

»Sollte die Bettwäsche etwa den Aufdruck ›Hoflieferant Ihrer Majestät‹ tragen?«

Der Pfarrer lief vor Ärger puterrot an. »Eine solche Unterstellung muß ich ganz entschieden zurückweisen, Sir.«

Beschwichtigend hob Jonathan die Hand. »Ich wollte ja nur wissen, in welcher Liga ich spielen soll.«

»So, so.« Ganz war der Pfarrer allerdings nicht beruhigt. Er wandte sich um und stapfte energisch weiter, betrat einen von Gestrüpp überwucherten Wald, wobei der Zorn ihn weiter ausschreiten und gewissermaßen mit Brachialgewalt seinen Weg durch das Unterholz bahnen ließ. Erst als sein Zorn einigermaßen verraucht war, fuhr er fort: »Ein oder zwei Jahre geht das nun schon so. Es war eine bedauerliche Angelegenheit, aber, soweit wir wußten, nichts, was die Staatssicherheit gefährdet hätte. Doch dann passierte etwas, was mich zwang, meine Einschätzung von *The Cloisters* gründlich zu revidieren – das ist übrigens ironischerweise der Name des Etablissements, in dem die Exzesse stattfinden.«

»Liegt es irgendwo auf dem Lande?«

»Nein. In London. Sogar mitten in Hampstead. Schauen Sie! Ein Rhododendron! Gleich Ihnen ein Fremdling an unseren Gestaden.«

»Was ist denn mit diesem ›Kloster‹ passiert? Erpressungen?«

»Nein, nicht eigentlich. Und das ist es ja gerade, was die Sache so unheimlich macht. Aber darauf werde ich gleich kommen. Eines Nachmittags – ich erinnere mich genau, es war gerade nach dem Tee – erhielt ich von meinem Kollegen bei MI-5 einen sonderbaren Anruf, aus dem ich nicht so recht schlau wurde. Bei ihm war ein Bericht eingegangen, dessen Inhalt diesen normalerweise lethargisch vor sich hindösenden Zweig des Geheimdienstes in helle Aufregung versetzte und zu äußerster Aktivität hochpeitschte. Wie zu vermuten stand, hatten sie keine Ahnung, was sie mit dieser Information anfangen sollten, doch immerhin waren sie noch so vernünftig, sie mir rüberzuschicken. In ihrem Büro hatte ein Mann vorgesprochen, ein Beamter des Mittleren Dienstes im Verteidigungsministerium, der ihnen mutig eine Reihe von erstaunlichen Tatsachen enthüllte. Er war über seinen eigenen Schatten gesprungen und hatte ein wenig an den von *The Cloisters* gebotenen Zerstreuungen teilgenommen. Ich weiß nicht, ob ihm das Geld ausging oder aber ob sein Gewissen schlug, auf jeden Fall stellte er seine Besuche dort nach einer gewissen Zeit ein. Daraufhin bekam er Besuch, ein Herr, der mit allem Brimborium der Höflichkeit verlangte, daß er sich später am selben Abend in *The Cloisters* einzufinden habe. Der Unglückliche wagte nicht, sich zu weigern. Als er hinkam, wurde er in ein Séparée geführt, wo man ihm einen Film vorführte.«

»Und er war selbstverständlich überrascht, als er in dem Hauptdarsteller dieses Films sich selbst wiedererkannte. Oh, verdammt!«

»Sie nehmen mir das Wort aus dem Mund. Du lieber Himmel! Ich hab's ja gewußt! Dabei hab ich diesem Boggs mindestens ein dutzendmal gesagt, daß dieser Zauntritt morsch sei und ausgebessert werden müßte. Ich hab's ja gewußt, daß er zusammenbrechen würde genau in dem Augenblick, da jemand rittlings auf dem Zaun saß. Sie sind doch hoffentlich nicht . . .?«

»Nein, mir ist nichts passiert.«

»Soll ich Ihnen die Hand reichen, damit Sie leichter herunterkommen?«

»Ich schaff's schon so!«

»Ist bei Ihnen auch wirklich alles in Ordnung? Sie gehen ein bißchen sonderbar.« Wütend preschte Jonathan weiter durch das unwegsame Dickicht.

»Das Sonderbare daran war«, fuhr der Pfarrer fort, »daß ein Erpressungsversuch unterblieb. Ja, auf diesen Beamten wurde nicht einmal Druck ausgeübt, weiterhin *The Cloisters* zu besuchen. Nur wurde ihm unmißverständlich klargemacht, daß jede Erwähnung ihrer Aktivitäten alsogleich die Veröffentlichung dieses Films nach sich ziehen würde. Wie Sie sich denken können, war er völlig außer sich, doch versicherte man ihm, daß er sich nicht allein in dieser unangenehmen Lage befinde. Offensichtlich verfügen sie über eine große Anzahl von Filmen, durch welche ein breites Spektrum von Regierungsbeamten kompromittiert war.«

»Zu welchem Zweck, wenn nicht aus erpresserischen Gründen, glauben Sie, sammeln diese Burschen solche Dinge?«

»Das wissen wir nicht. Doch das spielt im Grunde auch gar keine Rolle. Allein das Vorhandensein dieses Filmmaterials stellt gewissermaßen eine Zeitbombe unter der Regierungsbank dar, die jederzeit hochgehen kann – ah, da haben wir eine von diesen blödsinnigen Metaphern, über die wir auf der Schule immer so gelacht haben –, und wir haben keine Ahnung, wann sie hochgehen und wer bei dieser Explosion zu Schaden kommen wird. Eines jedoch steht unumstößlich fest: Eine Enthüllung dieses Kalibers könnte der Regierung Ihrer Majestät einen nicht wiedergutzumachenden Schaden zufügen.«

Eine Weile schien der Pfarrer ganz der düsteren Betrachtung eines so schrecklichen Schicksals hingegeben. Sie folgten einem Fußpfad, der von Pferdehufen in ein zähflüssiges Band aus Schlamm zermahlen worden war.

Um mit der Sache endlich weiter voranzukommen, fragte Jonathan: »Und wieso ist dieser Beamte aus dem Mittleren Dienst mit seiner Information, die doch zweifellos seine Karriere beenden könnte, ausgerechnet zu MI-5 gekommen?«

»Woher soll ich das wissen? Vielleicht hat er sich geschämt, wie man vielleicht vermuten könnte. Oder in einer Aufwallung von Patriotismus! Wie ich schon sagte, gehörte er dem *Mittleren* Dienst an. Angehörige des Unteren Dienstes lassen sich nur selten vom Patriotismus leiten, und die Führungsspitze kennt so etwas wie Scham gar nicht. Die ganze Frage kann daher nur rein theoretisches Interesse haben. Freilich mußten wir zuallererst sichergehen, daß dieser Mann auch wirklich nicht in die Verlegenheit kam, etwas auszuplaudern. Ein innerer Drang hatte ihn dazu getrieben, uns alles zu eröffnen. Wer wollte daher wissen, was er womöglich als nächstes tun würde? Vielleicht sich an die Massenblätter wenden? Dieser Skandal mußte vor der Öffentlichkeit geheimgehalten werden, koste es, was es wolle. Und *darum*, damit Sie es gleich wissen, geht es uns in allererster Linie.«

»Also ließen Sie eine Strafaktion an ihm vollziehen?«

Der Pfarrer antwortete nicht sogleich. »Nicht eigentlich«, sagte er dann mit einer wie abwesenden Stimme.
Jonathan ging ein Licht auf. »Ach so. Das ist ja reizend! Der arme Mann fand sich auf meiner Toilette wieder und hatte es versäumt, die Hosen runterzuziehen.«
»Ganz richtig. Und ich muß Ihnen aufrichtig sagen, wie sehr ich es bedaure, daß diese ganze Sache so verkorkst wurde. Es war nicht vorgesehen, daß Sie mit den letzten Worten des armen Kerls belastet werden sollten, ganz zu schweigen von dem abscheulichen Gestank, den die danebengegangene Kugel hervorgerufen hat. Ich darf Ihnen versichern, daß der dafür Verantwortliche sich strenge Vorhaltungen hat gefallen lassen müssen.« Er zwinkerte.
»Ich hab so das Gefühl, als ob seiner noch weitere Strafen harrten.«
»So? Dann wissen Sie also, wer es war?« Die Stimme des Pfarrers drückte aufrichtige Bewunderung aus. »Ich muß schon sagen, Sie verstehen es, sich Ihre Informationen rasch zu verschaffen. Ich sehe darin eine Rechtfertigung dafür, daß meine Wahl ausgerechnet auf Sie gefallen ist in dieser etwas heiklen Angelegenheit.«
»Und worin sollte die bestehen?«
Der Pfarrer ließ sich nicht davon abbringen, eines nach dem anderen schön säuberlich vorzubringen. »Kaum daß wir diese Informationen bekommen hatten, setzten unsere Nachforschungen ein. Einer unserer besten Leute ist auf diese Aufgabe angesetzt worden, ein Mann, der wegen seiner – was seine sexuelle Veranlagung betrifft – griechischen Neigungen noch am ehesten die Möglichkeit haben durfte, sich zu *The Cloisters* diskret ein Entree zu verschaffen. Der Mann hieß Parnell-Greene.«
»Das frische Grab, das ich gestern gesehen habe?«
»Leider ja. Doch ehe sie ihn beim Schlafittchen kriegten, konnte er uns noch ein paar höchst wichtige Hinweise geben. So wissen wir zum Beispiel, um wen es sich bei dem Mann handelt, der *The Cloisters* leitet. Er ist uns bestens bekannt unter dem Namen Maximilian Strange. Er ist von Geburt Deutscher und wurde im Oktober 1922 in München unter dem Namen Max Werde geboren. Die Werdes waren schon seit drei Generationen im Menschenhandelsgeschäft. Üppige Lasterhöhlen für die Oberklasse – nun ja, sagen wir: zumindest für die Reichen. Der junge Max scheint es in dieser Familientradition zu einer erlesenen Blüte gebracht zu haben, denn bereits 1943, im zarten Alter von einundzwanzig Lenzen, sorgte er für die Befriedigung der ziemlich unersättlichen sexuellen Gelüste höherer deutscher Offiziere. In Berlin und in mindestens zwei Provinzstädten betrieb er elegante Freudenhäuser, die mit Mädchen und Knaben bestückt waren, welche er in höchsteigener Person in den Konzentrationslagern ausgesucht hatte. Es handelte sich

um – nun ja – illegale Aktivitäten. Ja, in den Außenbezirken Berlins gab es ein kleines Haus, das ›Vivisektorium‹ genannt wurde ...«
»Ich habe schon verstanden.«
»Um so besser. Das alles zu erzählen, ist höchst schmerzlich.«
»Sie sind eben ein sehr zartbesaiteter Mann«, sagte Jonathan.
»Ironie darf, wenn sie nicht verpuffen soll, nur ganz leise in einem Satz anklingen, nicht aber von jedem Wort heruntertropfen. Aber schließlich geht es uns hier nicht um rhetorische Feinheiten. Als unsere Rechercheure Werde – oder Strange, wie er sich jetzt nennt – wiederbegegneten, war der Krieg vorbei, und er bot ziemlich römische Vergnügungen in Marokko, Antibes, Samos – eben den Lieblingsaufenthaltsorten jener Gesellschaft, die wir den Jet-Set nennen. An diesen Vergnügungen beteiligten sich junge Leute, die man mit Goldbronze bestrich, wobei die aus dem Publikum stammenden Teilnehmer sich mit Fett einschmierten; sodann gab es Verkehr zwischen Menschen und Tieren – wobei das Lieblingstier übrigens aus irgendeinem unerfindlichen Grunde das Kamel zu sein schien.« Er zwinkerte.
»Das war der Zeitpunkt, da wir zum erstenmal eine Beschreibung dieses Mannes erhielten. Fotos gab es von ihm. Er wird als außerordentlich ansehnlicher Mann von Anfang zwanzig beschrieben. Des weiteren haben wir in Erfahrung gebracht, daß er ganz ungewöhnliches Interesse an der Gesundheit, an der Ernährungsweise, an Gymnastik und ganz allgemein an der Bewahrung seines ungewöhnlichen jugendlichen Aussehens nimmt. Was seine sprachlichen Fähigkeiten betrifft, so spricht er nicht nur makellos englisch und französisch, sondern auch noch arabisch, was allerdings für einen Mann, der sich mit derlei Handel befaßt, beinahe obligatorisch ist. Aber ich fürchte, was wir da herausgefunden haben, gibt nicht so recht etwas her, um ihn wirklich zu beschreiben.«
»Nein, nicht sonderlich viel.«
»Abermals entschwand Mr. Strange unseren Blicken. Und vor zwei Jahren wurde in London *The Cloisters* eröffnet, wobei Maximilian Strange am Ruder dieses Feuerschiffs steht. Da haben Sie ihn, Dr. Hemlock – Ihren Gegner. Ganz gewiß ein würdiger Widersacher.«
»Ob würdig oder nicht, interessiert mich nicht. Mir wäre es lieber, er wäre ein Narr, denn ich bin weder Sportler noch Jäger.«
»Jawohl, es muß wohl wirklich ein feiner Unterschied zwischen einem Jäger und einem Killer bestehen.«
Jonathan überging diese Bemerkung mit Stillschweigen. »Die Dinge, die Sie über Strange wissen, würden doch zweifellos genügen, seinem Unternehmen ein Ende zu bereiten. Vermutlich hält er sich doch auch noch illegal im Lande auf.«
»Ich habe mich bemüht, Ihnen klarzumachen, welches Ausmaß die

Katastrophe haben würde, wenn auch nur das Geringste über diese Filme durchsickerte – oder über die Tätigkeiten, die auf ihnen festgehalten wurden. Weder die Polizei noch irgendeine andere Organisation darf mit dieser Sache zu tun haben. Unsere Polizei – wie die bei Ihnen – zeichnet sich nicht gerade durch Tüchtigkeit und Verschwiegenheit aus. Vielleicht fragen Sie sich, warum wir nicht einfach versuchen, die Filme käuflich zu erwerben – gewissermaßen ein Lösegeld für sie zu bezahlen. Nun, da muß ich Ihnen allerdings offen sagen, daß Loo über derartige Summen in seinem Etat nicht verfügt; außerdem müssen wir diese Filme in die Hand bekommen, ohne daß Leute von der Regierung von der ganzen Sache Wind bekommen – das ist einer der Gründe, warum MI-5 uns mit der Sache betraut hat. Selbstverständlich könnten wir eine Abordnung unserer Agenten beauftragen, *The Cloisters* einen Besuch abzustatten und nichts Lebendiges zurückzulassen. Was aber würde geschehen, wenn es ihnen nicht gelänge, die Filme sicherzustellen? Was würde geschehen, wenn Maximilian Strange sich dadurch abgesichert hat, daß er die Filme jemand überlassen hat mit der Maßgabe, sie sogleich zu veröffentlichen, wenn ihm irgend etwas zustoßen sollte? Nein. Nein, hier muß außerordentlich vorsichtig vorgegangen werden – es darf kein ungetaner Rest zurückbleiben. Und da nun kommen Sie ins Spiel.«
»Warum ich?«
»Der verstorbene Parnell-Greene konnte uns noch eine weitere Information zuspielen, ehe sie dahinterkamen, wer er war, und er St. Martin's-In-The-Fields diesen unseligen Besuch abstattete. Er hörte, wie Mr. Strange Ihren Namen nannte.«
»Meinen Namen?« Jonathan sprang mit einem Satz über einen Graben und arbeitete sich die vom Regen aufgeweichte Böschung auf der anderen Seite hoch. »Sie nehmen doch nicht etwa an, daß ich irgend etwas mit *The Cloisters* zu tun hätte!«
»Selbstverständlich nicht.« Der Pfarrer reckte dem Wind die Brust entgegen und drängte weiter, wobei er über die Schulter hinweg zurückrief: »Wenn wir daran auch nur einen Augenblick gedacht hätten, würden wir Sie in einer Dependance unseres Unternehmens behandeln.«
»In der Futter-Station?« Der Wind riß die Wörter von Jonathans Mund weg und schleuderte sie dem Pfarrer hin, der mitten im Vorwärtsstürmen innehielt; Jonathans Wissen über ihre Organisation erstaunte ihn schon über die Maßen, doch freute er sich sogleich über seine Fähigkeit, Informationen zu sammeln.
Er nickte vor sich hin und ging weiter. »Wir haben Sie gründlich unter die Lupe genommen und auch Ihre Verbindungen mit unseren Kollegen in Moskau, Paris und Washington nicht außer acht gelassen. Nachdem wir uns vergewissert hatten, daß *The Cloisters* kein Tochterunternehmen von Ihrem Mr. Dragon und dem CII ist, mit dem sie versuchen wollten,

sich in unsere Angelegenheiten einzumischen – etwas, was dieser aggressiven Organisation ja durchaus zuzutrauen ist –, sahen wir es als einen seltenen Glücksfall an, daß ein ausgebildeter Profi wie Sie irgendwie in diese Sache verstrickt ist. Ach, du liebe Güte! Das tut mir leid! Sie sollten aber wirklich ein bißchen vorsichtiger sein, wenn Sie über eine Kuhweide dahinspazieren. In dieser Hinsicht sind Kuhweiden den Pariser Straßen nicht unähnlich. Darf ich Ihnen beim Aufstehen helfen?« Unbeherrscht zwinkerte er.

»Nein!«

»Oh, oh! Was für ein Jammer!«

»Vergessen Sie's! Ich mochte diese Jacke sowieso nicht besonders gern!«

»Sonderbar, wenn ich das so sagen darf, daß ein Mann, der einst zu den bedeutendsten Alpinisten gehörte, einen kleinen Spaziergang bei uns auf dem Lande dermaßen schwierig findet.«

»Adler werden nun mal nicht Mitglieder bei den Wandervögeln.«

»Wie beliebt?«

Jonathan wurde nachgerade wütend auf sich selbst, daß er es der eintönig dröhnenden Höflichkeit des Pfarrers gestattete, seine Gelassenheit zu untergraben. »Hören Sie! Wie genau bin ich denn nun in diese Angelegenheit verwickelt?«

»Ich habe keinen Schimmer. Wir wissen nur, was Parnell-Greene vor seinem Tod uns noch hat stecken können. Zwei Fäden sind es, die Sie mit *The Cloisters* in Verbindung bringen. Wir wissen mit Sicherheit, daß Maximilian Strange außerordentlich an Ihnen interessiert ist.«

»Aber . . .«

»Warum – das wissen wir nicht. Offen gestanden hatte ich sogar gehofft, daß Sie uns in dieser Hinsicht weiterhelfen könnten. Haben Sie nicht zufällig irgendwann doch einmal mit ihm zu tun gehabt?«

»Nicht, daß ich wüßte.«

»Schade! Damit hätten wir immerhin einen Anhaltspunkt gehabt. Der andere Faden, der Sie mit *The Cloisters* verbindet, ist direkter, eine Freund-eines-Freundes-Beziehung, wenn Sie so wollen. Parnell-Greene ist in diesem Etablissement zweimal Miß Vanessa Dyke begegnet.«

Das wiederum ließ Jonathan innehalten.

»Möglich, daß das rein zufällig gewesen ist«, fuhr der Pfarrer fort, »es bildet aber immerhin eine Querverbindung zwischen Ihnen und Mr. Strange. Zumindest steht fest, daß der einfachste Weg in *The Cloisters* über Miß Dyke führt. Erlauben Sie, daß ich diesen Stacheldraht für Sie hochhalte. Ach, zu dumm! Aber Sie sagten ja, daß Ihnen an diesem Jackett nicht besonders gelegen sei. Kürzen wir den Rückweg ab, indem wir über die Felder gehen. Glauben Sie mir, Dr. Hemlock, ich weiß nicht, wie ich es sagen soll, aber es tut mir außerordentlich leid, daß ich Sie mit dieser Angelegenheit belästigen mußte. Anfangs, nachdem Parnell-Greene uns berichtet hatte, daß die *Cloisters*-Leute an Ihnen interessiert wären, hatten wir keineswegs die Absicht, das zu tun. Er leistete, was die Durchdringung ihrer Organisation betrifft, ausgezeichnete Dienste, und so brauchten wir Sie zunächst einmal gar nicht. Immerhin installierten wir vorsichtshalber unsere Miß Coyne bei Ihrem abgerissenen Freund MacTaint. Für alle Fälle.«

»Und als sie diesen Parnell-Greene hochgehen ließen, beschlossen Sie, daß ich seine Stelle einnehmen sollte.«

»Sie haben es erraten. Die Art und Weise, wie sie dem armen Parnell-Greene den Garaus gemacht haben, gibt Ihnen eine gewisse Vorstellung davon, mit was für Leuten Sie es zu tun haben. Man fand ihn gepfählt auf einem hölzernen Gerüst im Glockenturm von St. Martin's-In-The-Fields.«

»Eine höchst barocke Art der Hinrichtung.«

»Barock, gewiß, gleichzeitig jedoch auch höchst modern: ein Reklametrick, auf den jeder Werbemann stolz wäre. Wenn man die zusätzliche Gefahr bedenkt, die es bedeutete, eine derart spektakuläre Hinrichtung zu inszenieren, kommt man zu dem Schluß, daß es ihnen um mehr ging als nur darum, einen potentiellen Gegner aus dem Weg zu räumen. Sie ließen damit gewissermaßen öffentlich wissen, was demjenigen blüht, der versucht, sich in ihre Angelegenheiten einzumischen – eine wirksame, in gewisser Weise jedoch auch schöpferische Art der Abschreckung.«

»Eine schöpferische Art der Abschreckung?«

»Richtig. Und gleichzeitig beweist sie auch noch einen diabolischen Sinn für Humor. Ich habe bereits auf Parnell-Greenes abartige Veranlagung hingewiesen. Er war Päderast; seine Interessen in dieser Hinsicht waren eindeutig auf die passive Rolle gerichtet. Folglich haftet der Analpfählung als Exekutionsmethode ein gewisser schauerlicher Reiz an, finden Sie nicht, Dr. Hemlock?«

Schweigend vor sich hinbrütend, trabte Jonathan etliche Minuten dahin, ehe sie sich durch eine Dornenhecke hindurchzwängten und dann wieder im Garten des Pfarrhauses waren.

»Was Sie jetzt brauchen, um die Kälte abzuschütteln, ist gewiß eine belebende Tasse heißen Tees. Machen wir es uns gemütlich. Ich werde uns Tee kommen lassen.«

Der Regen fiel mit voller Kraft über das Pfarrhaus her. Nachdem einer der jungen Männer in auffälligem Anzug und mit grellfarbigem Schlips Tee hereingebracht hatte, sagte Jonathan: »Warum sagen Sie mir nicht klipp und klar, was Sie von mir erwarten?«

»Aber liegt denn das nicht auf der Hand? Was wir brauchen, das sind die Filme – und zwar brauchen wir sie schnell, ehe sie dazukommen, sich ihrer zu bedienen.« Er zwinkerte zweimal.

»Und was ist mit Maximilian Strange und seinen Leuten?«

»Ich gehe davon aus, daß ihre Zahl um diejenigen verringert werden wird, die zwischen Ihnen und den Filmen stehen.«
»Und damit wäre dann das Schicksal von *The Cloisters* besiegelt?«
Der Pfarrer schürzte die Lippen. »Nicht unbedingt. Nachdem ich mir alles gründlich überlegt habe, bin ich zu dem Schluß gekommen, daß eine Schließung von *The Cloisters* keineswegs den Appetit beseitigen würde, der dergleichen Etablissements möglich macht. Diese Leute würden doch nur anderweitig ihren Appetit zu stillen versuchen. Wenn daher all dies vorbei ist, wird *The Cloisters* weiterhin seine Dienste anbieten – allerdings unter einem anderen Management.«
»Unter Loo-Management, wenn ich Sie recht verstanden habe.«
»Ich hielte das für das beste, Sie nicht auch? Der Besitz der Filme zusammen mit den Dingen, die wir beim Managen dieses Etablissements erfahren, wird die Regierung unter die wirksame Kontrolle einer Organisation bringen, welcher das Interesse der Nation wahrhaft am Herzen liegt – und die außerdem am besten geschult und zu entscheiden imstande ist, wo diese Interessen wirklich liegen. Noch etwas Tee?«
»Damit wäre Loo dann wirklich vollkommen unabhängig, nicht wahr?«
»Aber gewiß doch.« Die Augen des Pfarrers weiteten sich vor Biederkeit und Unschuld. »Das glaube ich ganz bestimmt. Denken Sie doch nur daran, daß die Informationen, die Ihr CII über die steuerlichen und sexuellen Eskapaden Ihrer politischen Führer gesammelt hat, diese Organisation längst unabhängig gemacht haben. Aber sie können sicher sein, daß *wir* unsere Autonomie niemals dazu mißbrauchen werden, unbedachte Invasionen benachbarter Inseln zu planen oder Pfuschwerk zu leisten, wenn es darum geht, die Hauptquartiere irgendwelcher politischer Parteien auszuspionieren. Allerdings . . .« Seine Augen bekamen einen sanften, weichen Glanz, als er die Zukunft so vor sich sah. ». . . eine derartige Machtfülle könnte uns instand setzen, eine Endlösung des Irland-Problems zu verwirklichen.«
»Sie haben gewiß Verständnis dafür, wenn ich zwischen *The Cloisters* und Loo so gut wie keinen Unterschied sehe.«
»Ah, aber was Sie betrifft, gibt es einen höchst wesentlichen Unterschied. *Wir* können Sie wegen Mordes dreißig Jahre hinter schwedische Gardinen bringen.«
»*Sie* hingegen würden mich gleich umbringen.«
Der Pfarrer zuckte mit den Achseln. »Hm, falls es soweit kommt . . . Aber wirklich! Unsere kleine Plauderei hat jetzt eine sehr häßliche Wendung genommen.« Er zwinkerte.
»Okay! Um Nägel mit Köpfen zu machen – auf welche Unterstützung Ihrerseits darf ich beim Beschaffen der Filme rechnen?«
»Von seiten der Polizei keine. Wir dürfen nicht das geringste Risiko eingehen, daß diese ganze Affäre ruchbar wird. Loo wird seine

Ermittlungen fortsetzen, und Yank wird Sie über sämtliche neuen Entwicklungen auf dem laufenden halten. Er wird als Mittelsmann zwischen Ihnen und uns fungieren. Außerdem verfolgen wir unsererseits eine andere Methode, um in *The Cloisters* hineinzukommen, teils um Ihnen zu helfen, teils allerdings auch als eine Art Schutzmaßnahme, falls Ihnen ein Unglück zustoßen sollte. Seien Sie also nicht überrascht, wenn Sie Miß Coyne in diesem verruchten Etablissement begegnen sollten, sonst aber sind Sie ganz auf sich allein gestellt. Außerdem dürfen Sie selbstverständlich meiner innigsten Gebete gewiß sein. Sie sollten die Kraft des Gebets niemals unterschätzen, Dr. Hemlock.«

Regen trommelte gegen die Fenster des gemütlichen kleinen Wohnzimmers mit dem Kamin, in dem auf dem schmiedeeisernen Rost feuchte Holzscheite lichterloh brannten. Das Regenwasser rann Jonathan nicht mehr von den Haaren herunter in den Kragen, und das ganze Zimmer war gesättigt mit der Feuchtigkeit, die von den dampfenden Kleidern aufstieg.

Jonathan räusperte sich. »Hören Sie. Ich möchte, daß Sie Miß Coyne aus diesem ganzen Spiel herauslassen. Sie hat ihr Teil dazu beigetragen, indem sie mich in die Falle gelockt hat.«

»Oh! Was höre ich da? Die Stimme der Zuneigung? Eine Romanze gar? Wie bezaubernd!«

»Lassen Sie diesen Quatsch! Und lassen Sie sie einfach draußen.«

»Aber mein lieber Mann, wohin sollte sie denn gehen? Ich habe keinen Zweifel, daß sie Ihnen ihre herzzerreißende Geschichte erzählt hat. Ohne uns würde sie jetzt in einem Belfaster Gefängnis schmachten. Und würden wir ihr nicht unseren fortdauernden Schutz angedeihen lassen, könnte es passieren, daß sie jeden Moment irgendwo auf der Straße aufgegriffen wird. Wohin soll sie denn? Haben Sie etwa die Absicht, die Verantwortung für sie zu übernehmen?« Er zwinkerte.

»Nein, das habe ich nicht.«

»Nun, da haben Sie es! Übrigens ist sie heute morgen zu mir gekommen und bat mich um mein Einverständnis, daß sie Ihnen hilft. Vielleicht kommt sie sich ein wenig schuldig vor, hm? Wie wär's mit einem dieser Kekse? Sie sind gut für die Verdauung, und ich kann sie ganz besonders empfehlen.«

Jonathan erschauerte und zog seine feuchte Jacke um sich. »Ich glaube, es ist besser, wenn ich zum Gasthof zurückkehre.«

»Hoffentlich haben Sie sich keine Erkältung geholt. So was ist höchst unangenehm um diese Jahreszeit.« Er erhob sich und begleitete Jonathan bis an die Tür. »Wie Sie mit Yank zusammenarbeiten wollen, müssen Sie im einzelnen mit ihm absprechen. Er hat jedenfalls Orders, Ihnen in jeder Hinsicht behilflich zu sein. Heute nachmittag werden Sie vom Sergeant ein bißchen trainiert werden.«

»Trainiert? Vom Sergeant?«

»Ja. Sie gehören ja jetzt zu Loo. Stehen gewissermaßen im Sold der Königin. Und da gibt es gewisse Regeln, denen Sie sich unterwerfen müssen. Laut Ihren Unterlagen vom CII mangelt es Ihnen ein bißchen an Übung im Nahkampf. Und der Sergeant – ein Fachmann auf diesem Gebiet – hat sich freundlicherweise erboten, sich Ihrer ein bißchen anzunehmen. Offen gestanden hat er diese Gelegenheit mit Wonne beim Schopfe ergriffen.«
»Das kann ich mir vorstellen!«
»Ich werde leider keine Gelegenheit mehr haben, Sie zu sehen, ehe Sie fortgehen, darum lassen Sie mich Ihnen noch folgendes auf die Seele binden: Befleißigen Sie sich im Umgang mit Maximilian Strange der allergrößten Vorsicht. Er ist ein sehr gerissener Mann. Und ganz besonders hüten Sie sich vor dem ›Stummen‹!«
»Wer ist denn das?«
»Er arbeitet für Strange und übernimmt den Strafvollzug, das heißt die körperliche Züchtigung von Leuten, bei denen Strange das für nötig erachtet. Wir sind ziemlich sicher, daß er Parnell-Greene auf dem Gewissen hat. Offensichtlich bereiten derlei Dinge ihm ein spezielles und ganz persönliches Vergnügen. Also nehmen Sie sich in acht und seien Sie klug!«

»Was um alles in der Welt ist denn mit dir passiert?« Maggies Verwunderung machte sich in Lachen Luft, das sie freilich sofort unterdrückte, als Jonathans Augen ihr verrieten, daß er nicht gewillt war, gute Miene zu dem Zustand zu machen, in dem er sich befand. »Laß deine Schuhe draußen. Ich werde einen von den Leuten bitten, sie zu putzen.« Ihre Mundwinkel zuckten. »Das heißt, falls er sie vor lauter Dreck überhaupt sieht.«
Jonathan hielt inne in dem Bemühen, die Schuhe von den Füßen zu zerren und dabei dem Matsch und den Klumpen von Gras aus dem Wege zu gehen. Er suchte durch einen tiefen Seufzer seine Beherrschung wiederzuerlangen und machte dann weiter. Seine Finger glitten ab, und als er die Hand hob, war sie völlig verdreckt.
Maggie unterdrückte übertrieben deutlich das Lachen. »Komm mit nach oben. Ich werde dir ein schönes heißes Bad bereiten.«
Er knurrte.
Mit geschlossenen Augen, die Ellbogen auf dem Wasser treiben lassend, ließ er sich in der großen, altmodischen Wanne einweichen. Nur seine Nase und sein Mund schauten aus dem dampfenden Wasser heraus. Es dauerte eine Weile, bis die Wärme auch sein gefrorenes Knochenmark durchwärmte. Maggie hockte auf dem Rand der Badewanne und half ihm mit einer Mischung aus mütterlicher Fürsorge und Lachen in ihrem Lausbubengesicht.

»Was soll mit dieser Hose geschehen?« fragte sie, indem sie sie zwischen Daumen und Zeigefinger auf Armeslänge von sich hielt, ehe sie sie mit einem klatschenden Laut auf die Fliesen fallen ließ.
Er hörte das widerhallende Gemurmel ihrer Rede unter dem Wasser, verstand jedoch die Worte nicht. »Was?« fragte er und hob die Ohren über die Wasseroberfläche.
»Ich habe gerade gefragt, was . . . Ach, laß nur.«
»Du scheinst meinen Zustand nicht sonderlich ernst zu nehmen.«
»Nein. Nein.«
»Es gibt Menschen, die sterben daran, wenn sie ausgesetzt werden.«
»Ich werde dir ein Badetuch holen.«
»Den Naturgewalten ausgesetzt werden! Findest du dies alles immer noch komisch?«
Sie schüttelte den Kopf.
»Warum wendest du mir den Rücken zu? Kannst du mir nicht ins Gesciht sehen und sagen, daß du es nicht komisch findest?«
Abermals schüttelte sie den Kopf.
»Na schön, Mylady! Jetzt zählen Sie bis fünf, und danach steigen Sie zu mir in die Wanne.«
»Aber ich hab doch was an.«
»Zwei.«
»Und was ist mit der Eins passiert?«
»Vier!«
»Du willst doch nicht . . .?«

Die welke Putzfrau mittleren Alters blickte von ihrer Aufwischerei auf und sperrte Mund und Augen auf. Den Korridor herunter kamen Jonathan und Maggie in Badetücher gehüllt einher, sie mit ihren tropfnassen Kleidern in der Hand, er mit seinem zerrissenen und verdreckten Anzug. Eigens für die Zuschauerin mit den weit aufgerissenen Augen schüttelte er Maggie die Hand und dankte ihr für das köstliche Erlebnis. Sie fragte ihn, ob er Lust habe, vor dem Mittagessen noch für einen Moment mit zu ihr hineinzukommen, und er sagte, ja, das könnte vielleicht ganz lustig sein. Dann wandte er sich an das Zimmermädchen.
»Haben Sie nicht Lust, sich zu uns zu gesellen?«
Sprachlos vor Entsetzen stellte sie sich gegen die Wand und hielt den Schrubber schützend vor die Brust – eine vollkommene Deckung. Er zuckte mit den Achseln, brummelte etwas von stillen Wassern und folgte Maggie in ihr Zimmer.
»Wie willst du dich eigentlich anziehen?« fragte Maggie, kaum daß die Tür hinter ihnen geschlossen war.
»Sobald ich annehme, daß das Mädchen fort ist, werde ich in mein Zimmer hinübergehen. Es wäre doch jammerschade, wenn ich ihre Orgie

der Empörung jetzt brutal störte.« Er legte sich auf ihr Bett, um die letzten Verspannungen loszuwerden. »Hast du irgend etwas über die Futter-Station herausbekommen können?«
»Hm-hm, ja. Sogar mehr, als mir lieb ist. Eine grausige Sache.«
»Erzähle!«
»Hm – der Mann . . . in deinem Badezimmer, neulich abends? Der war ein Produkt der Futter-Station. Yank hat es mir in allen Einzelheiten erzählt. Erst wollte er nicht so recht mit der Sprache heraus, aber als er dann erst einmal angefangen hatte, sprudelte es nur so aus ihm heraus, als hätte er nur auf eine Gelegenheit gewartet, es sich endlich mal von der Seele zu reden.«
Er stützte sich auf einen Ellbogen. Der Ton, in dem sie sprach, verriet ihm, daß sie Schwierigkeiten hatte, darüber zu reden.
Sie schlüpfte in einen Bademantel und setzte sich neben ihn auf das Bett.
»Offenbar beruht die Idee der Futter-Station auf zwei Problemen, mit denen es MI-5 und 6 sowie Loo ganz allgemein zu tun haben. Das erste ist das Problem der Überläufer und des Verrats in ihren eigenen Reihen. Beides kommt zwar nicht so häufig vor, auf jeden Fall aber fackeln sie mit denen nicht lange. Überläufer werden praktisch um die Ecke gebracht. Ihr in den Vereinigten Staaten geht da genauso vor, glaube ich.«
»Ja. Die Ermordungen werden ›Vergeltungsmaßnahmen‹ genannt, falls es sich bei den Opfern um jemand außerhalb des CII handelt, und ›Rückversetzung‹, wenn es sich um jemand aus den eigenen Reihen handelt.«
»Hm, es scheint, als ob diese Ermordungen sich oft als schwierig und umständlich erwiesen hätten. Man mußte die Leichen verschwinden lassen; außerdem schnüffelte die Polizei dauernd herum; und schließlich mußte der Loo-Mann, der den Mord ausführte, auftauchen, um der gerechten Bestrafung nicht zu entgehen, wobei er möglicherweise aus einer Deckung heraus mußte, die für irgendwelche anderen Aufgaben weit wichtiger war. Das war offenbar die erste Schwierigkeit: Ermordungen durchzuführen.«
»Und die zweite?«
»Die Leichen. Frische Leichen stehen hoch im Kurs. Sie werden von den verschiedenen Zweigen der Geheimdienste gebraucht, um Gewalttaten vorzutäuschen, wie zum Beispiel die, die sie dir anhängen wollten. Außerdem scheinen sie sie als Deckung für Agenten zu brauchen, die untertauchen müssen. Statt einfach zu verschwinden, stirbt der Betreffende, so scheint es jedenfalls. Es gibt schließlich keine bessere Deckung, als tot und begraben zu sein. Des weiteren benötigen sie Leichen, um der Gegenseite irgendwelche Fehlinformationen zuzuleiten – wer das jeweils auch immer sein mag.«
»Und wie stellen sie das an?«

»Offenbar wird irgendwer in einem Hotelzimmer aufgefunden – tot, Herzschlag, oder vielleicht stirbt er auch bei einem Verkehrsunfall. Und dieser Jemand trägt irgendwelche Informationen bei sich, die ihn als Kurier zu erkennen geben, und das zusammen mit irgendwelchen Daten, die Loo der Gegenseite in die Hände spielen will. In Lissabon oder Athen – wo immer die Polizei käuflich ist – fällt der Gegenseite eine falsche Information in die Hand. Sie können sich einfach nicht vorstellen, daß ein Mensch sein Leben hergibt, bloß um ihnen irgendwelchen Käse anzudrehen, und deshalb glauben sie das, was sie finden, immer aufs Wort.«

»Ich verstehe. Also zählte der Pfarrer zwei und zwei zusammen und beschloß, diejenigen, die ohnehin exekutiert werden sollten, dazu zu benutzen, Loos Bedarf an frischen Leichen zu decken. Ich nehme an, sie kidnappen sie, bringen sie auf die Futter-Station und halten sie dort so lange fest, bis sie sie brauchen.«

»Ich weiß es nicht. Vermutlich ist es so. Ich weiß nur soviel, daß die Insassen der Futter-Station nie so recht ausreichen, den Bedarf zu befriedigen. Die Tatsache, daß der Pfarrer einen von ihnen benutzte, dich in die Falle zu locken, gibt dir vielleicht eine Vorstellung davon, wie wichtig diese ganze Geschichte ist und welche Wichtigkeit deiner Person darin beigemessen wird.«

»Ich fühle mich geschmeichelt. Aber warum heißt denn dieses Etablissement bloß ›Futter-Station‹?«

»Hm . . .« Sie stand auf und zündete sich eine Zigarette an. »Das ist vielleicht das Grauslichste an der ganzen Sache – etwas, womit Yank überhaupt nicht fertig wird. Es scheint so, daß sie alle auf einer kleinen Farm hier in der Nähe schwer unter Drogen gehalten werden. Und ernährt – gefüttert werden sie . . . O mein Gott!«

»Weiter!«

»Gefüttert werden sie mit einer Spezialnahrung. Verstehst du, die Loo-Leute kamen dahinter, daß die Russen, wenn ihnen eine Leiche in die Hände fällt, die sie nicht identifizieren können, ihr zuerst den Magen auspumpen und den Mageninhalt untersuchen. Na, und da ginge es selbstverständlich nicht, daß sie, wenn sie einen Griechen auffinden sollen, in seinem Magen die Reste einer Steak-und-Nieren-Pastete finden. Deshalb müssen sie – abgesehen von der richtigen Kleidung, dem richtigen Staub in den Hosenaufschlägen und all diesen Dingen – dafür sorgen, daß er oder sie richtig ernährt worden ist . . .« Sie zuckte mit den Achseln. »Daher Futter-Station. Das sind schon Typen, diese Loo-Leute.«

»Trotzdem tut dieser Yank mir leid. Seine Reaktion auf diese ganze Sache ist so heftig, daß man einen Augenblick fast vergißt, daß er selbst dazugehört.«

»Aber im Augenblick gehören auch wir dazu. Und wir sind keine komischen Typen.«
»Nein! Und nochmals nein! Komm doch her!«

Jonathan ruhte sich nach dem Mittagessen in seinem Zimmer aus, als Yank anklopfte und eintrat. »Reich mir die Flosse, Genosse. Komm grade vom Gouv. Hat mir alles verkasematuckelt. Wie finden Sie'n das, daß wir dies Ding zusammen dreh'n sollen?« Er ließ sich auf einen üppig gepolsterten Sessel fallen und legte die Füße auf die Frisierkommode. Jonathan hatte den Arm über die Augen gelegt, um das Licht abzuwehren, und Yanks Slangpotpourri aus dreißig Jahren ließ das Bild eines Mannes vor seinem inneren Auge entstehen, der Jesuslatschen und einen Knickerbockeranzug trug und eine Kreissäge auf dem Kopf hatte. Er hob den Arm ein wenig, blinzelte Yank an und sagte: »Find ich knorke«, womit er ihm zu verstehen gab, daß er sich auf dieses Spiel einließ.
»Als erstes brauchen Sie mal 'ne Kanone.« Yanks Stimme klang todernst. Er kannte sich in diesen Dingen aus und wußte, was gespielt wurde.
Jonathan ließ den Unterarm wieder über die Augen fallen und seufzte. Es war genau wieder so, als ob er für das CII arbeitete, allerdings für ein nicht sonderlich tüchtiges, eher etwas provinzielles CII. Jedes Ereignis trug seinen eigenen, unverwechselbaren Stempel. »Klar. Selbstverständlich. Die Kanone. Ich möcht sie nicht mit mir rumschleppen, aber es wär gut, wenn ich sie bei meiner Rückkehr in meiner Wohnung vorfände.«
»Hab schon kapiert. In der Wohnung in Mayfair oder in der Baker Street?«
»Baker Street. Und zwar brauch ich *zwei* Kanonen. Eine ganz unten auf dem Boden meiner Hemdenschublade, unter drei oder vier Hemden, und drum herum zusammengerollte Socken. Die zweite obendrauf, nur mit einem Hemd bedeckt.«
»Alles, was Sie sagen, Mann. Sie brauchen nur mit 'm Finger zu schnippen, und es wird gemacht. Aber warum zwei Ballermänner an ein und derselben Stelle versteckt?« Doch dann ging ihm ein Licht auf. »Ah, ich versteh. Falls sie Ihr Zimmer durchsuchen, finden sie die eine oben und suchen nicht weiter nach der anderen. Ganz schön cool, muß ich schon sagen!«
Jonathan hob den Arm, um sich zu vergewissern, daß er nicht träumte.
»Und was für Knarren wollen Sie? Unsere MI-6-er sind ganz scharf auf automatische italienische Pistolen.«
»Weiß ich. Und die sind ja auch tödlich, wenn man sie als Wurfgeschoß benutzt. Aber was ich brauch, das sind amerikanische Revolver vom Kaliber .45 – mit fünf Patronen drin und dem Hahn auf der leeren Kammer.«
»Keine automatische?«

»Nein. Wenn ich vorbeischieße, möchte ich, daß eine neue im Lauf ist.«
»Aber Sie wissen ja, die Dinger sind schrecklich groß.« Unwillkürlich errötete Yank. »Aber das wissen Sie ja.«
Jonathan seufzte und setzte sich auf. »Hören Sie, wenn ich das Ding mit mir rumschleppe, dann geh ich nicht grad auf 'ne Party, und deshalb ist es mir scheißegal, ob die Farbe des Griffs zu meinem Kummerbund paßt oder nicht. Ich gehöre schließlich nicht zu MI-6.«
»Ja, natürlich. Entschuldigung.« Wieder war der amerikanische Akzent wie weggeblasen.
Jonathan lehnte sich zurück und rieb sich die Schläfen. »Und noch was. Besorgen Sie sich jemand, der sich darauf versteht, die Kugeln zu Dum-Dums umzufeilen.«
Yank fühlte sich in seinem Sportsmannsgeist verletzt.
»Und sagen Sie demjenigen, der es macht, daß er dafür sorgt, daß der Getroffene sich dreimal um sich selbst dreht, selbst wenn ich ihn nur an der Hand treffe. Bleikugeln – ohne Geschoßmantel. Die Spitzen abgefeilt und kreuzweise eingekerbt.«
»Jawohl«, sagte Yank kühl. »Hab schon kapiert.«
Jonathan grinste in sich hinein. Dieser Yank hatte wirklich nicht die Nerven für seinen Job. Zweifellos sonnte er sich in dem romantischen Gefühl und dem heimlichen Brimborium des Agentendaseins, doch seine Reaktion auf die Futter-Station hatte gezeigt, daß die grausige »nasse Arbeit«, die mit diesem Geschäft verbunden war, ihn aus der Façon brachte.
Allerdings faßte er sich rasch wieder. »Wenn Sie zurückkommen in Ihre Bude, werden Sie alles so vorfinden, wie Sie es wünschen. Ich nehm an, Sie brauchen auch 'ne Schachtel mit Munition? Vielleicht unterm Klodeckel festgeklebt?« schlug er vor.
Jonathan lachte laut heraus. Wenn er es mit zehn Schuß nicht schaffte, dann deshalb, weil er inzwischen mausetot war.
»Okay. Das wäre also die Kanone. Nach dem Tee will der Sergeant Sie 'n bißchen wieder in Form bringen. Er ist unser bester Mann in Judo und Karate. In seiner Blütezeit war er Meister bei der Marine. Von dem können Sie 'ne Menge lernen.«
Jonathan nickte wie abwesend.
Yank schwenkte die Füße von der Frisierkommode herunter. »Na, okay. *See you later, alligator*!«
Nachdem er gegangen war, fuhr Jonathan fort, sich die Schläfen zu reiben. »Bald, bald . . .«, murmelte er vor sich hin.

Jonathan und Maggie tranken in einer Ecke des Pseudo-Tudorstil-Speisesaals ihren Tee unter einem Fenster. Sie war wortkarg und in Gedanken weit weg, und er nahm an, daß sie über ihre Rolle als Insassin in *The*

Cloisters nachsann. Er hatte nichts dagegen, daß das Schweigen sich über sie senkte. Es war nicht mehr nötig, daß sie einander berührten oder miteinander sprachen.

Für einen flüchtigen Moment brach die Sonne durch die niedrig hängenden Wolken und ließ ihr kupferfarbenes Haar aufschimmern. Dieses Licht war diffus und indirekt, und es war, als käme es aus dem Haar selbst, genauso wie das Zwielicht vom Meeresboden selbst heraufzukommen scheint. Sie blickte nieder, und ihre Augen waren unter ihren weichen Lidern halb verborgen.

»Du bist eine wunderschöne Frau, Maggie Coyne«, stellte er ganz sachlich fest.

Sie schaute zu ihm auf, und das Flaschengrün ihrer Augen leuchtete in einem Dreieck aus Sonnenlicht auf.

Das Licht verglomm, als die Sonne wieder hinter einem Wattebausch dunstiger Wolken verschwand.

Dann kam Yank. »Auf geht's«, sagte er fröhlich strahlend. »Der Sergeant erwartet Sie im Übungsraum.«

Jonathan lächelte Maggie zum Abschied zu und folgte Yank dann aus dem Speisesaal hinaus. Als sie durch die Halle gingen, ließ er eine alte Ausgabe des *Punch* mitgehen und durchblätterte sie müßig, als sie die Treppe hinaufstiegen.

Aus dem Übungsraum drangen unterdrückte kehlige Grunzlaute heraus, ein erstickt geschriener offener Vokallaut, und dann, als sie eintraten, das platschende Geräusch von jemand, der auf eine Matte geworfen wird.

Es handelte sich um eine umgebaute Bibliothek, von deren getäfelten Wänden völlig unpassend dicke Turnmatten herunterhingen. Auch der ganze Boden war mit solchen Matten bedeckt. Der Raum lag direkt über dem Schankraum, und es roch entfernt nach schalem Bier, ein Geruch, der vom Boden aufstieg und sich mit dem salzigen Geruch von Schweiß mischte. Henry war gerade dabei, sich langsam und mühsam vom Boden zu erheben, während ein anderer Loo-Mann mit den Füßen einen mattenbedeckten Balken bearbeitete; seine Zehen hatte er gekrümmt, um mit den Fußballen die Wucht seiner Tritte abzufangen. Bei jedem Fußtritt schrie er und ging dann von dem Frontalangriff dazu über, den Balken mit der Fußseite zu bearbeiten.

In der Mitte des Raums, riesig und massig in seiner locker gebundenen Judojacke, stand der Sergeant – und sein bulliger Körper bewegte sich sonderbar anmutig, als er auf Henry zuschlurfte, der sich in defensiver Haltung zusammenkrümmte. Jonathan hatte wohl gesehen, daß der Sergeant ihr Eintreten bemerkt hatte, und ahnte, daß er jetzt etwas tun würde, um Eindruck auf ihn zu machen. Henry tat ihm ein bißchen leid.

Yank lehnte sich gegen die gepolsterte Wand und sah in schweigender Bewunderung zu, wie der Sergeant auf sein Opfer zupirschte und sich gar

nicht erst die Mühe machte, irgendwelche Ablenkungsmanöver zu machen oder zu grunzen. Er hielt nur die Hände ein wenig zu hoch: ein Köder für die Falle, dachte Jonathan. Henry machte eine Bewegung auf den Sergeant zu, um ihn abzulenken und sich dann den Vorteil der hochgehaltenen Hände zunutze zu machen. Der Sergeant jedoch packte ihn an der Jacke, ein sausender Tritt, und Henry wirbelte durch die Luft. Er schaffte es nicht, sich ganz zu strecken und den Aufprall mit der gesamten Körperlänge abzufangen, jener weitflächigen Landung, welche die Hauptwucht des Falls gelindert haben würde, sondern landete auf einer Schulter und gab einen gurgelnden, nasalen Laut von sich.
Über Henry hinwegsteigend tat der Sergeant so, als ob er die Eingetretenen zum erstenmal sähe. »Ach nee, was seh ich denn da«, sagte er, »den Doktor aus Amerika!« Er war die Zuversicht in Person, war ganz gelockert – denn dies hier, das war *seine* Arena.
Jonathans Gesicht war völlig nichtssagend. »Das war ja ungeheuerlich«, sagte er, und der Sergeant vermeinte, einen Hauch von Nervosität in der Art zu entdecken, wie er die Seiten des *Punch*-Heftes durch die Finger gleiten ließ.
»Nichts weiter als Übung, Kumpel! Ja, dann woll'n wir mal, was? Was würde Ihnen denn am besten gefallen? Judo? Karate?«
Jonathan blickte sich hilflos unter den anderen Männern um, die ihn mit größtem Interesse betrachteten. Daß sie sich insgeheim ein bißchen amüsierten, war unverkennbar. Der Sergeant hatte schon den ganzen Tag von diesem Zusammentreffen geredet. »Hm, eigentlich keins von beiden. Ich nehm ja an, Sie haben meine Akten vom CII gelesen.« Er lachte hohl.
Der Sergeant trat etwas näher an ihn heran und blickte, zehn Zentimeter über ihm, auf ihn herab, wobei er die Daumen locker in den schwarzen Judogürtel gesteckt hatte. »Ich hab mir durchgelesen, was der Gouv mir gegeben hat, aber ich bin nicht so recht schlau draus geworden. Unter der Rubrik ›Fähigkeitsgrad‹ stand was Sonderbares.«
»Ja.« Jonathan schritt am Sergeant vorbei und setzte sich an einen kleinen Bibliothekstisch in eine geschützte Nische, womit er den Kämpfenden aus dem Weg war. Dadurch, daß er sich auf diesen Stuhl setzte, war nur noch ein einziger in der einen Ecke des Raumes frei. »Ich glaub, in meinen Papieren steht: ›Nicht qualifiziert, aber trotzdem bestanden‹.«
»Richtig. Das stand da. Was, zum Teufel, soll das heißen?«
Jonathan zuckte mit den Achseln und blickte schüchtern und mit großen Augen zu ihm auf. »Tja, das ist ein bißchen sonderbar. Es bedeutet nämlich, daß ich mich in den Nahkampfdisziplinen nie richtig qualifiziert habe: weder in Boxen noch in Judo oder Karate – in keiner. Aber meine Lehrer – Männer wie Sie – fanden trotzdem, daß sie mich nicht durchfallen lassen könnten.«
Der Sergeant trat herzu und stand neben ihm. »Na, solche Schlampereien

werden Sie hier bei Loo nicht erleben. Wenn ich Sie bestehen laß, dann können Sie Gift drauf nehmen, daß Sie tauglich sind.«

»Ich nehme an, Sie wissen am besten, was recht ist. Aber ich möchte Ihnen doch was erklären.« Jonathan strengte sich an, die richtigen Worte zu finden, und während er das tat, schaute er wie abwesend auf den Unterleib des Sergeant. Dieser trat von einem Fuß auf den anderen und nahm schließlich auf dem Eckstuhl Jonathan gegenüber Platz.

Jonathans Verhalten war unsicher. »Tja, wenn ich Ihnen diese komische Sache erkläre, dann können Sie mir vielleicht ein paar Tips geben, wie ich meine Taktik verbessere.«

»Deswegen bin ich ja hier, Kumpel.«

»Sehen Sie. Obgleich ich von den orthodoxen Kampfmethoden so gut wie unbeleckt bin, blieb ich doch fast immer Sieger. Ist das nicht komisch?«

Der Sergeant betrachtete den schlanken Körper vor ihm. »Ich würd sagen, dann haben Sie mehr Glück als Verstand gehabt.«

»Vielleicht«, gab Jonathan offen zu. »Aber das allein ist es nun doch nicht ganz. Sehen Sie, als Junge, da habe ich mich auf den Straßen durchboxen müssen. Und schon damals war ich ein ziemliches Leichtgewicht. Aber es blieb mir gar nichts anderes übrig, ich mußte es einfach versuchen, wenn ich in der ›Fist-City‹ meine heilen Knochen behalten wollte.« Er lächelte unbestimmt. »Und das ist mir von Zeit zu Zeit immer wieder passiert.«

Yank merkte sich den Ausdruck »Fist-City« – »Faust-Stadt«; eines Tages würde er ihn benutzen.

»Und wie haben Sie das angestellt?« Dem Sergeant war anzumerken, daß dieses Gerede ihn langweilte und er darauf brannte, endlich loslegen zu können.

»Na ja, einerseits scheine ich es fertigzukriegen, mein Gegenüber soweit zu bringen, daß es sich in Sicherheit wiegt. Andererseits habe ich aber auch gelernt, daß kein Kampf länger als fünf Sekunden dauern darf und daß derjenige, der die beiden ersten Schläge landet, unweigerlich gewinnt, falls ihm nicht durch die Regeln konventionellen Sportsgeistes oder durch irgendwelche läppischen Techniken die Hände gebunden sind.«

Der Sergeant war sich nicht ganz sicher, aber irgendwie spürte er, daß hier seinem Gewerbe ein Stich versetzt wurde, und seine Schultern strafften sich merklich.

Jonathan schenkte ihm jenes sanfte, verschleierte Lächeln, an das andere Männer sich in der Rückschau sehr wohl erinnerten. »Sehen Sie, vor jedem Kampf gibt es so etwas wie ein Anwärmen: das Sich-Verneigen und das Fußgescharre vor einem Judokampf; die wütenden Wortwechsel vor einer Wirtshausrauferei. Und so lernte ich, daß ich immer am besten damit fuhr, mit irgendeiner Waffe, die gerade zur Hand war, anzugreifen, während der andere sich noch für den Kampf aufpumpte.«

Der Sergeant schnaubte. »Alles schön und gut, *falls* eine Waffe zur Hand ist.«
Jonathan zuckte mit den Achseln. »Oh, irgendeine Waffe hat man schließlich immer zur Hand. Einen Ziegelstein, einen Gürtel, einen Bleistift . . .«
»Einen Bleistift!« Der Sergeant brüllte vor Lachen und wandte sich dann an sein kleines Publikum. »Habt ihr das gehört? Dieser Yankee legt seine Gegner damit aufs Kreuz, daß er ihnen mit 'm Bleistift auf 'n Kopf klopft! Das muß 'ne ganz schöne Weile dauern!«
Jonathan mußte unwillkürlich an einen Zwischenfall in Yokohama denken, bei dem sein Angreifer zum Schluß mit einem Filzschreiber Nr. 3 zwölf Zentimeter in der Brust dagelegen hatte. Aber er grinste schafsköpfig darüber, wie der Sergeant ihn lächerlich machte.
Was den Sergeant betraf, so war er jetzt nicht mehr mit Wut auf Jonathan erfüllt, sondern mit Verachtung. Diese Typen kannte er. Frech das Maul aufreißen, bis sie dann auf der Matte landeten.
»Nein, aber nun mal im Ernst, Sergeant. In diesem Raum muß es doch ein Dutzend geeigneter Waffen geben«, rief er protestierend gegen das leichte Gelächter der Zuschauer.
»Zum Beispiel?«
Beinahe hilflos blickte Jonathan sich um. »Tja . . . ich weiß nicht . . . diese Zeitung hier zum Beispiel . . .«
Verächtlich blickte der Sergeant auf die Ausgabe des *Punch*, die auf dem Tisch zwischen ihnen lag. »Und was wollen Sie mit der anfangen? Dem Gegner die Witze vorlesen, damit er sich zu Tode lacht?« Er war im höchsten Maße zufrieden mit sich, daß er die Lacher so elegant auf seine Seite brachte.
»Nun ja, man könnte sie zum Beispiel . . . Sehen Sie! Wenn ich sie fest aufrolle, wie diese hier. Sehen Sie? Und jetzt warten Sie. Sie müßte wirklich ganz fest aufgerollt werden. Und wenn sie das ist, dann wiegt sie mehr als ein Stock von derselben Größe. Und Sie wissen ja, wie scharf Papierränder sein können. Mit diesem Ende hier könnte man wirklich Hackfleisch aus jemand machen.«
»Was Sie nicht sagen! Tja . . .«
Acht Sekunden später lag der Sergeant auf dem Rücken inmitten eines Durcheinanders von Tisch und Stühlen, Jonathan stand über ihm und drückte ihm die obere Lehnenleiste eines umgedrehten Stuhls hart gegen die Luftröhre. Blut sickerte dem Sergeant aus der Augenhöhle, wo das Ende des Magazins ihm mit einer zustechenden und gleichzeitig drehenden Bewegung hineingetrieben worden war. Der Schlag in die Magengrube hatte ihn unwillkürlich die Hände runterreißen lassen und seine Nase ungeschützt dem zermalmenden Aufwärtshieb des Magazins preisgegeben, der sie zerbrach und ihm einen derartigen Schmerz

verursachte, daß er ihm in die Eingeweide und in die Gurgel fuhr. Der mit flachen Händen ausgeführte Zimbelschlag auf die Ohren hatte durch die Implosion seine Trommelfelle platzen lassen, so daß er kaum verstand, was Jonathan ihm zuzischte.
»Was machen Sie jetzt, Sergeant?«
Der Sergeant konnte nicht antworten. Unter dem Druck der Stuhllehne japste er nach Luft, und in seinen Schläfen klopfte das aufgestaute Blut, das nicht normal zirkulieren konnte.
»Was machen Sie jetzt?« Jonathans Stimme klang kehlig und nicht mehr menschlich. Er war in der Weißglut, die er brauchte, um mit Männern fertigzuwerden, die größer waren als er – und zwar so fertigzuwerden, daß sie nie wieder auf den Gedanken kamen, noch einmal mit ihm anzubinden.
Dem Sergeant gelang es, einen erstickten Laut hervorzustoßen. Des blutunterlaufenen Auges wegen konnte er nicht richtig sehen, doch immerhin erhaschte er einen fürchterlichen Blick aus Jonathans glasharten, graugrünen Augen.
Jonathan schloß die Augen für eine Sekunde und holte tief Atem, um sich zu beruhigen. Der Adrenalinstoß saß ihm immer noch im Magen.
Er sprach ganz ruhig. »Ich hätte es bei der halben Strafe belassen können. Aber ich fand, der um Entschuldigung bittende kleine Mann in meinem Badezimmer schuldete Ihnen auch noch was.«
Er lockerte den Druck und stellte den Stuhl beiseite. Als er die Manschetten seines Hemdes wieder zurechtzupfte, so daß sie die korrekten anderthalb Zentimeter aus dem Jackenärmel hervorschauten, sagte er noch: »Ich wette, die Worte, nach denen Sie suchen, Sergeant, lauten: Nicht qualifiziert, aber trotzdem bestanden. Hab ich recht?«

Jonathan saß allein in der Hotelbar und schlürfte einen doppelten Laphroaig, als Yank sich zu ihm gesellte.
»Du meine Fresse! Den haben Sie aber verdammt gebeutelt! Und das hatte er wohl verdient, möcht ich sagen.«
Jonathan trank seinen Whisky aus. »So, meinen Sie?«
Yank glitt auf den Barhocker neben ihm. »Ich nehme an, Sie fahren morgen früh nach London zurück. Wenn Sie in Ihre Wohnung kommen, werden Sie dort eine Liste von Telefonnummern vorfinden – eine für jeden Tag. Dort können Sie anrufen, um mich über den Gang Ihrer Arbeit zu unterrichten, und ich geb's dann an den Gouv weiter. Noch irgendwelche Fragen?«
Keine, die so klein gewesen wäre, daß Yank sie hätte beantworten können.
»Oh yeah«, sagte Yank. »Diese Vanessa Dyke. Ich nehme an, Sie werden Kontakt mit ihr aufnehmen, um sich 'n Entree für *The Cloisters* zu verschaffen. Möchten Sie, daß ich sie überwachen laß?«

»Um Himmels Willen, bloß nicht!«
»Aber der Gouv sagte, sie sei . . .«
»Euren Parnell-Greene hat sie vermutlich nur per Zufall kennengelernt.«
»Vielleicht. Aber immerhin wäre sie nach seinem Bericht der letzte Mensch gewesen, den er getroffen hätte, ehe wir ihn tot auffanden. Vielleicht war's nichts weiter als 'n Fall von zwei Schwulen, die sich zusammengetan haben, um ihre Erfahrungen auszutauschen. Stimmt's?«
Jonathan warf den Kopf zurück und blickte ihn kalt an. »Miß Dyke ist eine alte Freundin von mir.«
»Schon möglich. Aber . . .«
»Raus hier!«
»Aber nun warten Sie doch noch 'n Moment. Ich habe . . .«
»Raus! Raus!«
Nervös trat Yank erst von einem Fuß auf den anderen, dann räusperte er sich und versuchte, einen Abgang zu finden, ohne das Gesicht zu verlieren. »Okay also! Dann will ich mal zurück nach London.« Er vollführte mit den Fingern einer Hand eine langsam fächelnde Bewegung. »*See you later, alligator!*«

Yank war nach London zurückgekehrt, und Henry hatte den Sergeant zu einem Landarzt gebracht, damit der sich um seine Nase und um sein Auge kümmerte und überlegte, ob man etwas wegen seines Gehörs tun könne. Folglich hatten Jonathan und Maggie den Speisesaal ganz für sich allein. Gegen Abend rauschte ein starker Regen hernieder und hüllte das Gasthaus in das weiße Zischen in der Pfanne brutzelnden Specks ein. Ein Luftzug brachte die Kerze zwischen ihnen zum Flackern, und sie rieb sich den Oberarm, als ob ihr kalt sei. Sie trug den stumpfgrünen Baumwollrock, den sie an ihrem ersten gemeinsamen Abend angehabt hatte – und das war erst vor drei Tagen gewesen. Erstaunlich!
Wiewohl es immer wieder Augenblicke lebhafter Unterhaltung und des Gelächters zwischen ihnen gab, verharrte die Beziehung zwischen ihnen im Ungewissen, blieb sie schwach, und etliche Male ging ihm auf, daß sie ziemlich lange geschwiegen hatten, da jeder von beiden seinen eigenen Gedanken nachhing. Etwas forciert stellte er die Beziehung immer wieder her, doch stets wurde das Geplauder unvermeidlich dünner und lief in Schweigen aus.
». . . sie sind gewöhnlich um diese Jahreszeit blau, nicht wahr?«
Er hatte zu den Regenströmen am Fenster hingesehen. »Wie bitte? Ach, entschuldige.«
»Mandarinen.«
»Oh. Ja.« Er hatte wieder zum Fenster hinausgesehen, dann die Stirn gerunzelt und zu ihr zurückgeblickt. »Blau?«

Sie lachte. »Du warst meilenweit weg!«
»Stimmt. Tut mir leid.«
»Du fährst morgen früh?«
»Hm-m.«
»Und wirst versuchen, Kontakt mit ihnen aufzunehmen durch deine Freundin . . . äh?«
»Ja, durch Vanessa Dyke. Ich nehm's an. Das scheint die einzige Möglichkeit für mich, an *The Cloisters* ranzukommen. Obgleich ich mir nicht vorstellen kann, daß sie wirklich was mit alledem zu tun hat.«
»Hoffentlich hast du recht. Ich meine, wenn es eine Freundin von dir ist, hoffe ich, daß du recht hast.«
»Ich auch.« Er warf den Kopf in den Nacken und blickte sie einen Moment an. »Der Pfarrer sagte mir, man würde versuchen, dich in *The Cloisters* einzuschleusen.«
Sie nickte und betrachtete dann wie mit plötzlich erwachtem Interesse die Käseplatte. Er merkte, daß sie versuchte, über diese Bemerkung hinwegzugehen, so zu tun, als sei sie nicht weiter von Belang. »Ja«, sagte sie. »Sie haben Mittel und Wege ausfindig gemacht, mich morgen abend dort einzuschleusen. Möchtest du etwas von diesem Brie? Ein Brie de Meaux, glaube ich.«
»Nein, Brie de Melun. Es wird verdammt gefährlich sein dort drinnen, weißt du!«
»Ach, weißt du, von Käse verstehe ich genausowenig wie von Wein.«
»Der Pfarrer sagte, du hättest dich freiwillig für diese Aufgabe gemeldet.«
»So, hat er das gesagt?« Ihre hochgezogenen Augenbrauen und ihre neckischen grünen Augen nahmen nach und nach einen weniger weichen und weniger wachsamen Ausdruck an, dann senkte sie die Lider und betrachtete das Käsemesser, das sie mit ihrem Finger ziellos hin und her schob. »Vermutlich fehlt es mir an moralischer Kraft. Ich schaffe es einfach nicht, über längere Zeit mit Schuld- und Schamgefühlen rumzulaufen. Dadurch, daß ich dir jetzt helfe, hoffe ich, mich selbst davon zu überzeugen, daß ich das, was ich dir angetan habe, wieder gutgemacht habe. Weil . . .« Sie blickte auf und lächelte ihn an. »Weil . . . ich Sie ein bißchen lieb gewonnen habe, Sir.« Das Zuckerige ihrer letzten Worte wurde leicht gemildert durch ihre breite irische Aussprache.
Ihre Hand lag für ihn da, sie zu ergreifen und zu drücken, aber das war kaum etwas, was man von Jonathan erwarten konnte.
Dann tranken sie Kaffee und Kognak, ohne daß es notwendig für sie gewesen wäre, miteinander zu reden. Der Regen hatte aufgehört, und daß dieses alles umhüllende Geräusch plötzlich nicht mehr da war, war durchaus spürbar. Die neue, intensivere Stille ließ das Gefühl der Leere des Speisesaals nur um so deutlicher spürbar werden, und die schwächer werdenden Kerzenflammen, die im geschmolzenen Wachs ertranken,

waren ganz dazu angetan, eine entleerte, herbstliche Atmosphäre entstehen zu lassen.

»Sie haben mir einen Wagen zur Verfügung gestellt«, sagte Jonathan, womit er den letzten Teil seiner Gedanken laut aussprach. »Wahrscheinlich könnte ich auch schon heute nach London zurückfahren. Wäre vielleicht gut, einen klaren Kopf zu kriegen – wegen morgen.«

»Ja, das könntest du.«

»Dann könnte ich morgen früh als erstes Vanessa einen Besuch abstatten.«

»Soll ich mitkommen und dir packen helfen?«

»Würdest du das für klug halten?«

»Nein.«

»Dann komm und hilf mir packen.«

Es war frühe Morgendämmerung, als er seinen Koffer in den gelben Lotus lud und dabei die Sohlen leise aufsetzte, um die dunstige Stille nicht zu durchbrechen. Seine Hand war feucht von der Tauschicht, die den Wagen eingehüllt hatte. Ein Vogel ließ ein paar erste Töne vernehmen, als ob er auf Vogelart versuchte, sich darüber klarzuwerden, daß dieses widerstrebende Grau auch wirklich der Morgen sei. Er erhielt von nirgendwo eine Bestätigung. Es war kein Himmel da.

»Ja«, murmelte er, »aber wie ist es mit dem frühen Wurm?«

Im Wageninnern war es feuchtkalt. Es roch neu. Er stellte den Scheibenwischer ein, um klare Sicht zu haben, dann schaute er zu ihrem Fenster hinauf, ehe er die noch steife Gangschaltung in den Rückwärtsgang warf und leise über den knirschenden Kies zurückglitt.

Vorsichtig hatte er sich aus ihrer Umarmung freigemacht und war aus dem Bett geglitten, um sie nicht zu stören. Sie hatte ihre Lage auch nicht verändert, als er angekleidet und rasiert aus dem Badezimmer zurückgekommen war. Sein Gesicht hatte sich schmerzhaft verzerrt, und er hatte zu ihr hinübergeblickt, als die Schlösser seines Koffers laut zugeschnappt waren, doch sie hatte sich nicht gerührt. Als er vorsichtig die Tür aufmachte, sagte sie mit einer so klaren Stimme, daß er wußte, sie war schon seit geraumer Zeit wach gewesen:

»Halt die Ohren steif!«

»Du auch, Maggie.«

Der Lotus war ein eleganter Flitzer, und die Straßen waren zu dieser frühen Morgenstunde leer, so daß Jonathan viel zu früh auf dem Parkplatz des Baker-Street-Hotels anlangte, um Vanessa anzurufen, die ihrem ganzen Lebensstil nach ein Nachtvogel war. Er erstand ein paar Zeitungen in der Halle, bestellte sich ein Frühstück in sein Penthouse-Appartement hinauf, und eine Stunde später saß er, umgeben von lauter durchgeblätterten Zeitungen, vor einem abgegessenen Frühstückstablett. Die Zeit schlich nur so dahin, und er ertappte sich dabei, wie er auf das Zeitungsblatt vor sich starrte, mit Gedanken aber ganz bei diesem unbekannten Maximilian Strange war. Einer plötzlichen Eingebung folgend erhob er sich und suchte in seinem Rotarier-Notizbuch die Nummer von Sir Wilfred Pyles heraus. Nachdem er im Büro des britischen Kulturinstituts von einer Vorzimmerdame zur anderen weiterverbunden worden war, hörte er schließlich Sir Wilfreds herzliche, wenngleich etwas brummige höfliche Stimme. »Jon! Wie nett von Ihnen, so früh am Morgen schon anzurufen.«

»Ja, tut mir leid.«

»Schon gut. Zufälligerweise habe ich gerade eben einen Brief von diesem Bildungsfritzen aufgemacht – wie heißt er doch gleich noch, der Waliser?«

»fforbes-Ffitch?«

»Ja, von dem. Scheint einen Plan ausgeheckt zu haben, Sie auf irgend'ne Vortragsreise nach Schweden zu schicken, und bittet mich um meine freundliche Mithilfe, Sie dazu zu überreden.«

»Er gibt eben nicht so leicht auf.«

»Hm-m. Das liegt im Nationalcharakter der Waliser. Lobenswerte Entschlossenheit nennen sie das; andere sehen darin allerdings ausgemachte Sturheit. Aber immerhin, man gewöhnt sich dran. Lehrer und Baritone sind der traditionelle Exportartikel der Waliser, und wer wollte es ihnen verübeln, daß sie versuchen, beide loszuwerden? Aber hören Sie, wenn Sie entschlossen sind, Perlen Ihrer tiefen Einsicht auf den salzigen Wikingerboden zu verstreuen, können Sie der Unterstützung des Kulturinstituts gewiß sein.«

»Deswegen habe ich Sie nicht angerufen.«

»Aha!«

»Ich brauche eine kleine Information.«

»Wenn es in meiner Macht steht . . .«
»Wie steht's mit Ihren Kontakten zum MI-5?«
»Oh.« Diese Frage hatte eine etwas ausgedehntere Pause am anderen Ende der Leitung zur Folge. »*Solche* Art von Information meinen Sie. Wie ich Ihnen schon gesagt habe, stehe ich seit einigen Jahren auf dem Abstellgleis.«
»Aber Ihre Kontakte sind doch gewiß nicht ganz und gar eingerostet, oder?«
»O gewiß, ich nehme an, ich besitze immer noch jene Art von Einfluß, wie sie mit dem Verlust der Macht Hand in Hand geht. Aber ehe wir uns weiter darüber unterhalten, Jon . . . Sie haben doch nichts Übles im Sinn, oder?«
»Fred!«
»Hm-m. Ich warne Sie, Jon . . .«
»Nichts weiter als eine kleine Recherche – vielleicht verbunden mit einer Anfrage bei Interpol.«
»So, so.« Sir Wilfred verstand sich auf Töne etliche Grade unter dem Gefrierpunkt.
»Ich möchte gern, daß Sie einen Namen für mich überprüfen. Ob Sie das für mich tun würden?«
»Sind Sie sich auch ganz sicher, daß Sie sich da auf nichts eingelassen haben, was der Regierung Unannehmlichkeiten bereiten könnte?«
»Ich könnte Gelegenheiten erwähnen, wo wir zusammengearbeitet haben und *Sie* es waren, der in der Klemme saß.«
»Bitte, tun Sie mir das nicht an! Also schön. Und wie lautet der Name?«
»Maximilian Strange. Klingelt da nichts bei Ihnen?«
»Ganz, ganz leise. Aber es ist ja auch schon Jahre her, daß ich aktiv gewesen bin. Na schön. Ich rufe später am Nachmittag zurück.«
»Es ist besser, ich rufe Sie wieder an. Ich weiß noch nicht, wo ich überall sein werde.«
»Ich brauche aber etwas Zeit. Um fünf?«
»Um fünf.«
»Aber jetzt müssen Sie mir noch Ihr Wort geben, daß Sie nichts im Schilde führen, was unserer Seite Schaden zufügen könnte. Denn falls Sie das vorhätten, Jon, würde ich mich gegen Sie stellen.«
»Keine Angst. Ich bewege mich ganz auf dem Boden britischer Legalität. Und falls irgendwas schiefgehen sollte, können Sie sich drauf verlassen, daß man sich ›äußerster Verschwiegenheit‹ befleißigen würde.«
Sir Wilfred lachte. Sie hatten sich immer über den werbejargonartigen Ton lustig gemacht, der die Verlautbarungen des CII für Außenstehende so rätselhaft klingen ließ.
»Und falls irgendwelche Fragen auftauchen sollten, Fred, schieben Sie den Schwarzen Peter nur mir zu.«

»Genau das hatte ich sowieso vor, altes Haus.«
»Sie sind ein netter Mann.«
»Der Meinung bin ich schon immer gewesen. Ciao, Jon.«
»Tschüs.«
Nachdem er noch eine weitere lange halbe Stunde gewartet hatte, wählte Jonathan Vanessa Dykes Nummer und verabredete sich auf eine Tasse Tee und einen kleinen Schwatz bei ihr zu Hause. Es schien ihr ein wenig gegen den Strich zu gehen, sich mit ihm zu treffen, doch immerhin waren sie seit Jahren befreundet, und so konnte sie schließlich nicht anders. Nachdem er aufgelegt hatte, sah er eine Weile zum Fenster hinaus auf den Regent's Park hinunter und versuchte, Klarheit in seine Gedanken zu bringen. Zwei Dinge waren es, die ihn bei seinem Gespräch mit Vanessa gestört hatten: Erstens hatte sie mit etwas schwerer Zunge gesprochen, als ob sie getrunken hätte. Und zweitens hatte sie ihn sofort gefragt: »Ist auch alles in Ordnung mit dir, Jon?«

Er hatte Vanessa in London nie besucht, und als er aus dem Untergrundbahnhof herauskam, empfand er, daß dieser Teil von Putney schon eine sonderbare Kulisse für jemand sei, der so lebhaft und bissig sein konnte wie sie. Die Hauptstraße war typisch für die Stadtkernbildung südlich der Themse: Ihr unprätentiöser viktorianischer Charme war verschwunden unter einem Schorf falscher Fassaden aus glänzendem Aluminium und Glasbausteinen; kurze Zeilen von aufgelassenen Stadthäusern starrten aus gardinenlosen und zerbrochenen Fenstern heraus und warteten nur darauf, abgerissen und durch Einkaufszentren ersetzt zu werden; der aufdringlich sichtbare Verfall wurde hier und da gemildert durch den nichtssagenden stummen Klotz einer modernen Bank; außerdem gab es eine Reihe von Cafés mit gähnenden Serviererinnen und ständigen Tischdekorationen aus Krumen und verkleckerten Essensresten.
Wolken und Rauchschwaden hingen in Umbratönen dicht und niedrig über den Hausdächern, und ein schmutziger Nieselregen machte die Bürgersteige ölig. Praktisch jede Frau schob einen Kinderwagen mit Einkaufstasche und Wäschesack und – wahrscheinlich – einem Baby darin; und ein Mann wie der andere lief mit gesenktem Kopf herum.
Die Monserrat Street bestand aus einer Doppelreihe schäbiger Klinkerreihenhäuser, die mit gewissen nostalgischen Anklängen an viktorianische Behäbigkeit und Dauerhaftigkeit gebaut worden waren, allerdings mit den billigeren Materialien und der nicht mehr ganz so ausgeprägten handwerklichen Solidität der zwanziger Jahre. Die kleinen Gärten sahen traurig und ungepflegt aus, die Herbstblumen, die man hier und da erblickte, waren mit einer feinen Rußschicht bedeckt – es machte alles den Eindruck, als werde es nur noch von den Alten und von den Gleichgültigen aufrechterhalten. Hier standen mehr leere Häuser als normal zum

Verkauf – ein Zeichen dafür, daß die Westindier im Anmarsch auf diesen Stadtteil waren.
Der Garten des Hauses Nummer 46 stach angenehm von den anderen ab. Selbst um diese späte Jahreszeit und noch dazu bei diesem farbauslaugenden Wetter stellte man überrascht fest, daß hier eine gewisse Ausgewogenheit herrschte und eine sichere Hand am Werk war, welche den beschränkten Raum wohl zu nutzen wußte. Insbesondere die Hortensien standen im Einklang mit der Gegend und dem Klima: feucht und blaß malvenfarben, blau und von einem verwaschenen Weiß.
»Ein tragischer Schicksalsschlag traf den bekannten Kunstkritiker und Gelehrten, als gestern nachmittag das schwungvoll-umtriebige und sinnenfreudige Bild, das die Öffentlichkeit von ihm hat, schwer erschüttert wurde.« Van stand an der Haustür und lehnte sich, Whiskyglas und Zigarette in derselben Hand, gegen den leuchtend grün gestrichenen Türrahmen.
»Hallo, Van.«
». . . Umstehende berichten, sie hätten beobachtet, wie dieser international berüchtigte Verstrahler männlichen Charmes sich dem mondänen Mittelschichtvergnügen der Bewunderung von Hortensien hingab.«
»Okay, okay.«
»Was die genauen Farbtöne besagter Blumen betrifft, so weisen die Berichte kleine Abweichungen auf. Dr. Hemlock weigert sich strikt, Stellung dazu zu nehmen, doch wird sein Schweigen von vielen für das Zugeständnis genommen, daß er älter und gesetzter wird und – soweit der Schreiber dieser Zeilen sehen kann – feuchter mit jeder Minute, die er dort draußen verweilt. Warum kommst du nicht rein?«
Er folgte ihr in ihr dunkles, mit Möbeln vollgestopftes Wohnzimmer, das mit seiner viktorianischen Einrichtung, den perlenschnurbesetzten Lampenschirmen, den Schondeckchen auf dem Sofa und den Samtportieren das genaue Gegenstück zu dem schwarzweiß-emaillefarbenen, ultramodernen Appartement bildete, das sie bewohnt hatte, als sie sich vor fünfzehn Jahren in New York kennengelernt hatten. Nur die Schweizer Schreibmaschine auf einem Drehtisch beim Fenster und das Durcheinander von Notizzetteln auf der Fensterbank gaben Zeugnis von ihrem Beruf. Man konnte sich nur schwer vorstellen, daß ihre regelmäßig erscheinenden Kunstkritiken mit ihrem tiefen Gespür und ihrem beizenden Sarkasmus ausgerechnet in diesem absonderlichen, aber gemütlichen Zimmer entstehen sollten.
»Magst du einen Drink, Jon?«
»Nein, vielen Dank.«
»Warum nicht? Irgendwo auf hoher See steht die Sonne in diesem Augenblick steil über der Rahnock.«
»Trotzdem, vielen Dank, nein.«

Sie ließ sich in einen Ohrensessel sinken. »So? Welchem Umstand habe ich denn die Ehre zu verdanken?«
Jonathan spielte mit einer Vase mit Hortensien auf der Kredenz. »Warum versuchst du, es mir ungemütlich zu machen, Van?«
Sie tat, als hätte sie seine Frage nicht gehört. »Ich hasse Hortensien. Weißt du das? Die riechen nämlich wie Damenbadekappen. Desgleichen hasse ich blumigen Jasmintee und so. Der riecht wie die Handtaschen von Schauspielerinnen. Bitte bemerke, daß ich nicht ›Täschchen‹ gesagt habe, ich hab nämlich einen Horror vor sexuellen Anspielungen. Außerdem bin ich nicht gern unpräzise in der Beschreibung von Düften.« Sie lehnte sich zurück gegen eine der Ohrenbacken ihres Sessels und schaute ihn eine Weile an. »Du hat recht. Ich komme mir biestig vor, und es tut mir leid, wenn ich dir Unbehagen bereite. Denn immerhin sind wir ja alte Freunde, Kumpel-Pumpel! Dicke Freunde sozusagen! Weißt du was? Du bist überhaupt der einzige Nicht-Spießer auf der Welt, der Gemüt hat.«
Jonathan hatte ihr gegenüber auf einem mit geblümtem Chintz bezogenen Sessel Platz genommen – nicht weil ihm nach Sitzen zumute gewesen wäre, sondern weil es ihm unfair schien, wenn er vor ihr aufgeragt hätte, wo sie doch offensichtlich so beunruhigt und aus dem Gleichgewicht war. Nie zuvor hatte er es erlebt, daß sie ein solches Feuerwerk von Worten abgezogen hatte, um sich dahinter zu verbergen. Sie saß mit dem Blick zum Fenster, und das verschwommen hereinfließende Licht leuchtete ihr Gesicht mit unfreundlicher, geradezu chirurgischer Genauigkeit aus. Das kurze schwarze Haar mit den grauen Strähnen sah stumpf und leblos aus, und die in ihr schmales Gesicht hineingeätzten Runzeln stellten eine hieroglyphenhafte Biographie des Witzes und der Bitterkeit, des Lachens und der Intelligenz dar – Vollendung ohne Erfüllung.
»Wie ergeht es Ihnen denn so unter Christen, Madame?« fragte er in der Erinnerung an den Satz, mit dem sie früher oft eine Serie von unbeschwerten Frotzeleien eröffnet hatten.
Doch sie gab den Ball nicht zurück. »Ach, Jon, Jon! Wir werden alt. Vater Jonathan, preise den Herrn, gottverdammich! Ach, zum Teufel mit Ihnen allen, Liebling! Die Pest komme über all ihre Bruchbuden – über das Flechtwerk, den Lehm und alles! Und daß all ihre jungfräulichen Töchter die Syphilis kriegen!« An der Kippe der letzten steckte sie sich eine neue Zigarette an. »Kommen wir zu dem, was dich zu mir führt. Ich nehme an, es handelt sich um den Mann, mit dem ich dich in Tomlinsons Galerie bekannt gemacht hab? Den Mann mit dem Marini-Pferd?«
»Nein. Offen gestanden hatte ich den schon ganz vergessen.«
»Dann hat er sich also seither nicht wieder an dich gewandt?«
»Nein.«
Er sah förmlich, wie die Spannung aus ihrem Gesicht wich. »Da bin ich

aber froh, Jon! Das ist jemand, dem man besser aus dem Weg geht. Eine wirklich miese Type!«

»Aber er zahlt gut.«

»Das hätte Faust sagen können. Nun denn! Wenn es also nicht das Marini-Pferd ist – was zwingt dich dann, mich in meiner matronenhaften Einsamkeit aufzustören?«

Er schwieg eine Weile und sammelte sich, ehe er sich darauf einließ, an ihre alte Freundschaft zu appellieren. »Ich sitze in einer Klemme, Van.«

Sie lachte. »Da mach dir nur keine Sorgen! Das ist heutzutage nicht schlimmer, als wenn man eine böse Erkältung hat.«

»Ich muß mir Zutritt zu *The Cloisters* verschaffen.«

Für einen Augenblick saß sie erstarrt da – gerade als sie nach dem Glas greifen wollte. Dann schaute sie ihm direkt in die Augen, ließ den Blick von einer Pupille zur anderen wandern, wobei sich ihre Augen verengten, als sie versuchte, dahinterzukommen, was er von ihr wollte. Sie rutschte tief in ihren Sessel zurück und nippte in kaltem Schweigen an ihrem Drink. Nach einer Weile sagte sie: »Warum denn ausgerechnet *The Cloisters?* So was ist doch sonst nicht dein Betätigungsfeld. Dafür ist es viel zu barock!«

»Man wird alt, Mutter Vanessa. Wir bedürfen der Hilfe.«

»Ach, scheiß drauf!«

»Okay! Ich habe dir gesagt, daß ich in der Tinte sitze. Wenn ich es dir lang und breit erklären soll, wird es für mich nur noch schlimmer. Und an dir dürfte es dann auch nicht spurlos vorübergehen. Ich bin ein paar unangenehmen Leuten ins Netz geraten, und die werden den guten alten Jonathan einbuchten, es sei denn, er verschafft sich Zutritt zu *The Cloisters* und erledigt dort was.«

»Und da bist du hierhergekommen, um alte Schulden in Sachen Freundschaft einzutreiben.«

»Stimmt!«

»Gemeiner Hund!«

»Stimmt!«

Sie stand auf und wischte den Beschlag von der Fensterscheibe. Dann starrte sie eine Zeitlang über den Garten und über den Regen hinweg zu den langweiligen alten Ziegelsteinfassaden auf der anderen Straßenseite hinüber. Sie ließ die Finger durch ihr kurzgeschorenes Haar fahren und zerrte nicht eben sanft daran. Dann wandte sie sich ihm zu. »Jetzt *bestehe* ich aber darauf, daß du ein Glas mit mir trinkst.«

»Einverstanden.«

Sie schenkte ihm einen mächtigen Schluck Laphroaig ein und reichte ihm das Glas. Dann hockte sie sich auf die breite Fensterbank und sprach, während sie in den Regen hinaussah und dabei ein Auge zusammenkniff, um dem Rauch auszuweichen, der von der im Mundwinkel hängenden

Zigarette hochkräuselte. »Es ist wohl besser, ich sag dir von vornherein, daß du da dicker in der Tinte sitzt, als du annimmst. Ich meine . . . Jon, ich weiß natürlich nicht, wieviel Druck diese Leute auf dich ausüben können, um dich zu zwingen, den Versuch zu unternehmen, in *The Cloisters* reinzukommen. Auf jeden Fall müßten die schon was ganz Großes darstellen. Denn die *Cloisters*-Leute gehören zu den Schlimmsten der Schlimmen. Die könnten dich umbringen, Jon. So wahr ich hier sitze!«

»Ich weiß.«

»Wirklich? Da bin ich mir aber gar nicht so ganz sicher. Hast du vielleicht mal von diesem Parnell-Greene gelesen? Dem im Glockenturm von St. Martin's? Da ist nicht nur jemand umgelegt worden. Das war eine Art Zeitungsanzeige. Eine Warnung wie aus den guten, alten Gangstertagen von Chicago.«

»Man hat mich schon ausgiebig damit bekannt gemacht, wie Maximilian Strange mit unliebsamen Eindringlingen umspringt.«

Sie holte tief und vernehmlich Atem. »Maximilian Strange! Jon, du steckst sogar noch in schwärzerer Tinte, als ich angenommen hatte. Wenn ich's dir bloß erzählen könnte! Aber wenn ich das täte, dann würde ich ganz schön Gefahr laufen, abgemurkst zu werden. Ich weiß, daß ich mein Leben oft als einen riesigen Haufen Scheiße hingestellt habe.« Ein schwaches Lächeln spielte um ihre Lippen. »Aber es ist nun mal der einzige Haufen Scheiße, den ich habe.«

Jonathan neigte sich vor und nahm ihre Hand. »Van, es tut mir entsetzlich leid, daß du überhaupt in alledem drinsteckst. Ich bitte dich auch nicht, mich persönlich in *The Cloisters* einzuführen, denn ich weiß natürlich genau, daß sie es letztlich auf dich zurückführen würden. Du sollst mich bloß mit jemand bekannt machen, der das könnte. Und du weißt, daß es wichtig ist – sonst würde ich dich nicht drum bitten.«

Sie erhob sich und setzte ihr Glas ab.»Ich will uns einen Tee machen, und dabei denke ich einmal darüber nach. Wir werden Tee trinken und in den Regen hinaussehen.«

»Das klingt verlockend. Das würde mir gefallen.«

Während er sich die Titel einiger ihrer Bücher ansah, brühte sie in der Küche den Tee auf und redete dabei die ganze Zeit über mit erhobener Stimme. »Ach, weißt du, so heruntergekommen und typisch Mittelschicht dieses Haus auch ist – ich liebe es nun mal, Jonathan. Ich hab's gekauft und wieder hergerichtet, hab gemalt und mich mit Röhren und elektrischen Leitungen rumgeplagt und dabei geflucht – ich ganz allein, ohne jede Hilfe. Ich liebe es einfach! Besonders nachts, wenn ich am Fenster sitze und arbeite und all die namenlosen Menschen durch den Regen vorüberziehen sehen kann. Oder an Tagen wie diesem, während ich Tee trinke.«

»Es ist ein wunderbares Haus, Van.«
»Yeah! Du bist wohl so ziemlich der einzige aus unserer alten New Yorker Clique, der dafür Verständnis hat. Das kleine Reihenhaus, die Sofaecken, die malvenfarbenen Hortensien – all das ist ziemlich weit weg von dem Bild der Van, die ich den Leuten immer vorgespielt habe.«
»Stimmt. Selbst an dem Abend bei Tomlinson hast du noch die Superhexe gespielt.«
»Ich weiß, daß es blöde ist. Ich habe aber nun mal diesen inneren Zwang, die erste zu sein, die das zugibt. Verstehst du, was ich meine?«
»Ja, doch.«
»Was?«
»Doch, das verstehe ich.«
»Und trotzdem! Das hier ist mein eigentliches Ich: die kleine Dame, die durch Spitzenvorhänge hindurchlinst. Mit 'ner Tasse Tee in der Hand. Brillante Formulierung, die da auf meiner Schreibmaschine Gestalt annimmt. Das Gas im Ofen summt. Himmel, ich werde froh sein, wenn ich erst einmal so alt bin, daß mich diese Geilheit nicht mehr plagt. Wenn man ewig auf der Jagd ist, bleibt es nicht aus, daß man einen Narren aus sich macht.« Sie kam mit einer kleinen Teekanne unter einer Wärmehaube und mit zwei zierlichen Spodeporzellantassen zurück, schob ihren Sessel nahe an den seinen heran und schenkte ein. »Früher hat mich der Gedanke, eine häßliche alte Frau zu werden, mit Grausen erfüllt. Aber jetzt, wo ich hier lebe, wo ich nahe daran bin, kann ich dir sagen: Es ist die Hölle, ein häßliches junges Mädchen zu sein.« Jonathan hob die Tasse.
»Prost!«
»Prost, Jon!«
Schweigend tranken sie, und der Regen, der gegen die Fenster trommelte, nahm an Stärke womöglich noch zu.
»Grace«, sagte sie schließlich.
»Wie bitte, Madame?«
»Diejenige, die dich in *The Cloisters* hineinbringen kann. Eine umwerfend schöne Schwarze, die Besitzerin eines Clubs in Chelsea. Sie steht Strange sehr nahe.«
»Und sie heißt Grace?«
»Ja. Amazing Grace. 'ne Art Künstlername, nehm ich an. Ein *nom de guerre*. Ihr Club ist todschick – sündhaft teure Drinks und süße, kleine schwarze Nutten mit winzigen Taillen und herrlich ausladenden Ärschen. Aber die eigentliche Attraktion ist sie selbst.«
»Schön?«
»O Himmel, und ob!«
»Amazing Grace! Irrer Name!«
»Ist auch 'ne irre Puppe! Ihre Klitsche heißt *Cellar d'Or*. Und aufmachen tut sie erst um Mitternacht.«

Jonathan trank seinen Tee aus und stellte die Tasse hin. »Das beste wird sein, ich schlaf mich gründlich aus, ehe ich hingeh. Könnte schließlich 'ne lange Nacht werden.«
Vanessa brachte ihn bis an die Tür. »Hör zu, alter Freund und alternder Hengst – daß du mir auch ja gut auf dich aufpaßt, verstanden?«
»Das werde ich! Aber jetzt mal zu dir! Weißt du nicht, wo du für ein paar Tage hinkönntest? Irgendwo möglichst weit weg von hier?«
»Ich verstehe, was du meinst. Da ist eine Frau, die ich kenne, in Devon. Sie schreibt Krimis.«
». . . und lebt in einem Cottage, hält sich eine siamesische Katze und trinkt Rotwein.«
Sie schob die Augenbrauen in die Höhe.
»Nein, ich kenne sie wirklich nicht, Van. Es ist nur so, daß die Menschen gern irgendwelchen Klischees entsprechen.«
»Du auch?«
»Wahrscheinlich. Aber das ist schwer zu sagen. Ich bin das typische Beispiel einer Spezies, von der es nur ein einziges Exemplar gibt.«
»Eingebildeter Schuft!«
»Die Familie stimmt – aber wie steht's mit der Gattung?«
»Klugscheißer?«
»Ich habe gar nicht gewußt, daß du dich in der Klassifikationslehre so gut auskennst. Aber im Ernst, Van! Du verschwindest aus der Stadt, nicht wahr?«
»Ja, das werd ich tun.«
»Heute nachmittag noch?«
»Ich muß noch eine Arbeit zu Ende bringen. Ich werde es einrichten, sobald ich kann.«
»Vergiß es nicht und tu, was du kannst!«
Sie lächelte. »Für einen so kaltblütigen Hund bist du gar kein so übler Bursche. Komm, laß dich mal richtig umärmeln.«
Sie schlossen einander fest in die Arme.
Als er schon halb den Gartenweg hinunter war, blieb er noch einmal stehen, um an den feuchten Hortensien zu schnuppern. »Eins mußt du mir noch sagen«, rief er zu Vanessa hinüber, die – eine Gauloise schlaff zwischen den Lippen – gegen die leuchtend grüne Tür gelehnt dastand. »Ich kann mich nicht mehr erinnern, wie Badekappen riechen.«
»Wie Hortensien«, sagte Van.
Als er wieder in seiner buntscheckig eingerichteten Wohnung in der Baker Street war, streckte er sich in voller Länge auf dem Bett aus, das Maggie und er vor ein paar Tagen benutzt hatten. Hinter den Fenstern hatte sich bereits ein naßkalter Abend herniedergesenkt, und Jonathan lag in der zunehmenden Dunkelheit da, allein, regungslos, und bereitete sich innerlich auf das vor, was im *Cellar d'Or* womöglich auf ihn zukam.

Amazing Grace! Verrückter Name, aber irgendwie paßte er zu dieser ganzen verrückten Angelegenheit! Das hier war etwas völlig anderes als die Erfahrungen mit seinen Strafmaßnahmen beim CII. Das war jedesmal eine simple, mechanische Angelegenheit gewesen. Übernommen hatte er einen solchen Auftrag überhaupt immer nur dann, wenn er Geld brauchte, war dann nach Bern, Montreal oder Rom geflogen, hatte sich dort mit einem Agenten der Abteilung »Spürhund« getroffen, der bereits sämtliche Hintergrundsarbeit für ihn erledigt hatte, und war dann, was das Opfer betraf, umfassend ins Bild gesetzt worden: über seine Angewohnheiten, den Grundriß seiner Wohnung oder seines Büros, seinen Tagesablauf. Und nachdem er sich einen Plan zurechtgelegt hatte, war er dann einfach hingegangen, hatte die Strafaktion vollzogen und war wieder fortgegangen. Das waren niemals echte Menschen gewesen; nur gesichtslose Wesen, die meisten von ihnen Exemplare jenes menschlichen Abschaums, der die Welt der Geheimdienste bevölkert – Schorf und Eiterbeulen, ohne die die Welt ohnehin besser daran war.
Und persönlich war er dabei sowieso kaum in Gefahr. Schließlich war er in seiner beruflichen Rolle als Kunsthistoriker viel auf Reisen. Er hatte kein Motiv, stand in keinerlei persönlicher Beziehung zu dem Opfer. Es gab ja nicht einmal mehr Fingerabdrücke von ihm. Dafür hatte schon das CII gesorgt. Als er als Agent im Strafvollzug aktiv wurde, waren seine Fingerabdrücke aus sämtlichen Regierungs-, Polizei- und Armeeakten verschwunden.
Diese Loo-Sache war etwas ganz anderes. Er haßte die Aufgabe, und er hatte Angst davor. Er hatte ja gerade deswegen aufgehört, für »Spürhund und Strafaktion« zu arbeiten, weil sein Nervenkostüm nicht mehr so robust war und weil außerdem seine Reizschwelle in bezug auf die Zusammenarbeit mit wohlmeinden patriotischen Ungeheuern ziemlich flach geworden war. Jetzt war er älter, und die Aufgabe war viel komplizierter. Und außerdem war da Maggie, auf die er aufzupassen hatte. Alles zusammen eine wahre Katastrophe. Scheiße!
Aber sie hatten ihn beim Kanthaken. Loo und dieser verdammte Pfarrer hatten ihn in die Ecke gedrängt. Und er würde nicht ins Gefängnis gehen für einen Mord, den er gar nicht begangen hatte – und wenn es galt, ein ganzes Dutzend Maximilian Stranges umzulegen.
Er legte eine einfache Meditationspause ein, was seine Nerven einigermaßen beschwichtigte, ruhte sich auf diese Weise ein wenig aus, ganz leicht unter der Oberfläche jenes stillen Teichs, den er auf die Rückseite seiner Augenlider projizierte.
Er tauchte daraus auf. Es war Zeit, Sir Wilfred Pyles anzurufen.
»Sprechen Sie nicht«, sagte Sir Wilfred hastig, als die Verbindung hergestellt worden war. »In einer Viertelstunde. Unter dieser Nummer.« Er gab Jonathan eine Telefonnummer und legte auf.

Während der Viertelstunde, ehe er sie wählte, saß Jonathan über den Apparat gebeugt da, und ihm dämmerte, daß irgend etwas schiefgegangen sein mußte. Offensichtlich konnte Sir Wilfred nicht sein eigenes Telefon benutzen, weil er Angst hatte, daß es angezapft war; zweifellos war er zu einer öffentlichen Telefonzelle gegangen, um dort seinen Anruf zu erwarten.

Der Hörer wurde abgenommen, gleich nachdem es das erstemal geläutet hatte. »Jon?«

»Ja.«

»Ich nehme an, Sie ahnen, was los ist?«

»Ja.«

»Ziemlich wie in alten Zeiten, was?«

»Ich fürchte, ja. Ich nehme an, es ist etwas schiefgegangen?«

»Weiß Gott, das ist es. Sie stecken da in 'ner verdammt heißen Sache drin, Jon. Ich klingelte einen alten Kumpel bei MI-5 an und bat ihn, eine kleine Recherche für mich durchzuführen. Das tun sie häufiger für alte Mitarbeiter, die Genaueres über eine Geschäftsverbindung oder ein Call-Girl wissen wollen. Er sagte, er würd's mit Freuden tun. Schien ihm ein reines Vergnügen zu sein. Aber als ich den Namen von Ihrem Maximilian Strange erwähnte, wurde er eiskalt und bat mich, einen Moment am Apparat zu bleiben. Und eh' ich mich versah, hatte ich einen von diesen spritzigen jungen Spionagefritzen an der Strippe, der Einzelheiten wissen wollte. Na, ich hab ihn, so gut es ging, abgewimmelt, aber ich bin sicher, er hat mich glatt durchschaut.«

»Dann haben Sie also nichts herausfinden können.«

»Nun ja, nicht direkt. Aber die Art und Weise, wie sie reagiert haben, spricht doch Bände. Wenn diese von Natur aus lethargische MI-5-Blase sich bei der bloßen Erwähnung dieses Namens schon mal zum Handeln aufrafft, dann muß das 'ne ganz große Nummer sein. Sie sind doch wohl nicht zufällig Bormann auf der Spur?«

»Nichts da.«

»Tut mir leid, daß ich Ihnen einen schlechten Dienst erwiesen habe, Jon. Jedenfalls ist MI-5 auf Ihrer Fährte.«

»Sie haben ihnen meinen Namen genannt?«

»Selbstverständlich. Sie haben doch wohl nicht den Kodex unserer Arbeit in dieser Branche vergessen? Jeder ist sich selbst der Nächste!«

». . . und den letzten ficken die Hunde!«

»Da müssen Sie schon den griechischen Geheimdienst im Sinn haben. Nun ja, tschüs, Jon.«

»Ciao, Kumpel.«

Jonathan fuhr sich mit den gespreizten Fingern durchs Haar und atmete ein paarmal tief ein, ehe er sich auf seinem Bett zurücklegte.

Scheiße, Scheiße und nochmals Scheiße!
Stundenlang lag er so da und zwang sich, immer wieder für kurze Zeit wegzudösen. Schließlich schwenkte er die Beine aus dem Bett und schlurfte auf der Suche nach etwas Eßbarem durch die Wohnung. Hungrig war er nicht eigentlich, dafür hatte er gesorgt, ehe er wieder in seine Wohnung heraufgekommen war, indem er eine große Mahlzeit von langsam verbrennendem Eiweiß zu sich genommen hatte; wie in seinen Bergsteigertagen behandelte er seinen Körper wie einen Motor, der genau den richtigen Treibstoff, die richtigen Ruhepausen und die nötige Übung brauchte. Er hatte anständig gegessen. Falls es heute nacht zu irgendwelchen Auseinandersetzungen kommen sollte, so würde das vermutlich zwischen Mitternacht und drei Uhr morgens geschehen. Bis dahin würde das Eiweiß bis zur Hälfte verbrannt sein und er zwei oder drei Drinks zu sich genommen haben – genau die richtige Menge von rasch verbrennendem Alkohol. Ein gottverdammter Motor!
Nur um die Zeit auszufüllen und seine Gedanken zu beschäftigen, suchte er also nach etwas Eßbarem. Wie gewöhnlich und wo immer er auch lebte, waren die einzigen Nahrungsmittel, die er zu Hause hatte, ein kunterbuntes Durcheinander von exotischen Leckerbissen. Seltene Speisen hatten immer eine gewisse Faszination auf ihn ausgeübt, und er genoß es, in den Lebensmittelabteilungen großer Warenhäuser umherzustreifen und mitzunehmen, was immer ihm gerade gefiel. Folglich bestand seine Ausbeute in der Küche aus einem Glas mit Macadamia-Nüssen, einer Büchse gepökelter Trüffel, eingemachtem Ingwer und einer halben Flasche von griechischem Rezina. Er verzehrte alles nacheinander.
Als er durch seine Wohnung spazierte und die Lampen hinter sich ausknipste, fiel ihm ein, nach den Revolvern zu sehen, die Yank für ihn bereitlegen sollte. Seine Anordnungen bezüglich des Verstecks waren peinlichst genau befolgt worden. Er nahm einen Revolver heraus und untersuchte ihn. Der ungefüge 45er aus blauem Stahl fühlte sich kalt und schwer in der Hand an, als er den Zylinder herausspringen ließ und nachsah, ob er auch entsprechend seinen Anweisungen geladen sei. Die Bleikugeln waren abgefeilt worden und trugen jeweils eine tiefe kreuzweise Einkerbung. Keine große Reichweite also, und von Zielsicherheit konnte selbstverständlich auch kaum die Rede sein. Zweifellos würde die Kugel fünf Meter nach Verlassen des Laufs ganz gehörig zu trudeln anfangen. Beim Einschuß würde sie jedoch ein Riesenloch reißen und beim Aufprall auseinandergehen und platt werden wie ein Stück Blech; und wenn er jemand damit in den Unterarm schoß, würde die Wucht des Geschosses das Opfer zu Boden reißen, als ob er vor einen fahrenden Zug gelaufen wäre. Der Mann, der diese Dum-Dum-Geschosse zugefeilt hatte, verstand sich auf sein Handwerk.

Er dachte flüchtig daran, einen der Revolver mit nach Chelsea zu nehmen, doch dann kam er zu dem Schluß, daß es besser sei, davon Abstand zu nehmen. Es war schlechterdings unmöglich, eine solche Dicke Berta zu verbergen, und wenn er gefilzt wurde, hatte er das Nachsehen, längst ehe er bis auf Reichweite von *The Cloisters* und Maximilian Strange herangekommen war. Er mußte eben ganz einfach auf der Hut sein.
Mit einer Daumenbewegung ließ er den Zylinder einschnappen und legte den Revolver wieder weg.
Das Telefon klingelte.
»Na, wie sieht's aus, Doc?«
»Warum rufen Sie an, Yank?«
»Ach, ich hab 'ne ganze Menge auf'm Herzen. 'n Mühlstein zum Beispiel. Was, kein Lacher? Na gut. Sagen Sie mir jedenfalls: Wie ist es mit Miß Dyke gelaufen?«
»Ich habe reizend mit ihr geplaudert.«
»Und?«
»Und möglicherweise habe ich auch ein Sesam-öffne-dich für *The Cloisters.*«
»So, so? Worin besteht'n das?«
»Das werde ich Ihnen alles erklären, wenn es geklappt hat.«
»Nein, Sie täten gut daran, es mir jetzt zu erklären. Der Pfarrer will über alles, was Sie vorhaben, auf dem laufenden gehalten werden. Er hat keine Lust, wieder bei Null anzufangen, wenn mit Ihnen was schiefgeht. Oder falls Sie irgend'ne Dummheit machen sollten.«
»Wie zum Beispiel?«
»Wie zum Beispiel versuchen, sich zu verdünnisieren. Oder zu singen. Oder was weiß ich sonst in der Richtung. Nicht daß ich glaubte, Sie hätten so was vor! Jetzt, wo Sie den Pfarrer kennengelernt haben, nehm ich an, wissen Sie ziemlich gut, was demjenigen blüht, der versucht, ihn aufs Glatteis zu führen.«
»Ab in die Futter-Station?« Jonathan sagte das mit voller Absicht.
Nachdem Yank geschluckt hatte, sagte er: »So was Ähnliches. Also rücken Sie schon mit der Sprache raus. Worin besteht dieses Sesam-öffne-dich zu *The Cloisters?*«
»In einer Frau mit dem schönen Name Grace. Amazing Grace. Sie besitzt eine Klassepinte, die *Cellar d'Or* heißt. Sagt Ihnen das was?«
»Sind Sie sicher, daß es eine Frau ist?«
»Was meinen Sie?«
»Amazing Grace – das klingt schließlich nach Choral. Kapiert?«
»Himmelherrgott!«
»Tut mir leid. Nee, nie davon gehört. Aber ich werd mal in den Loo-Akten für Sie nachsehen. Noch was?«
»Ja. Haben Sie einen Schatten auf mich angesetzt?«

»Wie bitte?«
»Mir ist den ganzen Tag über ein Mann gefolgt. Bis draußen zu Vanessa und zurück. Ist das einer von euren Leuten?«
»Ich verstehe nicht, was Sie meinen.«
»Mittelgroß, blauer Regenmantel, zweiundsiebzig Kilo, Brille, Linkshänder, Gummigaloschen. Vermutlich steht er jetzt unten auf der Straße und bricht sich einen ab, damit es so aussieht, als ob er versuchte, in der Dunkelheit Zeitung zu lesen. Wenn er aber nicht zu euch gehört, dann gehört er bestimmt zu MI-5. Kann gar nichts anderes sein, so stümperhaft wie der sich anstellt.«
»Wie sollte er denn von MI-5 sein? Die haben doch mit dieser Sache nichts zu tun.«
»Doch, jetzt schon. Ich habe einen Fehler begangen.«
»Das wird dem Pfarrer aber gar nicht schmecken.«
»Künstlerpech! Können Sie sich mit MI-5 in Verbindung setzen und dafür sorgen, daß er zurückgepfiffen wird? Vielleicht, ja, wahrscheinlich sogar, daß es drei sind, die beiden anderen ein Stückchen weiter rechts und links als Flankendeckung. Das ist doch wohl bei euch so üblich bei Beschattungen.«
»Vielleicht versuchen sie nur, uns zu helfen.«
»Hilfe von MI-5 – das hieße, sich bei der ägyptischen Armee militärischen Rat holen. Wenn Sie sie mir nicht vom Hals schaffen, tu ich's selbst, aber das würd ihnen ein bißchen weh tun. Ich will nicht, daß sie mir meine ohnehin höchst dürftige Tarnung verpatzen. Vergessen Sie nicht, ich bin der einzige Mann, der in diesem Spiel für Sie spielt.«
»Nicht ganz. Es ist uns gelungen, Miß Coyne einzuschleusen.«
»So?«
Yank merkte sofort, daß er etwas verraten hatte, was er nicht hätte preisgeben dürfen. »Darüber später mehr, wenn wir uns mit dem Pfarrer für die letzte Besprechung zusammensetzen. Inzwischen Hals- und Beinbruch für heut' nacht! Bis später also.«
Jonathan legte auf und trat ans Fenster, um zu dem Mann hinunterzusehen, der ihm von Vanessa bis nach Hause gefolgt war. Himmelherrgott, dieser britische Geheimdienst stand ihm allmählich bis hier! Überhaupt, die ganze Sache stand ihm bis hier! Eine Weile gab er sich genußvoll seinem Zorn hin, doch dann nahm er sich selbst an die Kandare, indem er flach atmete. Ruhig Blut! Ruhig Blut! Wenn du wütend bist, machst du Fehler. Ruhig Blut!

Als Jonathan die U-Bahn-Station Sloane Square verließ, folgte ihm immer noch der Trottel in dem blauen Regenmantel, der ihm seit Vanessa nicht von den Fersen gewichen war. Offenbar war es Yank nicht gelungen, bis zu MI-5 durchzudringen und sie zu veranlassen, die Überwachung abzubrechen. Jonathan kam zu dem Schluß, ihn in seinem Schatten schmoren zu lassen. Sollte er doch ein Auge auf ihn haben bis zu dem Zeitpunkt, da es nötig wäre, ihn abzuschütteln, falls er seine Tarnung in Gefahr brachte.

Auf halbem Weg in dem gekachelten Ausgangstunnel ging er an einem amerikanischen Mädchen vorüber, das dort auf einem Parka saß: Treibgut der Blumenkinderflut. Sie vergewaltigte eine billige Gitarre, um einen Klagegesang von Guthrie aufstöhnen zu lassen, wozu sie sich einen Fleck ausgesucht hatte, von dem aus ihre schmächtige Stimme durch Badezimmerresonanz verstärkt würde und wo sie im Schutz des Widerhalls falsche Griffe vertuschen konnte. Sie war barfuß, und auf dem Bauch ihres ausgebeutelten und formlosen Khaki-Sweaters hatte sie ein großes Loch. Der Parka, den sie unter sich ausgebreitet hatte, war mit kleinen Münzen bestreut, um Vorübergehende aufzufordern, zu ihrem Lebensunterhalt beizutragen.

Jonathan warf ihr keine Münze hin, und der ihm folgende Mann im blauen Regenmantel ging gleichfalls vorüber, ohne einen Obolus zu entrichten.

Nachdem er den Sloane Square hinter sich gelassen hatte, kapselte er sich ganz ein und suchte nach der Adresse, die Vanessa ihm gegeben. Er hatte keine Lust, mit dem Menschengewühl auf der Straße in Berührung zu kommen. Fünfzehn Jahre war es her, daß er das letztemal in Chelsea gewesen war. Damals waren die wenigen jungen Leute, die in den Pubs debattierten oder zwei Stunden über einer einzigen Schale Capuccino hocken konnten, zuletzt nach Hause gegangen, um zu malen oder Gedichte zu schreiben. Chelsea hatte sich, wenn auch unter Hemmungen, immer ein gewisses künstlerisches Air gegeben, jetzt jedoch war es jünger geworden, weniger attraktiv und dafür amerikanischer. Führende Geschäfte hatten an den Durchgangsstraßen haufenweise ihre Filialen aufgemacht, und Jeans waren in tausend verschiedenen Arten zu haben. Diskotheken, Whisky-Kneipen à Go-Go, Boutiquen mit Räucherkerzen und Ramschwaren. Die Läden hatten sich samt und sonders obskure

Namen zugelegt. Große Mädchen mit abfallenden Schultern latschten in Holzschuhen den Bürgersteig entlang, und junge Stutzer paradierten in geflammten, pflaumenblauen Samtanzügen, wobei an ihren Manschetten unpraktische kleine Glöckchen klingelten. Bitterböse Musik erscholl aus Hauseingängen. Leute mit aufgesetztem Hosenboden auf den Jeans starrten ihn mürrisch an, ihn, der offensichtlich ein Vertreter des Establishments war, jener verachteten Klasse, die sie unterdrückte und ihnen ihre Arbeitslosenunterstützung zahlte.

Er hatte gehofft, die Jungen würden Chelsea das demütigende Schicksal ersparen, das sie San Francisco, Greenwich Village und der Rive Gauche aufgezwungen hatten, und jetzt war er wütend, daß sie es nicht getan hatten.

Aber schließlich, so sinnierte er, durfte man auch nicht ungerecht sein. Diese junge Generation hatte durchaus ihre Vorzüge. Zweifellos war sie zufriedener als seine eigenen Altersgenossen, die ja der zwanghaften Sucht nach Erfolg verpflichtet waren. Außerdem hatten diese jungen Leute ihren Frieden mit dem Leben geschlossen; sie waren aufmerksamer für die Gefahren der Umweltverschmutzung, verabscheuten den Krieg mehr und lebten bewußter.

Nutzlose Rotznasen!

Er bog in eine Seitenstraße ein, ging an ein paar Antiquitätenläden vorbei und vorüber an einer Reihe von Privathäusern hinter abweisenden schwarzen Eisenzäunen. Bei jedem dieser Häuser gab es eine Steintreppe, die in den Keller hinunterführte. Und einer dieser halbunterirdischen Höhleneingänge war von einem dämmerigen roten Licht erhellt. Der *Cellar d'Or*.

Er saß in einer der Nischen im Hintergrund einer der künstlichen Stuckgrotten, die das Dekor des *Cellar d'Or* bildeten, und beobachtete, was so um ihn herum vorging. Die Beleuchtung war dämmrig, die Teppiche jettschwarz, und wer sich hier nicht auskannte, mußte schon achtgeben, wohin er den Fuß setzte. In den künstlichen Steingrotten waren Brocken von Eisenkies eingelassen; sämtliche anderen Oberflächen, Tische und Bar bestanden aus Plastik, in das Bruchteile von Goldzechinen und goldfarbenem Metall eingeschlossen waren. Die indirekte Beleuchtung strahlte aus dem Inneren dieser Plastikoberflächen hervor, so daß die Gesichter von unten angestrahlt wurden. Die Luft zwischen den einzelnen Gegenständen war schwarz.

Er nippte an seinem zweiten, äußerst wässerigen Laphroaig, der, wie alle anderen Getränke in diesem Club, in kleinen goldfarbenen Metallbechern serviert wurde. Das Auffälligste an der verrückten Einrichtung des Clubs war eine riesige durchscheinende Fotografie, die sich im Mittelpunkt des Raums um sich selbst drehte. Auch sie war sanft von innen her erleuchtet,

und die Augen jedes Besuchers fühlten sich immer wieder von der Frau angezogen, die aus dieser lebensgroßen Fotografie herunterlächelte. Sie stand, wie es schien, neben einem sehr hohen Marmorkamin, den unbeirrten, schelmischen Blick direkt in die Kamera gerichtet und folglich auf jeden einzelnen Mann im Raum, gleichgültig, wo er saß. Sie war nackt, und ihr Körper war in der Tat außergewöhnlich. Eine Mulattin mit milchkaffeebrauner Haut, spitz und herausfordernd vorstehenden Brüsten, schmaler Taille, ausladenden Hüften, und vollkommen geformte Beine lenkten den Blick auf kleine, wohlgeformte Füße mit leicht gespreizten Zehen gleich den ausgefahrenen Krallen einer gähnenden Katze. Das schwarze Dreieck ihrer Schamhaare schien weich wie Watte, doch war etwas an ihren Muskeln und diesen gespreizten Zehen, was Jonathans ganze Aufmerksamkeit gefangennahm. Bauch, Arme, Beine und Hüften – all das sah nach völlig unverfetteten, harten Muskeln unter sanfter, brauner Haut aus – Stahltrossen unter Seide.
Das mußte Amazing Grace sein.
Im Grunde war der *Cellar d'Or* ein Bordell, und ein ziemlich gutes noch dazu. Sämtliche Angestellten – die Dirnen, die Barmänner und die Kellner – waren Westindier, und die Musik, deren Lautstärke so leise gestellt war, daß es schien, als verschwände sie ganz, wenn man nicht aufmerksam zuhörte, stammte gleichfalls aus Westindien. Trotz des Anscheins von Behaglichkeit und Ruhe herrschte ein ständiges Kommen und Gehen. Männer kamen herein, und bereits während sie bei ihrem ersten Drink waren, gesellte sich eines der Mädchen zu ihnen, die zu zweit und zu dritt an den hinteren Tischen saßen. Noch ein oder zwei Drinks, und das Pärchen pflegte zu verschwinden, woraufhin das betreffende Mädchen für gewöhnlich nach einer guten halben Stunde zurückkam – allein. Und über all das wachte ein lächelnder Gigant von einem Majordomus, der am Ende der Bar bei der Tür stand und mit einem breiten, wohlwollenden Lächeln über Freier wie Mädchen wachte. Er hatte einen jettschwarzen, glattrasierten Schädel, auf dessen glänzender Oberfläche es hier und da golden aufschimmerte. Nichts an seinem Benehmen bis auf eine raubkatzenhafte Beherrschtheit in seinem Gang verriet, daß es sich hier um einen professionellen Rausschmeißer handelte, doch Jonathan konnte sich sehr wohl vorstellen, welch abkühlende Wirkung er auf einen gelegentlichen Störenfried haben könnte, wenn er wie eine lächelnde Schicksalsmaschine auf ihn zuging und mit einer einzigen raschen Bewegung, welche ahnungslose Zuschauer gewiß für einen freundlichen Klaps auf die Schulter hielten, mit ihm fertig wurde und ihn hinausexpedierte. Der Riese trug einen enganliegenden weißen Rollkragenpullover aus Jersey, welcher eine Muskelstruktur von so überwältigendem Profil verriet, und selbst, wenn er saß, sah es so aus, als trüge er einen römischen Brustharnisch unterm Pullover. Was

sein Alter betraf, so mochte er irgendwo zwischen dreißig und fünfzig sein.
Eines der Mädchen löste sich von ihren Kolleginnen und näherte sich Jonathans Tisch. Sie war bereits die zweite, die das tat, und sie sah wirklich äußerst reizvoll aus, wie sie da über den Boden dahinglitt: üppiger Busen, lange Beine und ein Hinterteil, das sich bewegte wie eine hydraulische Pumpe.
»Möchtest du mir nicht einen Drink spendieren?« fragte sie, und ihre Aussprache verriet, daß sie noch nicht lange im Lande war.
Jonathan lächelte gutmütig. »Es wäre mir ein Vergnügen, dir ein Glas zu spendieren, aber es wäre mir lieber, du würdest es an deinem eigenen Tisch trinken.«
»Gefall ich dir nicht?«
»Selbstverständlich gefällst du mir, schon vom ersten Augenblick an. Nur daß . . .« Er nahm ihre Hand und setzte seine tragischste Miene auf. »Nur daß . . . Verstehst du, ich hab nun mal diesen scheußlichen Unfall gehabt, als ich in meiner Dusche Golf spielte, und . . .« Er wandte den Blick ab und sah zu Boden.
»Du willst dich wohl über mich lustig machen«, sagte sie, doch war sie sich nicht ganz sicher.
»Offen gestanden, ja. Aber jetzt mal im Ernst: Ich möchte dir einen Rat geben. Hast du den Burschen gesehen, der kurz nach mir hereinkam? Den mit dem blauen Regenmantel?«
Sie blickte in eine entferntere Ecke hinüber und krauste dann die Nase.
»Ich weiß, ich weiß«, sagte Jonathan, »er ist nicht so ein hübscher Kerl wie ich. Aber er ist stinkreich, und hergekommen ist er, weil er Frauen gegenüber schrecklich verklemmt ist und sich schwertut mit ihnen. Wenn du dich ihm näherst, wird er zuerst so tun, als ob er nichts mit dir zu tun haben will. Aber das ist nur aufgesetzt – eine Masche, auf die er reist. Laß dich nicht abwimmeln, halt ihn fest, und morgen früh hast du genug verdient, um deinem Mann einen Anzug kaufen zu können.«
Sie bedachte ihn mit einem zweifelnden Seitenblick.
»Warum sollte ich dir was vormachen?« sagte Jonathan und wies treuherzig seine Handflächen vor.
»Stimmt das auch wirklich?«
Er schloß die Augen, nickte und zog die Mundwinkel nach unten. Sie verließ ihn, und nach einer Kunstpause an der Bar, damit es nicht so aussähe, als glitte sie von einem Fisch zum anderen, stubste sie ihr Haar zurecht und strebte zielbewußt dem fernen Tisch zu. Jonathan lächelte stillvergnügt vor sich hin, nippte an seinem Laphroaig und weidete seine Augen dann an dem Foto von Amazing Grace. Eine umwerfend schöne Frau. Aber die Zeit verging, und er mußte wohl bald irgendwelche Anstalten machen, wenn er sie kennenlernen wollte.

Oha! Vielleicht war es doch nicht nötig. Da kam er schon!
Das Lächeln des Giganten war wie seine Schultern: breit. »Darf ich mir erlauben, Sie zu einem Drink einzuladen, Sir?« Wiewohl er keineswegs laut sprach, hatte seine Stimme etwas von einem Baßgrollen, das man durch den Tisch hindurch spürte.
»Das ist sehr freundlich von Ihnen«, sagte Jonathan.
Der Gigant machte eine Geste zum Kellner hin und setzte sich, allerdings nicht Jonathan gegenüber, als wollte er sich mit ihm unterhalten, sondern neben ihn, so daß sie beide die Szene vor sich gemeinsam überblickten, wie alte Freunde. »Es ist das erstemal, daß Sie uns mit Ihrem Besuch beehren, nicht wahr, Sir?«
»Ja. Hübsches Lokal, das Sie hier haben.«
»Es ist angenehm. Ich heiße übrigens P'tit Noel.« Der Gigant reichte ihm eine derartige Pranke, daß Jonathan sich wie ein Kind vorkam, als er ihm die Hand gab.
»Jonathan Hemlock. Aber Sie sind kein Westindier.«
P'tit Noel lachte – ein warmes, schokoladiges Lachen. »Sondern?«
»Ihrer Aussprache nach zu urteilen kommen Sie aus Haiti. Aber durch Ihre Erziehung ist etwas davon verlorengegangen.«
»Ausgezeichnet, Sir. Sie sind ein scharfer Beobachter. Meine Mutter stammte aus Haiti, mein Vater aus Jamaika. Sie war eine Hure und er ein Dieb; er ging in die Politik und sie ins Hotelgewerbe.«
»Da könnte man ja sagen, daß sie ihre Berufe getauscht haben.«
Abermals lachte er. »Das kann man wohl sagen, Sir. Ich bin allerdings hier erzogen worden, wenngleich wohl einiges von der Aussprache immer haften bleibt. So, nun wissen Sie alles über mich. Jetzt sind Sie an der Reihe, alles über sich zu erzählen.«
Jonathan mußte über diesen Mangel an Feingefühl lächeln. »Ah, da kommen ja unsere Drinks.«
Der Kellner hatte keiner Bestellung bedurft. Er wußte ja, was Jonathan trank, und P'tit Noel trank offensichtlich immer das gleiche: eine Schale puren Rum.
Jonathan hob sein Glas dem leuchtenden Bild von Amazing Grace entgegen. »Auf die Dame!«
»O ja! Auf die trinke ich immer mit Vergnügen.« Mit zwei Schlucken hatte er die Schale leergetrunken und setzte sie auf den goldfarbenen Tisch. »Ein Bild von einer Frau!« meinte Jonathan.
P'tit Noel nickte. »Freut mich, daß Sie doch Interesse an Frauen haben. Mir kamen schon Zweifel. Aber wenn Sie ihretwegen allein bleiben, dann verschwenden Sie nur Ihre Zeit. Sie geht nicht mit Freiern.« Er warf noch einmal einen Blick auf das Foto. »Aber ja. Sie ist eine wunderschöne Frau – die schönste Frau der Welt.« Letzteres fügte er mit einem Anflug von Achselzucken hinzu, als müsse das jedermann klar sein.

»Ich würde sie gern kennenlernen«, sagte Jonathan so beiläufig wie möglich.
»Wie bitte, Sir?« Fast unmerklich spannten sich seine Brustmuskeln.
»Ja, das würde ich gern. Kommt sie überhaupt jemals hierher?«
»Zwei- oder dreimal jeden Abend. Ihre Wohnung liegt über dem Lokal.«
»Und wenn sie kommt – ist sie dann so angezogen wie auf dem Foto?« Er wies auf das lebensgroße, von innen heraus leuchtende Bild.
»Genauso wie da. Sie ist stolz auf ihren Körper.«
»Sie hat auch allen Grund dazu.«
P'tit Noels Lächeln zeigte sich wieder. »Das wirkt sich selbstverständlich sehr gut aufs Geschäft aus. Sie nimmt einen Drink an der Bar, spaziert zwischen den Tischen herum und begrüßt die Gäste. Sie wären erstaunt, wie das Geschäft dann plötzlich für die Mädchen aufblüht, sobald sie geht.«
»Das würde mich nicht im geringsten wundern, P'tit Noel.«
»Ah, Sie sprechen meinen Namen korrekt aus. Offensichtlich sind Sie kein Engländer.«
»Ich bin Amerikaner. Es überrascht mich, daß Sie das meiner Aussprache nicht angehört haben.«
P'tit Noel zuckte die Achseln. »Alle rosa Schweinchen reden gleich.«
Sie lachten beide, Jonathan allerdings nicht aus vollem Herzen. »Ich möchte sie kennenlernen«, sagte er, während P'tit Noels Lachen noch am Ausklingen war.
Er hörte abrupt auf.
»Sie sehen ganz so aus, als wären Sie ein vernünftiger Mann, Sir. Warum den Schmerz suchen?« Er lächelte, und mit dem Gespür dessen, der ähnlicher Dinge fähig war, merkte Jonathan, daß dieses Lächeln nicht von innen her kam. Es war ein geballtes, verschlagenes Sich-Zusammenziehen der Krähenfüße um die Augen herum. Genau jenes sanfte Kampfeslächeln, wie Jonathan es aufsetzte, wenn er sein Opfer einlullen wollte.
»Warum sind Sie so angespannt?« fragte Jonathan. »Es kommen doch gewiß viele Männer hier herein, die Interesse an der Dame bekunden.«
»Stimmt, Sir. Aber die haben nur eines im Kopf.«
»Woher wollen Sie wissen, daß ich nicht spermablind bin?«
P'tit Noel schüttelte den Kopf. »Das fühle ich. Wir Haitier haben einen sechsten Sinn für so was. Wir sind ein abergläubisches Volk, Sir. In dem Augenblick, wo Sie hereinkamen, wußte ich, daß Sie Ungelegenheiten für Mam'selle Grace bringen.«
»Und Sie sind entschlossen, sie davor zu beschützen.«
»O ja, Sir. Mit meinem Leben, wenn es sein muß. Oder mit Ihrem, sollte es traurigerweise soweit kommen.«
»Nicht den geringsten Zweifel darüber, wie das ausgehen würde, was?«

sagte Jonathan und übersprang überflüssige Stufen in der Unterhaltung.
»Überhaupt keine, Sir.«
»Wir haben da ein Sprichwort im Bergland der Vereinigten Staaten.«
»Und zwar, Sir?«
»Wenn du Mittagessen gehst, eß ich ein Sandwich.«
»Ah! Die Bedeutung liegt auf der Hand. Und ich glaube Ihnen gern, Sir. Trotzdem, es bleibt Tatsache, daß Sie jeden Kampf zwischen uns verlieren würden.«
»Wahrscheinlich. Aber ungeschoren und schmerzlos kämen Sie auch nicht davon.«
»Wahrscheinlich.«
»Ich schlage Ihnen ein Geschäft vor.«
»Ah – jetzt erkenne ich, daß Sie Amerikaner sind.«
»Bestellen Sie der Dame nur, daß ich sie sprechen möchte.«
»Dann kennt sie Sie also?«
»Nein. Sagen Sie ihr, ich möchte über *The Cloisters* und Maximilian Strange mit ihr reden.« Jonathan wartete auf eine Reaktion auf seine Worte bei P'tit Noel. Er wartete vergeblich.
»Und wenn sie Sie nicht sehen will?«
»Dann gehe ich.«
»Ach, *das* versteht sich doch von selbst, Sir. Ich will wissen, ob Sie gehen, ohne Schwierigkeiten zu machen.«
Jonathan mußte lächeln. »Ohne Schwierigkeiten zu machen.«
P'tit Noel nickte und verließ den Tisch.
Fünf Minuten später war er wieder da. »Mam'selle Grace wird Sie empfangen. Aber nicht jetzt. In einer Stunde. Sie können hierbleiben und noch etwas trinken, wenn Sie wollen. Und ich werde den Mädchen Bescheid sagen, daß Sie kein Freier sind.« Seine Förmlichkeit und Prononciertheit ließen erkennen, wie wenig erfreut er darüber war, daß Amazing Grace sich herablassen wollte, den Besucher zu empfangen.
Jonathan beschloß, nicht hier im Club zu warten. Er sagte P'tit Noel, daß er spazierengehen und in einer Stunde wiederkommen werde.
»Wie Sie wünschen, Sir. Aber seien Sie vorsichtig auf der Straße. Es ist spät, und Apachen machen die Gegend unsicher.« Das war ebenso als Warnung wie als Drohung gemeint.

Langsam schlenderte Jonathan durch das Gewirr von Nebenstraßen, die Hände tief in den Taschen. Nebel quirlte behäbig um die Straßenlaternen der verlassenen Gassen. Er hatte sich auf ein Gambit eingelassen, und bis jetzt war es gutgegangen. Verloren hatte er zwar noch nichts, aber er war zum Abwarten verurteilt. Jetzt waren sie am Zug, und er mußte darauf reagieren. Eine Stunde war eine lange Zeit, zumindest lang genug, damit Amazing Grace Kontakt mit *The Cloisters* aufnehmen konnte. Genug für

Strange, sich zu entscheiden. Genug, um Männer herzuschicken. Vielleicht war es doch verkehrt gewesen, ohne Waffe herzukommen. Andererseits hatte der Pfarrer aber auch gesagt, die *Cloisters*-Leute suchten ihn aus irgendeinem Grunde, ja, hätten es bereits getan, längst ehe Loo ihn in die Sache hereingezogen hatte. Wenn Strange ihn brauchte – warum sollte er dann versuchen, ihm etwas anzutun? Es sei denn, er wußte, daß er für Loo arbeitete. Und woher sollte er das schon wissen? Ein gottverdammtes Karussell, auf dem er da saß!

In der Nähe einer Straßenecke fand er eine Telefonzelle. Er hatte den *Cellar d'Or* vor allem deshalb verlassen, um Vanessa anzurufen und sich zu vergewissern, daß sie in Devon und damit aus der Schußlinie heraus war. Während er dem Freizeichen am anderen Ende der Leitung lauschte, wanderten seine Augen über hastig hingekritzelte Sgraffiti: Strichmännchen, Telefonnummern, die Nachricht, daß eine gewisse Betty Kerney auf eine bestimmte exotische Eiweißdiät stehe. Dann war eine traurige, mit verkrampfter Schrift hingemalte Nachricht zu lesen: »Reife Person sucht Gesellschaft eines jüngeren Mannes. Ausflüge ins Grüne und Angeln. Vor allem Freundschaft.« Keine Uhrzeit, kein Treffpunkt angegeben, keine Telefonnummer. Nichts weiter als ein Bedürfnis, das der Wand mitgeteilt worden war. Nachdem er das Telefon viele Male hatte klingeln lassen, hängte Jonathan ein. Ihm fiel ein Stein vom Herzen, daß Vanessa draußen war.

Es war schon fast Zeit, in den *Cellar d' Or* zurückzukehren. Von dem Mann im blauen Regenmantel hatte er nichts mehr gesehen, seit er ihn verlassen hatte und er damit beschäftigt gewesen war, sich von der kokett-zudringlichen Hure aus Jamaika loszueisen, ihren Drink zu bezahlen und seinen Regenmantel zu holen. Und all das auch noch, ohne unangemessenes Aufsehen zu erregen. Es war schon eine Bande von Nichtskönnern! Genauso wie das CII.

Auf diesem stillen Spaziergang durch den Nebel war er sich darüber klargeworden, wie er diese Sache mit Amazing Grace durchspielen wollte. Es gab zwei Möglichkeiten: Einerseits konnte Strange versuchen, ihn durch Grace aushorchen zu lassen – herauszubekommen, warum er ihn suchte. Und in diesem Fall würde er Grace wissen lassen, daß er sehr wohl über die Vorgänge in *The Cloisters* informiert sei, und desgleichen, daß Maximilian Strange aus irgendeinem Grund Kontakt mit ihm aufnehmen wollte. Dann würde er ihr sagen, daß er an allem interessiert sei, was Geld bringe, falls es sicher sei. Andererseits konnte Strange sich auch entschlossen haben, Männer zu schicken, damit sie Jonathan einfingen und zu ihm brachten. In diesem Fall wäre es wichtig, den Anschein zu erwecken, als sei er nicht überbegierig, in *The Cloisters* hineinzukommen. Folglich mußte er einigen Widerstand leisten, genug jedenfalls, damit es echt aussähe. Ein paar von ihnen würde er verletzen müssen, auf

der anderen Seite jedoch versuchen, selber nichts abzubekommen. Sobald er einmal innerhalb von *The Cloisters* wäre, würde er sich auf seine Nase verlassen müssen. Alles würde an einem seidenen Faden hängen.
Verdammt! Wenn er doch bloß wüßte, warum Strange Kontakt mit ihm aufnehmen wollte!
Einen Moment blieb er unter einer Straßenlaterne stehen, um sich darüber klarzuwerden, wie er zu dem *Cellar d'Or* zurückkam. Die Sackgasse, die zum Hintereingang führte, konnte nur ein, zwei Straßen weiter weg sein, und er drehte sich noch rechtzeitig um, um zu sehen, daß eine Gestalt aus dem Lichtkreis einer Straßenlaterne zwei Laternen weiter hinwegsprang.
Der blaue Regenmantel! Das hatte ihm gerade noch gefehlt, daß dieses Arschloch von MI-5 ihn noch weiter verfolgte. Damit mußte es ja so aussehen, als ob er ein Köder sei, und er würde sich nie herausreden können!
Es folgte eine Sekunde Stille, dann hörte Jonathan ein zweites Geräusch, das durch den Nebel von der anderen Straßenseite herüberdrang. Es waren noch zwei andere da.
Er nahm die Beine in die Hand.
Er hatte kaum fünfundzwanzig Schritte zwischen sich und seine Verfolger gelegt, da brach er in den Gang hinter dem Club ein und hämmerte gegen die Hintertür. Der Lärm hallte zwischen den Häusern wider, aber er erhielt keine Antwort. Aus den Müll- und Abfalltonnen, die hier hinten herumstanden, suchte er sich hastig eine Sektflasche heraus, die er am Hals packte, und dankbar vermerkte er, wie schwer der mit Ausbuchtungen versehene Flaschenboden war; dann zog er sich in eine Mauernische zurück. Die drei Gestalten näherten sich, waren vor dem Eingang der Sackgasse ausgeschwärmt. Von hinten von den Straßenlaternen beleuchtet, ihre langgezogenen Schatten vor sich auf dem feuchten Katzenkopfpflaster, sahen sie aus wie Statisten in einem Carol-Reed-Film. Jonathan konnte ihre gesichtslosen Silhouetten sehen, die mattschwarz von einer Aureole silbrig phosphoreszierenden Nebels umstrahlt waren. Jonathan verhielt sich regungslos, in seinen Schläfen pochte das Blut von der Anstrengung des Laufens und der Wut darüber, daß diese Flaschen von Regierungskreaturen ihm womöglich alles vermasseln könnten.
Als sie die Gasse zur Hälfte herabgekommen waren, blieben sie stehen und berieten sich halblaut. Einer von ihnen schien fortgehen zu wollen, und ein anderer meinte, sie sollten in den *Cellar d'Or* und dort nachsehen. Nach einem Augenblick des Zögerns beschlossen sie, den Club zu betreten. Jonathan preßte sich dicht an die Mauer. Es mit allen dreien aufzunehmen, würde etwas schwierig sein. Als sie bis auf seine Höhe vorgedrungen waren, ließ er die Flasche mit hinreichender Heftigkeit auf

den Kopf des einen herniedersausen. Die beiden anderen sprangen beiseite und warfen sich dann mit wohlgeschulten Reaktionen auf ihn. Hände packten ihn, eine Faust traf ihn an der Schulter, und ein Schuh wurde ihm gegen das Schienbein gerammt. Mit einem weitausholenden Rückhandschlag der Flasche, der sie sich für einen Moment ducken ließ, machte er sich ruckartig von ihnen los. Einer griff sich gleichfalls eine Flasche von einer der Mülltonnen und schleuderte sie auf ihn. Er bückte sich, und sie zerschellte hinter ihm an der Wand.

Ein Lichtschein fiel auf diese Szene, als die Tür hinter Jonathan sich öffnete und die alles beherrschende Riesengestalt von P'tit Noel den Rahmen füllte.

»Gott sei Dank!« sagte Jonathan.

Gemeinsam räumten sie unter den Rowdys auf, und innerhalb von fünf Sekunden war alles vorüber. Jonathan ließ den einen von ihnen seine Flasche schmecken; den anderen ließ P'tit Noel die flache Handfläche spüren: laute, erschütternde Schläge, die auf seinen Schädel klatschten und ihn gegen die Mauer torkeln ließen.

Einer von den Männern war noch bei Bewußtsein. Aufrecht saß er an der Ziegelmauer. Das Blut strömte ihm aus Mund und Nase, wo P'tit Noels Handfläche sie plattgedrückt hatten. Ein anderer stöhnte benommen vor sich hin. Der letzte bildete einen schweigenden Haufen inmitten der Mülltonnen.

P'tit Noel zog einen nach dem anderen an den Rockaufschlägen hoch und hielt ihn mit der einen Hand gegen die Mauer, während er mit den Fingern der anderen die Augenlider hochschob und professionell Stellung und Weitung der Pupillen begutachtete. »Sie werden's überleben«, sagte er sachlich und nur zur Information.

»Schade!«

P'tit Noel wischte sich die Hände am Hemd eines der außer Gefecht gesetzten Männer ab. »Treten Sie doch ein und machen Sie sich ein bißchen frisch, Sir«, sagte er über die Schulter hinweg. »Mam'selle Grace wird Sie jetzt empfangen.«

»Und was geschieht mit diesen Grobianen?«

»Ach, ich schätze, bis morgen früh sind sie verschwunden.«

P'tit Noel geleitete Jonathan in seine hinter dem Club gelegene kleine Privatwohnung und bot ihm sein Badezimmer an, damit er sich dort ein wenig säubern konnte. Richtig verletzt war er nicht. Nur eine gewisse Steifheit war noch in der einen Schulter, und sein Hosenbein klebte am Schienbein, wo der Stiefeltritt es abgeschürft hatte. Außerdem verspürte er jene leichte Übelkeit, die mit dem Abbau des Adrenalins Hand in Hand geht, aber ansonsten ging es ihm gut. Als er aus dem Badezimmer herauskam, begrüßte P'tit Noel ihn mit einem Glas Rum, der ihm heiß und beruhigend die Kehle hinunterrann.

»Sie haben aber lange gebraucht, um an die Tür zu kommen.«
»Tatsächlich habe ich Sie gar nicht klopfen hören, Sir.«
»Wieso sind Sie dann trotzdem aufgetaucht? Wofür ich Ihnen übrigens verbindlich danken möchte.«
»Intuition! Vorahnung! Ich sagte schon, daß ich Haitier bin.«
»Voodoo und so?«
»Sie kennen Voodoo, Sir?«
»Nur vom Hörensagen.«
P'tit Noel lächelte. »Das gibt es aber. Ich habe einige Zeit damit verbracht, die juristischen Implikationen von Verbrechen zu studieren, die unter Voodoo-Einfluß verübt wurden. Wegen der Grenzen meiner britischen Erziehung war ich zuerst geneigt, mich darüber lustig zu machen.«
»Was für Grenzen sind das?«
»Die Grenzen von logischen Schlüssen und Beweisen. Des folgerechten europäischen Denkens.«
»Sie waren Student in Jamaika?«
»Nein, ich war Rechtsanwalt, Sir.«
Jonathan konnte nicht umhin, die Lässigkeit zu bewundern, mit der er ihm das unterjubelte. »Wissen Sie, P'tit Noel, Sie haben sich eine phantastische Art zugelegt, ›Sir‹ zu sagen. Aus Ihrem Mund klingt das Wort wie eine arrogante Beleidigung.«
»Ja, ich weiß, Sir.«
P'tit Noel führte ihn eine schmale Treppe in den ersten Stock hinauf, wo es aussah wie in einem hochherrschaftlichen Stadthaus – in nichts mit dem grellfarbigen Flitter des Clubs zu vergleichen. Sie gingen einen Flur hinunter und blieben vor einer Tür aus dunkel gebeizter Eiche stehen. P'tit Noel klopfte leise an.
»Ich werde Sie jetzt allein lassen, Sir. Sie können hineingehen.«
Jonathan dankte ihm nochmals für sein Eingreifen, machte die Tür auf und trat in einen verschwenderisch mit leuchtendendrotem Damast und italienischem Marmor ausgestatteten Raum.
Grace war in der Tat *amazing* – einfach überwältigend.
Sie stand in der Mitte des Zimmers und trug ein durchsichtiges Négligé aus weißem Musselin. Wie sie da so hochaufgerichtet und gerade und mit einem Hauch von Gewebe bedeckt dastand, war ihr wundervoller Körper womöglich noch verführerischer. Die Kreise ihrer braunen Brustwarzen und das Dreieck zwischen den Beinen wirkten wie leicht hinskizzierte geometrische Formen. Aber ihre Körpergröße ließ Jonathan innehalten. Kein Wunder, daß der Marmorkamin auf der Fotografie so ungewöhnlich hoch gewirkt hatte. Amazing Grace war nur einen Meter siebenunddreißig groß.
»Guten Abend, Grace«, sagte er und bedachte ihre großen asiatischen Augen mit seinem sanft strahlenden Blick.

Ihre Nase kräuselte sich, und sie lachte rauh. »Nun, ich muß schon sagen, das haben Sie gut hingekriegt, Dr. Hemlock.«

»Mich kippt nichts so leicht aus den Schuhen. Erst recht dann nicht, wenn ich wirklich überwältigt bin.«

»Wirklich?« Sie wandte sich ab und ging über den dicken roten Teppich auf eine kleine Sitzgruppe vor ihrem Kamin zu. Die gespreizten Zehen ihrer nackten Füße schienen sich förmlich in das Gewebe zu krallen. »Steh'n Sie nicht einfach da rum, Mann. Kommen Sie rüber und trinken Sie'n Glas mit mir.« Sie hob eine Karaffe mit klarer Flüssigkeit, füllte zwei Sherrygläser und drapierte sich sodann auf einer kleinen Chaiselongue, wobei sie, ohne es herausfordernd zu betonen, den gesamten Platz einnahm, was ihm die Möglichkeit raubte, dort mit ihr Platz zu nehmen. Er ergriff sein Glas und setzte sich ihr gegenüber in die Nähe des knisternden Feuers.

»Auf glückliche Zeiten!« sagte sie, hob ihr Glas und trank es in einem Zug aus.

»Prost!« Er schluckte – und schluckte noch mehrere Male, um das Zeug hinunterzubringen. Seine Augen wurden feucht, und seine Stimme war dünn, als er sprach: »Sie trinken puren *Everclear?*«

»Aber Lämmchen, ich trink nicht wegen dem Geschmack!«

»So, so.« Jonathan hatte ihr Akzent vom ersten Augenblick an überrascht.

Selbstverständlich hatte er angenommen, daß sie, wie ihre Angestellten, aus Westindien käme. Sie war Amerikanerin.

»Aus Omaha«, erklärte sie.

»Sie spaßen.«

»Zuckerschnäuzchen, wenn man aus Omaha stammt, dann spaßt man darüber nicht. Das wäre genauso, als ob man damit angibt, Syphilis zu haben. Gießen Sie sich noch einen ein!«

»Nein. Nein – vielen Dank. Er ist *gut*, aber trotzdem, vielen Dank!« Abermals stieß sie ein Lachen aus, ein volltönendes, ansteckendes Lachen. »He, was Sie nicht sagen! Und jetzt mal ohne Flachs. Wie kann ein so dufter Typ wie Sie bloß Doktor sein? Sie seh'n doch gar nicht so aus, als ob Sie Ihre Zeit damit verplempern würden, Schwestern hinter Wandschirmen aufs Kreuz zu legen.«

»So ein Doktor bin ich nicht – kein Arzt. Aber wie steht's mit Ihnen selbst? Wie kommt es, daß Sie beim Gunstgewerbe gelandet sind?«

»Ach, ich habe mich bloß auf 'ne Anzeige beworben. ›Positionen gesucht!‹« Sie kreischte lachend auf. »Aber im Ernst – ich hab 'n paar Jahre in Las Vegas in einer Klitsche abgerissen, die sich auf ungewöhnliche Mädchen spezialisiert hatte. Da ich so winzig bin, kommen sich kleine Männer bei mir ganz groß vor. Dann fand ich, Management müßte mehr Spaß machen, als im Schweiße seines Angesichts zu schuften. Also

sparte ich mir 'n paar Kröten und ...« Sie vollführte eine alles umschließende Geste mit der Hand.
»Sieht so aus, als ob's Ihnen gut ginge.«
»Ich werd wohl durch 'n Winter kommen.« Unversehens schwand der Glanz in ihren Augen. »Reicht das jetzt?«
»Inwiefern?«
»Für leichtes Geplauder, Zuckerjunge!«
Jonathan lächelte. »Beinahe. Nur noch eine Frage. P'tit Noel – ist der Ihr Liebhaber? Ich frag nur so – reiner Selbsterhaltungstrieb.«
»Sie woll'n mich wohl auf den Arm nehmen, was? Ich mein, natürlich ist er ganz jibberig auf mich und so, das versteht sich doch von selbst. Ich bin sicher, er würd 'n halben Kilometer von meiner Kacke fressen, bloß um zu seh'n, wo die rauskommt. Aber bumsen tun wir nicht. Ich bin 'ne kleine Frau, und er ist 'n großer Mann. Der würd mir ja die Lungen durchlöchern.«
Der Schwall ihrer höchst erdhaften Bildersprache brachte Jonathan zum Lachen.
»Außerdem«, fuhr sie fort und füllte sich ihr Glas, »mach ich's nicht mehr mit Männern. Wenn ich's brauch, dann laß ich mir 'n Mädchen kommen. Frauen wissen eben, worauf's ankommt und was sie wollen. Sie sind einfach wirksamer.«
»Wie der *Everclear!*«
»Richtig.«
Er schüttelte den Kopf. »Sie sind wirklich *amazing*, Grace!«
Sie trank die Hälfte ihres Glases. »So? Und weshalb wollten Sie mich sprechen?«
»Ich möchte zu Maximilian Strange.«
»Warum?«
»Ich glaube, er möchte mich sprechen.«
»Warum?«
»Das werde ich ihn fragen, wenn ich ihn sehe.«
»Und was hat Sie hierher gebracht?«
Jonathan stieß einen Seufzer aus. »Bitte, Lady, so kommen wir nur im Schneckentempo voran.«
»Na schön. Also kein Verstecken! Sagen Sie mir, warum Sie Max sprechen wollen. Wir sind Partner. Oder wußten Sie das nicht?«
Jonathan schob die Augenbrauen in die Höhe. »Partner? *Gleichberechtigte* Partner?«
Sie trank ihr Glas aus und goß sich noch mal ein. »Nein, Max hat nicht seinesgleichen. Er ist einzig in seiner Art. Der schönste Mann – und der grausamste. Er hat sämtliche Reize gepachtet.«
»Hört sich so an, als ob Sie für Strange das empfinden, was P'tit Noel für Sie empfindet.«

»Das ist gar nicht mal so weit von der Wahrheit entfernt.«
Jonathan erhob sich und sah sich um. »Grace? Da ist etwas, was ich tun möchte. Und Sie könnten mir dabei helfen.«
»Yeah?«
»Ich hab 'n Problem. Aber wie soll ich's Ihnen erklären, ohne Ihre Gefühle zu verletzen? Süße, ich muß mal pissen.«
»Verrücktes Huhn!« Sie lachte. »Da hinten! Durchs Schlafzimmer.«
Als er zurückkam, hatte sie den Morgenmantel abgelegt und stand mit dem Rücken zum Feuer, rieb sich die nackten Pobacken und reckte sich in der Wärme auf die Zehenspitzen.
»Wissen Sie, daß Sie nackt sind, Madame?«
»Mir macht's Spaß, mit nacktem Arsch rumzulaufen. Da komm ich mir so frei vor. Und die Männer bringt das auf Touren, und das macht mir wieder 'n Höllenspaß. Weil sie sich nämlich die Nase wischen müssen.« Letzteres sagte sie im Ton abgefeimter Gehässigkeit.
»Na ja, wenn Sie weiter mit diesem Rassekörper rumprotzen, dann werden Sie eines Tages bestimmt von jemand vergewaltigt werden.«
»Von Ihnen?« fragte sie mit hänselnder Verachtung.
»Nein, ich hab das Vergewaltigen aufgesteckt. Das Bettgeflüster dauert mir nicht lange genug.«
Sie runzelte ernsthaft die Stirn. »Wissen Sie, wenn irgend so 'n geiler Bock wirklich mal auf die Idee käm, mich zu krücken, dann glaub ich, würd ich mich nicht wehren. Ich würd ihn glatt reinlassen. Dann würd ich mit dem altgedienten Zwicker zukneifen und ihm seinen glattweg abschneiden.«
»Das würde ihm eine Lehre sein.« Ihre straffen, Kabelsträngen gleichen Muskeln unter der glatten Haut verliehen dieser Vorstellung Glaubwürdigkeit, und er konnte nicht umhin, rasch an einer bestimmten Stelle zusammenzuzucken.
Der Gang ins Badezimmer hatte sich gelohnt. Es hatte ein Fenster, und das ging auf ein flaches Blechdach hinaus. Er hatte es offengelassen. Wenn sie kamen, ihn zu holen, würde es eine Jagd geben, die niemand auf die Idee kommen lassen würde, er sei allzu erpicht darauf, in *The Cloisters* hineinzukommen.
»Sagen Sie mir, Grace, als Sie mit Strange am Telefon sprachen, hat er Ihnen gegenüber da eine Andeutung gemacht, warum er mich sprechen will?«
»Wie kommen Sie auf die Idee, daß ich mit ihm telefoniert hätte?«
»Sie nannten mich Doktor Hemlock. P'tit Noel weiß nichts von meinem Titel.«
Ihre raubkatzenhafte Gelassenheit schwand sichtlich. »Ich nehm an, ich bin 'n bißchen zu weit vorgeprescht, stimmt's?«
»Ein bißchen. Aber ich werde Strange nichts davon sagen.«

Sie war erleichtert, und er begriff, daß Strange keine Verfehlung duldete – nicht einmal bei seinen Partnern. »Wann möchte er mich denn sehen?«
»Sie werden jeden Augenblick hier sein, um Sie abzuholen.«
»So, so. Hm, ich glaube, heute abend paßt mir das gar nicht. Lassen Sie uns was für morgen ausmachen.«
Sie lächelte bei dem Gedanken, daß jemand daran denken könnte, Max' Pläne zu ändern. »Nein. Er sagte heute abend. Er würd fuchsteufelswild werden, wenn Sie nicht antreten.«
»Vielleicht muß er sich damit abfinden.«
In diesem Augenblick hörte man Schritte draußen vor der Tür. Mehrere Männer!
Sie lächelte ihn an, hob die Arme und zuckte übertrieben mit den Achseln. »Zu spät, Zuckerschnäuzchen!«
»Vielleicht doch nicht. Bleiben Sie nur da stehen und wärmen Sie sich weiter Ihren Hintern und versuchen Sie ja nicht, mich aufzuhalten. Mit Mädchen Ihrer Größe mach ich kurzen Prozeß.« Er sprang ins Badezimmer und kletterte durchs Fenster hinaus auf das Blechdach. Während er noch dabei war, hörte er, wie sie die Tür aufriß und rasch auf die Männer einredete. Es gab laute Befehle, und einer lief durch die Wohnung auf das Badezimmer zu, während die anderen zurückliefen und die Treppe hinunterpolterten.
Jonathan drückte sich so eng es ging an die Wand neben dem Badezimmerfenster. Ein großer Kopf wurde hindurchgesteckt, und er versetzte ihm unmittelbar hinter dem Ohr einen Faustschlag. Das Gesicht klatschte auf das steinerne Fenstersims, und es hörte sich an, als ob Zähne krachten, dann wurde der Kopf mit einem Aufstöhnen und -seufzen zurückgezogen.
Wiewohl seine Augen sich noch nicht an die Dunkelheit gewöhnt hatten, kroch Jonathan auf allen vieren über das Dach. Am Ende stand er vor einer Ziegelmauer und tastete sich an ihr entlang bis zu einer Ecke vor. Inzwischen hatten seine Pupillen sich geweitet, und er konnte die Dinge verschwommen erkennen. Vor ihm gähnte ein schmaler Spalt, ein schwarzer Abgrund zwischen zwei fensterlosen Ziegelwänden. Er schien nirgendwohin zu führen, und so beschloß er, in die Höhe zu klettern, auf die schmutzige Erbsensuppe des Nebels zu. Der Spalt war kaum breiter als einen Meter. Er streifte die Schuhe ab, hielt sich ganz an seine Bergsteigererfahrungen, lehnte sich ins Nichts hinaus und verspreizte sich zwischen den beiden Mauern, mit dem Rücken gegen die eine, die Füße flach gegen die andere gedrückt. Was er da machte, war praktisch ein etwas mühevoller Kaminaufstieg, wobei er sich mit den Fingern in den Fugen verkrallte und, mit Füßen und Rücken zwischen den beiden Wänden verkeilt, auf Kosten seines besten Jacketts und unter Hautabschürfungen an den Innenflächen der Hände, Zentimeter um Zentimeter

weiter hinaufschob. Das Gebäude vor ihm ragte weiter in die Höhe, als er sehen konnte, doch das in seinem Rücken war nur drei Stockwerke hoch. Als er den Rand des Flachdachs erreichte, warf er sich mit einem letzten Abstoßen der Beine nach hinten und lag dann keuchend auf dem feuchten, rissigen Blech. Er robbte über das Dach und warf einen Blick hinunter in die Tiefe. Unten ging ein mit Katzenkopfpflaster gepflasteter Gang, auf dem Mülltonnen durcheinanderstanden, offenbar auf eine Straße hinaus. Eine Laterne in der Ferne warf einen schwachen Schein, und er konnte eine schwere, gußeiserne Regenrinne ausmachen, die vom Dach bis zum Gang hinunterführte. Von weitem hörte er einen Ruf und die Antwort darauf, doch woher die Rufe kamen, vermochte er nicht zu sagen. Der Abstieg ging verhältnismäßig mühelos, doch als er landete, trat er in eine Glasscherbe, die durch die Sohle seiner Socke hindurch in seinen Fuß eindrang.

Himmelherrgott! Derselbe verflixte Gang!

Er zog den dreieckigen Glassplitter heraus und arbeitete sich mutig durch die Flaschenscherben voran.

Flüchtig ging ihm der Gedanke durch den Kopf, welche Ironie darin lag, wenn er, obwohl er es darauf angelegt hatte, in *The Cloisters* hineinzugelangen, ihnen jetzt vollends entwischt wäre.

Aber diese Sorge war unbegründet. Wieder ein Ruf. Und Schritte. Und dann standen zwei von ihnen vor dem Ausgang auf die Straße und versperrten ihm den Weg, wobei ihre Gestalten dunkle Punkte in dem leicht schimmernden Nebel waren. Langsam kamen sie näher.

»Na schön, meine Herren. Ich geb's auf. Ihr habt gewonnen!«

Doch sie würdigten ihn keiner Antwort, und an der langsamen und lautlosen Art, wie sie näherpirschten, erkannte er, daß sie entschlossen waren, ihren schwer mitgenommenen Kameraden zu rächen.

Genau in diesem Augenblick öffnete sich die Tür hinter ihm, und ein heller Lichtschein fiel auf ihn. P'tit Noel.

»Gott sei Dank!« sagte Jonathan. Er hörte zwar noch den explosiven Klang von P'tit Noels Schlag mit der offenen Handfläche auf seinen Hinterkopf, spürte jedoch nichts davon. In der Horizontalen schien er davonzuschweben, und später erinnerte er sich daran, daß er noch im letzten Augenblick hoffte, nicht in den Scherben zu landen.

Hampstead

Ehe er die Augen aufmachte oder sich bewegte, wartete er, bis sein Bewußtsein den wirbelnden Alptraumschwindel nach und nach wieder verdrängt hatte. Er war sich der schüttelnden Bewegung eines fahrenden Automobils bewußt und spürte jedesmal, wenn es um eine Ecke ging, das Kratzen einer Bodenmatte an seiner Wange. Er war verkrampft und steif, aber sein Kopf war frei von Schmerzen, die eigentlich hätten da sein müssen. Der übelmachende Traum wurde noch größer durch die Dunkelheit, und so schlug er die Augen auf, um jedoch festzustellen, daß er auf die glänzenden Spitzen eines Paares Lackschuhe schielte, keine fünfzehn Zentimeter vor seiner Nase. Licht kam und ging in huschendem Aufblitzen, wenn sie unter Straßenlampen hindurchkamen.
Erst als er versuchte, sich aufzusetzen, machte sich der Schmerz bemerkbar – ein sein Denken benebelnder Riesenberg von Schmerz, als ob jemand versuchte, einen spitzen Eiszapfen durch die Blutgefäße seines Gehirns zu treiben. Unwillkürlich traten ihm Tränen in die Augen, doch als der Schmerz abebbte, ging er vollends vorbei und ließ nicht einmal ein Migräneklopfen zurück. Mühevoll arbeitete er sich in eine sitzende Lage. Sie befanden sich in einem Taxi. Die drei Männer, die ihn bewachten, beobachteten seine Bemühungen mit stumpfer Gleichgültigkeit, ohne zu sprechen oder ihm zu helfen. Zwei von ihnen saßen ihm gegenüber auf dem Rücksitz, und ein dritter hockte neben ihm auf einem der Klappsitze. Die in die Länge gezogenen Regentropfen an den Fenstern schimmerten bei jeder Straßenlampe, unter der sie hindurchfuhren.
Er blickte zu Boden. Die für gewöhnlich zwischen den Klappsitzen angebrachte Taxinummer fehlte. Offensichtlich hatten sie sich von den Chicagoer Gangsterbanden inspirieren lassen, die sich für wichtige Transporte eines Privattaxis bedienten, da dessen Unauffälligkeit es erlaubte, zu jeder Nachtstunde durch die Straßen zu fahren, ohne Aufmerksamkeit zu erregen.
Der Fahrer, der regungslos auf der anderen Seite der gläsernen Trennwand saß, war zweifellos einer von ihnen. Im Fahrgastabteil waren die Türen ohne Griffe und fehlten die Fensterkurbeln. Sehr professionell. Ohne jede zusätzliche Unterstützung konnte der Fahrer einen »Gast« überall hinbringen.
Jonathan taxierte die Männer in seinem Abteil. An den Fahrer brauchte er keinen weiteren Gedanken zu verschwenden. Fahrer sind nie die Bosse.

Der Mann auf dem Klappsitz hob von Zeit zu Zeit die Hand an seinen geschwollenen, grün und blau verfärbten Mund und befingerte vorsichtig seine aufgeplatzte Unterlippe. Das mußte derjenige sein, der die Unvorsichtigkeit besessen hatte, den Kopf zum Badezimmerfenster hinauszustecken. Unwillkürlich holte er durch den offenen Mund Luft und krümmte sich vor Schmerz, als die kalte Nachtluft mit den offenliegenden Nerven seiner gebrochenen Vorderzähne in Berührung kam. Jonathan war heilfroh, daß er nicht allein mit ihm war. Der Besitzer der Lackschuhe ihm gegenüber war ein verschlagenes Männchen mit ruhelosen Augen und einer Andeutung von einem Lippenbart. Eine Narbe, eigentlich mehr ein Brandmal als eine Schnittnarbe, verlief in einer pergamentenen Rinne quer von der rechten Wange bis zur Kinnspitze, mitten hindurch durch Lippen und Bärtchen, was ihn so aussehen ließ, als hätte er zwei Münder. Er saß eng auf die Armlehne gestützt, um dem dritten Mann Platz zu lassen, dessen massige Gestalt fast die ganze Sitzbank beanspruchte. Das mußte der Boß dieses kleinen Stoßtrupps sein. Jonathan wandte sich an ihn.
»Ich nehme an, wir fahren zu *The Cloisters?*«
Mit bösartigem Ausdruck ließ dieser Schrank von einem Mann seine Augen mit schweren Lidern auf Jonathans Gesicht ruhen, wo sein Blick ohne jedes Erkennen haften blieb und nicht einmal von einem Auge zum anderen wanderte. Das breite Gesicht wurde von einer überhängenden Braue beherrscht, und seine flächigen Wangen rahmten einen ovalen Mund ein, dessen wulstige, nierenfarbene Lippen immer feucht glänzten. Seine Augenlider fielen so außerordentlich schwer herab, daß er den Kopf in den Nacken legte, um überhaupt sehen zu können, wobei nur die untere Hälfte seiner Augäpfel sichtbar wurde. Jonathan erkannte in ihm den schweren Psychopathen. Typen wie diesem war er während seiner Arbeit für das CII des öfteren begegnet. Man setzte sie bei Strafaktionen ein, die nicht von besonderer Wichtigkeit waren, denn sie erledigten ihre Arbeit gründlich, waren billig, und falls etwas schiefging, konnte man sie ersetzen. Oft übernahmen sie sogar »nasse Arbeit«, ohne dafür bezahlt zu werden. Gewalttätigkeit war offenbar ein angenehmes Ventil für sie.
Jonathans Versuche, eine Unterhaltung anzuknüpfen, verliefen fruchtlos, so daß er sich entschloß, sich erst einmal über seinen Zustand klarzuwerden. Mit den Fingern tastete er seine Schädelbasis ab, stellte jedoch nur fest, daß Haut und Muskelgewebe ein wenig empfindlich waren. Seine Nase war frei, und er konnte seine Augen rasch und mühelos auf bestimmte Blickwinkel einstellen, also war er offenbar ohne Gehirnerschütterung davongekommen. Der Handflächenschlag, mit dem P'tit Noel ihn kampfunfähig geschlagen hatte, stellt eine der vornehmsten Techniken im Repertoire der Gewaltanwendung dar. Er kann tödlich sein, ohne einen blauen Fleck oder eine Quetschung zu hinterlassen, und

ist ohne Autopsie, die Blutgerinnsel und zerrissene Gefäße im Gehirn freilegt, nicht nachzuweisen. Ihn jedoch mit mittlerer Kraft anzuwenden, dazu bedarf es schon eines Könners. Jonathan mußte P'tit Noel bewundern. Nicht schlecht . . . für einen Rechtsanwalt.
Trotz des professionellen Könnens des Haitiers bot Jonathan ein Bild des Jammers. Seine Hose war zerrissen und verdreckt, sein Jackett durch den Kaminaufstieg zwischen den beiden Hauswänden arg mitgenommen, und Schuhe hatte er überhaupt keine mehr. Was sein Zusammentreffen mit Maximilian Strange betraf, so mußte er wohl auf den gesellschaftlichen Glanz und die Tadellosigkeit eines Maßanzugs verzichten, woran er für gewöhnlich seine Freude hatte. Selbst unter diesen finsteren Zeitgenossen kam er sich ein wenig tölpelhaft vor.
»Das mit Ihren Zähnen tut mir leid, Freund!« sagte er ohne jede Freundlichkeit. »Wahrscheinlich werden Sie ganz schön an die Decke gehen, wenn der Zahnklempner sich Ihrer annimmt.«
Der Mann auf dem Klappsitz stieß eine Mischung von Aufbrüllen und verächtlichem Schnauben aus, was er jedoch augenblicklich bedauerte, da die dabei eingesogene Luft ihn vor Schmerz zusammenzucken ließ.
Das Taxi glitt eine steile Kopfsteinpflasterstraße hinunter, vorbei, wie durch die regenverschleierten Fenster hindurch zu sehen war, an imposanten Villen aus dem achtzehnten Jahrhundert. Dann jedoch überquerten sie ein wie ein Anachronismus wirkendes modernes Einkaufszentrum, das aussah wie das Werk eines Erstsemesters in Industrie-Design an einer technischen Hochschule: wie in Seife geschnitzt, und die schrille Dissonanz, die es in die elegante Wohngegend brachte, sprach beredt von der Binsenweisheit, daß der moderne Engländer sein architektonisches Erbe genauso verdient wie der moderne Italiener sein römisches Erbe an Tüchtigkeit und militärischer Bravour. Dann beschrieb der Wagen einen Bogen, und sie fuhren wieder durch ein Viertel mit vornehmen alten Häusern. Jonathan erkannte, daß sie in Hampstead waren: Tory-Häuser inmitten von Labour-Unbequemlichkeiten.
Das Taxi bog durch ein offenes Eisengittertor auf eine Zufahrt ein, die zu einem Hauptportal hinschwenkte, vor dem sie jedoch nicht hielten; sie fuhren weiter und herum um das weitgedehnte Gebäude, hinter dem sie schließlich hielten. Der Fahrer stieg aus und öffnete den Wagenschlag für sie.
Durch kleine, unnötige Knuffe von hinten dirigiert, wurde Jonathan in ein dämmerig beleuchtetes Wartezimmer geführt, wo zwei von ihnen die Wache über ihn übernahmen, während der Klotz mit der nierenfarbenen Lippe weiterging nach oben, offenbar, um ihre Ankunft zu melden. Jonathan benutzte die Zeit, Klarheit in seine Gedanken zu bringen. Allein, unbewaffnet, schwer mitgenommen und ein wenig angeschlagen

mußte er sich auf alle Wendungen und Überraschungen vorbereiten, die dieser Abend vielleicht für ihn noch bereithielt. Er lehnte sich mit dem Rücken gegen die Wand und streckte dabei die Knie durch, um sein Gewicht abzustützen. Er schloß die Augen und achtete nicht weiter auf seine Wächter, sondern legte die Handflächen zusammen, die Daumen unters Kinn, die Zeigefinger gegen die Lippen gepreßt. Er atmete ganz aus, machte denn sehr flache Atemzüge und füllte nur den Vorderteil seiner Lunge, wodurch er die Zufuhr von Sauerstoff beträchtlich verminderte. Er führte sich das Bild des friedlich daliegenden Teichs vor Augen und brachte das Gesicht immer näher an dessen Oberfläche, bis er unter Wasser war.

»Hallo, Sie da! Kommen Sie!« Das quirlige Männchen mit den beiden Mündern berührte Jonathan an der Schulter.

Langsam schlug Jonathan die Augen auf. Zehn, fünfzehn Minuten mochten erst vergangen sein, doch schon war er erfrischt, war ganz ruhig und hatte sich völlig in der Gewalt.

Sie brachten ihn eine enge Treppe hinauf und führten ihn durch eine Tür. Er krümmte sich und hielt die Hand vor Augen, um das schmerzhafte grelle Licht abzuschirmen.

»Hier«, sagte Zwei-Mund, »setzen Sie die auf.« Er reichte Jonathan eine Brille mit dunkelgrünen Gläsern, die sich fest um seine Augen schloß und mittels eines Gummibands straff am Kopf saß.

Sechs Höhensonnen an Ständern bildeten die Quelle des schmerzenden Lichts mit den ultravioletten Strahlen, und auf einem der niedrigen Trainingstische zwischen den sie umgebenden Höhensonnen lag ein Mann, nackt bis auf einen winzigen Posierslip, und versuchte, aus der Rückenlage mit den Fingerspitzen die Zehen zu berühren, wobei ein schwabbeliger Masseur ihm die Fersen herunterdrückte.

Alle in diesem Raum trugen eine dunkle Brille. Als er sich umblickte, fielen Jonathan unwillkürlich Fotos von Opfern aus Biafra ein, denen man die Augen ausgeschossen hatte.

»Willkommen . . .«, grunzte der Nackte mitten aus seiner sitzenden Rumpfbeuge heraus, schnellte nach vorn, um die Knie mit der Stirn zu berühren, und danach gleich wieder zurück. »Willkommen im smaragdgrünen Hampstead, Dr. Hemlock. Die wievielte ist das, Claudio?«

»Die zweiundsiebzigste, Sir.«

Jonathan erkannte die Stimme um den Bruchteil einer Sekunde früher, ehe er wußte, wem das Gesicht hinter der grünen Brille gehörte: dem klassisch schönen Renaissance-Mann, mit dem Vanessa Dyke ihn bei Tomlinson zusammengebracht hatte. Der Mann mit dem Marini-Pferd.

»Ich nehme an, Sie sind Maximilian Strange?« sagte Jonathan.

»Schön, Claudio. Lassen wir's für heute genug sein.« Strange setzte sich auf den Rand des gepolsterten Trainingstisches und nahm, als die

Höhensonnen ausgeschaltet wurden, die Brille ab. Als auch Jonathan die Brille abnahm, stellte er fest, daß das normale Licht in diesem Raum im Gegensatz zu dem glühenden Blenden der Lampen am heißeren Ende des Spektrums sonderbar kalt und schwächlich wirkte. »Tut mir leid, daß ich Sie habe unten warten lassen, während ich meine Freiübungen machte, Dr. Hemlock. Aber Routine ist nun mal Routine.« Strange streckte sich auf dem Trainingstisch aus, und Claudio fing an, ihn mit einem dicken, cremefarbenen Fett einzusalben, wobei er mit Gesicht und Hals begann und sich dann nach unten weiterarbeitete. »Es ist ein weitverbreitetes Märchen, Dr. Hemlock, daß die Einwirkung der Sonnenstrahlen die Gesichtshaut altern läßt und Runzeln macht. De facto ist es der Fettverlust der Haut, in dem das Verbrechen gegen den Teint besteht. Wenn man sich jedoch sofort anschließend mit reinem Lanolin einreiben läßt, wird er wieder wettgemacht. Sie sagen, Sie *nehmen an*, daß ich Maximilian Strange sei – wußten Sie das wirklich nicht?«

»Nein. Woher sollte ich?«

»Ja, woher auch! Tun Sie eigentlich etwas für Ihren Körper?«

»Nichts Besonderes. Ich achte darauf, daß er nicht ein Messer in den Rücken oder eins mit einer Keule übergezogen bekommt, das ist alles.«

»Da begehen Sie einen weitverbreiteten Fehler. Männer neigen dazu, Gleichgültigkeit ihrem Aussehen gegenüber als ein Zeichen robuster Männlichkeit anzusehen. Ich persönlich preise die Schönheit, und folglich habe ich nichts dagegen, ihr mit künstlichen Mitteln nachzuhelfen – im Gegenteil! Alt zu werden ist weder attraktiv noch unvermeidlich. Der Geist ist immer jung. Es geht also darum, auch den Körper jung zu halten.« Da war es wieder: das leichte Aufeinanderstoßen des Satzbaus, das auf Stranges deutsche Herkunft hindeutete. Das einzige, was ihn sonst verriet, war seine Aussprache, die weder rein britisch noch recht eigentlich amerikanisch war: eine Art mittelatlantische Sprechweise, wie man sie sonst höchstens im amerikanischen Theater findet. »Gymnastik, Sonne, richtige Ernährung und ganz allgemeine Mäßigung«, fuhr er fort, »mehr braucht es nicht, um sich Gesicht und Körper jung zu erhalten. Für wie alt schätzen Sie mich?«

»Ich kann nur schätzen. Aber ich würde sagen, so um die zweiundfünfzig.«

Strange gab dem Masseur zu verstehen, innezuhalten, wandte sich dann um und betrachtete Jonathan zum erstenmal genauer. »Hm, hm. Das ist bemerkenswert – für jemand, der rät.«

»Dann darf ich weiter raten, daß Sie 1922 in München geboren sind.« Das war reine Angabe, aber es schien angezeigt, das zu tun. Jonathan war mit dem Verlauf der Dinge soweit durchaus zufrieden. Er erweckte den Eindruck, als halte er mit nichts hinterm Berg, nicht einmal damit, daß er einige Kenntnisse über Stranges Herkunft und Werdegang besaß.

Einen Moment blickte Strange ihn ohne besonderes Interesse an. »Sehr gut. Ich sehe, daß Sie die Absicht haben, offen zu sein.« Dann brach er in ein tiefes Lachen aus. »Guter Gott, Mann! Was ist denn mit Ihrem Anzug passiert?«
»Ich bin eine Ziegelmauer runtergerutscht.«
»Wie exhibitionistisch! Hatten Sie Schwierigkeiten mit Leonard?«
»Ist Leonard dieses Schlappauge hier?«
»Ganz recht. Aber Ihre höhnischen Bemerkungen sind verschwendet. Der arme Leonard kann beim Hänseln nicht mithalten. Er ist stumm.«
Gläsern beobachtete Leonard Jonathan unter schweren Lidern hervor. Sein fleischiges Gesicht schien jedes feineren Ausdrucks unfähig, seine schwer herabhängenden Muskeln reagierten nur auf die allgemeinsten, gröbsten Emotionen.
Strange kletterte vom Trainingstisch herab und ergriff ein dickes Handtuch. »Wollen Sie mir beim Dampfbad Gesellschaft leisten, Dr. Hemlock?«
»Habe ich etwa eine Wahl?«
»Nein, selbstverständlich nicht. Aber eine gründliche Reinigung täte Ihnen ohnehin gut.« Er ging voran. »Nur wenige Menschen verstehen es, richtig mit Lanolin umzugehen, Dr. Hemlock. Es muß unmittelbar nach einem Sonnenbad dick aufgetragen werden. Und hinterher gestatten Sie dem Dampf, den Überschuß runterzuschmelzen. Was für die Feuchterhaltung der Haut nötig ist, halten die Poren fest.« Er blieb stehen und wandte sich zu seiner nächsten Belehrung um: »Das Gesicht sollte überhaupt nie mit Seife in Berührung kommen.«
»Sie werden mir verzeihen, Mr. Strange, wenn ich die Besorgtheit um Schönheit und Jugendlichkeit in Ihrem Alter ein bißchen grotesk finde.«
»Aber bestimmt nicht. Warum sollte ich Ihnen verzeihen?«
Leonard begleitete die beiden in einen gekachelten Umkleideraum, welcher den Gymnastikraum vom Dampfbad trennte. Als Jonathan sich auszog und sich ein Handtuch um die Hüften band, setzte Strange ihm auseinander, daß sein Aufenthalt in *The Cloisters* länger dauern könne, so daß man in seine Wohnung eingedrungen sei und einiges von seiner Kleidung mitgebracht habe.
»Und während Sie nach meiner Kleidung suchten, hatten Sie Gelegenheit, sich ein bißchen mehr umzusehen.«
»Richtig.«
»Und was haben Sie gefunden?«
»Nur Anziehsachen. Sie lassen bei einem ausgezeichneten Schneider arbeiten, Dr. Hemlock. Wie machen Sie das mit dem Gehalt eines Universitätsprofessors?«
»Ich nehme mir belegte Brote mit ins Büro.«
»So, so. Ach, natürlich, Sie verdienen ja nicht schlecht an Ihren Büchern

– populäre Kunstgeschichte für die Massen. Wie langweilig das für Sie sein muß!«
Die drei Männer begaben sich ins Dampfbad, wobei sich Leonard grotesk komisch ausnahm, wie er da seinen mächtigen, aber alles andere als eleganten Affenkörper nur mit einem Handtuch verhüllte. Für keinen Moment, selbst beim Ausziehen nicht, hatte er Jonathan aus den schwerlidrigen Augen gelassen, und als sie auf den gescheuerten Fichtenholzbänken im Dampfbad Platz nahmen, setzte er sich in die Ecke, beschützerisch zwischen Jonathan und Strange.
Die Düsen waren schon vor geraumer Zeit aufgedreht worden, und jetzt füllte sich der Raum mit kräuselndem Dampf, der wirbelnd wie Kielwasser ihre Bewegungen nachvollzog; die Temperatur mußte um die fünfzig Grad Celsius betragen. Jonathan brachte es jedoch nicht fertig, sich bei dieser Hitze und Feuchtigkeit zu entspannen. Während des Gefrotzels beim Miteinanderbekanntwerden hatte er sich von der Überraschung erholt, als er entdeckte, daß Strange und der Renaissance-Mann ein und dieselbe Person waren, und mittlerweile hatte er sich eine Story zurechtgelegt, mit der er sich tarnen wollte. Zwar deckte die Geschichte den Boden nur notdürftig, aber er hatte keine Zeit, ihn auf undichte Stellen und Risse zu untersuchen.
Strange schloß die Augen, lehnte sich zurück und saugte den Dampf förmlich in sich auf; sein Vertrauen in Leonards Schutz war absolut. »Sie sind sich selbstverständlich darüber im klaren, daß dieser danteske Raum Ihre letzte Erinnerung als lebendiger Mensch sein kann.«
Darüber war Jonathan sich durchaus im klaren.
Mit träge schleppender Stimme fuhr Strange fort: »Sie haben gerade vorhin versucht, mich damit zu beeindrucken, daß Sie einige Informationen über meine Vergangenheit fallenließen. Was wissen Sie sonst noch?«
»Nicht viel. Ich habe versucht, Sie aufzuspüren, und im Verlauf dieser Nachforschungen kam ich dahinter, daß Sie im Bordellgeschäft stecken – wenn ich es mal so vereinfacht ausdrücken darf.«
Strange machte eine gleichmütige Handbewegung.
»Außerdem fand ich heraus, daß Sie sich illegal in England aufhalten und daß Sie auf diese oder jene Weise immer im Sexgeschäft aktiv gewesen sind – soweit meine Quellen zurückreichen.«
»Was für Quellen sind das?«
»Das ist meine Sache.«
»Ich glaube, ich errate sie. Sie waren beim CII. Sie waren ein Killer – oder, um höflich zu bleiben, ein Vergeltungskiller. Ich bin der Meinung, daß Sie das, was Sie wissen wollten, über Ihre alten Verbindungen mit diesem Geheimdienst herausgefunden haben.«
»Ich bin beeindruckt, daß Sie so viel über mich wissen.«

»Ich bin ein beeindruckender Mann, Dr. Hemlock. Also sagen Sie schon! Warum haben Sie mich aufgestöbert?«
»Wegen des Marini-Pferdes.«
»Was bedeutet Ihnen das? Ich bin einigermaßen über Ihre finanziellen Verhältnisse informiert. Sie bilden sich doch wohl nicht ein, daß Sie das Pferd kaufen könnten!«
»Ich mache mir nicht einmal besonders etwas aus Marini, ja, was das betrifft, überhaupt aus keinem der Modernen.«
»Worin liegt dann Ihr Interesse?«
»Ich brauche Geld. Und ich dachte mir, es könnte was für mich dabei herausspringen.«
»Wie?«
»Sie mußten zugeben, daß unser Zusammentreffen bei Tomlinson nicht ganz der Bizarrerien entbehrte. Sie haben vor, das Marini-Pferd zu verkaufen, und zwar offensichtlich für eine wesentlich größere Summe, als jemals jemand für möglich halten würde. Es ist doch nur natürlich, wenn ich anfing, darüber nachzudenken und mir zu überlegen, was ich tun könnte, um meinerseits Profit daraus zu schlagen.«
»Weiter!« Strange öffnete nicht einmal die Augen.
»Nun ja, wenn ich die Skulptur öffentlich schätze, könnte das ihren Wert beträchtlich steigern. In dieser unfruchtbaren Phase der Kunstkritik neigen die Dinge dazu, genausoviel wert zu sein, wie ich sie schätze.«
»Ja, ich bin mir durchaus bewußt, in welch einzigartiger Position Sie sich da befinden. Ein Einäugiger unter den Blinden, wenn Sie mich fragen.«
»Und ich habe mir gedacht, daß Sie vielleicht nichts dagegen hätten, ein wenig von dem Gewinn mit mir zu teilen.«
»Gar kein so schlechter Gedanke.« Strange stand auf und ging durch den immer mehr sich verdichtenden Dampf hindurch auf einen Steinkrug mit kaltem Wasser zu. Er goß sich etliche Kellen über den Kopf und rieb sich kräftig die Brust. »Das kräftigt und strafft die Haut. Wollen Sie auch?«
»Nein, danke. Ich möchte nicht frisch werden. Ich möchte mich bloß entspannen und ein bißchen schlafen.«
»Vielleicht später. Wenn alles gutgeht, werden wir zusammen zu Abend essen, wonach Sie sich dann vielleicht der Annehmlichkeiten in diesem Hause bedienen möchten, deren bescheidenste ein gemütliches Bett ist. Was würden Sie sagen, wenn ich Ihnen erzählte, daß, während Sie versuchten, wegen des Marini-Pferdes Kontakt mit mir aufzunehmen, ich keine Mühe gescheut habe, Kontakt mit Ihnen aufzunehmen?«
»Offen gestanden bezweifle ich das. Ein zufälliges Zusammentreffen von solchen Dingen will mir nicht so recht schmecken.«
»Hm-hm. Mir auch nicht, Dr. Hemlock. Das scheint etwas zu sein, was wir beide gemeinsam haben. Und trotzdem gibt es hier ein zufälliges Zusammentreffen. Und das entsprechende Unbehagen. Wäre es nicht

möglich, daß es keineswegs ein besonderer Zufall ist, wenn zwei Männer wie wir versuchen, aus ein und derselben Sache Profit herauszuschlagen?«
»Schon möglich.« Das war noch einmal gut gegangen. Die einzige Story, die Jonathan sich in aller Eile hatte zurechtlegen können, war Stranges eigene. Er wußte, daß er dieselbe Straße hinunterfuhr, die Strange heraufkam, und er war sich durchaus bewußt, daß das Zusammentreffen bedrohlich auffällig sein mußte. Er stand auf, um sich doch mit etwas kaltem Wasser zu übergießen, und bei seiner ersten Bewegung sprang Leonard mit einer für einen so massigen Mann erstaunlichen Behendigkeit auf und stellte seinen Körper zwischen Jonathan und Strange. »Ach, bloß nicht so fickerig, Blödian!«
»Setz dich, Leonard. Ich glaube, Dr. Hemlock ist sich der Unmöglichkeit, hier ohne meine Zustimmung herauszukommen, durchaus bewußt. Und ich glaube, er weiß auch, wie rasch und nachdrücklich jeder Versuch, mir etwas anzutun, bestraft werden würde. Sie müssen Leonard sein leidenschaftliches Pflichtgefühl verzeihen, Dr. Hemlock. Er steht mir jetzt seit – wieviel? Ach, es müssen schon fünfzehn Jahre sein – treu zur Seite. Ich habe ihn wirklich liebgewonnen. Seine hündische Ergebenheit und seine außerordentliche Körperkraft machen ihn nützlich. Und er besitzt auch noch andere Gaben. Zum Beispiel ist er Schmerz gegenüber enorm unempfindlich. Nicht was sein eigenes Schmerzempfinden betrifft, versteht sich. Wenn es sich als nötig erweist, jemand von den jungen Leuten, die für mich arbeiten, zu maßregeln, belohne ich Leonard einfach durch eine lustvolle Nacht mit ihm oder ihr. Zwar ist der oder die Ärmste hinterher für meine Geschäfte nicht zu gebrauchen, und manchmal muß er oder sie sogar wegen Blutstürzen oder Ähnlichem ärztliche Hilfe in Anspruch nehmen, aber es ist erstaunlich, wie aufrichtig diese Leute ihre Missetaten bereuen und wie pflichtgetreu sie hinterher sich an unsere Verhaltensmaßregeln halten.« Mit blassen, ausdruckslosen Augen sah Strange Jonathan an. »Das erzähle ich Ihnen selbstverständlich als eine Art Drohung. Aber Sie können sich darauf verlassen, es stimmt, das versichere ich Ihnen.«
»Daran zweifle ich keinen Augenblick. Übernimmt er auch das Killen für Sie?«
Strange nahm wieder Platz auf der Fichtenholzbank und schloß die Augen. »Sofern nötig. Aber auch nur dann, wenn er sich eine besondere Belohnung verdient hat. Wann haben Sie den Dienst beim CII quittiert? Und warum?«
»Vor vier Jahren«, sagte Jonathan wie aus der Pistole geschossen, um nur ja nicht den Eindruck zu erwecken, er müsse erst nachdenken. Das also war Stranges Verhörstil. Rasche, direkte Fragen, die unvermittelt auf weniger direktes Geplauder folgten. Jonathan mußte die Bälle rasch und

ohne lange zu fackeln zurückgeben. Es war ein Spiel, bei dem die Schmetterbälle höchst einseitig ausgeteilt wurden.
»Und aus welchem Grund?«
»Ich hatte genug. Ich war erwachsen geworden. Oder sagen wir: zumindest älter.« Das würde die beste Art sein, ihm nichts schuldig zu bleiben. Einfach Binsenweisheiten ausspucken.
»Vor vier Jahren, sagen Sie. Gut. Gut. Das paßt zu den Informationen, die ich über Sie bekommen habe. Als mir die Idee kam, daß Sie meinem kleinen Vorhaben beim Verkauf des Marini-Pferdes nützlich sein könnten, habe ich mir die Mühe gemacht, mich etwas näher mit Ihnen zu beschäftigen. Ich habe Freunde . . . eigentlich Leute, die in meiner Schuld stehen . . . bei der Interpol in Wien, und die haben ein paar Nachforschungen über Sie angestellt. Ich kann Ihnen gar nicht sagen, wie sehr meine Zuversicht stieg, als ich dahinterkam, daß Sie ein Dieb waren, oder zumindest Besitzer gestohlener Gemälde. Allerdings sagten meine Freunde in Wien mir, daß Sie seit vier Jahren kein Bild mehr gekauft hätten. Das würde mit dem Zeitpunkt übereinstimmen, an dem Sie sich vom CII getrennt haben wollen. Warum haben Sie überhaupt für sie gearbeitet?«
»Geld.«
»Nicht auch ein bißchen aus Patriotismus?«
»Meine Sünde war die Habgier, nicht die Dummheit.«
»Gut. Gut. Das ist etwas, was mir gefällt.«
Jonathan fiel auf, daß Strange niemals eine Augenbraue in die Höhe zog oder lächelte oder die Stirn in Falten legte. Offensichtlich hatte er sein Gesicht darauf trainiert, eine ausdruckslose Maske zu sein. Zweifellos, um zu verhindern, daß er Runzeln bekam.
»Ich glaube, das wäre genug Dampf für heute, finden Sie nicht auch?«
Strange erhob sich und ging ihnen voran in den Gymnastikraum, wo der Mann mit den beiden Mündern mit einem Glas Ziegenmilch wartete, das Strange austrank, ehe er und Jonathan sich auf den Trainingstischen ausstreckten, um sich abrubbeln zu lassen. Der Masseur frottierte Jonathan mit einem warmen, rauhen Handtuch trocken, ehe er anfing, ihm Rücken und Schultern durchzukneten; Leonard leistete Strange den gleichen Dienst.
Strange wandte Jonathan den Kopf zu, wobei seine Wange auf seinen Händen zu ruhen kam, und blickte ihn betont gleichgültig an, als er ihn fragte: »Wen besuchen Sie denn eigentlich in Covent Garden?«
Jonathan lachte und überlegte dabei fieberhaft. »Wie lange werde ich denn eigentlich schon beschattet?«
»Seit jenem Abend bei Tomlinson. Dort hat mein Mann für eine Weile Ihre Spur verloren. Irgendein Verkehrsstau. Er wartete vor Ihrer Wohnung auf Sie.«

»Welcher Wohnung?«
»Ach ja. Damals wußten wir von dem Penthouse in der Baker Street noch nichts. Sie benutzen es ja nur selten. Meine Leute warteten eine Zeitlang in Ihrer Wohnung in Mayfair auf Sie, ehe weitere Erkundigungen auf das Penthouse in der Baker Street hinwiesen. Als wir dort hinkamen, waren Sie allerdings schon ausgeflogen, aber leer war die Wohnung nicht. Es war ein Mann in Ihrem Badezimmer. Ein toter Mann. Sie waren weg.«
»He, passen Sie doch auf!« schrie Jonathan.
»Was ist denn?«
»Dieser Schlächter mit seinen Stahlkrallen reißt mir ja sämtliche Sehnen auseinander ...«
»Geh sanft mit dem Doktor um, Claudio. Er ist mein Gast. Ja, wir hatten Sie völlig aus den Augen verloren, bis ich vor wenigen Stunden einen Anruf von Grace erhielt. Die liebe Grace ist eine Kollegin von mir. Eine enge und verehrte Freundin.«
»Ja, und?«
»Deshalb möchte ich von Ihnen eine Erklärung hören, mit denen diese Stücke des Puzzles sich zusammenfügen. Ich hatte keine. Und ich hoffe aufrichtig, daß sie mich überzeugt. Ich würde mich schrecklich über einen in gebildeter Unterhaltung mit Ihnen verbrachten Abend freuen.«
»Nun, wie ich Ihnen schon gesagt habe, versuchte ich, in Ihre Klitsche hier reinzukommen. Ich hatte ja keine Ahnung, daß Sie Ihrerseits auch nach mir suchten, und deshalb versuchte ich es über Amazing Grace.«
»Gewiß, aber woher wußten Sie von Grace?«
»Das haben Sie doch eben selbst gesagt. Ich besitze noch einige Verbindungen zum CII. He! Nun mal nicht so gewalttätig, Sie Schlächter mit den Schinkenpranken!« Jonathan setzte sich auf und stieß den Masseur von sich.
»Na schön«, sagte Strange leicht irritiert. »Lieber breche ich meine Massage ab, als daß ich mir Ihr Gejammer über die Ihre anhöre. Aber Sie sollten sich wirklich einen Plan zurechtlegen, um immer fit zu sein. Sehen Sie mich an. Ich bin zehn Jahre älter, und dabei sehe ich zehn Jahre jünger aus als Sie.«
»Wir geben im Leben eben unterschiedlichen Dingen den Vorzug.«
Strange ging voran in ein verschwenderisch ausgestattetes Ankleidezimmer, dessen Wände ringsum aus bronzegefaßten Spiegeln bestanden. Das Spiegelbild der drei Männer wiederholte sich endlos wie ein Echo, und Jonathan sah sich selbst als die Hauptperson eines aufeinander abgestimmten Anziehballetts, das von Dutzenden von Hemlocks und von Dutzenden von Stranges getanzt wurde, während Dutzende von schwerlidrigen Leonards mit ausdrucksloser Miene und etwas zurückgeworfenem Kopf zuschauten.
Als er sah, welche Kleider man für ihn bereitgelegt hatte, fiel ihm ein

Stein vom Herzen. Er hatte sich schon gefragt, warum Strange nichts davon gesagt hatte, daß seine Leute mindestens einen Revolver gefunden hätten, als sie seine Sachen geholt hatten. Diese Dinge jedoch stammten aus seiner Wohnung in Mayfair, nicht aus dem Penthouse in der Baker Street. Das Glück war ihm hold. Trotzdem bewegte er sich immer noch auf Rasiermessers Schneide. Von Anfang an hatte er nur reagiert, war er aus dem Gleichgewicht gewesen, sich niemals sicher, wieviel Wahrheit er preisgeben mußte, um die Tatsachen zu neutralisieren, in deren Besitz Strange bereits war. Bis jetzt war er nicht schlecht gefahren, allerdings mußte er den Strom der Fragen von Zeit zu Zeit ablenken, durch läppische Konversation oder dadurch, daß er sich zum Beispiel über den Masseur beklagte, um Zeit zu gewinnen, sich wieder zu fassen und sich darüber klarzuwerden, welche Richtung er nun einschlagen sollte. Bis jetzt hatte alles plausibel geklungen, wenn auch nicht geradezu überwältigend überzeugend. Aber es gab große Löcher – wie zum Beispiel den Toten auf seinem Klo – und in denen würde Strange ganz bestimmt herumstochern. Und ein Glied war immer noch nicht geschlossen. Wenn er das tat, gab er Vanessa preis . . .

». . . aber es ist ein schrecklicher Fehler, seinem Körper nicht die nötige Bewegung zu geben und die nötige Nahrung zuzuführen, um jung und attraktiv zu bleiben«, sagte Strange gerade. »Ich weiß selbstverständlich, wie ermüdend Routine ist und wie ärgerlich es manchmal ist, Zurückhaltung zu üben, aber umsonst bekommt man nun mal nichts im Leben.«

»Komisch. Und ich erinnere mich noch deutlich, daß man mir mit einem Song über die Weltwirtschaftskrise versicherte, daß die besten Dinge im Leben umsonst sind.«

»Dummes Zeug – damit streut man den Leuten nur Sand in die Augen. Das sind Selbsttäuschungen, mit denen die geborenen Habenichtse versuchen, ihr verpfuschtes Leben zu entschuldigen und das, was andere erreicht haben, herabzusetzen. Wenn ich mich recht erinnere, heißt es in diesem blöden Song insbesondere, daß die Liebe umsonst sei. Mein guter Mann, mein Lebenswerk gründet sich auf das Wissen, daß Liebe – technisch hervorragende und interessante Liebe – außerordentlich teuer zu stehen kommt.«

»Vielleicht war dieser Song etwas anders gemeint.«

»Oh, ich weiß natürlich, was für eine Art Liebe damit gemeint ist. Hirngespinste vom Troubadour aus dem vierzehnten Jahrhundert! Amoklaufende Freundschaft. Läppische Träume vom warmen Nest; gemeinsame Träumereien und Gaukelspiel alberner Wunschvorstellungen; Schwüre emotionaler Abhängigkeiten, die als Beständigkeit ausgegeben werden; Rumgefummele auf den Polstern von Autorücksitzen; Schweiß des Ehebettes. *Die* Liebe mag umsonst sein – und doch zu teuer, wenn man den Preis bedenkt, den man dafür zu zahlen hat. Tatsächlich ist sie aber alles andere als umsonst. Man zahlt ewig für die schäbige Amateurhaftigkeit der romantischen Liebe. Man schließt einen lebenslangen Vertrag, in dem die Partner sich schwören, sich mit ihrer endlosen Langeweile gegenseitig auszuhöhlen. Allerdings nehme ich an, daß sie es nicht besser verdient haben, und wahrscheinlich sind sie überhaupt nicht imstande, sich mehr zu wünschen. Wenn ich einem dieser Hohlköpfe die Tore von *The Cloisters* auch nur für eine Nacht öffnete, würde er wohl einen Bock nach dem anderen schießen, *asinus ad lyram* herumtappen, bis er endlich in der Küche irgendeine verschwitzte Köchin oder ein sehniges Spülmädchen fände, das ihm eine Seelenfreundin wäre und ihn für immerdar verstünde und ihn umsorgte. – Das hätten wir. Anständig angezogen. Wie wär's mit einer kleinen Erfrischung?«

»Wenn Sie möchten.«

»Gut. Da sind noch ein oder zwei Punkte, die ich gern geklärt haben möchte.«

»Was mich betrifft, so würde ich mich gern dem Thema Verkauf des Marini-Pferdes zuwenden, und zwar besonders der Frage, was dabei für mich abfallen könnte.«

Strange lachte. »Alles zu seiner Zeit. Schließlich sind wir uns immer noch nicht absolut sicher, ob Sie dieses Verhör überleben, nicht wahr? Kommen Sie mit!«

Der Mittelspiegel ging auf wie eine Tür und ließ die Dutzende von Spiegelbildern im ganzen Raum im Handumdrehen verschwimmen und zusammenschnurren. Sie gingen hinüber in ein kleines Wohnzimmer, das etwa die Größe und die Form eines kleinen Vorführraumes hatte. Es war dämmerig beleuchtet, und die Wände bestanden aus Glas. Drei Seiten gingen auf den Hauptsalon von *The Cloisters* hinaus: ein großer, strahlend erleuchteter und im Art-Deco-Stil ausgestatteter Raum. Glasperlen, mechanisches Laubwerk, sich wiederholende geometrische Motive, Regenbogen- und Sonnenaufgangsmuster, die in mattpolierte Wandverkleidungen aus Aluminium eingelassen waren.

Die Kunden steckten in extravaganten, von der Direktion gestellten Kostümen; Schäferinnen, Teufel, Inquisitoren, Kavaliere und Mickymäuse saßen herum, plauderten, tranken und lachten. Doch dieser ganze Aufzug war eine Pantomime; die Glaswände waren schalldicht.

Unter den Kunden bewegte sich ein halbes Dutzend Hostessen in gleichfalls auffälliger, betont jugendlicher Aufmachung: große Ohrringe, auf die Glasperlen aufgezogen waren, hochgetürmtes Haar, hochgebundene Brüste unter seidenen Kleidern, halblange Seidenstrümpfe, welche rougegefärbte Knie mit Grübchen darin freigaben. Mit ihren künstlichen Lidern im steifen Surprise-Stil, mit ihren Schönheitspflästerchen und ihren schwellenden Lippen sahen sie aus wie Mannequins in alten Nummern exquisiter Modezeitschriften, wie sie Drinks und exotische

Kanapees herumreichten oder sich in leicht aufreizender, koketter Unterhaltung über die Kunden neigten.
Eine der Kundinnen, eine Catarina de Medici unbestimmbaren Alters, deren Gesichtshaut von kosmetischer Chirurgie gestrafft war, bei der man allerdings ihre Kehlwamme nicht berücksichtigt hatte, näherte sich der Glaswand und starrte unerschrocken herein. Mit der Zunge befeuchtete sie die Spitze ihres kleinen Fingers und korrigierte ungeniert oben eine Kleinigkeit am Strich ihres Lidschattens, dann richtete sie ein wenig ihr Haar, drehte sich um und warf einen langen, genüßlichen Blick aus den Augenwinkeln heraus über das Zimmer, ehe sie davontänzelte, um einen Räuberhauptmann mit knochenlosem Gesicht, wehleidigem Lächeln und dem glatten Haar seiner Klasse zu begrüßen.
»Einwegspiegel«, erklärte Strange unnötigerweise, als er in einem tiefen Ledersessel versank, nicht ohne zuvor sorgsam seine Bügelfalte hochzuziehen. »Die Ausstattung war Graces Idee. Es ist etwas fundamental Böses an den Neuen Menschen der zwanziger Jahre, und das scheint unsere Kunden zu lockern und ihnen die Hemmungen zu nehmen.«
Jonathan stand nahe vor dem Einwegglas, hatte die Arme vor der Brust verschränkt und blickte hinaus. »Art Deco war schon ein schauerlicher Augenblick in der Kunstgeschichte. Als der überschäumende Verfall der Art Nouveau mit Hilfe der maschinellen Serienfertigung bis zu den Massen heruntersickerte, war es unvermeidlich, daß die nur halb ausgebildeten, unbegabten, sich selbst beweihräuchernden Künstler das Resultat ihres Herumgemurkses als neue Kunstform proklamierten. Hier gab es schließlich etwas, was sogar sie fertigbrachten. Meiner Ansicht nach entlarvt das neuerwachte Interesse an Art Deco den modernen Künstler und den modernen Kritiker – als Menschen, die kommunizieren und kommunizieren und sich doch nichts zu sagen haben.«
»Oh, tut mir schrecklich leid, daß unser Geschmack Ihnen nicht gefällt. Aber, *de gustibus* . . .«
»Nicht doch! Geschmack ist das einzige, worüber es sich zu streiten lohnt.«
Strange lachte ein wenig flach. Lachen war für ihn Ersatz für Lächeln, weil er dabei nicht die Wangen in Falten zu legen brauchte. In seinem Lachen hatte er genauso viele Nuancen wie andere Leute in ihrem Lächeln. »Auf jeden Fall macht mir dieses kleine Kabinett hier Spaß. Wir nennen es das Aquarium. Allerdings handelt es sich gewissermaßen um die Umkehrung eines Aquariums. Die Fische schwimmen draußen im Salon herum, und die amüsierten Zuschauer sitzen im Wasserbassin. Ist es nicht hinreißend, wenn man sich klarmacht, daß in dem Raum da draußen über fünfzig Prozent der Regierungsmacht von Großbritannien versammelt sind?«
»Alle hier vereint, um einmal von den drückenden Bürden der politischen

Verantwortung befreit zu sein, indem sie sich in den von Ihnen organisierten Orgien verlieren?«
»Sie sollten nicht so verächtlich von unseren exquisiten und ausgefallenen Angeboten reden. Es ist doch nur natürlich, daß unsere Kunden etwas erwarten, was außerhalb des Alltäglichen liegt: Mädchen vor der Pubertät, Lustknaben, Fellatio – solche Dinge eben. Wer wollte ihnen das verübeln? Wenn sie hierherkommen, um den üblichen Quer-durch-den-Garten-Sex zu erleben, dann wäre das etwa so, als ob sie im *Maxim* Würstchen, Pommes frites und Gemüse bestellten. Eines ist jedoch wirklich zum Kugeln: Die Hälfte von diesen Arschgeigen da draußen ahnt nicht einmal, was in unserer exquisiten Kloake wirklich vor sich geht. Sie halten *The Cloisters* einfach für einen eleganten, etwas verrückten und exklusiven Club, in dem man von charmanten Hostessen ausgezeichnetes Essen und erstklassige Weine vorgesetzt bekommt.«
»Ach! Dann sind das gar keine Betthäschen?«
»Aber nein! In der Mehrzahl sind das junge Mannequins, hoffnungsvolle Schauspielerinnen, Studentinnen – sie bilden praktisch bloß das Aushängeschild. Diejenigen, die mehr Unternehmungsgeist zeigen und vielversprechend sind, steigen zu den lukrativeren Jobs im oberen Stockwerk auf, aber die meisten von ihnen bleiben nur etwa einen Monat bei uns und wenden sich dann langweiligeren Tätigkeiten zu: der Ehe oder einer Karriere – solche Sachen. Unsere Hostessen werden ständig ersetzt. Aber ich vergesse meine Pflichten als Gastgeber. Ich hatte Ihnen doch eine Erfrischung versprochen. Wie wär's mit Bierhefe in frischem Mandarinensaft?«
»Das klingt ganz verlockend, aber ich glaube, ich hätte doch lieber einen Scotch. Haben Sie Laphroaig?«
Strange gab diese Frage an den wieselhaften, zweimündigen Burschen weiter, der sie in das Aquarium begleitet hatte und hinter ihnen stand, während Leonard sich anzog.
»Ich werde nachsehen, Sir.« Er zog sich allerdings erst zurück, nachdem Leonard gekommen war, ihn abzulösen.
»Ich muß gestehen, daß mir die feineren Genüsse des schottischen Whiskys verschlossen sind«, sagte Strange. »Ich rühre keinen Alkohol an. Nie. Übrigens, erzählen Sie mir doch von dem Mann, den wir in Ihrem Badezimmer gefunden haben. Wer war das?«
»Das weiß ich nicht«, sagte Jonathan so schlicht wie möglich. Er hatte diese Frage aus heiterem Himmel schon geahnt.
»Wer hat ihn umgebracht?«
»Ich.«
Strange sah Jonathan bei dieser wie aus der Pistole geschossenen Antwort mit unverhohlener Bewunderung an. »Und weiter?« fragte er nach einem zustimmenden Nicken.

»Wegen dieses Mannes wollte ich mich ja an Sie wenden. Sie haben herausgefunden, daß ich für die Abteilung ›Strafaktion‹ des CII gearbeitet habe. Diese Arbeit war keineswegs so gefährlich, wie man meinen möchte. Da es sich bei den Leuten, die ich zu beseitigen hatte, um Männer handelte, die CII-Agenten umgelegt hatten, stammten sie aus einer obskuren Gesellschaftsschicht, Männer also, über deren Ableben man keine Träne vergießt und deren Beseitigung auch nicht geahndet wird, zumindest nicht von den verschiedenen Ordnungsorganen des Staates. Und da ich immer nur ab und zu einen Auftrag übernahm, konnte man mir, was das Motiv betrifft, eigentlich nie einen dieser Morde anhängen. Es war typisch für meine Arbeit, daß ich die Opfer nie bis unmittelbar vor dem Anschlag kennenlernte. Aber . . . aber da die Gesellschaft noch nicht soweit ist, daß sie mit dem Problem der Überbevölkerung durch Sterilisierung und Ausmerzung von verludertem und unproduktivem genetischen Wildwuchs fertig wird, hatten meine Opfer bisweilen Verwandtschaft.

Den wenigen Worte zufolge, die er vor seinem Tod noch herausplapperte, scheint er der Bruder eines meiner längst vergessenen Opfer zu sein. Er war gekommen, um gewissermaßen die Familienehre wiederherzustellen.«

»Und Sie sind ihm dabei zuvorgekommen, indem Sie ihn erschossen.«

»Richtig.«

»Und in Ihrem *Badezimmer* zurückließen?«

»Ich hatte mir den Ort der Begegnung nicht ausgesucht. Immerhin haben Badezimmer Fliesenböden und lassen sich leicht reinigen.«

Strange nickte anerkennend. »Ich verstehe.«

Leonard kam von hinten und löste Zwei-Mund ab, der ging, um die Getränke zu holen.

»Sie haben die Leiche aber im Handumdrehen verschwinden lassen. Als meine Leute einige Stunden nach der Entdeckung der Leiche nochmals zurückkehrten, war sie verschwunden. Wie haben Sie das angestellt?«

»Ich schlage Ihnen einen Handel vor. Ich frage Sie nicht, wie man einen Puff managt, und Sie fragen mich nicht nach Einzelheiten der Ermordung.«

»Dagegen ist nichts weiter einzuwenden. Sie erwähnten, daß diese Sache in Ihrem Badezimmer irgendwie mit Ihrem Wunsch zu tun hätte, in *The Cloisters* einzudringen. Könnten Sie sich darüber noch ein wenig genauer auslassen?«

»Als dieses arme Schwein damit herausgeblubbert kam, daß er schon seit Jahren hinter mir her sei, ließ er auch den Namen der Person fallen, die mich verpfiffen hat. Immerhin fuchtelte er mit einer Waffe vor meiner Nase herum, und vermutlich bildete er sich ein, daß ich mit dieser Information sowieso nichts mehr anfangen könnte.«

»Übrigens, wie haben Sie diesen Mann umgelegt?«
»Mit seiner eigenen Pistole.«
»Und wie haben Sie die von ihm bekommen?«
»Wie verhindern Sie, daß Ihre Mädchen sich einen Tripper holen?«
Strange lachte. »Na schön! Fahren Sie fort!«
»Derjenige, der mich verpfiffen hat, ist ein sehr hohes Tier beim CII. Jemand, der einen Rochus auf mich hatte, weil ich keine Gelegenheit vorübergehen ließ, auf die ins Auge fallenderen Dummheiten dieser Bande von Pfuschern hinzuweisen. Nun habe ich allen Grund anzunehmen, daß dieser Mann fortfahren wird, mit dem Finger auf mich zu zeigen. Und eines Tages könnte irgend jemand Glück haben.«
»Warum räumen Sie diesen Mann nicht aus dem Weg?«
»Er kennt mich. Ich würde nie nahe genug an ihn herankommen. Deshalb muß ich jemand anders diesen Job für mich tun lassen, und aus diesem Grunde brauche ich eine größere Summe Geld. Deswegen ist diese Geschichte mit dem Marini-Pferd mir so verlockend erschienen.«
»Und deshalb versuchten Sie, an mich heranzukommen?«
»Deshalb versuchte ich, an Sie heranzukommen.« Das war's. Seine Story war aus dem Stegreif ersonnen und dünn; mit ein paar ein wenig aus der Luft gegriffenen Zutaten reichte sie gerade, die Hauptereignisse abzudekken, die für eine gute Lüge unumgänglich sind. Jetzt blieb ihm nichts weiter übrig, als abzuwarten und zu sehen, ob man sie schluckte.
Strange schwieg eine Weile. Seine blassen Augen blickten phlegmatisch auf die Szene, die sich stumm vor seinen Augen im Salon abspielte. Dann nickte er langsam. »Es ist möglich. Sowohl das, was Sie in der letzten Zeit getan haben, als auch das, was ich über Ihre Vergangenheit in Erfahrung gebracht habe, scheint Ihre Story zu bestätigen. Das einzige, was mich stört, ist, daß alles so wunderbar zusammentrifft. Aber nun ja . . . man muß wohl zugeben, daß es so was wie zufälliges Zusammentreffen gibt.«
Er wandte sich Jonathan zu und ließ seine blassen Augen auf ihm ruhen. »Wie wär's, wenn Sie heute zusammen mit Grace und mir zu Abend speisten? Dabei könnten wir uns über die Einzelheiten beim Verkauf des Marini-Pferdes unterhalten. Und falls alles gutgeht, ist Ihnen später vielleicht daran gelegen, sich ein paar Kostproben unserer exotischen Unterhaltungen zu Gemüte zu führen – sozusagen als Schlummertrunk.«
»Ich habe einen harten Tag hinter mir.«
Strange lachte. »Wenn es nicht so spät wäre und die Straßen so leer, würde ich versuchen, Ihren müden Appetit dadurch zu beleben, daß ich ein paar von meinen Männern mit einem Lastwagen hinausschickte, um etwas von der Straße für Sie zu holen – frisch aus dem Garten, sozusagen. Ein Schulmädchen auf dem Nachhauseweg vielleicht, oder auch eine Nonne, die gerade aus dem Beichtstuhl kommt?«

»Bereiten die Entführten Ihnen eigentlich keine Schwierigkeiten, was die Zusammenarbeit betrifft?«
»Oh . . . wenn sie nicht entsprechend präpariert wären, selbstverständlich. Wir benutzen ein Gebräu aus Halluzinogenen und Spanischen Fliegen, und das scheint ziemlich wirkungsvoll zu sein. Ach, Dr. Hemlock! Sie hätten selbst mal sehen sollen, was für eine Wolke des Abscheus gerade über Ihr Gesicht hinweggegangen ist! Und ich hätte gedacht, Sie hätten sich längst eine dickere Haut zugelegt.«
»Das Ganze ist für mich keine Frage des Gewissens, sondern des Geschmacks.«
»In diesem Geschäft bringt nur das sehr Ausgefallene etwas ein. Die Grundkomponenten des Sex sind ja universal: ein bißchen Erregung, ein bißchen Reibung, ein bißchen Schmierung. Wer diese billigen Rohmaterialien zu einem hohen Preis an den Mann bringen will, der muß sie schon exquisit verpacken. Die Verpackung ist alles. Aber . . . ah, endlich.«
Zwei-Mund trat durch die Spiegeltür und trug ein Tablett mit zwei Gläsern darauf vor sich her. Jonathan konnte eine Welle von Abscheu nicht unterdrücken, als er Stranges Glas erblickte: Das graue Hefepulver im Mandarinensaft setzte sich bereits und sammelte sich auf dem Boden. Strange trank ein wenig von der Flüssigkeit ab, wirbelte den Rest durcheinander, damit die Hefe sich gut verteilte, und dann trank er es aus.
»Sieht schaurig aus«, lautete Jonathans Kommentar.
»Man gewöhnt sich daran. Ehrlich gesagt, es schmeckt einem hinterher sogar recht gut.«
Da er seine Geschmacksnerven nicht länger beleidigen lassen wollte, wandte Jonathan sich ab. Draußen im Salon war ihm eine der jugendlichen Hostessen aufgefallen. Als sie mit einem der kostümierten Kunden plauderte, strich sie mit dem Handrücken eine Strähne bernsteinfarbenen Haars zurück. Sie stand nur wenige Schritte von der Wand der Einwegspiegel entfernt, und er konnte das Flaschengrün ihrer Augen genau erkennen.
»Was fesselt Sie denn da draußen so sehr?« fragte Strange und trat zu ihm an die Glaswand heran.
»Ihre Kunden«, sagte Jonathan und wies auf eine Gruppe von Herren, die mit aufgesetztem Ernst plauderten und sich der zum Lachen reizenden Wirkung ihrer exotischen Aufmachung gnädigerweise nicht bewußt waren.
»Hm-m. Diese Armleuchter! Sehen Sie doch bloß mal, wie die ihre alberne Show von Autorität und Macht abziehen! Aufgeblasen spielen sie sämtliche staatsmännischen Bewegungen durch! Als Volk sind sie am Ende, diese Engländer, bloß sind sie nicht intelligent genug, das auch zu erkennen. Es gab ja mal eine Zeit, in der das Darwinsche Gesetz vom Überleben des Tüchtigsten sich auch auf die Nationen anwenden ließ und

nicht nur auf Individuen – da waren die Schwachen und die Unfähigen einfach dem Untergang geweiht. Wären die anderen Völker nicht so gefühlsduselig gewesen – besonders Ihres, Dr. Hemlock –, dann hätte das Jahr 1950 bereits das Ende dieses Gesellschaftskörpers bedeutet. Mir macht es Spaß, sie entsprechend aufzuputzen, und sie selbst geraten geradezu in Verzückung darüber. Es ist ein Zug ihres Nationalcharakters – lächerliches Gepränge, hohler Schein. Sie sind ein Volk von Menschen, die es danach dürstet, mehr zu scheinen als zu sein. Vermutlich ist das der Grund, warum sie auch so viele gute Schauspieler hervorbringen.«

»Sie verachten die Briten also?«

»Sagen wir lieber, ich mache mich über sie lustig.«

»Ich dachte, die Deutschen bewunderten und ahmten sie eher nach?«

»O gewiß, wir haben viel gemeinsam. Unsere Fehler, genauer gesagt unsere Schwächen. Beim Aufbau unserer Armee nahmen wir uns sie zum Vorbild. Schließlich waren es ja auch die Briten, die für die Endlösung genetischer Probleme als erste mit dem Mittel des Konzentrationslagers experimentierten.«

»Ach, das habe ich nicht gewußt.«

»Aber ja. Im Burenkrieg. Sechsundzwanzigtausend Frauen und Kinder gingen an Krankheiten, Unternährung und allgemeiner Vernachlässigung zugrunde. Vitriol in ihren Zucker; kleine Metallhäkchen, die man ihrem Fleisch beifügte – solche Sachen. O gewiß, in vielen Dingen sind die Briten der Welt vorangegangen, aber das ist längst vorbei. Jetzt drängen sie sich der Europäischen Gemeinschaft auf und werden in wirtschaftlicher Hinsicht der kranke Mann in Europa. In fünfzehn Jahren werden sich nur noch Spanien und Portugal eines niedrigeren Lebensstandards rühmen. Und das ist ihre eigene Schuld. Da sie über ein kurzsichtiges Management und über die trägsten und schlampigsten Arbeiter in ganz Europa verfügen, leiden sie an angeborener Untüchtigkeit. Sie haben ja nichts vom Charme der mediterranen Völker mit ihrer *mañana*-Mentalität und ihrem genußsüchtigen Laissez-faire. Nein, die britische Art des Nichtskönnens hat ja etwas höchst Verwickeltes und Mühseliges. Es ist eine hektische Schlamperei, die ja das, was ihr an Produktivität abgeht, nicht durch Charme oder Lebensqualität wettmacht. Die Briten unserer Tage sind ein Kompromiß zwischen den Kontinentaleuropäern, die sie früher aus lauter Hochmut verachteten, und den Amerikanern, auf die sie heute mit blassem Neid herabsehen. Großbritannien ist ein Land mit der Technologie der Alten und der Schönheit der Neuen Welt. Mehr gibt es über die Briten eigentlich nicht zu sagen.«

Jonathan schickte sich gerade an, gegen diesen billigen Angriff auf ihrer beider Gastgeber zu protestieren, doch Strange fuhr bereits fort: »Wissen Sie, während des Krieges erzählte man sich bei uns einen Witz über die belgische Armee. Das ging so: ›Was würden Sie tun, wenn ein belgischer

Soldat eine Handgranate auf Sie wirft?‹ Und die Antwort lautete: ›Sie abziehen und zurückwerfen.‹ Falls man dieselbe Frage in bezug auf einen britischen Soldaten gestellt hätte, dann wäre das eine rein theoretische Frage gewesen, weil die Handgranaten erst ein halbes Jahr nach dem versprochenen Liefertermin geliefert worden wären, die Verarbeitung Fehler aufwiese und die Armee sowieso gerade streikte.«
»Wenn Sie sie so sehr verabscheuen, warum sind Sie dann hier?«
»Die Polizei, mein Bester! Es ist ein weitverbreitetes Märchen, daß die britischen Verbrecher die gerissensten von ganz Europa sind, denen die Ausgeburten von Conan Doyle und Ian Fleming gerade noch das Wasser reichen können. Dieses Volk sonnt sich in seinen Zugräubern und seinen Hochstaplern, seinen Robin Hoods aus Stepney Green. Es ist doch typisch für ihre mit Scheuklappen versehene Weltanschauung, daß es ihnen niemals in den Sinn kommt, einmal darüber nachzudenken, daß es nicht die Unerschrockenheit und die Durchtriebenheit ihrer Gangster sind, die dafür sorgen, daß sie sich ins Fäustchen lachen, sondern die sagenhafte Unfähigkeit ihrer Polizei. Für einen Mann in meiner Branche ist die britische Polizei die angenehmste in ganz Europa, während die holländische übrigens die unangenehmste ist. Zugegeben, wenn man sich für bürgerliche Freiheiten interessiert, dann wäre es genau umgekehrt. Aber jetzt ist bestimmt der Tisch fürs Dinner gedeckt. Sie müssen ja schon darauf brennen, Amazing Grace wiederzubegegnen.«

Die Unterhaltung in dem kleinen getäfelten Speisezimmer war seicht und verlogen; das Thema Marini-Pferd wurde mit keinem Wort gestreift, genausowenig die Ereignisse, die zu diesem besonderen Mahl in den frühen Morgenstunden geführt hatten. Amazing Grace gab bei dem Geplauder mit dem Können einer Geisha den Ton an, das heißt, sie gab beiden Männern Gelegenheit, ihren Geist sprühen zu lassen, und würzte ihrerseits alles mit dem Salz zotiger Erdhaftigkeit. Wie offenbar stets bei geselligem Beisammensein war sie nackt, weshalb das Zimmer von einem Gasfeuer in einem seltsamen schmiedeeisernen Kamin warm und gemütlich gehalten wurde. Während sie und Jonathan sich an einem Hammelnacken gütlich taten, nippte Strange an einer Reihe von Gerichten, die vornehmlich aus blassen Substanzen mit fadem Aroma bestanden. Statt des Weins, den sie genossen, trank er Ziegenmilch. Nur beim Käse und beim Obst hielt er mit. Auf der Käseplatte prangten viele Käsesorten, aber sie schmeckten alle gleich: Danablue, Roquefort, Gorgonzola und englischer Stilton. Strange erklärte, neben Joghurt seien die blaugeäderten Käsesorten am besten für die Verdauung. Alles Obst sei ohne Kunstdünger gezogen und nicht gespritzt; Bananen fehlten, wie es schien, weil sie nur in den Tropen, wo sie auf natürliche Weise reifen könnten, genießbar seien.

Jonathan bewunderte die Art, in der Amazing Grace als Gastgeberin brillierte und wie sie auf ihrem eigens für sie konstruierten höheren Stuhl thronte; beiläufig bemerkte er, sie besitze sämtliche gesellschaftlichen Tugenden einer Pastorentochter, außerdem aber auch noch die Begierden, die der Gesellschaft traditionellerweise suspekt seien.
»Aber ich bin wirklich die Tochter eines Pastors«, sagte sie und lachte volltönend auf. »Allerdings könnte ich nicht sagen, daß viele Leute schon von der Ersten Evangelischen Synagoge des Gesegneten Herrn Und All Seiner Werke gehört hätten!«
Zwei-Mund brachte Kognak und Kaffee auf einem Tablett und gesellte sich in schweigender Nachtwache zu Leonard an der Wand.
»Ihre selbstzerstörerischen Eßgewohnheiten haben selbstverständlich gewisse gesellschaftliche Vorteile«, sagte Strange. »Wenn die Kognaks serviert werden, gilt das allgemein als Startzeichen dafür, daß über Geschäfte geredet werden darf. Und da ich selbst im Moment keine habe, darf ich dann auf Ihre zurückgreifen?«
»Nun, wenn es um ernste Dinge gehen soll, will ich mir lieber was überziehen«, sagte Grace. »Ich möchte schließlich nicht, daß meine tanzenden kleinen Titten irgend jemand ablenken.«
Jonathan fand, das sei eine rücksichtsvolle Geste.
»Na schön«, begann Strange und schnippte eine imaginäre Fussel von seinem Ärmel. »Wie Sie wissen, habe ich vor, das Marini-Pferd in bares Geld zu verwandeln. Neulich abends, als ich Sie mit diesem Vorhaben bekannt machte, meinten Sie, daß die fünf Millionen Pfund, die ich dafür erwartete, in Kunstkreisen einiges Aufsehen erregen würden.«
»Ich würde meinen, es dürfte zu regelrechten Tumulten kommen.«
»Selbst wenn man diese Summe auf einer öffentlichen Versteigerung bei Sotheby erzielte?«
»Dann besonders. Marini ist immer noch am Leben; seinen Arbeiten fehlt die finanziell interessante Aura seines Todes. Und außerdem handelt es sich bei diesem Mann um einen Modernen.«
»Ja, ja, ich bin mir Ihrer reaktionären Ansichten über Kunst durchaus bewußt. Um Ihre Persönlichkeit zu verstehen, habe ich mir die Mühe gemacht, ein paar von Ihren Büchern zu lesen. Aber es geht hier nicht um den abstrakten künstlerischen Wert des Gusses. Doch ich bin daran interessiert, diesen Preis zu bekommen, ohne daß davon in der Öffentlichkeit allzuviel Aufhebens gemacht wird. Genauer gesagt, Dr. Hemlock, brauche ich achtundvierzig Stunden vom Augenblick des Zuschlags an, ehe es eine offizielle Reaktion gibt. Könnten Sie das hindeichseln?«
»Kommt drauf an, was Ihnen das wert ist.«
»Er ist doch wirklich ein Mann nach meinem Herzen!« mischte Grace sich ein.

»Wieviel verlangen Sie?«
»Nun, selbstverständlich möchte ich gern das, was der Markt trägt. Allerdings glaube ich, daß meine angeborene amerikanische Habgier hier diesmal hinter dem sehr wirklichen Interesse des Überlebens zurückstehen muß. Ich habe Ihnen ja schon gesagt, daß ich einen Mann engagieren muß, der diesen CII-Beamten für mich beseitigt, ehe er mich noch einmal verpfeift. Und ich schätze, daß mich das um die fünfzigtausend Dollar kosten wird.«
»So viel?«
»Es handelt sich um einen gewieften Hund, an den nicht leicht heranzukommen ist.«
»Na schön, dann also fünfzigtausend.«
»Ein bißchen mehr noch, leider. Aber um diese Sache glatt über die Bühne zu bringen, muß man die zuständigen Kritiker und Zeitungsleute ein bißchen schmieren – wobei es sich vornehmlich um indirekte Bakschischs handelt.«
»Sagen Sie mir genau, wieviel«, sagte Strange kurz angebunden.
»Dreißigtausend Pfund.«
Strange und Grace wechselten einen Blick. »Ihre Dienste sind teuer«, sagte Strange.
»Aber ich bitte Sie! Sie verdienen immerhin fünf Millionen Pfund . . .«
»Na schön, einverstanden: dreißigtausend. Aber erlauben Sie mir, Ihnen – als eine Freundschaftsgeste gewissermaßen – nachdrücklich zu versichern, wie töricht es von Ihnen wäre, mich aufs Kreuz legen zu wollen.«
»Sie würden augenblicklich diesen Blödian da auf mich loslassen, stimmt's?«
»Da können Sie Gift drauf nehmen. Und ich habe so das Gefühl, daß Leonard nach dem, wie Sie die Zähne seines Kameraden zugerichtet haben, Ihnen nicht sonderlich grün ist.«
»Wenn Sie jetzt fertig damit sind, zu meiner Erbauung Ihren Bizeps spielen zu lassen, dann gibt es da noch ein paar Dinge, die ich wissen muß, wenn ich diese Sache für Sie übernehmen soll.«
»Und das wäre?«
»Ist dieser Marini Ihr rechtmäßiges Eigentum?«
»O ja, selbstverständlich: Kaufvertrag und alles ist da.«
»Ich nehme an, Sie werden ihn Sotheby für die Auktion zur Verfügung stellen?«
»Am Vormittag des Tages der Versteigerung, ja.«
»Wo befindet er sich jetzt?«
Langsam drehte Strange sich zu ihm um, wie ein Festungsgeschütz, das Ziel nimmt. »Das geht Sie nichts an. Jedenfalls ist er völlig sicher aufgehoben und kann, wenn ich will, jederzeit vorgezeigt werden. Noch etwas?«

»Eines noch. Wieviel Zeit bleibt mir noch, um diese Sache vorzubereiten?«
»Die Auktion findet Mittwoch morgen statt.«
»Vier Tage? Da bleiben mir also nur vier Tage?«
»Das wird reichen müssen. Grace und ich können es uns nicht leisten, es noch weiter hinauszuzögern. Außerdem kennt meine Liebe zu den Engländern Grenzen. Ich werde froh sein, wenn ich dieser beschränkten kleinen Insel endlich den Rücken kehren kann.«
Grace stand auf und streckte sich, wobei sie die Finger steif und gekrümmt in die Luft reckte, ihr Minineglige über ihre straffen Gesäßbacken hochrutschte und ihre gespreizten Zehen sich in den Teppich krallten. Ich glaube, ich geh noch ins Aquarium und gönn mir da 'n Schlummertrunk. Vielleicht bringt mich der Anblick der Kunden 'n bißchen hoch.« Sie lächelte und verließ das Speisezimmer, wobei das Spiel ihrer Muskeln unter dem hauchdünnen Negligé die Unterhaltung stocken ließ, bis sie draußen war.
»Leckeres kleines Bonbon«, lautete Jonathans Kommentar.
»Kann man wohl sagen. Es macht mir Spaß, ihr Freude zu bereiten. Manchmal arrangiere ich komplizierte kleine Kabinettstücke für sie. Sie ist so mutig und so einfallsreich, es bringt wirklich einen Riesenspaß, etwas für sie zu planen.«
»Sie sind ein selbstloser Mann.«
Strange lachte. »Mein lieber Mann! Ich selbst enthalte mich aller sexueller Aktivitäten.«
»Aller?«
»Seit meiner Knabenzeit. Ich habe meine Jugend in einem Etablissement wie diesem hier verbracht. Wie Sie vielleicht wissen, ist es Usus bei Süßwarenherstellern, ihren Arbeitern, wenn sie anfangen, bei ihnen zu arbeiten, zu erlauben, nach Herzenslust zu essen. Innerhalb weniger Monate werden die Arbeiter aller Süßigkeiten dermaßen überdrüssig, daß sie ein für allemal die Finger von der Ware lassen.«
»Und Sie haben nie . . .«
»Nie. Das laugt zu sehr aus. Bekommt dem Körper nicht. Aber ich habe mein eigenes Laster. Allerdings ist es das kostspieligste Laster der Welt.«
Jonathan stellte sich den Körper von Amazing Grace vor. »Ein wahrer Jammer«, konnte er nicht umhin zu bemerken.
»Grace ist mir auf andere Weise nützlich. Sie ist eine hingebungsvolle Kampfgefährtin und eine unvergleichliche Dekoration. Die Wirkung, die wir beide zusammen erzielen, bereitet mir Entzücken. Sie zierlich-klein, stolz, wunderschön und sinnlich. Und ich . . .« Er hielt inne und zuckte mit den Achseln. »Und ich anmutig und von klassischer Schönheit. Es gibt niemand, der nicht die Zähne vor Neid zusammenbeißt, wenn wir gemeinsam irgendwo aufkreuzen.« Er hatte mit einer solchen Selbstver-

ständlichkeit zugegeben, schön zu sein, daß man es beinahe hinnahm. Und in der Tat war er ja auch von einer klassischen Schönheit – der schönste Mann, dem Jonathan, von griechischen Plastiken abgesehen, jemals begegnet war.
Nur war er nicht attraktiv. Seine Züge waren so ebenmäßig, so glatt, gewissermaßen so vorausberechnet, daß das Auge über sie dahinglitt und nichts fand, wo es hätte verweilen mögen. Dem Gesicht fehlte es an den Runen des Lebens, die ein Gesicht erst wirklich interessant machen: keine Runzeln, keine Sorgenfalten, die Falten stirnrunzelnder Konzentration. Selbst seine blassen, runden Augen, die er mit Hilfe von Augentropfen klar und leuchtend hielt, waren absolut nichtssagend. Der Licht- und Schattenfall auf seinen glatten und wohlgebräunten Zügen hatte etwas von der Geometrie, mit der ein Neuling unter den Künstlern versucht, das Problem des *chiaroscuro* zu lösen – völlig akkurat und schrecklich langweilig.
»Wollen wir uns für einen Schlummertrunk noch zu Grace setzen?« fragte Jonathan, begierig, diesem Abend ein Ende zu bereiten, solange noch Zeit war, zu etwas Schlaf zu kommen.
»Auf jeden Fall. Ach, da ist ja noch etwas, wonach ich Sie fragen wollte. Wie sind Sie denn eigentlich auf Grace und auf den *Cellar d'Or* gestoßen?«
Zum erstenmal wurde Jonathan von Stranges Technik der unvermittelt gestellten Fragen völlig aus dem Gleichgewicht gebracht.
Strange lachte. »Miß Dyke muß schon sehr viel für Sie übrig haben, daß sie Ihnen eine so heikle Sache anvertraut.«
»Ich habe schon ein bißchen Druck auf sie ausüben müssen«, sagte Jonathan schlicht. Da sie es ohnehin wußten, warum dann nicht auch noch die letzten Vorteile einheimsen, welche scheinbare Aufrichtigkeit barg? Immerhin war er froh, daß sie bei ihrer Freundin war, der Kriminalschriftstellerin mit den Katzen und dem Rotspon.
Strange nickte. »Es ist doch beruhigend zu wissen, wer einem verpflichtet ist.«
»Wie immer, selbstverständlich man sich selbst.«
»Das ist das Gütesiegel des Erfolgreichen.« Strange erhob sich. »Kommen Sie, gehen wir zu Grace hinüber.«
Als sie das Aquarium betraten, hatte Grace sich in einem der tiefen Ledersessel zusammengerollt und nippte an einem großen Glas *Everclear*.
»Möchten Sie etwas?«
»Nein«, sagte Jonathan rasch. Er trat an die Wand und blickte in den Salon hinaus, während Strange sich auf die Lehne von Graces Sessel hockte und wie abwesend und mit besitzerischer Geste anfing, ihre Brustwarze zwischen Daumen und Zeigefinger zu zwirbeln.
»Ist alles besprochen?« fragte sie.

»Ich denke schon. Hemlock und ich haben eine gewisse Egozentrik und Habgier gemeinsam, und das ist vielversprechend für ein lukratives gemeinsames Vorgehen.«
Im Salon draußen saß noch eine Handvoll ziemlich ausgepumpter Kunden herum. Zwei gesetzte und korpulente ältere Herren mit glöckchenbewehrten Narrenkappen stiegen die breite Art-Deco-Treppe herunter; sie machten einen ausgelaugten und zerbrechlichen Eindruck. Sie holten ihre wartenden Partner ab und gingen. Nur noch zwei Hostessen taten Dienst, und eine von ihnen lehnte sich gegen die Aluminiumwand; ihr Gesicht war schlaff und aufgedunsen. »Sagten Sie nicht, die Hostessen sind nicht zu haben?« fragte Jonathan.
»Was höre ich da – die Stimme fleischlicher Begier?« fragte Strange.
»Hm, nun ja. Obwohl ich ziemlich abgespannt bin, ist mir doch danach zumute, unsere kleine Abmachung ein bißchen zu feiern.«
»Sieht so aus, als ob nur noch zwei da wären, unter denen Sie wählen könnten. Mir ist es wirklich egal. Der amtliche Fleischbeschauer in diesem Falle sind Sie. Welche meinen Sie? Die Blonde?«
Grace erhob sich und begutachtete, was zur Wahl stand. »Das würde ich nicht sagen. Die andere – die hat jedenfalls die richtige Muskulatur dafür. Sie ist Irin. Unsere Mannequinagentur hat sie heute morgen herübergeschickt, und ich habe sie mir vorgeknöpft. Hübsch kann man sie eigentlich nicht nennen mit diesem Lausbubengesicht, das sie hat, aber ihre grünen Augen haben das gewisse Etwas, und ihr bernsteinfarbenes Haar hat mich dann überzeugt, daß sie genau das richtige zum Anheizen ist.« Ihr Kennerblick glitt noch einmal über die Beine und das Hinterteil des Mädchens. »Yeah«, sagte sie, »mit der reiten Sie besser.«
»Sofern sie bereit ist«, sagte Jonathan.
»Da machen Sie sich nur keine Sorgen«, sagte Strange. »Ich werde das für Sie arrangieren – ein kleines Geschenk, um unsere Abmachungen nach arabischer Sitte zu besiegeln. Eine kleine Spritze von dem Traumsaft, und sie wird die Ihre sein – feucht und schwer atmend. Aber sind Sie auch sicher, daß Ihnen nicht etwas – nun, sagen wir: Ausgefalleneres lieber wäre?«
»Nein. Die ist schon ganz in Ordnung. Aber bitte keine Spanischen Fliegen!«
»Warum denn nicht?«
»Ich bin müde. Ich könnte es einfach nicht aushalten, wenn sie die ganze Nacht herumstöhnte und mich nicht in Ruhe ließe.«
Strange lachte. »Wie Sie wünschen. Dann werden wir ihr was geben, was sie nur völlig bereitwillig macht. Zwar wird sie wissen, was vorgeht, aber sie wird keinen eigenen Willen haben. Allerdings fürchte ich, daß sie vielleicht ein wenig zuviel redet.«
»Besser eine Quaßlerin als eine Fummlerin.«

»Schade, daß die Auswahl so beschränkt ist.« Strange erhob sich. »Ich sage Ihnen jetzt gute Nacht, wenn Sie erlauben. Es ist schon siebzehn Minuten über meine Zubettgehzeit, und, wie Sie vielleicht schon gemerkt haben, ich bin ein Mann der Routine. Was die Irin betrifft, so werde ich auf meinem Wege alles Nötige veranlassen. Wir werden morgen früh zusammen frühstücken und die Einzelheiten besprechen. Ist zwölf Uhr Mittag zu früh für Sie?«

Er ging, ohne eine Antwort auf seine rhetorische Frage abzuwarten.

Amazing Grace schenkte sich ihr Glas noch einmal voll und versank wieder in dem Ledersessel, wobei sie die Knie anzog und die Füße auf dem Sitz dergestalt plazierte, daß ihr pelziges Dreieck sichtbar wurde. »Nun, wie finden Sie Max? Ist er nicht ein wunderbarer Mensch?«

»Ja, gewiß«, sagte er und preßte die Augäpfel mit Daumen und Zeigefinger, um die Spannung in seinen Schläfen zu lindern. »Aber irgendwie hat doch die Art, wie er den Mephisto spielt, auch einen Haken, etwas Kindisches. Es ist eine Art von unausgegorenem ›Ätsch, ich bin böser als du‹.«

Draußen im Salon sah Jonathan Zwei-Mund sich Maggie nähern und das Wort an sie richten. Sie runzelte die Stirn und folgte ihm durch eine Tür im Hintergrund. Jonathan hoffte, daß sie nicht allzu großen Widerstand leisten würde, wenn man ihr die Spritze verpaßte.

»Sie woll'n mir doch nicht weismachen, daß Max keinen Eindruck auf Sie gemacht hat, Zuckerschnäuzchen?«

»O nein! Ganz und gar nicht! Ehrlich gesagt, ich könnt bei ihm vor Angst fast in die Hose machen.«

Sie lachte. »Sie gefall'n mir, ehrlich, Hemlock. Sie müssen zu Ihrer Zeit 'n ganz schön schlimmer Bube gewesen sein. Nur wirklich harte Männer haben den Mumm zuzugeben, daß sie Schiß haben. Cheers!« Sie leerte ihr Glas, und er mußte unwillkürlich selbst zweimal schlucken, als er sich vorstellte, wie er statt ihrer das Teufelszeug herunterzukriegen hätte. »Aber wissen Sie, er ist ein erlesenes und wunderbares Tier«, fuhr sie fort. »Glauben Sie mir, er ist abgrundböse – so in Richtung Schwarze Messe. Nicht nur boshaft oder gemein oder schwanzselig wie die meisten Männer, die sich einbilden, sie wären schlimme Brüder. Nein, richtig *böse!* Und was Sexigeres als das gibt's nicht. Sünde und Sakrileg muß man weit hinter sich lassen, ehe es anfängt, wirklich köstlich zu werden.«

»Wie denkt P'tit Noel denn von alledem?«

»Der hat ja nicht mal 'ne Ahnung von *The Cloisters*. Aber selbst wenn er davon wüßte, das wär mir schnurz. Er würd alles auf der Welt für mich tun. Wie 'n kleiner Hund – das heißt, wie ein richtig großer, wirklich gefährlicher junger Hund.«

»He, würden Sie wohl die Güte haben, nicht mit dem Ding da auf mich zu zielen? Das macht mich nervös.«

Sie lachte und zog ihr Negligé herunter.
»Und P'tit Noel tut Ihnen nicht leid?«
»Zum Teufel, nein. Den Typ kenn ich. Der genießt es, wenn man ihm wehtut. Große Geste, romantischer Weltuntergang. Wie 'n Wermutbruder, der säuft, weil's so gottverdammt tragisch und attraktiv ist, Wermutbruder zu sein. Versteh'n Sie, was ich mein?«
»Jawohl, Madame, das tu ich.« Er fuhr sich mit der Hand durchs Haar und riß hinten daran, um seine Müdigkeit abzuschütteln. »Darf ich Sie was fragen, Grace?«
»Nur raus damit!«
»Ich kann nicht begreifen, wie Van Dyke sich ausgerechnet mit Leuten wie euch eingelassen hat. Ich kenne sie seit Jahren, und ich kann mir nicht vorstellen, was Strange ihr geboten haben könnte und was sie dazu verleitete, hier mitzumachen.«
»Er hat sie nicht bezahlt«, sagte sie, tupfte sich mit dem Rand ihres leeren Glases an die Lippen und schenkte ihm ein strahlendes Lächeln. »Das war *ich*.«
Jonathan schaute zu Boden. »Ach so. Ich verstehe.«

Zwei-Mund geleitete ihn durch den Gymnastikraum in den jetzt leeren Salon, dessen Art-Deco-Wandleuchten allerdings immer noch hell strahlten. Jonathan schaute zu der Spiegelwand hinüber, hinter der er Amazing Grace mit ihrem letzten Glas *Everclear* vermutete. Er winkte ihr gute Nacht zu, kam sich aber etwas albern vor, als er sah, daß nur sein Spiegelbild zurückwinkte.
Die breite Treppe mit den in Wirbeln getriebenen Aluminiumwänden hinauf und einen langen Gang hinunter hörte Zwei-Mund nicht auf zu quasseln, doch Jonathan schenkte ihm nur wenig Beachtung.
»Sie hätt'n mich umpusten könn'n, Sir, als Mr. Strange mir befahl, diese Hostesse für Sie zu präparieren. Ich dacht, Sie wär'n schon so gut wie erledigt, wo Sie doch Lolly diese Abreibung verpaßt ha'm. Das is der, dem Sie so die Fresse poliert ha'm, Lolly. Sie hat sich verflucht gewehrt und war kratzbürstig wie sonst was, diese irische Schickse. Wir brauchten zwei Mann, um ihr die Ladung reinzujagen. Die kann von Glück sag'n, daß Leonard nicht da war. Der hätt nicht viel Umstände gemacht und sie ganz schön in die Mangel genomm'n. Dann hätt sie aber für 'ne Woche nich sitz'n und nich steh'n könn'n, wenn der sie rangenomm'n hätt. Der nimmt sie glattweg aus'nander, wenn ihm so eine unter die Finger kommt. Na ja, da wär'n wir, Sir. Angenehme Träume.«
Jonathan betrat das dunkle Schlafzimmer, und die Tür wurde hinter ihm abgeschlossen. Die Straßenbeleuchtung vorm Fenster gab ein wenig Licht, und er konnte ein Bündel auf dem Bett liegen sehen. Sie drehte sich in ihrem Delirium um und stöhnte, dann lachte sie in sich hinein.

In Zimmern wie diesem mußten die kompromittierenden Filme mit den Regierungsbeamten aufgenommen worden sein, und möglicherweise waren einige von ihnen auch in der Dunkelheit gemacht worden. Jonathan zog die Jacke aus und prüfte seine Hemdsärmel. Deren Stärke wies jedoch keinen phosphoreszierenden Schimmer auf, der auf infrarotes Licht hingewiesen haben würde, also war vermutlich dieses Zimmer nicht mit Kameras und Nachtlinsen ausgestattet. Zweifellos waren jedoch Abhörgeräte eingebaut, und selbstverständlich war sie in ihrer Benommenheit imstande, irgend etwas zu sagen, was ihn verraten konnte. Das durfte er nicht außer acht lassen.
Rasch kleidete er sich aus und näherte sich dem Bett. Maggie war so, wie sie war, also noch in ihrem Kleinmädchenrock, hingeworfen worden. Den einen Schuh hatte sie verloren, der andere baumelte an einem Zeh, und eine Glasperlenkette war ihr übers Gesicht gerutscht. Sie schlug im Dämmerlicht die Augen auf, starrte ihn an und runzelte die Stirn. Sie war verwirrt und versuchte mühselig, sich darüber klarzuwerden, was da mit ihr passierte. Als sie die Nadel in sie hineinjagten, hatte sie sich fest vorgenommen, daß sie nichts tun dürfe, um Jonathans Tarnung preiszugeben, und dieser Gedanke war wirbelnd vom Strudel der völlig aus den Fugen geratenen Wirklichkeit mit in die Tiefe gerissen worden. Eine Weile hatte sie sich daran festgeklammert, doch dann hatte sie vergessen, was es eigentlich war, woran sie sich so verzweifelt klammerte. Nur daß es wichtig war, wußte sie. Daran konnte sie sich noch erinnern.
»Was? . . .Was? . . .« Sie sah ihn an, und ihre Augen flehten ihn an, ihr zu helfen. Dann brach sie wieder in Lachen aus.
»Ich heiße Jonathan Hemlock«, sagte er ihr sofort, was aber eigentlich für die Mikrophone bestimmt war. Schließlich wäre es fatal für sie beide, wenn sie aus heiterem Himmel heraus seinen Namen nennen würde.
»Jonathan? Jonathan?«
»Ja, so heiße ich. Aber du kannst mich Liebling nennen. Komm, laß uns mal sehen, daß wir dir die Kleider ausziehen.«
»Habe ich die immer noch an?« Sie sprach mit schwerfälliger Zunge, wie jemand, dessen Lippen sich vom Novocain des Zahnarztes noch anfühlen wie Gummi. »Ist das nicht ulkig?«
»Ja, umwerfend ulkig. Aber jetzt mach schon! Dreh dich um!«
Er zog sie aus, so rasch es ging, was allerdings bei ihren schlaffen Gliedern und ihrem Körper, der in keiner Weise mithalf, gar nicht so einfach war. Unter weniger gefährlichen Umständen wäre einiges an dieser Prozedur in der Tat komisch gewesen. Sie jedenfalls fand sie ulkig.
»Sag mal«, fragte sie dann mit dem plötzlichen Ernst der Betrunkenen, »findest du das wirklich richtig, was wir hier tun?«
»Warum nicht? Wir leben schließlich in einer Gesellschaft, in der fast alles erlaubt ist.«

»Aber . . . hier? Ist das nicht . . . ist das nicht gefährlich?«
»Ich werde schon aufpassen.«
»Was? Was? Ich versteh nicht, Jonathan.«
»Siehst du, du hast jedenfalls meinen Namen noch nicht vergessen.«
»Ja, natürlich. Natürlich weiß ich, wie du heißt. Du bist . . .«
Er küßte sie. Sie machte hhhmmm-hhhmmm und zog ihn dann zu sich herunter.

Ihm taten vor Müdigkeit sämtliche Glieder weh, doch der Schlaf floh ihn immer wieder. Das aufnahmebereite Mikrophon war wie etwas Lebendiges, das da in der Dunkelheit drohte und sich anstrengte, ihre Worte aufzufangen; sein Vorhandensein war spürbar und ungemütlich. Maggie schlief. In gewisser Hinsicht hatten die Drogen ihr gut getan. Sie hatten sie noch über ihr sonst schon hingebungsvolles und erfinderisches Liebesspiel hinaus enthemmt, und der Höhepunkt war so total und überwältigend für sie gewesen, als ob der Orgasmus in ihrem Kreuz begonnen und sich dann über jedes einzelne Glied ausgebreitet hätte. Sie hatte alles eingesetzt, ihn zu erreichen, und dann war sie zusammengerollt neben ihm eingeschlafen, gewissermaßen auf seinem Schoß sitzend, vollkommen sicher und in seinem Arm.
Er hatte gar nicht gemerkt, daß sie wach geworden war, als sie leise fragte: »Jonathan?«
Augenblicklich war er hellwach, und sein erster Gedanke galt der Wanze – vermutlich im Kopfende eingebaut, um die leisesten Worte der Gäste einzufangen. »Schlaf jetzt, Liebling«, sagte er nicht gerade sehr liebevoll.
»Ich liebe dich, Jonathan.« Es war wie eine sachliche Feststellung. Genausogut hätte sie sagen können, es sei Dienstag oder es regne.
»Nun, das ist ja großartig, Liebling. Du bist eine warmherzige und liebevolle kleine Person. Aber jetzt laß mich bitte ein bißchen schlafen, ja?« Allerdings konnte das Mikrophon diese Botschaft nicht so vermitteln, wie es die Art tat, in der er sie fest in die Arme schloß und seine Wange in ihrem Haar barg.
Er fragte sich, ob er wohl jemals einschlafen, jene Ruhe finden würde, die sein Körper einfach brauchte. Darüber dachte er immer noch nach, als er erwachte und feststellte, daß es heller Tag war und ein Sonnenbündel quer über das Bett fiel. Er schlug die Augen auf und blickte auf. Maggie saß auf dem Bettrand. Sie war bereits seit geraumer Zeit wach gewesen und hatte sein schlafendes Gesicht betrachtet, ab und zu ihm sanft übers Haar gestrichen, jedoch nur ganz sachte, aus lauter Angst, ihn zu stören, dennoch aber erfüllt von dem Wunsch nach dieser besitzergreifenden Berührung.
»Guten Morgen«, sagte er mit schwacher Stimme und ergriff ihre Hand, mußte jedoch feststellen, daß er einfach noch nicht die Kraft hatte, sie zu

drücken. Die Strapazen der letzten beiden Tage hatten ihn ganz gehörig mitgenommen, und so hatte er geschlafen wie ein Toter.
»Guten Morgen«, sagte sie, wobei ihre irische Aussprache ziemlich sorglos mit den Vokalen umging. Sie legte den Finger an die Lippen und wies auf das Kopfende des Bettes, wo matt ein kleines Metallstück in einem geschnitzten Ornament blinkte.
Er nickte und nahm sie mit, als er sich im Bett umdrehte, so daß sie mit den Köpfen am Fußende zu liegen kamen. Sie gaben sich eine Menge Gutenmorgenküsse, dann näherte er seinen Mund ihrem Ohr und flüsterte nahezu tonlos: »Du mußt es jetzt zu Ende spielen. Anständiges Mädchen erwacht morgens im Bett mit einem Fremden.«
»Laß mich!« sagte sie laut. »Bitte, laß mich!«
Er verzerrte das Gesicht bei ihren schauspielerischen Versuchen. Sie zuckte mit den Achseln; sie hatte nie behauptet, Schauspielerin zu sein.
»Weißt du noch, was gestern abend war?« fragte er laut. Dann fügte er flüsternd hinzu: »Du warst phantastisch.« Die Gefahr, die in dieser doppelbödigen Unterhaltung lag, war bedenklich aufregend, und sie waren in durchaus williger, spielerischer Stimmung.
»Ja, ich weiß genau«, sagte sie laut, als ob sie sich schämte. »Ich weiß noch, wie du heißt und . . . was wir getan haben. Aber wie bin ich bloß hierhergekommen?«
»Das weißt du nicht mehr?«
»Etwas . . . eine Spritze. Ich hab nur noch eine ganz undeutliche Erinnerung.« Dann im Flüsterton: »Der Pfarrer will dich heute abend sehen. Irgendwas Wichtiges ist passiert.«
»Ach, deswegen mach dir bloß keine Sorgen, Liebling«, sagte er zum Mikrophon. »Ich bin überzeugt, sie werden dich für deine kleinen Mühen schon anständig belohnen. Und so schlecht ist es ja nun auch wieder nicht gewesen, oder?«
»War ich . . . war ich gut?« Ihre Stimme war voll von dem Ton sich ankuschelnder Verschämtheit, wie Jonathan sie mit dem schleimigen Morgen danach assoziierte, sobald die Phase der Selbstvorwürfe vorüber war. Er bedauerte, daß sie das offenbar kannte.
»Mach dir nichts draus«, sagte er laut. »Du bist wahrscheinlich eine famose Köchin.«
Um ihn zu strafen, fuhr sie ihm mit der Zungenspitze ins Ohr.
»He!«
»Was ist denn?« fragte sie laut und war ganz Unschuld.
»Mir fiel gerade ein, wie spät es ist. Ich muß heute nämlich noch ganze Welten erobern.« Er erhob sich vom Bett und ging hinüber ins Badezimmer, um zu baden und sich zu rasieren.
»Werde ich dich wiedersehen?« fragte sie und genoß es, diese Szene vorm Mikrophon zu spielen.

»Was?« rief er über das Rauschen des Wassers hinweg.
»Ob ich dich wiedersehen werde?«
»Gewiß. Gewiß. Ich werde mich mit dir in Verbindung setzen.«
»Du weißt ja nicht mal, wie ich heiße.«
»Das stimmt. Aber ich hasse aufdringliche Neugier.«
»Schweinehund!« brummelte sie leise und kam sich ganz gewieft vor, daß sie genau den richtigen Ton eines jungen Mädchens anschlagen konnte, dem man die Unschuld genommen hatte.

Als er das getäfelte Speisezimmer betrat, stellte er fest, daß Strange und Grace mit dem Frühstück bereits fertig und bei ihrer letzten Tasse Tee angelangt waren – Earl Grey für sie und Jasmintee für ihn.
»Guten Morgen«, sagte Jonathan fröhlich. »Tut mir leid, daß ich so spät dran bin. Aber ich habe geschlafen wie ein gefällter Stier.«
»Was zweifellos das Ergebnis eines reinen Gewissens ist«, meinte Strange, während er ein Stück trockenen Toast abbrach und in den Mund steckte, wonach er die Finger leicht aneinanderrieb, um die Krümel wegzuschnippen, die ihm sonst auf die Flanellhose gefallen wären.
Jonathan hob die Deckel der Terrinen hoch, die auf dem Sideboard standen, und fand Rührei mit Schnittlauch. »Und wie geht es Ihnen heute morgen – oder vielmehr am frühen Nachmittag?« Damit wandte er sich an Amazing Grace, die nackt in einem breiten Bündel Sonnenlicht dasaß und den Körper schräg ausgestreckt hatte, um die ganze Wärme mitzubekommen. Die Augen hatte sie geschlossen wie eine schnurrende Katze, die Untertasse balancierte sie auf ihrem Schamhügel, was sich von Jonathan aus so ausnahm, als dampfe es aus ihrer Liebespforte heraus. Er ging zu ihr hinüber und umschloß mit der Hand eine ihrer konischen Brüste. »Eines Tages krieg ich Sie doch noch«, warnte er sie.
Sie machte die Augen auf. »Mein Gott, sind Sie jibberig! Hat dieses Stück von Irin Sie denn nicht 'n bißchen leergemolken?«
»Die gehört zum Typ Vorspeise. Sie allerdings wären Fleisch und Kartoffeln.«
»Ich muß schon sagen, Sie verstehen's, Süßholz zu raspeln, Zuckerschnäuzchen.«
Jonathan setzte sich Strange gegenüber und machte sich mit großem Appetit über seine Eier her.
»Sie sind glänzend gelaunt, Dr. Hemlock.«
»Mir ist auch ein Mühlstein von der Seele gefallen.«
»Sprechen Sie von diesem Regierungsmann in Washington, dem Sie den Mund stopfen wollen?«
»Wovon sonst?« Er schenkte sich Kaffee ein. »Sagen Sie mal, dieses Mädchen war schon eine komische Nudel. Wissen Sie, was sie zu mir gesagt hat – gleich am Anfang?«

»Daß sie Sie liebt?« fragte Strange, der einfach keine Gelegenheit vorübergehen lassen konnte, mit seinem Wissen zu protzen.
Jonathan setzte die Tasse ab und sah ihn verblüfft an. »Ja. Aber woher wissen Sie . . .« Dann lachte er. »Das Zimmer wird abgehört. Natürlich!«
»Das werden sie alle. Ich habe mir heute morgen Ihre Bänder angehört, als ich meine Bilanzen durchsah. Für mich ist das eine Art Zigeunertanz, der mir meine Arbeit erleichtert.«
»Ich freß einen Besen! Da hätte ich auch selbst drauf kommen müssen! Was meinen Sie, wie das Mädchen es hinnimmt, daß man sie erst mit Drogen vollpumpt und daß sie dann von einem Fremden gevögelt wird?«
»So was unterscheidet sich in bezug auf die Intensität und die Tüchtigkeit von romantischer Liebe nur um wenige Grade. Sie ist eine moderne junge Dame, und ich schätze, mit einem ansehnlichen Entgelt wird sie sich zufriedengeben. Übrigens hat sie Sie einen Schweinehund genannt, als Sie duschten.«
»Was Sie nicht sagen! Und ich habe mir eingebildet, ich hätte sie um den Finger gewickelt. Was wieder einmal beweist, wie verletzlich ein romantisches Gemüt sein kann. Würden Sie mir bitte mal den Toast reichen?«
Das Frühstück ging unter leichtem, betont absichtslosem Geplauder dahin. Erst als Grace ging, um sich anzuziehen und in den *Cellar d'Or* zurückzukehren, kam Strange wieder auf Geschäftliches zu sprechen.
»Ich nehme an, Sie haben schon über die Aufgabe nachgedacht, die vor Ihnen liegt, Dr. Hemlock?«
»Ich habe ein paar Ideen. Wenn alles richtig läuft, müßte es sich schon einrichten lassen, daß es wegen des von Ihnen geforderten Preises für das Marini-Pferd zu keiner parlamentarischen Untersuchung kommt. Allerdings muß ich mich dabei zum größten Teil auf mein Fingerspitzengefühl verlassen, und dann brauche ich ihr Einverständnis, daß ich freie Hand habe, was die Arrangements betrifft.« Strange warf ihm einen mißtrauischen Blick zu.
»Was für Arrangements?«
»Darüber bin ich mir noch nicht ganz im klaren. Fest steht nur, daß ich etwas sehr Kühnes tun muß – eine große Geste, die sie einfach blendet und nicht zum Nachdenken kommen läßt. Übrigens brauche ich dafür zwecks Schmierens und für Bakschischs ein bißchen von dem Geld.«
»Wieviel?«
»Alles?«
Strange lachte. »Wirklich, Dr. Hemlock!«
»Ich dachte, du kannst es ja mal versuchen. Aber ich glaube, zehntausend Pfund werden reichen.«
Strange sah Jonathan mit seinen blassen Augen lange durchdringend an. »Sehr schön. Das Geld wird für Sie bereitliegen, wenn Sie gehen.«

»Gut.«
»Aber, Dr. Hemlock . . . Kommen Sie bloß nicht auf den Gedanken, etwas zu tun, was Sie später bereuen müßten. Bitte erinnern Sie sich an den unglücklichen Burschen, den man gepfählt im Glockenstuhl von St.Martin's-In-The-Fields aufgefunden hat.«
»Sie brauchen das nicht weiter auszumalen. Ist noch etwas Kaffee da?«
»Selbstverständlich. Leonard hat diese Sache auf mein Geheiß hin übernommen – nicht daß der impulsive Teufel von sich aus nicht seine Freude daran gehabt hätte! Der Schnüffler wurde unter Drogen gesetzt und dann zu der Kirche gebracht, wo man das Gerüst vorher installiert hatte. Sie hoben den Burschen nur ein wenig über den Pfahl, dessen angespitztes Ende ganz leicht seinen After berührte. Dann sprang Leonard herunter und schnellte sein ganzes Gewicht mit den Fersen ab, so daß er ein ganz schönes Stück draufgetrieben wurde. Den Rest hat die Schwerkraft erledigt. Allerdings mit dem Schneckentempo, das so charakteristisch ist für die Naturkräfte.« Strange legte Jonathan die Hand auf den Arm und drückte ihn väterlich. »Ich hoffe, Sie begreifen, warum ich Sie mit diesen grausigen Einzelheiten belaste.«
»Ja, ja, dessen bin ich mir sehr wohl bewußt.«
»Gut! Gut!« Er klopfte ihm sanft auf den Arm und zog dann seine Hand zurück.
Jonathans Augen waren verschleiert von seinem sanften Kampfeslächeln, als er sagte: »Ach, bitte, würden Sie wohl so freundlich sein und mir die Marmelade reichen?«

Covent Garden/Brook Street/Pfarrhaus

Der einsame Maler, der mit sturer Konzentration in MacTaints umgebauter Obsthalle vor einer riesigen Leinwand arbeitete, war jener abgerissene, finster dreinblickende Mann mit den langen, mageren Armen, der im Laufe der Jahre zu der Überzeugung gekommen war, daß der Raum, der Ofen und der Tee ihm nach Gewohnheitsrecht zuständen. Wütend fuhr sein Kopf herum, als Jonathan die Wellblechtür aufstieß, so daß zusammen mit ihm ein Windstoß hereinfuhr. Der Maler bedachte Jonathan auch weiterhin mit einem erbosten Blick, bis die Tür wieder zugeglitten war und jenes Bündel schmerzenden, blauen Tageslichts gleichsam guillotiniert hatte, das in den gelben Kreis von elektrischem Licht eingedrungen war, welches von der an einer zerschlissenen Schnur herabhängenden Birne ausging.
Jonathans munteren Gruß parierte der Maler mit einem krächzenden Knurren, und er benutzte die Unterbrechung, noch eine Schaufel Kohle in den bauchigen Ofen zu schütten. Mit einem letzten Ausdruck seiner Ungeduld versetzte er der Ofentür einen heftigen Fußtritt, was er jedoch sogleich bedauerte, da er keine Schuhe trug.
Als Jonathan auf sein leichtes Klopfen gegen die innere Tür keine Antwort erhielt, doch drinnen eine Stimme vernahm, machte er die Tür auf und warf einen Blick hinein. Lilla rekelte sich in einem großen Ohrensessel vor dem Fernsehapparat. Ein halbleeres Glas Gin hielt sie schlaff in ihrer Patschhand, und die Krumen irgendeines früheren Festmahls schmückten die Vorderseite ihres federbesetzten Morgenrocks. Im selbstgefällig-tranigen Ton des BBC-Englisch faßte ein Kommentator die wirtschaftliche Situation zusammen, die offenbar doch nicht ganz so schlecht aussah, wie sie aussehen könnte. Gewiß, die Angestellten der Gaswerke streikten, desgleichen die Eisenbahner, die Lehrer, die Krankenhausangestellten, die Automobilarbeiter und die Fernfahrer; die Hafenarbeiter würden möglicherweise die Arbeit bald wieder aufnehmen, und es bestehe immer noch Aussicht, daß die drohenden Streiks der Beamten, der Elektrizitätswerkangestellten, der Drucker, Bauarbeiter und Bergleute noch hinausgeschoben werden könnten, falls die Regierung bereit sei, auf ihre Forderungen einzugehen.
»Hallo?«
Sie wandte den Kopf und blinzelte ganz allgemein in seine Richtung. Ihre

Augen waren wäßrig und unsicher. »Nein, sagen Sie nichts, junger Mann. Ich vergesse nie ein Gesicht.«
»Ist MacTaint da?«
»Er ist nach hinten gegangen. Um seine Blase zu entleeren, wie wir beim Theater immer zu sagen pflegten. Kommen Sie nur näher. *Entrez!* Ich war gerade dabei, mir zur Aufmunterung ein Nachmittagsgläschen zu genehmigen. Möchten Sie eins mittrinken?« Damit wies sie mit ihrem halbvollen Glas Gin auf die Bar, wobei in sanftem Bogen der Inhalt des Glases hinausschwappte.
»Nein, vielen Dank, Lilla, ich wollte bloß sehen . . .«
»Sie kennen meinen Namen. Dann kennen wir uns also doch! Ich habe Ihnen ja gesagt, daß ich nie ein Gesicht vergesse. Ich war beim Theater, versteht sich. Nun lassen Sie mich mal überlegen . . .«
Gerade in diesem Augenblick schlurfte MacTaint herein. Er trug seinen knöchellangen Mantel und brummte etwas vor sich hin. »Ah, Jonathan! Freut mich, dich zu sehen.«
»Der Gentleman und ich plauderten gerade über die gute alte Zeit bei der Bühne, falls du nichts dagegen hast.«
»Was für 'ne Bühne war 'n das?«
»Ich meine das Theater, und das weißt du auch ganz genau.«
»Ach ja, jetzt erinnere ich mich wieder. Du hast Schokolade auf den Gängen verkauft und am Hintereingang deinen Arsch. Das Schokoladengeschäft ging besser, wenn ich mich recht erinnere.«
»Jetzt reicht's aber, du stinkender alter Furzer.« Damit wandte sie ihr schwabbeliges Gesicht Jonathan zu. »Bitte, verzeihen Sie die Tonart.«
»Aber jetzt verzieh dich! Wir müssen Geschäftliches besprechen.«
»Befleißige dich in meiner Gegenwart eines anderen Tons, wenn ich bitten darf, du Schlappschwanz von einem Hurenbock.«
»Steck dir doch 'n Pfropfen rein, du miese Vettel, und schaff dein leckes Loch nach oben!«
»Nein, wirklich!« Lilla raffte sich hoch, bedachte MacTaints Umkreis bibbernd mit einem starren Blick und entschwebte.
MacTaint kratzte sich den verfilzten Bart, wobei er in schmerzlicher Lust die unteren Zähne bleckte. »Das mußt du nicht so ernst nehmen, mein Junge! Sie ist in letzter Zeit nervös wie 'ne Katze, die Rasierklingen scheißt. Aber sie ist doch 'ne gute Haut, auch wenn sie ab und zu einen hebt.«
»Ich könnte selbst einen gebrauchen, falls noch was da ist.«
»Wird gemacht.« Die Wirbel von altem Schweiß waren fast überwältigend, als MacTaint auf seinem Weg zur Bar an ihm vorüberging, wobei er sich mit dem für ihn charakteristischen schlurfenden Halbtrott bewegte. Er kehrte mit zwei Gläsern Whisky zurück, reichte eines davon Jonathan und ließ sich dann auf einer alten, in den letzten Zügen liegenden Couch

aus Rosenholz nieder, wobei er den einen Fuß mit dem Stiefel daran auf die damastene Polsterung schob, während sich sein Kinn im Kragen seines in Auflösung begriffenen Mantels vergrub. »Na ja, auf die Sünde!« Mit schmatzenden Lippen goß er sein Glas hinunter. »Also! Ich nehm an, du brauchst deine zweihundert Pfund.«

»Nein. Die behalten Sie. Für Ihre Mühe.«

»Das ist sehr nett von dir. Aber sie aufzubewahren war weiter keine große Mühe.«

»Ich spreche von künftigen Mühen.«

»Das hatt ich schon befürchtet.« Die Augen des alten Mannes glitzerten unter den fühlergleich vorstehenden buschigen Härchen seiner Brauen. »Um was für künftige Mühen?«

»Ich hab's noch nicht ganz hinter mich gebracht, Mac.«

»Tut mir leid, das zu hören.«

»Ich brauche Hilfe.«

MacTaint folgte einem Jucken von seiner Wange bis zur Schulter kratzend nach, verfolgte es dann innerhalb seines Mantels den Rücken hinunter, doch schien es, als entwiche es ihm immer gerade kurz vor seinen Fingerspitzen. »Was für Hilfe?« fragte er, nachdem er sich den Rücken an der Sessellehne gerieben hatte.

Jonathan nippte an seinem Whisky. »Der Diebstahl des Chardin – steht der immer noch auf dem Programm?«

Augenblicklich klang Macs Stimme flach und tastend, und das Koboldhafte fiel von ihm ab. »Ja, das tut er.«

»Soll er immer noch Dienstagnacht vonstatten gehen?«

»Ja. Warum fragst du?«

»Ich möchte mit Ihnen gehen.« Sorgfältig stellte Jonathan sein Glas auf das mit Einlegearbeiten versehene Beistelltischchen.

MacTaint unterzog ein neues Loch in seiner Drillichhose einer eingehenden Betrachtung. »Warum?«

»Das kann ich Ihnen nicht sagen, MacTaint. Aber es hat mit den Schwierigkeiten zu tun, in denen ich stecke.«

»Ich versteh. Warum hast du mir nichts vorgeschwindelt und mir irgendeine überzeugende Story aufgetischt?«

»Das würde ich nie tun, Mac.«

»Weil wir so dicke Freunde sind?«

»Nein. Weil Sie es doch durchschauen würden.«

MacTaint brach in ein befreiendes Gelächter aus, bekam dann eine Art Erstickungsanfall und danach einen zwerchfellerschütternden Husten, den er damit beendete, daß er auf den Teppich spuckte. »Du bist ein ganz ausgekochter Halunke, Jonathan Hemlock. Deswegen mag ich dich ja so. Du beschwindelst einen dadurch, daß du zugibst, einen zu beschwindeln. Das laß ich mir gefallen.« Er wischte sich mit der Faust die Augen und

schlug dann einen ganz anderen Ton an. »Sag mir eins: Wenn ich dich mitnehm, macht mir das meine Arbeit kaputt?«
»Ich wüßte nicht, wieso. Bei Ihrer Technik brauchen Sie ja nur ein paar Minuten.«
»Ach, dann kennst du also meine Technik?«
»Ich hatte ein paar Tage Zeit, mich mit dieser Frage zu beschäftigen. Es ist aber nur eine Möglichkeit. Sie verschaffen sich eine gute Kopie. Die verstümmeln Sie irgendwie und tauschen sie mit dem Original aus. Alle Welt nimmt daraufhin natürlich an, daß ein Akt von Bilderstürmerei vorliegt – kein Diebstahl. Die Kopie wird mit aller Sorgfalt restauriert, und falls irgend jemand einen Fehler entdeckt, wird der auf den Restaurator geschoben.«
»Du hast es erraten, mein Junge. Man soll sich ja nicht selbst beweihräuchern, aber wenn man's recht überlegt, diese Art des Vorgehens hat schon was Geniales. Auf diese Weise hab ich im Verlauf der letzten zehn Jahre alle meine Bilder an mich gebracht.«
»Und das ist die Ursache für den steigenden Vandalismus in britischen Museen.«
»Nicht ganz. In einem Fall ist ein echter Vandale eingebrochen und hat ein Bild zerschnitten, dieser herzlose Hund!«
Jonathan wartete einen Augenblick, ehe er fragte: »Nun? Kann ich mitkommen?«
MacTaint kratzte sich mit seinen Klauen nachdenklich den Schädel. »Das ließe sich wohl einrichten. Aber denk daran: Wenn es Schwierigkeiten gibt, beißen den letzten die Hunde. Ich lieb dich wie einen Sohn, Jon. Aber Tüten kleben würd ich nicht mal für einen Sohn.«
»Großartig. Wann treffen wir uns Dienstag abend?«
»So um zehn, würd ich meinen. Dann bleibt uns noch Zeit für ein paar Gläschen, ehe wir uns an die Arbeit machen.«
»Sie sind ein guter Mensch, Mac Taint.«
»Hab ich ja schon immer gesagt. Hab ich ja schon immer gesagt.«

Da sie näher gelegen war, suchte Jonathan seine Wohnung in Mayfair auf, um mehrere ähnlich verlaufende Telefongespräche zu führen mit einer ganzen Reihe ausgesuchter Kunstkritiker und Rezensenten, richtungweisend für die Geschmacksbildung in England. Im großen und ganzen ging er immer nach dem gleichen Muster vor, als er von *The Guardian* bis *Time and Tide* sämtliche bedeutenderen Redaktionen anrief. Jedesmal stellte er sich vor, und unvermeidlich stoppte am anderen Ende der Leitung die Unterhaltung, sobald dem Gesprächspartner aufging, mit wem er da sprach. Dann fing Jonathan an, davon zu reden, daß er annehme, der Kritiker habe gewiß schon gehört, es sei ein Marini-Pferd im Lande, das in einer Woche öffentlich zur Auktion kommen solle. Ein Lächeln umspielte seine Lippen, wenn der betreffende Kritiker unweigerlich sagte, ja, er habe in der Tat davon läuten hören. Was ihn interessiere, so sagte Jonathan dann, sei eine verläßliche Information über das Gerücht, daß dieses Pferd zwischen drei und fünf Millionen bringen werde. Nach einer entsprechenden Pause pflegte der Kritiker dann zu sagen, das würde ihn nicht wundern – kein bißchen. Das anfängliche Gefühl des Geschmeicheltseins darüber, daß ein Jonathan Hemlock bei ihm nachfragte, wich dann unvermeidlich dem schuljungenhaften Getön und Gedröhn überlegenen Wissens. Jonathan kannte den Typ und verließ sich darauf, daß die hohe Meinung, die sie von sich hatten, jenen Freiraum, den er ließ, schon ausfüllen werde.

Er ließ es sich jedesmal angelegen sein zu erwähnen, daß die grauhaarigen Herren Kuratoren der National Gallery einen ganz schönen Coup gelandet hätten, als es ihnen gelang, das Marini-Pferd einen ganzen Tag lang in ihrem Museum zur Ausstellung zu bekommen, ehe es dann in den Auktionsraum ginge, doch nähme er an, davon wisse der Herr Kritiker ohnehin schon. Selbstverständlich wisse der das; manche hatten sogar die Stirn zu behaupten, sie hätten ihren bescheidenen Teil dazu beigetragen, diese Ausstellung zustande zu bringen. Jede einzelne Unterhaltung endete mit dem Austausch von Höflichkeitsfloskeln und dem Ausdruck des Bedauerns darüber, daß man nicht zusammen lunchen könne – eine gesellschaftliche Lücke, die Jonathan bei der ersten besten Gelegenheit zu schließen beabsichtige.

Jedesmal, wenn er eine neue Nummer wählte, stellte Jonathan sich vor, wie sein letzter Gesprächspartner hastig Nachschlagewerke durchblätterte, rasch einige Notizen hinkritzelte und wichtigtuerisch die Stirn runzelte.

Im Geiste sah Jonathan schon den Prototyp des Artikels vor sich, der in zwei Tagen in einem Dutzend der bedeutenderen wie der weniger bedeutenden Zeitungen erscheinen würde: »Der Schreiber dieser Zeilen ist schon des längeren der Meinung, daß die wegweisenden Arbeiten des italienischen Bildhauers Marini in England weder genug Beachtung noch Anerkennung gefunden haben. Doch steht zu hoffen, daß diese Lücke durch ein überragendes Ereignis geschlossen werden wird, dessen Heraufkunft ich mit größter Aufmerksamkeit verfolgt habe: die öffentliche Versteigerung von einem der für Marini charakteristischen Bronzepferde. Ich müßte mich schon arg täuschen, wenn dieses Pferd nicht die Rekordsumme von rund fünf Millionen brächte, wiewohl diese Summe den Leser überraschen wird (und einige meiner Kollegen desgleichen, wie ich leider sagen muß); trotzdem überrascht das kaum jene Handvoll Experten, welche die Arbeiten dieses modernen Bildhauers, dessen Genius erst jetzt die ihm gebührende Anerkennung findet, sehr genau verfolgt haben.

Ganz besonders aufschlußreich ist die Tatsache, daß die National Gallery, Neuerungen gegenüber sonst nicht gerade aufgeschlossen, dafür gesorgt hat, daß das Marini-Pferd einen Tag lang in ihren Räumlichkeiten ausgestellt wird, bevor es verkauft und – wer weiß – England für immer verlorengehen wird.« Und so weiter, und so fort.

Jonathan war vom vielen Wählen bereits der Finger wund, als er endlich mit seiner Liste von führenden Meinungsmachern durch war, er jedoch noch einen letzten Anruf zu tätigen hatte, diesmal bei fforbes-Ffitch vom Royal College of Art.

»Jonathan! Wie nett von Ihnen, daß sie anrufen! Einen kleinen Augenblick, bitte. Lassen Sie mich hier eben Klarschiff machen, damit wir uns in aller Ruhe unterhalten können.« fforbes-Ffitch hielt die Sprechmuschel von seinem Mund weg und sagte seiner Sekretärin, er werde später weiterdiktieren.

»Also dann, Jonathan! Mein Gott! Ich ertrinke fast in Arbeit! Die Bösen kommen nie zur Ruhe, nicht wahr?«

»Und die Unsystematischen desgleichen.«

»Was? Ach so! Ja.« Er lachte schwerfällig über diesen Witz, um zu verstehen zu geben, daß er ihn verstanden habe. »Soviel steht fest: Die höher auf der Leiter Stehenden halten sich weiß Gott an die Maxime, daß die einzige Möglichkeit, etwas zu erledigen, darin besteht, sie einem fleißigen Untergebenen in die Hand zu drücken. Mein Schreibtisch quillt über von Vorgängen, die gestern schon hätten erledigt sein müssen. Sie können sich das nicht vorstellen! Tut mir übrigens leid, daß ich Sie nach dem Vortrag neulich nicht mehr gesehen haben. Ein toller Erfolg! Das mit der Themenverwechslung tut mir leid. Aber ich glaube, Sie haben sich phantastisch gehalten. Dabei muß ich zugeben, daß ich mir schon eine Feder an den Hut stecken kann dafür, Sie überhaupt hierhergekriegt zu haben.«

»Genau über eine Feder, die Sie sich an den Hut stecken könnten, wollte ich mit Ihnen reden.«

»So?«

»Sie waren doch so schön dabei, mich wegen dieser Vortragsreise nach Schweden zu bearbeiten.«

»Da haben Sie recht. Sie wollen doch nicht etwa behaupten, daß Sie weich werden!«

»Doch, genau das. Das wäre das *quid*. Und jetzt das *quo*. Sie sind doch einer der Kuratoren der National Gallery, nicht wahr?«

»Ja, das jüngste Kuratoriumsmitglied, das sie jemals gehabt haben. Das hat was mit dem Wunsch der Regierung zu tun, der Öffentlichkeit das Gefühl zu vermitteln, man wäre dort mit dem Neuesten vom Neuen auf dem laufenden. Hat das, was Sie wünschen, etwas mit dem Museum zu tun?«

»Treffen wir uns doch heute nachmittag und unterhalten wir uns darüber.«
»Du Grundgütiger, Jonathan! Weiß nicht, ob ich das noch einrichten kann. Mein Terminkalender platzt aus allen Nähten. Aber mal sehen, was sich machen läßt.« Den Hörer nur ein wenig vom Mund fernhaltend, betätigte fforbes-Ffitch seine Sprechanlage. »Miß Plimsol? Wie sieht's heut nachmittag bei mir aus? Ende.«
Eine Stimme sagte ihm, in zehn Minuten müsse er zu einer Besprechung, dann habe er sich für hinterher mit Sir Wilfred Pyles im Club verabredet.
»Ein Drink mit Sir Wilfred?« wiederholte fforbes-Ffitch vorsichtshalber, falls Jonathan es nicht mitbekommen haben sollte. »Und wann genau? Ende.«
»Um vier Uhr, Sir.«
»Um sechzehn Uhr also? Na schön. Ende. Jonathan? Wie wäre es mit einem Drink in meinem Club – sagen wir: sechzehn Uhr fünfundvierzig?«
»Schön.«
»Den Club kennen Sie, oder?«
»Ja, den kenne ich.«
»Dann ist ja alles in Butter. Wir sehen uns dort. Freut mich sehr, mal wieder ausgiebig mit Ihnen zu reden. Hoffen wir, daß alle davon profitieren. Ta-ta.«
Kaum hatte Jonathan den Hörer aufgelegt, klingelte das Telefon, und dieses Zusammentreffen brachte ihn ein wenig aus der Fassung.
»Jonathan Hemlock.«
»He, lange nicht geseh'n, Mann. Bis Miß Coyne sich vor'n paar Stunden bei mir meldete, hatten wir keine Ahnung, was mit Ihnen passiert war.«
»Mir geht's gut, Yank. Was bringt Sie dazu, mich anzurufen?«
»Ich versuch schon seit zwei Stunden, Sie anzuklingeln, aber Ihr Apparat war dauernd besetzt. Was gibt's denn, Doc?«
»Sie können dem Pfarrer sagen, daß alles glatt läuft.«
»Großartig! Aber das können Sie ihm selbst sagen. Heute abend. Die Dinge spitzen sich zu. Er will sich unbedingt mit Ihnen bereden. Läßt sich das machen?«
»Miß Coyne hat das mir gegenüber erwähnt. Wo?«
»Im Pfarrhaus.«
»Na schön. Ich komme rausgefahren – wahrscheinlich so gegen sechs oder sieben heute abend.«
»Roger. Übrigens, tut mir leid, daß ich nicht mehr rechtzeitig bis zu MI-5 durchkam.«
»Macht nichts. Ich hab sie selbst abgehängt.«
»Ja, ich weiß. Der Mann bei MI-5 hätt mich fast gelyncht. Zwei von ihren Leuten sind noch im Krankenhaus.«

»Müssen hinterher vermutlich ein bißchen ausspannen.«
»Ich dachte, vielleicht ist es am besten, wenn wir das dem Pfarrer gegenüber nicht erwähnen. Hat doch keinen Sinn, daß er die Wut im Bauch kriegt. Kapiert?«
»Wird gemacht.«
»Dufte. Legen Sie auf.«
Jonathan tat es. Mit Yank reden zu müssen, ermüdete ihn jedesmal bis in die Knochen – wie die Aussicht, mit einer Frau zum Einkaufen zu gehen. Immerhin – einen Trost hatte er, und den hätte er beinahe schon vergessen. Was auch geschah, er hatte ja zehntausend Pfund von Strange – rund zwanzigtausend Dollar mit ein paar Stunden Telefoniererei verdient. Jetzt kam es nur noch darauf an, am Leben zu bleiben, um sie auch auszugeben.

fforbes-Ffitchs Club lag nur ein paar Schritte vom *Claridge's* entfernt, nicht weit von Jonathans Wohnung in Mayfair. Hier herrschte die typisch englische Club-Atmosphäre: eine gute Adresse, um hier zu Mittag zu essen; ein weiträumiger und gemütlicher Speisesaal mit steifen Tischtüchern und nicht minder steifer Unterhaltung; bedient wurde man von Kellnerinnen, die aussahen wie ältliche Kindermädchen und deren Haut die Farbe und die Textur jener Yorkshire-Puddings hatte, mit denen sie einen dort mit Vorliebe traktierten; der offene Wein war ganz anständig; und in der Halle standen gemütliche schwere Ledersessel, in denen man seinen Kaffee und Kognak trinken und mit Leuten plaudern konnte, mit denen man gern gesehen werden wollte. Als Institution litt der Club unter dem allgemeinen britischen Problem, nicht mehr das zu sein, was er einst war. Es schwamm nicht mehr so viel Geld herum, um derartige Monumente gebildeten Müßiggangs zu unterhalten, seit der britische Sozialismus in seinem vergeblichen Bemühen, am Reichtum zu partizipieren, sich der Aufgabe zugewandt hatte, an der Armut zu partizipieren.
Die offenkundigen Kriterien, denen zufolge man Clubmitglied werden konnte, waren Beziehungen zur Welt der Kunst und der Literatur, nur sah man mehr Kritiker als Maler dort, mehr Verleger als Schriftsteller und mehr Dozenten als künstlerisch Tätige. Im großen und ganzen korrekt, in den Einzelheiten eher schäbig, war der Club typischerweise eine Einrichtung, die sich ausgezeichneten, in Portwein gereiften Stiltonkäses rühmte, der allerdings mit weißem Pfeffer serviert wurde. Die Mitglieder trugen Anzüge, deren vorzügliche Stoffe und deren schlechter Sitz die besseren Londoner Schneider verrieten, doch dazu trugen sie kurze Socken, welche bei den in der Halle Sitzenden ziemlich viel blaß schimmernde Schienbeinhaut sehen ließen.
fforbes-Ffitch verabschiedete sich gerade von Sir Wilfried, als die zur Hälfte französische Hostesse Jonathan zu ihnen führte.

»Ah, da sind Sie ja, Jonathan. Sir Wilfred, darf ich Ihnen Jonathan Hemlock vorstellen? Er ist der Mann, den ich gerade erwähnte . . .«

»Hallo, Jon.«

»Fred.«

»Nun, sieht ganz danach aus, als ob jeder in London es darauf angelegt hätte, uns miteinander bekanntzumachen. Ich frage mich allmählich, ob an unserer ersten Bekanntschaft irgendwas nicht gestimmt hat.«

»Oh.« fforbes-Ffitch machte ein betretenes Gesicht. »Sie kennen sich?«

»Ziemlich lange schon«, sagte Sir Wilfred. »Wir haben uns gerade darüber unterhalten – das heißt, fforbes-Ffitch und ich –, daß Sie nach Stockholm wollen, um dort eine Reihe von Vorträgen für ihn zu halten. Meine Kommission wird dabei finanzielle Hilfestellung leisten. Freut mich, daß Sie sich doch noch dazu entschlossen haben, Jon.«

»Noch ist es nicht abgemacht.«

»Oh?« Sir Wilfred schob die Augenbrauen in die Höhe und sah fforbes-Ffitch fragend an. »Ich hatte ganz den Eindruck, es wäre eine beschlossene Sache.«

»Ich bin überzeugt, wir werden uns schon einigen«, sagte f-F rasch und ein wenig wegwerfend.

»Sagen Sie, könnte ich Sie wohl einen Moment sprechen, Jon? Sie hätten doch nichts dagegen, oder?«

»Durchaus nicht«, sagte fforbes-Ffitch. Er stand da und lächelte die beiden schweigenden Männer höflich an, doch dann schien ihm plötzlich ein Licht aufzugehen, und er sagte: »Oh! Oh! Ich verstehe. Ja. Nun ja, dann werde ich gehen und etwas zu trinken bestellen.« Damit zog er ab zur Bar.

Sir Wilfred zog Jonathan in die Nische der tief versetzten Fenster, die auf die Straße hinausgingen. »Sagen Sie, Jon, ist alles in Ordnung mit Ihnen? Ich spreche natürlich von dieser Maximilian-Strange-Sache.«

»Keine Angst, Fred. Da tut sich nichts. Das war blinder Alarm.«

Sir Wilfred unterzog Jonathans Gesicht einer eingehenden Musterung. »Na, hoffen wir, daß das stimmt.« Dann entspannte er sich zusehends und strahlte. »Na, ich muß jetzt jedenfalls gehen.«

»Die Arbeit ruft?«

»Was? O nein. Eher die Zeitverschwendung, die da ruft. Geben Sie weiterhin gut acht auf sich.«

Jonathan fand fforbes-Ffitch, wie er in einer der stilleren Ecken kerzengerade auf dem vorderen Rand des Sessels saß und sichtlich bemüht war, den Eindruck zu erwecken, er sei ein vielbeschäftigter Mann, den man da warten ließ. Immer wieder runzelte er die Stirn und warf einen Blick auf die Uhr. »Das hätten Sie mir doch gleich sagen können, daß Sie Sir Wilfred kennen«, beschwerte er sich bei Jonathan, als dieser ihm gegenüber Platz genommen hatte. »Diese Verlegenheit hätte ich mir doch sparen können.«

»Unsinn. Es steht Ihnen, wenn Sie verlegen sind.«
»Oh? Wirklich? Nein, Sie wollen mich auf den Arm nehmen.«
»Hören Sie, ich möchte nicht zuviel von Ihrer kostbaren Zeit in Anspruch nehmen.«
Diese Tonart gefiel fforbes-Ffitch. »Richtig. Ich habe ja noch eine Verabredung – um siebzehn Uhr dreißig.«
»Roger. Also kommen wir zur Sache.« Jonathan ging zügig weiter taktisch vor. f-F hatte es sich offensichtlich in den Kopf gesetzt, sich unsterbliche Verdienste zu erwerben, indem er Jonathan dazu überredete, diese Vorträge in Schweden zu halten. Immerhin hatte er ja Jonathans Bereitschaft dazu Sir Wilfred gegenüber beträchtlich übertrieben. Okay. Jonathan erklärte sich also bereit, die Reise zu unternehmen, falls f-F als Gegenleistung dafür seinen Einfluß als Kuratoriumsmitglied der National Gallery geltend machte, dieses erlauchte Gremium zu bewegen, das Marini-Pferd einen Tag, bevor es versteigert wurde, öffentlich auszustellen.
»Ach, ich weiß nicht recht, Jonathan. Ein Stück aus Privatbesitz in der National Gallery? So was hat's noch nie gegeben. Das riecht doch verdammt nach Publicity-Trick. Ich weiß wirklich nicht, ob sie da mitmachen würden.«
»Ach, und ich hatte gehofft, Ihr Einfluß dort sei groß genug und Sie würden die Sache schon schaukeln.« Jonathans Instinkt fürs Jonglieren erwies sich als richtig.
»Sie können übrigens in Ihre Argumente einfließen lassen, daß die Hälfte aller Kunstkritiker in England in ihren Zeitungen erwähnen werden, daß das Pferd im Museum gezeigt wird. Und Ihre Kollegen, die Herren Kuratoren, werden doch wohl das steuerzahlende Publikum nicht enttäuschen wollen, ganz zu schweigen davon, daß sie die Kritiker verärgern, von denen ohnehin kein einziger allzu gut auf das zu sprechen ist, was sie als die reaktionären Praktiken dieser elitären Gruppe bezeichnen.«
»Wie um alles in der Welt sollten die Journalisten denn dazu kommen, so etwas zu behaupten?«
Jonathan kehrte die Handflächen nach außen und zuckte übertrieben mit den Achseln. »Wer weiß, woher die ihre ausgefallenen Ideen beziehen?«
fforbes-Ffitch blickte Jonathan lange und sehr durchtrieben an. »Da haben Sie Ihre Finger im Spiel, stimmt's?« sagte er vorwurfsvoll und drohte ihm mit dem Finger.
»Sie durchschauen mich aber ganz schön. Man sollte doch nie versuchen, einen Schwindler zu beschwindeln.«
fforbes-Ffitch nickte verschwörerisch. »Na schön, Jonathan. Ich glaube, ich kann Ihnen versichern, daß meine Mitkuratoren auf die Stimme der Vernunft hören werden. Aber ohne Kampf wird das nicht abgehen. Und

als Gegenleistung schulden Sie mir die Vortragsreise. Ich bin überzeugt, Stockholm wird Ihnen riesig gefallen.«
Wie in einem Club nicht anders zu erwarten, kamen die Drinks genau in dem Augenblick, da sie sich erhoben hatten, um zu gehen.

Maggie saß auf der Eichenbank neben dem Kamin. Das Glas Portwein neben sich hatte sie völlig vergessen. Die ganze Aufmerksamkeit ihrer starr blickenden Augen galt den Flammen, die aus den brennenden Scheiten hervorzüngelten; ihre ganze Körperhaltung und die halbgeschlossenen Augen verrieten, daß sie durch das Feuer hindurchsah auf etwas anderes. Vielleicht hing sie Tagträumen nach.
Gegen einen Bücherschrank im Arbeitszimmer des Pfarrers gelehnt, stand Jonathan da und beobachtete das Lichterspiel in ihrem schönen herbstgoldenen Haar. Die nicht vom Feuer erhellte Hälfte ihres Gesichts war ihm zugewandt, und ihr Profil wurde von einem wabernden Feuerband an Stirn und Nase herausgearbeitet. Jeder sanfte Wechsel in der Farbe der Flammen machte sich verstärkt in ihrem Haar bemerkbar, wobei bisweilen das bernstein-, manchmal das kupferfarbene Haar stärker hervorkam.
Windstöße einer stürmischen Nacht machten sich im Kamin bemerkbar, so daß die Glut mit Fagottönen aufseufzte und ihre fragile Konzentration unterbrach. Sie schlug ein paarmal mit den Lidern und holte tief Atem wie jemand, der erwacht, dann wandte sie sich um und begrüßte ihn mit einem Anflug von Lächeln.
»Ojungejungejunge! Das gießt heute aber wie aus Kübeln«, sagte Yank von der anderen Seite des Raumes her, wo er sich genußvoll seiner Angst überließ und dem Portweinvorrat des Pfarrers schwere Verluste zufügte. Daß ihm der Appetit vergangen war, war früher am Abend passiert, als sie im *Olde Worlde Inn* beim Abendessen gewesen waren. Es hatte Hammelkuskus gegeben, und irgend jemand hatte aus lauter Jux gesagt, dieses Festmahl verdankten sie der Unentschlossenheit der Regierung. Auf der Futter-Station hätte man ein Opfer präpariert, das in Algier tot aufgefunden werden sollte, doch dann sei eine Änderung in den Plänen eingetreten. Yank war blaß geworden und hatte den Raum verlassen. Bis auf diese banale meteorologische Bemerkung war er ganz auffallend still gewesen; allerdings hatte das Forcierte in seiner Stimme verraten, daß er die Krisis und seinen Ekel immer noch nicht überwunden hatte.
»Tut mir leid, daß Sie warten mußten.« Der Pfarrer war mit nachdenklicher und besorgter Miene eingetreten. Sein graues Gesicht und das schlaffe Herabhängen seiner Hamsterbäckchen und der Wamme über seinem eingewachsenen Priesterkragen aus Zelluloid verrieten Tage voller Anspannung und Streß; dafür sprach auch das verstärkte nervöse Zwinkern mit dem Auge. »Immerhin sehe ich, daß Sie in den Hafen

zurückgefunden haben. Gut.« Er ließ sich schwerfällig auf den Lesesessel neben dem Kamin sinken. Als ein heftiger Windstoß die Flammenzungen steif werden und dann sich in die Höhe recken ließ, ging Jonathan auf, daß ihre kleine Runde ironischerweise an eine Szene aus einem Dickens-Roman erinnerte.

»Lassen Sie mich von vornherein sagen, daß ich nicht besonders zufrieden mit Ihnen bin, Dr. Hemlock«, sagte der Pfarrer.

»So?«

»Nein. Nicht zufrieden. Sie sind nicht in regelmäßigem Kontakt mit uns geblieben, wie es abgemacht war. Ja, wenn Miß Coyne heute nachmittag nicht gekommen wäre, um Bericht zu erstatten, wüßten wir bis jetzt noch nicht, daß Sie sich Zugang zu *The Cloisters* verschafft haben.«

»Ich hab eben viel zu tun gehabt.«

»Das bezweifle ich ja nicht. Außerdem sind Sie aber auch noch ungehorsam gewesen. Aber über diese Insubordination werde ich mich nicht weiter aufhalten.«

»Das ist wirklich wunderbar von Ihnen.«

Düster und vorwurfsvoll starrte der Pfarrer Jonathan an. Dann zwinkerte er. »Die Lage ist ernst, ernster noch, als ich angenommen hatte. Wie Sie sich gewiß erinnern werden, haben wir uns den Kopf über die Tatsache zerbrochen, daß Maximilian Strange von dem kompromittierenden Filmmaterial keinerlei Gebrauch zu machen schien, um jemand damit zu erpressen. Zweifel über die endgültigen Absichten, die er damit verfolgte, als er dieses schändliche Beweismaterial sammelte, haben uns fast genauso gequält wie die Filme selbst. Die Loo-Organisation im Ausland hat ihre gesamte Energie darauf konzentriert, dieses Rätsel zu lösen. Man hat Fetzen und Bruchstücke von Informationen zusammengetragen, und wenn man die zusammensetzt, dann ergeben sie ein erschreckendes Bild. Um Sie nicht noch länger auf die Folter zu spannen – die Situation ist folgende: England steht zum Verkauf.« Er machte eine dramatische Pause, um ihnen Gelegenheit zu geben, sich über die Bedeutung dessen, was er da gesagt hatte, klarzuwerden. »De facto läuft alles darauf hinaus, daß die Kontrolle über die britische Regierung in aller Öffentlichkeit meistbietend versteigert werden soll. Die Macht, welche diese belastenden Filme in Händen hat, ist imstande, uns auszubluten: Handelskonzessionen, NATO-Geheimnisse, das Erdöl in der Nordsee – alles geht an den Meistbietenden.«

Jonathan fragte sich nachgerade, ob es eigentlich der Verkauf als solcher oder der demokratische Vorgang des Bietens war, was den Pfarrer am tiefsten schmerzte.

»In diesem Augenblick«, fuhr der Pfarrer fort, »versammeln sich die Repräsentanten aller bedeutenderen Mächte in London; Goldtransfers in der Schweiz sind vorgenommen worden; in den Botschaften werden

Geheimgespräche geführt, Ihre Botschaft übrigens nicht ausgenommen, Dr. Hemlock«, fügte er hinzu.
»Wer weiß? Vielleicht macht es Ihnen Spaß, für Yurasis Dragon zu arbeiten, wenn das CII den Laden hier übernimmt.«
»Werden Sie nicht frech, Hemlock!« Wütend zwinkerte er. »Das verspreche ich Ihnen: Ehe das passiert, sitzen Sie längst auf der Anklagebank und haben sich wegen Mord zu verantworten. Ist das klar?«
»Rutschen Sie mir doch den Buckel runter, Padre!«
»Sir?« Diesmal zwinkerte er in rascher Folge mehrere Male hintereinander.
»Ihre Drohungen sind doch nur leeres Gewäsch! Haben Sie nicht eben behauptet, daß die gesamte Loo-Organisation an dieser Sache arbeitet?«
»Ja, das tut sie.«
»Wissen Sie, wann der Verkauf stattfinden soll?«
»Nein, nicht genau.«
»Wissen Sie, wo er stattfinden soll?«
»Nein.«
»Wissen Sie, wo sich die Filme augenblicklich befinden?«
»Nein!«
»Ich weiß alles. Also rutschen Sie mir den Buckel runter und hören Sie auf, leere Drohungen auszustoßen!«
Maggie grinste in ihr Glas, als der Pfarrer seine Empörung zügelte und unter professionelle Kontrolle brachte. Er erhob sich schwerfällig und ging zu seinem Schreibtisch hinüber, wo er sinnlos einige Papiere herumschob, um Zeit zum Nachdenken zu gewinnen. »Dr. Hemlock, Sie stellen all das dar, was ich an der aggressiven Persönlichkeit des Amerikaners verabscheue.«
Jonathan sah auf die Uhr.
Die Hände des Pfarrers ballten sich zur Faust, dann entspannte er sie langsam, und er hatte sich wieder gefaßt. »Aber . . . in meinem Beruf habe ich gelernt, Hochachtung vor Tüchtigkeit zu haben, woher auch immer sie kommen mag. So!« Er drückte die Augen fest zu und holte tief Atem. »Ich nehme an, Sie haben Mittel und Wege ersonnen, um die Filme abzufangen und sie mir auszuhändigen.«
»Das habe ich.«
»Sie sind sich selbstverständlich darüber im klaren, daß Sie all dies ganz auf sich allein gestellt bewerkstelligen müssen. Auf keinen Fall darf die Polizei oder der Secret Service sich in diese Sache einmischen. Niemand darf auch nur die leiseste Ahnung bekommen, in welch peinliche Lage die führenden Persönlichkeiten unseres Landes sich durch eigene Schuld gebracht haben.«
»Das haben Sie mir bereits aufs deutlichste klargemacht.«
»Gut. Gut. Und jetzt sagen Sie mir – wo sind die Filme?«

»Sie befinden sich im Innern eines Bronzegusses von Marini.«
»Woher wissen Sie das?«
»Das ist nicht schwer zu erraten. Maximilian Strange hat mich engagiert, ihm zu helfen, ein Marini-Pferd auf einer öffentlichen Auktion für fünf Millionen Pfund zu versteigern – also für mehr als das Hundertfache seines Marktwertes. Da sieht doch ein Blinder, daß es nicht das Pferd von Marini ist, das zum Verkauf steht. Das Pferd bildet gewissermaßen nur die Verpackung.«
»Ich verstehe. Ja. Und wo soll diese Auktion stattfinden?«
»Bei Sotheby, in drei Tagen. Am Tag vor der Auktion wird das Pferd in der National Gallery ausgestellt werden, und dort werde ich mich der Filme bemächtigen.«
»Sie wollen sie aus der National Gallery stehlen?«
»Ja. Ich habe einen Feund, der dort ein regelmäßiger nächtlicher Besucher ist.«
»Sind Sie ganz sicher, daß Sie das schaffen?«
»Ich bin fest davon überzeugt, daß mein Freund imstande ist, in die National Gallery hineinzukommen und sie auch wieder zu verlassen. Und dabei werde ich ihn begleiten.«
»Weiß er über die Filme Bescheid?«
»Nein.«
»Gut. Gut.« Der Pfarrer mußte diese Informationen erst eine Weile verdauen, wobei er mehrmals sich selbst zuzwinkerte. »Sagen Sie, wie kommen die Filme überhaupt in die Statue hinein?«
»Bei diesem bestimmten Marini handelt es sich um das sogenannte Dallas-Pferd. Das ging einmal einem sorglosen Texaner zu Bruch. Die Geschichte ist in Kunstkreisen weithin bekannt. Es war doch ganz einfach, das Pferd an den Schweißnähten zu öffnen, die Filme darin zu verstauen und das Ganze dann wieder zuzuschweißen.«
»Ich verstehe. Und Sie sind sich ganz sicher, daß die Filme auch wirklich darin sind?«
»Davon bin ich fest überzeugt. Maximilian Strange verachtet England. Das ist seine einzige Leidenschaft. Wenn es nur darum ginge, ein Bronzepferd zu versilbern, warum sollte das dann ausgerechnet in London passieren? Tatsächlich wurde die Statue ja eigens von Amerika herübergeschafft. Britischer Eigenbau daran sind nur die Filme.«
Der Pfarrer setzte sich wieder auf seinen Lesesessel und brütete etliche Minuten vor sich hin, wobei er leicht mit dem Kopf nickte, sobald er erkannte, wie eines zum anderen paßte. »Ja, ich bin überzeugt, Sie haben recht«, sagte er schließlich. »Typisch Strange. Sie öffentlich bei Sotheby versteigern lassen!« Er gluckste. »Ein mutiger, ein erstaunlicher Mann! Ein würdiger Gegner!«
»Sie hatten mir ja schon früher einmal gesagt, Sie hielten Strange für den

klügsten Mann in England . . . was, wirklich lobend gemeint, ein geradezu vernichtendes Urteil wäre.«
Der Pfarrer sah auf. »Habe ich das gesagt? Tja, jetzt bin ich überzeugt, daß ich damit recht hatte.« Er wandte sich an Yank, der alldem teilnahmslos gefolgt und dem der Kopf noch vom Wein schwer war, dem er im Übermaß zugesprochen hatte. »Schenken Sie dem Doktor ein. Es sieht so aus, als hätten wir allen Grund zum Feiern.«
»Das Glas Wein nehme ich gern an, aber Sie sollten sich nicht vormachen, daß wir es bereits geschafft hätten und aus dem Schneider wären. Ich muß immerhin noch einmal zurück in *The Cloisters*, und dabei werde ich es nochmals mit Strange zu tun haben. Sehen Sie, er hat keine Ahnung, daß sein Pferd in der National Gallery ausgestellt werden soll. Das wird er erst durch die Zeitungen erfahren. Und ich bin mir durchaus nicht sicher, wie er darauf reagieren wird. Bis jetzt hält er das Pferd irgendwo unauffindbar versteckt, und es wird ihm kein bißchen schmecken, es jetzt herausrücken zu müssen, den Bauch voll von Filmen, und das vierundzwanzig Stunden vor der Auktion.«
»Was könnte er denn dagegen tun?«
»Er könnte den Braten riechen. Und wenn er das tut, dann wird er vermutlich samt den Filmen untertauchen.«
»Und dann?«
»Dann hätten wir verloren.«
»Das würde ich an Ihrer Stelle nicht so keck sagen, Dr. Hemlock. Vergessen Sie nicht, was für unliebsame Folgen es hätte, wenn Sie in dieser Sache einen Bock schießen würden.«
Müde schloß Jonathan die Augen und schüttelte den Kopf. »Ich glaube, Sie sind sich doch nicht über alles ganz im klaren. Wenn Strange mir meine Story, das Pferd auszustellen, um die Neugier der Regierung über den Verkaufspreis einzulullen, nicht abkauft, dann wird er äußerst heftig auf meinen Vorschlag reagieren – wahrscheinlich radikal. Und dann wäre Ihre Drohung mit einem Mordprozeß ziemlich bedeutungslos.«
»Sie scheinen das ziemlich gelassen hinzunehmen.«
»Sagen Sie mir doch, welche Alternativen mir noch offenstünden.«
»Hm, ich verstehe. Mein lieber Mann, Sie sitzen ganz schön in der Zwickmühle, was?«
Jonathans Bedürfnis, in dieses feiste Gesicht hineinzuschlagen, war groß, doch er biß die Zähne aufeinander und bezähmte sich. »Eine Forderung an Sie habe ich jedoch dabei«, sagte er.
»Und zwar?« fragte der Pfarrer höflich.
»Miß Coyne hat von diesem Augenblick an nichts mehr mit dieser Sache zu tun. Ja, sie hat überhaupt mit Ihrer Organisation nichts mehr zu tun.«
Der Pfarrer sah von ihm zu Maggie. »Ich verstehe. Man hatte mir bereits zu verstehen gegeben, daß zarte Bande Sie verbänden – oder zumindest

körperliche Bande. Also war diese Forderung wohl zu erwarten. Aber sind Sie sich auch sicher, daß die junge Dame das möchte? Vielleicht würde sie es vorziehen, Ihnen bei dieser Sache zur Seite zu stehen und Ihnen, falls nötig, an die Hand zu gehen, eh?«

»Es geht nicht darum, was sie will. Ich will, daß sie damit nichts mehr zu tun hat.«

Der Pfarrer machte den Mund auf und stieß den Atem aus, wobei seine Hamsterbacken bibberten. »Warum nicht? Sie hat ihren Zweck erfüllt. Aber gewiß doch, meine Liebe. Es steht Ihnen frei zu gehen, wohin Sie wollen. Und keine Angst wegen Ihres kleinen Vergehens in Belfast. Dafür werden wir schon sorgen.« Offensichtlich bereitete es ihm Spaß, den Herrn in seiner Gnadenfülle zu spielen; da kam der Kirchenmann in ihm zum Durchbruch. »Allerdings«, fuhr er fort und wandte sich wieder an Jonathan, »glaube ich, Sie täten gut daran, sich die Vorteile der Loo-Organisation zunutze zu machen und ein paar von unseren Leuten mit in die National Gallery zu nehmen.«

Jonathan lachte. »Das ist das allerletzte, was ich brauche: mich mit Ihren Pfuschern zu belasten. Die Männer vom MI-5, die mir bis zum *Cellar d'Or* folgten, haben fast meine ganze Deckung platzen lassen.«

»Ja. Yank hat mir das erzählt. Ich war tief beunruhigt. Ich versichere Ihnen, das passiert nicht noch einmal.«

»Ich konnte nicht rechtzeitig Kontakt mit MI-5 aufnehmen, damit die ihre Jungs zurückpfiffen«, erklärte Yank aus seiner Ecke.

»Das ist mir völlig gleichgültig. Halten Sie mir bloß die Loo-Leute aus dem Weg.«

»Ich fürchte, unsere Loo-Organisation beeindruckt Sie nicht sonderlich, Dr. Hemlock. Ja, ich habe das Gefühl, Sie teilen Stranges Verachtung für alles Britische.«

»Nehmen Sie sich's nicht zu Herzen. Ich bin nun mal zu einer Zeit hierher gekommen, in der es um Ihr Land ein wenig heikel bestellt ist: im zwanzigsten Jahrhundert.«

Der Pfarrer trommelte mit den Fingerspitzen auf die Platte seines Schreibtischs. »Sehen Sie bloß zu, daß Sie Erfolg haben, Dr. Hemlock«, sagte er und zwinkerte wütend.

Der Pfeifton des Windes, der um die Ecken der *Olde Worlde Inn* fegte, schwang sich mit zunehmender Gewalt des Sturms vom Baßgebrumm bis zu tremolierendem Falsett auf. Jonathan lauschte ihm in der Dunkelheit, und seine Augen wanderten über die verschwommenen Umrisse der Decke.

Sie hatten lange geschwiegen, doch an der Spannung, die zwischen ihnen herrschte, merkte er, daß sie wach war.

»Ich muß den Zeitungen Zeit lassen, damit die Geschichte über das

Marini-Pferd auch wirklich die Runde macht. Morgen bleibt mir nichts anderes zu tun, als mich nirgends blicken zu lassen.«
Sie drehte sich zu ihm um und legte als Antwort die Hand auf seinen Bauch.
»Willst du den Tag mit mir verbringen?« fragte er.
»Hier?«
»Um Himmels willen, nein! Aber wir könnten nach Brighton runterfahren.«
»Nach *Brighton?*«
»Das ist gar nicht so verrückt, wie du glaubst. Brighton ist mitten im Winter sehr interessant. Verlassene Piers, von Stürmen umtost. Die Gassen verlassen, nur der Wind fegt durch sie hindurch. Vergnügungsparks mit Brettern zugenagelt. Badeorte haben außerhalb der Saison einen melancholischen Zauber. Aufgetakelte Huren, die nicht wissen, wohin. Clowns, die im Schnee herumstehen.«
»Du bist pervers.«
»Na klar. Willst du mitkommen?«
»Ich weiß nicht.«
Metallisch prasselte eine Ladung Hagel gegen das Fenster, dann drehte sich der Wind, und im Zimmer herrschte Stille.
»Gestern abend, in *The Cloisters* . . .« Sie sprach nicht weiter, kam dann jedoch offenbar zu dem Schluß, daß es besser sei, weiterzureden. »Erinnerst du dich noch, was ich dir da gesagt habe?«
Selbstverständlich erinnerte er sich daran, doch hatte er gehofft, sie rede im Delirium und würde später alles vergessen. »Oh, da warst du gar nicht gut beisammen, bei all den Drogen, die sie dir reingejagt hatten. Du hast doch nur phantasiert.«
»Ist es das, was du glauben möchtest?«
Er antwortete ihr nicht, sondern streichelte ihr statt dessen zärtlich den Arm.
»Laß das! Ich bin kein junger Hund oder ein Kind, das sich den Zeh gestoßen hat.«
»Tut mir leid.«
»Mir auch. Es tut mir leid, daß die Vorstellung, geliebt zu werden, für dich eine solche Belastung ist. Ich glaube, du bist ein emotionaler Krüppel, Jonathan Hemlock.«
»So, das glaubst du?«
»Ja, das glaube ich.«
Er mußte lächeln, als er ihre breite irische Aussprache hörte.
»Ich habe einen Plan«, sagte er, nachdem sie längere Zeit geschwiegen hatten. »Wenn all das vorbei ist, werden wir uns zusammentun und es ausprobieren. Allen Mut zusammengenommen, Woche um Woche. Und sehen, wie es geht.«

Sie mußte doch lachen. »Der Himmel sei uns gnädig! Wenn du da nicht das *tertium quid* zwischen Vorschlag und Antrag gefunden hast!«
»Was immer es auch sei – nimmst du an?«
»Selbstverständlich tue ich das.«
»Gut.«
»Aber bilde dir bloß nicht ein, daß ich mit dir nach Brighton fahre.«
Er stützte sich auf einen Ellbogen und sah auf ihr Gesicht herab, das in der Dunkelheit gerade eben zu erkennen war. »Warum nicht?«
»Ich sehe keinen Sinn darin. Ich bin schließlich keine Masochistin. Wenn wir zusammen nach Brighton fahren würden – mit seinen traurigen Piers und dem Regen und . . . alledem –, da würden wir uns doch bloß noch näherkommen. Wir würden zusammen lachen, uns gegenseitig Geheimnisse anvertrauen, Situationen schaffen, die dann zu Erinnerungen werden. Und wenn dir dann was passierte . . .«
»Nichts wird mir passieren! Ich bin der Jäger, nicht der Gejagte.«
»Auch sie sind Jäger, Liebling. Und noch Schlimmeres. Ich habe Angst. Nicht nur um dich. Ich habe auch um mich selbst eine Heidenangst. Ich will nicht, daß ich ganz in dir aufgehe – daß mein Leben so mit dem deinen verflochten ist, daß ich nicht mehr unterscheiden kann, was nun was ist. Denn wenn das geschähe und du umgebracht würdest, würde ich einfach nicht damit fertig werden. Ich würde alles andere als tapfer sein. Ich würde mich zusammenrollen wie ein Igel und dafür sorgen, daß mir nie wieder jemand ein Leid zufügen könnte. Den Rest meines Lebens würde ich damit zubringen, hinter Spitzengardinen hervorzulugen und Kreuzworträtsel zu lösen. Wer weiß, vielleicht würde ich sogar in einem Kloster landen.«
»Du würdest eine schreckliche Nonne abgeben.«
»Nein. Und jetzt leg dich hin und hör mir zu. Laß das! Jetzt werde ich dir mal sagen, was ich tun werde. Morgen früh kehre ich zurück in meine Wohnung, und da werde ich mich mit einer Wärmflasche und einem Buch ins Bett legen. Nur ab und zu werde ich die Zehen hinausstrecken und mir einen Tee aufbrühen. Und wenn es Nacht wird, werde ich eine Handvoll Pillen schlucken und traumlos schlafen. Hoffentlich regnet es, denn Sterne liest sich am genußreichsten bei Regen. Und dann, Dienstag abend, treffe ich mich hier im Pfarrhaus mit dir. Du wirst die Filme überbringen, wir sagen ihnen auf Wiedersehen, und dann hauen wir ab. Und wenn du *nicht* im Pfarrhaus auftauchst, wenn du . . . nun, dann fahre ich vielleicht allein nach Brighton. Bloß um nachzusehen, ob du recht hattest mit dem Wind, der durch die Gassen pfeift.«
»Ich werde da sein, Maggie. Und dann fahren wir zusammen nach Stockholm.«
»Nach Stockholm?«
»Ja. Das habe ich dir noch gar nicht gesagt. Wir haben für einen Monat

Stockholm zugesagt. Ich kenne da ein kleines Hotel in der Gamla Stan, das . . .«

»Bitte, nicht!«

»Entschuldige!«

»Und bitte, ruf mich nicht an, ehe nicht alles vorüber ist. Ich glaube, ich könnte es nicht aushalten, dazusitzen und zu warten, daß das Telefon klingelt . . .«

Er war sehr stolz auf sie. Wie sie das deichselte, das war einfach phantastisch. Er schloß sie heftig in die Arme. »Ach, Maggie Coyne! Wenn du doch bloß kochen könntest . . .«

Sie drehte sich zu ihm um und schaute ihm mit gespieltem Ernst in die Augen. »Ich kann es nämlich wirklich nicht, weißt du. Ich kann einfach nicht kochen.«

Jonathan war erleichtert. So fiel es ihm einfach leichter. Es mit Gefrotzel und Charme über die Bühne zu bringen. »Du . . . kannst . . . nicht . . . kochen!«

»Nur Cornflakes! Außerdem kann ich Eisenstein nicht verknusen, kann nicht tippen und bin keine Jungfrau mehr. Willst du mich immer noch?«

Jonathan holte tief Atem. »Keine . . . Jungfrau mehr?«

»Ich hätte es dir ja früher sagen sollen. Ehe du dein Herz verschenktest.«

»Nein. Nein. Du hattest ja so recht, mir das zu verheimlichen, bis ich Gelegenheit hätte, Eigenschaften an dir zu entdecken, die mich damit versöhnen. Es ist nur, daß . . . laß mir nur ein bißchen Zeit, damit ich mich mit dem Gedanken befreunden kann. Zuerst tut es schon ein bißchen weh. Nur – verrate mir nie seinen Namen!«

»*Seinen* Namen?« fragte sie mit unschuldiger Verwunderung. »Ach so! Du meinst: *ihre* Namen!«

»Mein Gott! Wie kann man einem nur das Messer so im Leib herumdrehen!«

»Das ist doch kinderleicht! Man muß es bloß am Griff packen und . . .«

»Autsch! Du sadistische Hexe, du!«

Schließlich küßten sie sich, und dann kuschelten sie sich aneinander, so, wie sie inzwischen schon eng umschlungen zu schlafen pflegten. Der Regen prasselte gegen das Fenster, und der Wind erging sich in chinesischen Tonleitern. Zuletzt versank auch Jonathan in einen tiefen Schlaf.

»Jonathan?«

Nach Luft japsend wurde er wach, setzte sich auf und schlug die Hände abwehrend vor die Augen. »Was?«

»Warum, meinst du, würde ich eine schreckliche Nonne abgeben?«

»Gute Nacht, Maggie.«

»Gute Nacht!«

Putney

Es ging bereits auf Mittag zu, als Jonathan in seinem Penthouse in der Baker Street anlangte, nach einer raschen zügigen Fahrt von Brighton herauf, wobei ihm der feuchte Wind durch die offenen Fenster des Lotus das Haar zauste.

Der allein verbrachte Tag hatte ihm gutgetan. Seine Nerven hatten sich beruhigt, und er kam sich wieder fit und energiegeladen vor. Es hatte ohne Unterlaß geregnet – ein alles ertränkender und durchweichender Regen, der die Regenrinnen heruntergurgelte und schäumend die Rinnsteine entlangeilte. Er hatte sich eine Mütze und einen Schal gekauft und war dann langsam durch die verlassen daliegenden Gassen zu den windumtosten Piers hinausgegangen – der große Kragen seines Regenmantels bildete den äußeren Rand seines Blickfelds und dessen, was ihn interessierte.

Es war schon am besten so, daß Maggie nicht mit ihm gekommen war. Sie war ein kluges Mädchen.

In einem kleinen Café, wo er der einzige Kunde war, hatte er gegessen. Der Besitzer hatte am Fenster gestanden, von dem der Regen in Strömen herunterrann, hatte die Daumen in den Bund der fleckigen Schürze gesteckt und sich über die hohen Lebenshaltungskosten und das Wetter beklagt, das, wie er Grund habe anzunehmen, durch Sputniks und Atomtests immer schlechter geworden sei.

Um in keiner Weise aufzufallen, war er in einer billigen Pension abgestiegen, dessen energische, redselige Besitzerin an seiner Aussprache gemerkt hatte, daß er Amerikaner war, und ihn fragte, ob er Shirley Temple persönlich kenne – gesegnet sei ihre Seele und das gute Schiff Lollypop und der Schwarze, der immer die Treppen rauf und runter gerannt sei (vom Tanzen verstehen sie was, das muß man ihnen lassen!). Ein Jammer, daß all die Kinos in Bars und Kneipen umgewandelt würden, aber leider drehten sie ja sowieso solche schönen Filme nicht mehr, und vielleicht sei der Verlust dann doch nicht weiter so groß. Dennoch . . . Die Besitzerin summte ein paar Takte von »*Rainbow on the River*« vor sich hin. Nein. Auch Bobby Breen habe er nie persönlich kennengelernt. So leid es ihm tue.

Nachts war er dann mit einem Ruck hochgefahren und wach gewesen – hellwach und noch die häßlichen Bruchteile eines Alptraums klar vor Augen, ehe sie sich im Dunkel des Unbewußten festsetzten und

verschwanden. *The Cloisters.* Strange hatte ihm seine Story nicht abgekauft und wollte ihn umbringen. Zwei-Mund ritt auf einem Bronzepferd, beide, Reiter wie Pferd, grinsten. Leonards schlaff herunterhängende Augenlider ließen nur das Weiße mit geplatzten Äderchen darin sehen. Er würgte . . . bei dem stummen Versuch zu lachen. Und da war Amazing Grace – hochmütig und nackt. Er wurde auf einem Trainingstisch festgebunden. Ein Altar. Er sollte geopfert werden wie bei einer Schwarzen Messe.
Dann waren die Bilder verblaßt, wie hinuntergesogen vom Strudel des Erinnerungsloches. Er hatte sich selbst zugelächelt, sich den eisigen Schweiß von der Stirn gewischt und war wieder eingeschlafen.
Sobald er seine Wohnung im Penthouse betreten hatte, noch vorm Auspacken, ja, noch ehe er auch nur den Mantel ausgezogen hatte, rief er Vanessa Dyke an. Den ganzen Morgen über war er ihretwegen bereits von Unruhe gepackt gewesen, weil er befürchtete, sie könnte aus irgendeinem Grund auf die Idee kommen, nach London zurückzukehren. Das Telefon klingelte und klingelte, und schon wollte er erleichtert aufatmen, doch gerade, als er auflegen wollte, klickte es und eine Männerstimme sagte: »Ja?«
Jonathan glaubte, die Stimme zu erkennen. »Könnte ich Miß Dyke sprechen?« fragte er voll böser Ahnungen.
»Nein, das können Sie nicht. Das können Sie wahrhaftig nicht.« Die Stimme klang schwerfällig, wie von einem Betrunkenen, doch dann erkannte er sie tatsächlich.
»Was treiben Sie denn da, Yank?«
»Ach so, Dr. Hemlock, nehme ich an. Der Mann, der seine Witze über die Futter-Station reißt.«
»Reißen Sie sich mal zusammen, Mann! Was tun Sie da? Ist Van was zugestoßen?«
Es war ein anderer, ein leerer und schwacher Yank, der da antwortete.
»Sie kommen besser rüber.«
»Was ist denn?«
»Sie kommen besser rüber!«
»Gottverdammich!«
Wütend riß er die Kommodenschublade auf. Automatisch überprüfte er die Ladung der beiden 45er Revolver: fünf Dumdum-Geschosse in der Trommel, und der Hammer auf einer leeren Kammer. Er verstaute die Pistolen auf dem Boden einer Aktenmappe und legte das halbe Dutzend Zeitungen darüber, die er vor seinem Hotel gekauft hatte.
In jeder stand ein Artikel über die bevorstehende Auktion des Marini-Pferdes – und außerdem die Nachricht, daß es heute in der National Gallery ausgestellt werde. Die Zeitungen mochten als Vorwand für die Aktenmappe dienen, wenn er damit in *The Cloisters* erschien.

Aber zunächst einmal zu Vanessa.
Er stieg aus dem Taxi und bezahlte, dann schritt er durch die offenstehende Gartenpforte und den kleinen Garten mit den Hortensien in den verwaschenen Farben.
Yank machte die Tür auf, noch ehe er klopfte; die Unbestimmtheit seines Ausdrucks sowie die Tatsache, daß er sichtlich Mühe hatte, sich aufrecht zu halten, wiesen darauf hin, daß er getrunken hatte. »Die schlimmen Buben lassen grüßen, Jonathan-Baby. Kommen Sie rein und machen Sie sich's bequem.«
Jonathan drängte an ihm vorbei ins Wohnzimmer, wo er und Vanessa vor wenigen Tagen Tee zusammen getrunken hatten. Jetzt war es kalt und feucht darin. Niemand hatte daran gedacht, das Feuer anzuzünden. Die offene Schreibmaschine stand immer noch auf dem Drehtisch vorm Fenster, und aufgeschlagene Nachschlagewerke lagen mit dem Rücken nach oben herum. Das Spode-Service, aus dem sie getrunken hatten, stand immer noch da, der Teewärmer lag zusammengesunken neben der Kanne, und die verdunsteten Teereste bildeten einen dunklen Fleck auf dem Tassenboden.
Sie war überhaupt nicht nach Devon abgereist.
Jonathan ließ den Blick über die verschrobene Alte-Damen-Einrichtung mit den Spitzengardinen und den Sofaschonern schweifen. Alles klagte ihn an.
»Tot?« fragte er wie benommen.
Yank stand in der Tür und stützte sich gegen den Rahmen. »Sie hat ins Aus geschlagen. Mausetot.«
»Wo ist sie?«
»Da drüben.« Er wies mit einer Handbewegung in Richtung Küche auf der anderen Seite der geschlossenen Tür. Dann ergriff er eine von Vanessas Whiskyflaschen und goß sich ein Glas voll.
»*The Cloisters?*« fragte Jonathan, nahm ihm das Glas aus der Hand und stellte es hin.
»Wer sonst, Amigo? Die Art, wie sie vorgehen, ist wie'ne zurückgelassene Visitenkarte. Sie haben's im Stil der Ermordung von Parnell-Greene gemacht. Ich glaube, es ist das beste, ich setz mich hin.« Damit ließ er sich in einen der Sessel fallen, legte den Kopf auf das Schondeckchen und stieß dann durch den offenen Mund kurze Atemzüge aus, als ob ihm übel wäre. »Es müssen drei oder vier gewesen sein. Sie . . .« Er fuhr sich mit der feuchten Zunge über die Lippen und schluckte. »Sie haben sie vergewaltigt. Mehrmals. Und nicht nur mit ihren . . . mit sich selbst. Sie haben . . . Gegenstände benutzt. Küchengeräte. Gestorben ist sie an einem Blutsturz. Sie liegt da drin. Sie können Sie sich anseh'n, wenn Sie woll'n. Ich mußte's auch, und da ist's nur fair, wenn Sie's auch müssen.« Er bewegte sich zu rasch, als er sich erheben wollte, und hätte beinahe das

Gleichgewicht verloren. »Wissen Sie was? Wissen Sie, was ich denken mußte? Daß das wahrscheinlich das einzige Mal war, daß sie mit einem Mann gevögelt hat.«
Jonathan machte eine halbe Wendung, holte aus und ließ seine Handkante an Yanks Kinn knallen. Yank sank in sich zusammen wie eine knochenlose Puppe. Es war unfair, aber er mußte einfach irgend jemand schlagen.
Auf einem Stuhl stand ein halbgepackter Koffer. Sie mußte beim Packen gewesen sein, als sie hereinmarschiert waren. Auf dem Teppich war eine längliche Brandstelle von einer Zigarette; vermutlich hatten sie sie ihr aus dem Mund geschlagen.
Er wappnete sich innerlich und stieg über Yank hinüber, um die Küche zu betreten. Sie lag auf dem Küchentisch, vom Kopf bis zu den Knien mit einem Regenmantel bedeckt. Yanks Mantel. Nur der Oberkörper lag auf dem Tisch. Die nackten, unrasierten Beine hingen herunter. Die Füße waren knochig und lang, wie bei einem mexikanischen Kruzifix, und wie sie so schlaff und mit nach innen gekehrten Zehen herunterhingen, sprachen sie noch beredter vom Tod als der süßliche Geruch. Da er seinen Teil der Strafe hinnehmen mußte, zog Jonathan den Regenmantel herunter und betrachtete ihr Gesicht, das zu einem Zähnefletschen verzerrt war, so daß die weißen Zahnreihen sichtbar waren. Er blickte beiseite.
Ihr Gesicht wies keinerlei Schrammen oder andere Verletzungen auf. Offenbar hatten sie sie so lange wie möglich bei Bewußtsein gehalten. Zwei oder drei Mann mußten sie auf dem Tisch festgehalten haben, während Leonard sie vergewaltigte, ehe er die Schubladen nach Küchengeräten durchsucht hatte, mit denen er . . .
Leonard! Jonathan sprach sich selbst den Namen laut vor.
Yank hatte sich mittlerweile wieder hochgerappelt, als Jonathan ins Wohnzimmer zurückkehrte, war jedoch noch ziemlich unsicher auf den Beinen. Außerdem weinte er.
»Ich steig aus der Sache aus!« sagte Yank zur Wand.
»Setzen Sie sich. Und reißen Sie sich zusammen. So betrunken sind Sie nun auch wieder nicht.«
»Wie können Menschen so was bloß fertigbringen? Und nicht nur die *Cloisters*-Leute! Wie kann es so etwas wie die Futter-Station überhaupt geben? Ich will mit alledem nichts zu tun haben. Ich will nichts weiter als 'ne Ranch in Nebraska.«
»Setzen Sie sich! Auf mich machen Ihre Gewissensbisse angesichts der Gewalt keinen Eindruck. Vergessen Sie nicht, daß ich mit dieser Sache nichts zu tun hätte – und Vanessa auch nicht –, wenn ihr mich nicht mit der Mörderfalle dazu erpreßt hättet. Also halten Sie die Klappe. Weiß die Polizei schon Bescheid?«

»Sie sind ein kaltblütiger Hund, was? Ein richtiger Profi!«
»Hat der Kinnhaken Ihnen noch nicht genügt?«
»Tun Sie sich bloß keinen Zwang an! Schlagen Sie mich ruhig zusammen!«
Jonathan juckte es in den Fingern, es zu tun. Es hätte ihm das größte Vergnügen bereitet.
Aber er holte tief Atem und fragte: »Ist die Polizei schon benachrichtigt?«
Yank ließ den Kopf hängen und barg das Gesicht in den Händen. »Nein«, sagte er dann ruhig. »Sie werden später einen anonymen Anruf erhalten. Wenn wir hier raus sind.«
Ehe sie gingen, wandte er sich noch einmal an Yank. »Vergessen Sie Ihren Regenmantel nicht.«
Fassungslos und von Ekel geschüttelt sah er mit verschwommenen Augen zu ihm auf. »Sie war doch eine Freundin von Ihnen.«
Jonathan ging. Eine Stunde etwa wanderte er ruhelos durch die zinkfarbenen Straßen von Putney, durch den schmutzigen Nebel, vorbei an melancholischen Ziegelhäusern; bei einigen standen Hortensien mit verwaschenen Farben in den kleinen Vorgärten.
Dann nahm er sich ein Taxi und fuhr zu *The Cloisters*.

»... körperliche Schönheit ist ein würdiges Ziel an sich ... hhh ... richtig, selbstverständlich. Aber sie hält auch noch am Rand Belohnungen bereit. Die Rituale ... hhh ... die damit verbunden sind, sind fast ... hhh ... genauso viel wert wie das Ziel selbst ... hhh!« Max Strange ruhte sich einen Moment mitten in der Rumpfbeuge aus. »Die wievielte war das?« fragte er seinen Masseur.
»Die achtundsechzigste, Sir.«
Strange stieß die Luft aus und fing wieder an. »Neunundsechzig ... hhh ... siebzig ... hhh. Ich, zum Beispiel, Dr. Hemlock, kann am besten denken, wenn ich ein Sonnenbad nehme, Freiübungen mache oder im Dampfbad bin.« Mit einem Grunzer ließ er sich auf den Übungstisch zurückfallen. »So, das reicht.«
Während der Masseur Stranges Körper mit cremigem Lanolin salbte, blickte Jonathan sich im Gymnastikraum um; alles sah durch die runden Gläser, die seine Augen vor den ultravioletten Strahlen schützten, welche von den Strange umgebenden Höhensonnen ausgingen, grün und verschwommen aus. Leonard und Zwei-Mund standen neben ihm, und drei weitere von Stranges Schlägern lehnten mit bewußter, aufreizender Gelangweiltheit an der Wand, unter ihnen der immer noch grollende finstere Kerl mit gelblichen provisorischen Kronen auf den Vorderzähnen. Die vorstehenden grünen Gläser vor den Augen ließen die Gruppe aussehen wie jene Mensch-Insekt-Mutanten, für welche die Schöpfer billiger Science-fiction-Filme eine solche Vorliebe entwickelt haben. Jonathan hielt seinen Haß im Zaum und verscheuchte das Bild von Vanessa aus seinem Bewußtsein, ja, schloß sogar Leonard aus. Er mußte gleichmütig und völlig unverkrampft erscheinen.
Stranges Kehle und sein Gesicht wurden mit erhitzem Lanolin massiert, und seine Stimme klang ziemlich erstickt, als er sagte: »Während ich mich gesonnt und meine Gymnastik gemacht habe, habe ich sehr viel über Sie nachgedacht.«
»Wie nett«, sagte Jonathan. »Ich habe ein paar Zeitungen mitgebracht. Als Beweis dafür, daß ich nicht untätig gewesen bin. Nachdem es hier schwarz auf weiß steht, wird kein Mensch mehr daran zweifeln, welchen Preis das Pferd bringen wird.«
»Ja, die Zeitungen habe ich bereits gelesen.«
»Ich nehme an, es hat Sie erfreut.«

»Bis zu einem gewissen Grade. Aber all das Gefasel darüber, daß das Pferd in der National Gallery ausgestellt wird! Ich kann mich nicht erinnern, daß wir das verabredet hätten.«

»Das war ein Geistesblitz von mir. Ich hatte Ihnen ja gesagt, daß ich eine gewisse Bewegungsfreiheit brauchte. Nach meinen ersten paar Gesprächen mit den Zeitungsfritzen erkannte ich, daß die mir meine Geschichte ohne gewisse besondere Lobsprüche nicht abkaufen würden. Daher der Gedanke, uns der offiziellen Anerkennung durch die Autorität der National Gallery zu versichern. Das hat mich das meiste von den zehntausend gekostet, das hinzudeichseln.«

»Ich verstehe.« Strange unterbrach die Hand des Masseurs. »Das reicht. Sie können die Lampen ausknipsen.« Er setzte sich auf den Rand des Tisches und nahm die Schutzbrille ab. »Sie haben einen subtilen Verstand, Dr. Hemlock!«

»Vielen Dank für das Kompliment.«

Ausdruckslos sah Strange ihn an. »Ja . . . ein subtiler Verstand. Kommen Sie. Wir werden ein kleines Dampfbad zusammen nehmen. Das wird Ihnen sehr gut tun.«

»Nein, nicht jetzt, danke.«

Strange blickte zu Boden. »Es ist ein Jammer – finden Sie nicht auch? –, daß die meisten Versuche, etwas höflich auszudrücken, Gefahr laufen, mißverstanden zu werden.«

Nach Körperbau und Fleischstruktur bildeten sie eine unwahrscheinliche Gruppe, die vier, wie sie da in dem brodelnden Dampf mit Handtüchern um die Hüften dasaßen. Rohmaterial für Daumier. Da war der braungegrillte, klassisch muskulöse Körper von Strange – der jüngste und zugleich der älteste von allen; Jonathans hagerer, sehniger Bergsteigerkörper; das dünne und zerbrechliche Gestell des zweimündigen Wiesels – fischbauchweiß und unbehaart, die Leiche eines vertrockneten Hühnchens, ein Xylophon von Rippen, der eine Mund vor Unbehagen verzerrt grinsend, der andere aus demselben Grund schmollend aufgeworfen; und dann der Orang-Utan Leonard mit dem dicken kurzen Hals und den plumpen Säulen seiner Beine – Haarbüschel kräuselten sich auf seinen herabfallenden Schultern; den Kopf hatte er zurückgelegt, die Augen mit den schweren Lidern darüber nicht eine Sekunde von Jonathan lassend.

Bis Strange sprach, war das Schweigen nur von dem monotonen Zischen des einströmenden Dampfes unterbrochen worden. »Ich bin unzufrieden mit Ihnen, Dr. Hemlock. Sie hätten das Pferd nicht ohne meine Erlaubnis zur Ausstellung freigeben dürfen.«

»Hm, daran läßt sich jetzt aber wohl kaum noch was ändern.«

»Richtig. Jede Änderung in Ihrer breit angelegten PR-Kampagne würde Aufmerksamkeit erregen. Mir bleibt keine andere Wahl. Und *das* ist es, was mir mißfällt.«

»Keine Angst. Das Sicherheitssystem der National Gallery gehört zu den besten der Welt.«

»Darum geht es nicht.«

»Worum, zum Teufel, geht es dann?«

Strange wandte sich dem schmalbrüstigen Mann mit den beiden Mündern zu und sagte: »Darling, geh und hol das kleine Lederkästchen. Komm, sei so gut!«

Der wieselhafte Leibeigene erhob sich und verließ die Sauna. In seinem Kielwasser wirbelte der Dampf durcheinander.

»Darling?« Jonathan mußte diese Frage einfach stellen.

»So heißt er. Kenneth Darling. Ich weiß, ich weiß. Das Schicksal liebt seine kleinen Ironien. Aber im Augenblick interessiere ich mich weniger für die Verirrungen des Schicksals, als vielmehr für Ihre.«

»Haben Sie irgendeine bestimmte Verirrung im Auge?« Warum den Stier nicht bei den Hörnern packen?

Strange lehnte den Kopf gegen die schwitzende Kachelwand und schloß die Augen. »Wo sind Sie gestern und vorgestern gewesen?«

»Ich habe die Auktion in die Wege geleitet. Mit Kritikern und Feuilletonredakteuren Kontakt aufgenommen. Dafür gesorgt, daß die Ausstellung in der National Gallery stattfindet. Wenn Sie so wollen, mir mein Geld verdient.«

»Gewissenhafter Mann!«

»Habgieriger Mann. Was ist los, Max?«

»Ich habe Sie beschatten lassen von dem Augenblick an, da Sie *The Cloisters* verließen.«

»Nu?«

»Und abermals, wie schon einmal, hat mein Mann im Gewühl der Straßen von Covent Garden Ihre Spur verloren.«

Jonathan zuckte mit den Achseln. »Tut mir leid, daß Ihre Leute so untüchtig sind. Hätte ich gewußt, daß dieser Idiot mir folgte, hätte ich eine Spur von Brotkrumen hinterlassen.«

»Zwei Tage lang sind Sie nicht wieder aufgetaucht, weder in Ihrer Wohnung in Mayfair noch im Penthouse in der Baker Street. Wo haben Sie gesteckt?«

Jonathan seufzte tief auf, und dann sprach er langsam und klar, als ob er mit einem zurückgebliebenen Kind oder einem Touristikagenten spräche. »Nachdem ich alles für das Pferd in die Wege geleitet hatte, verkroch ich mich in Brighton. Warum ich mich verkrochen habe, werden Sie jetzt fragen? Ich werde es Ihnen sagen. Mir schien es am klügsten, so wenig wie möglich aufzufallen, bis alles vorüber wäre. Was ich in Brighton getan habe? Nun, ich habe ein bißchen gelesen. Habe ausgedehnte Spaziergänge in den Gassen gemacht. Und an einem Abend bin ich . . .«

»Sehr schön!«

»Sind Sie zufrieden?«
»Reden Sie nicht wie einer meiner Angestellten!«
»Übrigens, wo stecken eigentlich Ihre Angestellten? Als ich hereinkam, schien das Haus wie ausgestorben.«
»So ist es – bis auf einen kleinen Stab. *The Cloisters* existiert nicht mehr.«
»Das wird aber ein großes Loch im gesellschaftlichen Leben unserer oberen Zehntausend zurücklassen.«
Strange brach diesen unwichtigen Teil der Unterhaltung mit einer Geste des Handrückens ab. »Als Sie heute morgen nach London zurückkehrten, gingen Sie in Ihre Wohnung in der Baker Street. Von dort aus nahmen Sie ein Taxi bis zum Haus von Miß Vanessa Dyke in Putney.«
»Richtig. Richtig. Die Fahrt hat mich ein Pfund sechs gekostet – mit Trinkgeld einsfünfzig. Der Fahrer meinte, die Regierung sollte Privatautos in der Stadt verbieten. Insbesondere bei Nebel – den er übrigens massiven Treibeiswanderungen zuschrieb, Treibeis, das aufgrund der Apollo-Starts zum Mond von den Polkappen abgebröckelt wäre.«
»Bitte!«
»Ich möchte nicht, daß Sie denken, ich hielte mit irgendwelchen Einzelheiten hinterm Berg.«
»Als Sie in Putney waren, haben Sie zweifellos den Unfall entdeckt, der Miß Dyke zugestoßen ist.«
Jonathan warf einen Blick auf Leonard. »Unfall. Ja.«
»Es muß Ihnen scheinen«, sagte Strange, indem er die Beine auf der Fichtenholzbank streckte, so daß die Muskelstränge hervortraten, »daß wir bei der Behandlung, die wir Miß Dyke haben angedeihen lassen, übertrieben hätten. Schließlich hatte sie sich nichts weiter zuschulden kommen lassen, als Sie auf unsere Spur zu lenken in einem Augenblick, da wir selbst nach Ihnen suchten. Aber im Laufe der Jahre habe ich gelernt, daß Gewalt und Terror, wenn sie als Abschreckungsmittel effektiv sein sollen, systematisch und unerbittlich ausgeübt werden müssen. Wir schlagen bestimmte Verhaltensweisen vor und müssen sie erzwingen, ohne uns dabei um persönliche Motive zu kümmern. Darin verfahren wir genauso wie Regierungen. Wir haben das Glück, unseren Leonard hier zu haben, der die Strafen jeweils vollzieht. Ich lasse ihn von der Leine, und er ist eine Furie des Schicksals – die Bestrafung wird automatisch und nachhaltig vollzogen. Die tatsächlichen Auswirkungen von Miß Dykes Handlungsweise haben darauf keinerlei Einfluß. Sie wurde für das bestraft, was ihr Tun hätte zur Folge haben können.«
Kalte Luft kam in den Dampfraum herein, und der Dampf wogte, als Darling mit einem kleinen schwarzen Lederkästchen zurückkam.
»Ah!« rief Strange. »Da ist es! Leonard, würdest du Darling bitte zur Hand gehen!«
Leonard erhob sich und schlang seine dicken Arme um Jonathan,

verschränkte die Hände vor seiner Brust und zwängte seine Arme an die Seite wie ein Schraubstock. Nach der ersten automatischen Reaktion erwies sich jeder Widerstand gegen diese Pythonschlange als sinnlos. Nervös und hastig öffnete Darling das Kästchen, holte eine Spritze heraus und injizierte den Inhalt in Jonathans Schulter.

»Du kannst ihn ruhig loslassen, Leonard. Nur wenn er die leiseste aggressive Bewegung auf mich zumacht, will ich, daß du ihn schlägst, ja, ihm sehr wehtust.« Von der Seite her sah Strange Jonathan an. »Nicht daß ich physisch ein Feigling wäre, Dr. Hemlock. Aber es wäre jammerschade, wenn Sie mir mein Gesicht verschandeln würden. Dafür werden Sie als Liebhaber der Schönheit gewiß Verständnis haben.«

Jonathan atmete so flach wie möglich. Er kämpfte darum, seinen Pulsschlag zu verringern und Klarheit in seine Gedanken zu bringen. »Was soll das heißen, Strange?«

Strange lachte. »Ach, nun tun Sie doch nicht so! Es hat zwölf geschlagen! Der Tanz ist aus, und nun wird es Zeit, die Masken abzunehmen. Wegen der Spritze machen Sie sich weiter keine Sorgen. Die bringt Sie nicht um. Überhaupt dauert es erst einmal fünf bis zehn Minuten, bis sie anfängt zu wirken. Und selbst danach werden Sie sie noch als ganz angenehm empfinden. Die Kleine, mit der Sie sich neulich nachts verlustiert haben, stand unter einer ähnlichen Droge. Sie entspannt, beschwichtigt Ihre aggressiven Impulse, macht Sie gefügig und folgsam.«

Bis jetzt spürte Jonathan nichts. »Warum tun Sie das?«

»Ach, weil ich der Meinung bin, daß Sie Ihren Zweck jetzt erfüllt haben, finden Sie nicht auch? Freuen Sie sich, daß alle Ihre Pläne peinlichst genau ausgeführt werden. In einer Stunde wird ein gepanzerter Wagen kommen und das Pferd in die National Gallery schaffen, wo es von den schaulüsternen Massen begafft werden wird. Und morgen wird es dann bei Sotheby zu sehen sein. Wir wissen schon die ganze Zeit über Sie Bescheid, selbstverständlich. Über Ihre Freunde bei Loo. Über den großmäuligen Pfarrer.«

Ob er auch über Maggie Bescheid wußte? Dem galt Jonathans erste Sorge. »Sagen Sie mir, Jonathan – Sie erlauben doch, daß ich Sie mit Vornamen anrede? –, ist Ihr Denkvermögen noch klar genug, selbst dahinterzukommen, warum wir Ihnen so lang Leine gelassen haben?«

»Das liegt doch ziemlich klar auf der Hand. Sie standen schließlich vor dem echten Problem, die Filme öffentlich zu versteigern, ohne die britischen Behörden darauf besonders aufmerksam zu machen.«

»Genau. Und der liebe Gott hat Sie uns geschickt, damit Sie das für uns tun – und das auch noch mit dem ausdrücklichen Segen von Loo. Offensichtlich wollten Sie das Marini-Pferd abfangen, während es in der National Gallery ausgestellt wurde. Aber darüber brauchen Sie sich jetzt keine Sorgen mehr zu machen. Morgen, kurz nach Mittag, wird der

Hammer herabsausen und der Zuschlag erfolgen. Die britische Regierung mit all ihren Handelskonzessionen, Militärgeheimnissen, ihrem Reichtum und ihren Problemen wird Eigentum des Meistbietenden. Und danach verschwinden Amazing Grace und ich.«

»Aber wenn ich nicht mit den Filmen aufkreuze . . .« Jonathan hielt inne und runzelte die Stirn. Seltsam, dachte er. Er hatte vergessen, was er sagen wollte.

Strange lachte. »Dafür habe ich selbstverständlich auch gesorgt. Ihr Pfarrer weiß, daß die Filme in dem Pferd stecken, und wenn Sie sie ihm nicht bringen, wird er gezwungen sein, sich etwas anderes auszudenken – so sehr es ihm gegen den Strich geht, die Polizei mit ins Spiel zu bringen. Diese Möglichkeit habe ich in Betracht gezogen – und entsprechende Maßnahmen getroffen, diese Chance zunichte zu machen. Und selbstverständlich gebe ich auch Ihnen keine Chance. Sie werden mitnichten in die Nähe der National Gallery kommen.«

Jonathan war das irgendwie alles gleichgültig. Der Dampf war sehr angenehm. Als ob er seinen Körper umschmeichelte. Er schien in seine Muskeln einzudringen und sie angenehm zu kitzeln. Es gab nichts, wovor er hätte Angst haben müssen. Maximilian Strange war ein hübsches Mannsbild, ein kultivierter Mann sogar . . . was hatte das mit all dem zu tun? »Muß ich . . . ah.« Was wollte er noch sagen? »Ach ja. Muß ich sterben?«

»Das nehme ich an«, sagte Strange teilnahmsvoll. »Aber noch nicht gleich.«

»Ich verstehe«, sagte Jonathan und erkannte, welch tiefe Bedeutung diese Worte hatten. »Und wenn ich jetzt nicht sterbe«, so überlegte er, »dann sterbe ich eben später. Ich meine, früher oder später muß schließlich jeder sterben.« Er fand, daß er sie da festgenagelt hatte. Niemand konnte dem etwas entgegensetzen.

»Wir werden Sie vorerst hierbehalten, nur falls etwas schiefgehen sollte. Sie könnten immerhin einen gewissen Handelswert besitzen.«

Das stimmte, dachte Jonathan. Darauf hätte er selbst kommen müssen. Gar keine schlechte Idee, das.

»Helft ihm in sein Zimmer hinauf«, sagte der Dampf.

»Nein, das geht schon«, sagte Jonathans Stimme. »Vielen Dank, aber es geht schon. Ich kann . . .« Aber er konnte nicht. Er konnte sich einfach nicht auf den Beinen halten. Und das war erstaunlich komisch.

Nein, es war keineswegs komisch, sondern vielmehr bitterernst. Und gefährlich.

Trotzdem komisch.

Ein hilfreicher Mann namens Darling – auch das war komisch – half Jonathan auf die Beine. Leonard sah wohlgefällig zu.

»Zieht ihm nichts an«, sagte der Dampf nachdenklich. »Nacktheit ist ein

großer psychologischer Hemmschuh. In nacktem Zustand ist niemand mutig.«
Das war wirklich ein sehr kluger Gedanke. Wie konnte man einen Helden spielen, wenn man mit nacktem Arsch rumlief? Armer Leonard. Er konnte nicht reden. Aber er hatte Vanessa umgebracht! Vergiß das nicht! Und diese anderen Schurken hatten sie auf dem Tisch festgehalten. Jonathan würde sie noch Mores lehren.
»Leonard«, sagte er schwerzüngig und klopfte mit dem Knöchel gegen diese Brust, die wie ein Baumstamm war, »du bist blöde. Weißt du das überhaupt? Du bist so blöde wie eine Gewehrkugel. Ja, blöde wie ein Dumdumgeschoß.«
»Komm schon, Freundchen!« Darling führte ihn hinaus.
»Es ist kalt hier draußen, Darling. Ich brauche meine Aktenmappe, damit ich nicht friere.« Ob sie das wohl durchschauen würden?
»Komm nur mit, Freundchen. Du bist ja schon ganz besoffen von dem Zeug.« Darlings Stimme hatte ein sonderbares Echo. Doch dann ging Jonathan auf, woran das lag. Er hatte ja zwei Münder! Kein Wunder, daß er echote.
Die Treppe hinaufzusteigen war sehr mühselig. Das lag an dem Wogen. Das Zimmer, in das sie ihn führten, war dasselbe, in dem er neulich nachts geschlafen hatte. Mit Maggie.
Ihren Namen durfte er auf keinen Fall erwähnen.
Jonathan wurde zum Bett geleitet, wo er sich langsam, sehr langsam und sehr tief niederlegte.
»Moment mal!«
Darling antwortete von irgendwoher: »Was ist?«
»Ich sehe meine Aktentasche nicht. Die brauch ich . . . als Kopfkissen.«
»Hör mal, Freundchen, jetzt find dich doch mal drein, ja? Die Aktenmappe hab ich schon gefilzt und die beiden Kanonen rausgenommen. Mr. Strange hat sie mir zum Geschenk gemacht.«
Jonathan war zutiefst enttäuscht. »Zu schade! Ich wollte euch alle abknallen. Verstehst du, was ich meine?«
Darling stieß ein heiseres Lachen aus. »Das ist ganz schön kiebig von dir, Freundchen. Ich glaub, jetzt hast du ins Aus geschlagen. Leg dich nur hin und ruh dich aus. In ein paar Stunden bin ich wieder da, um dir noch eine Spritze zu verpassen.«
»Oh?«
»Eine neue Dosis. Diese hält nur vier bis fünf Stunden vor.«
»Ach, das tut mir aber leid. Aber was will man machen, alles verändert sich. Bis auf die Veränderung, versteht sich. Ich meine . . . Veränderung kann nicht veränderlich sein, weil . . . Na, das stimmt nicht, wie alle Verallgemeinerungen . . . und hängt an einer Nadelspitze. Verstehst du, was ich meine?«

Aber Darling war bereits gegangen und hatte die Tür hinter sich zugeschlossen.
Nackt, alle viere von sich gestreckt, lag Jonathan auf dem Rücken und verfolgte mit Schrecken und voller Verwunderung die Verwandlungen an der Decke: wie Rechtecke sich in Parallelogramme und Trapeze verformten. Erstaunlich, daß er das nie zuvor bemerkt hatte.
Ihm war kalt. Er schwitzte, und dennoch fror er. Auf dem Bett lagen keinerlei Decken. Nur ein Laken. Und diese verfluchten Hunde hatten ihm seine Kleider weggenommen.
Er zog einen Zipfel des Lakens über seine Brust und packte ihn fest, klammerte sich daran, da er spürte, wie sein Körper sich erhob, vorbei an den Bildern und Gedanken über ihm. Er versuchte, den Blick auf diese Bilder und Gedanken zu konzentrieren, doch als er sich darum bemühte, verschwanden sie wie schwach zu erkennende Sterne, die man nur am Rand des Sehfeldes wahrnimmt.
Es sah so aus, als ob er hier herausmüsse. Zusammen mit MacTaint in irgendein Museum müsse. Aus irgendeinem Grunde . . .
Es stimmte, was Darling gesagt hatte. Er hatte wirklich und wahrhaftig ins Aus geschlagen. Ins Aus geschlagen. Ins Aus geschlagen.

Später – vier Minuten? vier Stunden? – versuchte er, sich aufzusetzen. Übelkeit. Der Fußboden warf sich auf, als er darauf stand, also kniete er sich hin und legte die Stirn auf den Teppich, und so war es besser.
Ja. Er mußte mit MacTaint gehen, um die Filme aus dem Marini-Pferd herauszuholen. Selbstverständlich. Aber es war so kalt! Seine Haut fühlte sich feuchtkalt an, als er sie berührte.
Das Fenster.
Das Teppichmuster erregte seine Aufmerksamkeit. Wunderschön, leuchtend in den Farben und ständig leise in Bewegung. Wunderschön!
Vergiß den Teppich! Das Fenster!
Er kroch darüber hinweg, wiederholte immer wieder das Wort »Fenster«, damit er nicht vergaß, was er vorhatte. Er zog sich hinauf und blickte hinaus. Nebel. Beinahe Abend. Er mußte stundenlang ohne Bewußtsein gewesen sein. Bald würden sie kommen, um ihm noch eine Spritze zu verpassen.
Mit beiden Händen schob er den Riegel nach oben und stieß das Fenster auf. Er mußte die Arme um das Mittelholz des Fensterrahmens schlingen, ehe er es wagte, den Kopf hinauszustecken und hinunterzublicken.
Unmöglich! Das würde er nie schaffen! Das Zimmer lag im obersten Stock. Ein Dachüberhang aus roten Ziegeln ragte über das Fenster hinweg, und unter ihm ging es steil drei Stockwerke nach unten bis auf die plattengepflasterte Terrasse. Die Fassade war glatt verputzt. Keine Risse, kein Halt, keine Fenstersimse.

Unmöglich! Selbst in seiner Glanzzeit als Bergsteiger hätte er eine solche Wand nicht hinuntersteigen können, ohne sich abzuseilen.
Sich abseilen! Nichts als das Bettlaken. Zu kurz. Das also war der Grund, warum sie ihm das Bettzeug weggenommen hatten.
Er brachte es fertig, bis zum Bett zurückzugehen. Ihm drehte sich alles, und er mußte sich am Bettpfosten festhalten, aber immerhin mußte er nicht kriechen. Nach und nach klärte sich sein Geist. Vielleicht noch eine halbe Stunde. Dann würde er imstande sein, sich besser zu bewegen, würde er in der Lage sein, klar zu denken. Aber er hatte nun mal nicht mehr eine halbe Stunde Zeit. Sie würden vor Ablauf dieser halben Stunde wieder da sein.
Er legte sich aufs Bett, flach auf den Rücken, und zitterte vor Kälte, die aus seinen Knochen zu kommen schien. Die Euphorie war verflogen; statt dessen hatte sich Übelkeit eingestellt. Jetzt versuch mal, hart zu überlegen. Wie konnte man die Wirkung rasch abschütteln, wenn sie zurückkamen und ihm noch eine Spritze gaben? Darüber mußte er sich klarwerden, ehe sie zurückkamen und er abermals in der angenehmen, tödlichen Euphorie versank.
Jawohl. Das war's! Die Drogen rasch verbrennen! Durch körperliche Bewegung! Sobald sie nächstes Mal fort waren, würde er Freiübungen machen. Sein Blut in Wallung bringen, damit es schneller durch die Adern floß. Die Wirkung beschleunigen und das Zeug verbrennen. Das könnte gehen! Vielleicht verschaffte ihm das eine halbe Stunde, um sich bewegen und denken zu können, ehe sie zurückkamen, ihm die dritte Dosis zu verpassen.
Aber ach, er würde es vergessen! Sobald das Zeug in ihm war, würde er sich hinlegen, an die Decke starren und nicht mehr daran denken, sich Bewegung zu verschaffen. Er würde seinen Plan vergessen.
Verzweifelt blickte er sich im Raum um. Da war ein schmales Kaminsims über der schön verzierten, aber zugemauerten Feuerstelle. Das würde gehen! Er würde doch wohl vier oder fünf Minuten haben, nachdem sie ihm die Spritze gegeben hatten und die Droge in seinen Blutkreislauf gelangt war. In dieser Zeit würde er verbissen Freiübungen machen, um das Einsetzen der Wirkung zu beschleunigen. Dann, ehe er endgültig auf den Trip ging, würde er auf das Kaminsims hinaufklettern und dort isometrische Muskelübungen machen, um das Herz zum Pumpen zu zwingen, damit das Zeug seine Wirkung tat und diese möglichst schnell verflog. Und wenn seine Gedanken schwammen, wenn die Droge drohte, ihn hinwegzutragen, würde er vom Kaminsims fallen. Das würde ihn wieder wach machen. Und wenn er es schaffte, würde er noch einmal hinaufklettern und wieder anfangen, Muskelübungen zu machen. Irgendwie würde er es schon schaffen, daß die Wirkung rascher verflog. So würde er Zeit gewinnen, ehe sie mit der dritten Spritze kamen.

Und jetzt entspann dich! Leere deinen Kopf!
Irgendwo auf dem Flur wurden Schritte hörbar. Sie kamen zurück.
Entspann dich! Mach, daß sie glauben, du wärest noch nicht wieder bei Bewußtsein. Er führte sich das Bild des stillen Teichs vor Augen. Diesmal war es wichtig, daß er sich beherrschte. Er mußte schnell versinken.
Darling trat vor Leonard ins Zimmer. Er knipste das Licht an, und sie näherten sich dem Bett mit dem Häuflein Mensch, das da auf einem zerknüllten Bettuch lag.
»Noch nicht wieder zu sich gekommen«, sagte Darling, als er das schwarze Lederkästchen aufmachte. »Herrgott, was'n das? Sieh dir das an! So was von Schwitzen hab ich noch nie erlebt! Er ist kalt! Hier! Leg mal deine Hand auf seine Brust. Fühlst du, wie sein Herz pumpt? Was meinst du, Leonard? Vielleicht gehört er zu denen, die dieses Zeug nicht gut vertragen. Vielleicht bringt ihn noch'ne Dosis um!«
Doch Leonard nahm Darling die Spritze aus der Hand, riß Jonathan brutal den Arm herum, trieb die Nadel in die Schultermuskeln und spritzte den Inhalt hinein, wobei es ihm vollkommen gleichgültig war, ob Luft in der Ampulle war oder nicht.
»Er hat nicht mal gezuckt«, sagte Darling. »Das ist für dich nur der halbe Spaß, was? Ich hab dir ja gesagt, daß er noch nicht wieder bei sich ist. Wenn er abkratzt, ehe Mr. Strange es will, dann denk daran, daß ich die Schuld dafür nicht auf mich nehm.«
Sie gingen, knipsten das Licht aus und schlossen die Tür hinter sich.
Langsam öffnete Jonathan die Augen. Er gestattete dem Bedürfnis seines Körpers nach Sauerstoff, den Rhythmus seines Atems zu bestimmen. Er fühlte sich ganz in Ordnung; schwach zwar, aber Herr seiner selbst. Allerdings war er sich darüber klar, daß der köstliche Killer in ihm dabei war, sich mit seinem Blut zu vermischen. Er erhob sich vom Bett, so rasch sein angeschlagenes Gleichgewicht es ihm erlaubte, und nahm das kleine Laken mit sich zum Fenster hinüber. Nach einigen Versuchen gelang es ihm mit seinen unsicheren Händen, das Ende am Mittelpfosten festzuknüpfen. Die zwei Meter hingen schlaff draußen hinunter. Dann legte er sich auf den Boden und begann mit den Freiübungen. Rumpfbeugen aus dem Liegen heraus, bis seine Bauchmuskeln zitterten. Dann Liegestütz.
Über eine Minute lang spürte er nichts von der Wirkung der Droge. Auf. Nieder. Auf. Nieder. Auf – und auf, und auf. Er schien so langsam hochzukommen, so mühelos. Das ist es, sagte er sich. Die Körperbewegung tat ihr Werk, beschleunigte das Einsetzen der Wirkung. Er fand, es sei jetzt Zeit, auf das Kaminsims zu klettern. Also stand er auf. Aber das Zimmer schien unendlich weit, wie durch ein verkehrt herum gehaltenes Teleskop betrachtet – sämtliche Linien liefen übertrieben lang in die verschiedenen Ecken.

»Mein Gott!« brummelte er. »Ich hab zu lange gewartet. Sie setzt zu schnell ein.«

Die Gasheizung war dort drüben, weit weg auf der anderen Seite des Zimmers. Er streckte die Arme aus und lehnte sich in dieser Richtung vor, in der Hoffnung, daß er torkeln, einen Schwindelanfall bekommen und darauf zufallen würde. Aber der Aufprall kam von hinten. Er war zurückgewankt und gegen die Wand hinter ihm geprallt. Das Zimmer schien ganz erfüllt zu sein vom Röcheln seines Atems. Er hatte Angst, sie würden es hören.

Ich schaff es nicht hinüberzugehen. Geh in die Knie und kriech rüber. So war es weniger gefährlich. Schön. Ein wunderschöner Teppich! O nein. Er war allein in einer grenzenlosen See von Fußboden. Er wußte nicht, in welcher Richtung er sich vorwärtsbewegen sollte. Als er aufblickte, konnte er zwar das Kaminsims sehen, aber es wechselte ständig seinen Standort, und er kam ihm überhaupt nicht näher.

Einen Fuß an sich gezogen, hockte er sich hin. Das andere Bein hatte er weit von sich gestreckt, den Kopf ließ er hängen. Sein Kinn berührte die Brust. Sein Atem mit offenem Mund ging rasch und flach. Er kam sich völlig schwerelos vor. Und zufrieden. Ihm war ganz behaglich, und es war zu komisch – dieser immer wieder erneuerte Versuch, das Kaminsims zu finden.

Nein! Er biß die Zähne aufeinander und zwang sich zum Nachdenken. Weiterkriechen! Finde eine Wand! Dann kriech an ihr entlang. Das muß schließlich zur Feuerstelle führen.

Und er kroch weiter. Einmal kam er mit dem Kopf in einer Zimmerecke nicht weiter, und die Wände fühlten sich an den Wangen weich und angenehm an. Wie sehr es ihn danach verlangte zu schlafen. Aber er riß sich wieder heraus und kroch weiter. Dann berührte seine Hand Marmor – wunderbar gekörnten, irgendwie schimmernden Marmor. Das war das Kaminsims.

Jetzt zum Sims hinaufklettern.

Zu hoch! Zu schwer!

Klettere!

Zweimal rutschte er ab und fiel zurück auf den Boden, und es kostete ihn sämtliche Geisteskraft, nicht dem Wunsch nachzugeben, liegenzubleiben und sich an der Decke zu erfreuen.

Zuletzt stand er doch auf dem schmalen Kaminsims, den Rücken gegen die Wand gepreßt, die Arme weit von sich gestreckt wie ein Gekreuzigter. Seine Finger versuchten, sich an den Blumen auf der Tapete festzukrallen. Er hatte Angst, und sein Herz klopfte. Der Boden, der wogte und verschwamm, war so unendlich weit da unten.

Gut! Angst zu haben war gut! Das brachte seinen Puls zum Rasen. Damit würde die Droge rasch verbrennen. Und jetzt bewegen. Muskelübungen

machen. Alle Muskeln anspannen . . . Entspannen. Anspannen . . . Entspannen.
Er hatte den Eindruck, daß er in der Dunkelheit sehen könne wie andere bei Licht. Und durch das offene Fenster kam so viel Dunkelheit herein, daß er die Einzelheiten im Zimmer deutlich erkennen konnte. Hinter seinen Augäpfeln zerplatzten Blasen von Licht. Der Teppich. Wunderbare Farben. Langsam, verführerisch schwebte er zu ihm empor.
Der Schmerz und der Schock des Falls brachten ihn vorübergehend wieder voll zu Bewußtsein. Mit dem Gesicht nach unten lag er auf dem Teppich. Er konnte nicht durch die Nase atmen. Blut. Weh tat es nicht. Er hatte nur das Bedürfnis zu schlafen.
Wieder auf das Sims hinaufzuklettern war eine reine Geistesleistung – Gehirnakrobatik gewissermaßen. Sein Gleichgewichtsgefühl war verlorengegangen, desgleichen das Gefühl für Richtungen. Er mußte sich einreden, daß »oben« über »unten« zu liegen pflegt, mußte scharf darüber nachdenken und sich vergegenwärtigen, daß sich hinauslehnen einen Sturz zur Folge haben würde. Schließlich war er oben, auf den Knien. Stehen konnte er nicht mehr. Die Brust jetzt gegen die Wand gedrückt, begann er mit seinen Übungen. Anspannen . . . Entspannen. Anspannen . . . Entspannen.
Eine Unendlichkeit der Zeitlosigkeit verging. Er brauchte unbedingt Schlaf. Jetzt. Er lehnte sich gegen die stützende Luft.
Er schlief bereits, als er diesmal stürzte und unten aufprallte.
Die Kälte war es, die ihn weckte. Er schwitzte und fror zugleich. Sein Mund war trocken. Er hatte durch den offenen Mund geatmet, und seine Oberlippe war steif. Er berührte die steife Lippe. Bröselig war sie, sandig. Das Blut aus seiner Nase war geronnen. Er mußte eine ganze Weile bewußtlos dagelegen haben. Die Übelkeit und die Kälte jedoch verrieten ihm, daß die halluzinatorische Wirkung der Droge verflogen war. Er war schwach und ihm war schwindelig, aber immerhin konnte er denken und sich bewegen. Er raffte sich langsam auf Hände und Knie hoch und sah sich im Zimmer um. Dunkle Schatten, ein Rechteck grauen Stadtnebels vorm Fenster. Das Fenster! Es fiel ihm wieder ein.
Mit Hilfe des Bettpfostens kam er auf die Beine und stolperte zum Fenster hinüber. Die Nachtluft war bitterkalt, als sie seinen schwitzenden, nackten Körper umspielte. Er stand da, hielt sich am Fensterrahmen fest und sog die feuchte, erfrischende Luft tief in seine Lungen hinein.
Als er hinunterblickte, konnte er drei Stockwerke unter ihm gerade eben die mit Steinplatten bedeckte Terrasse erkennen. Gedämpftes Licht aus einem Zimmer unten ergoß sich über die nassen Platten. Er kletterte auf die Fensterbank und stand im Rahmen. Dann packte er den Rand des Dachüberstands und lehnte sich hinaus. Augenblicklich befiel Schwindel ihn, der ihn in einem Strudel nach unten zu ziehen drohte. Verzweifelt

kletterte er zurück. Zu früh! Er mußte bis zum letzten Moment warten! Kurz bevor sie hereinkamen. Mußte seinem Geist die Chance geben, so klar zu werden, wie er nur je gewesen war.

Leonard und Darling gaben das Wurfpfeilspiel mit ihren Kollegen auf und durchquerten den verlassen daliegenden Art-Deco-Salon. Ihre Spiegelbilder folgten ihnen die Spiegelwand entlang, die das Aquarium verbarg. Zwei Stufen auf einmal nehmend, eilten sie die schön geschwungene Treppe hinauf, denn sie waren für die als nächste angesetzte Spritze schon ein wenig spät daran. Leonard schloß die Tür auf, und Darling knipste das Licht an.

»Himmel!« entfuhr es Darling.

Im Eiltempo inspizierten sie den Schrank und das Badezimmer, dann sahen sie unterm Bett nach. Erst jetzt bemerkte Leonard das offene Fenster und das um den Mittelpfosten geknotete Leintuch. In größter Wut ließ er die geballte Faust auf die Fensterbank herniedersausen.

»Der Chef wird aus der Haut fahren, wenn er das hört!« sagte Darling.

»Dafür wird er uns das Fell über die Ohren ziehen.« Er blickte zur Terrasse hinunter. »Weit kann er aber nicht gekommen sein. Das Leintuch kann ihm keine große Hilfe gewesen sein. Muß sich die Beine gebrochen haben. Komm!«

Sie nahmen die Beine in die Hand und verließen das Zimmer. Leonard raste die Treppe hinunter, um unten auf dem Grundstück nachzusehen, während Darling den Flur entlang zu seinem Zimmer lief, wo er die Revolver an sich riß, die er in Jonathans Aktenmappe gefunden hatte.

Mit dem Kopf nach unten lag Jonathan verkrampft und regungslos auf dem steil abfallenden Dach. Als er gehört hatte, wie sie sich der Tür näherten, hatte er die Regenrinne gepackt und sich hinausgeschwungen, einen Überschlag gemacht und hatte es geschafft. Einen entsetzlichen Augenblick lang hatten nur Beine und Unterkörper von der Hüfte abwärts auf dem rutschigen Dach gelegen, während Oberkörper und Kopf im Leeren hingen. Der Neigungswinkel des Daches war steiler, als er erwartet hatte, und die scharfen, übereinanderfassenden Ränder der Dachziegel hinderten ihn daran, sich hinaufzuschieben. Nur der Griff mit den Fingerspitzen an der Unterseite der Dachrinne bewahrte ihn davor, auf die Terrasse hinunterzufallen, aber der Druck, der gegen seine Handgelenke ausgeübt wurde, war mörderisch. Er biß die Zähne zusammen, um vor Schmerzen nicht laut loszuschreien, seine Kinnmuskeln traten hervor wie Taustränge, und sein Kopf zitterte vor Anstrengung, als er sich gegen die wie Sägezähne übereinander versetzten Dachziegel hochschob und -wand, wobei die Haut von seinen Schienbeinen in Fetzen herunterging und er sich den Brustkasten und die Hoden schürfte. Die Hebelwirkung seines Halts war verbraucht, ehe er das Kinn über die Dachtraufe hinüberbringen konnte, und die Dachneigung war so steil, daß er sich überhaupt nur dadurch halten konnte, daß er die klopfenden Handgelenke angespannt hielt und die Beine spreizte, also die Reibungsfläche bis auf das Maximum vergrößerte. Das Blut stieg ihm zu Kopf, und sein rasender Puls dröhnte ihm mit trockenen Schlägen in den Schläfen.

Das Licht unten in seinem Zimmer ging an und erhellte dämmerig den Nebel um ihn herum. Er hörte Darling »Himmel!« rufen, dann die Geräusche, wie sie das Zimmer nach ihm durchsuchten. Ob das Laken genügte, sie in die Irre zu führen? Seine Lungen brauchten Luft, und er machte den Mund ganz weit auf, um so lautlos wie möglich zu atmen. Etwas von der Droge wirkte immer noch und benebelte ihm Denken und Sicht. Seine Kraft schwand immer mehr, floß ihm gewissermaßen aus Handgelenken und Schultern hinaus.

Er rutschte . . . nur ein paar Zentimeter zwar, aber es gelang ihm nicht, sich wieder zurückzuschieben. Jetzt lag noch mehr Gewicht im Freien. Schwindel. Die schwach erkennbare Terrasse mit den quadratischen Steinplatten lag weit, ach, so weit unter ihm. Keine Kraft mehr! Die Handgelenke zuckten vor Schmerz.

Leonards Kopf erschien unmittelbar unter ihm. Der Stumme riß an dem herabhängenden Leintuch und stierte dann in die Tiefe. Jonathan zwängte die Augen zu und konzentrierte sich mit aller Macht: Nur nicht runtersehen! Die Kälte der schlüpfrigen Ziegel an seiner nackten Haut machte ihn ganz benommen. Wieder rutschte er etwa fünf Zentimeter in die Tiefe. Doch in diesem Augenblick hieb Leonard mit seiner Faust wütend auf die Fensterbank, so daß von dem Geräusch des Rutschens nichts zu hören war. Darling sagte irgend etwas von drinnen.

Hastig verließen sie das Zimmer.

Ein ersticktes, wimmerndes Ächzen entfloh Jonathan. Wieder hinunterzukommen würde mindestens genauso schwer sein wie heraufzukommen. Die Neigung des Daches war steil, und der schmierige Schmutz des Nebels hatte sich wie ein schlüpfriger Film über die Ziegel gelegt. Sobald er erst einmal die Beine anzog und zuließ, daß er rutschte, gab es kein Halten mehr. Mit diesen schlaffen und klopfenden Handgelenken würde er im Untergriff im Vorübergleiten die Dachrinne packen und sich mit einem Überschlag wieder ins Fenster hineinschwingen müssen. Wenn er das Ziel nur um dreißig Zentimeter nach links oder nach rechts verfehlte, würde er gegen die Mauer prallen und unten auf der Terrasse zerschmettern.

Es hatte keinen Sinn, darüber nachzudenken! Keine Zeit mehr! Keine Kraft mehr!

Er ließ los.

Drei, fünf Zentimeter vielleicht ging es daneben, und als er mit dem

Rücken in das Zimmer hineinfiel, stieß er sich den Kopf am Mittelpfosten. Schwindel und Schmerzen ließen ihn torkeln, als er sich hochrappelte und mit dem Kopf voran weiterlief auf die offene Tür zu.

Als Darling mit den beiden schweren Revolvern den Flur wieder herunterkam, hörte er den Aufprall in Jonathans Zimmer und lief darauf zu. In der Tür stießen sie zusammen und fielen übereinander auf den Boden. Jonathan kämpfte blind verzweifelt, tappte nach Darlings Kehle, bekam sie zu fassen und drückte beide Daumen gegen den Kehlkopf. Er spürte, daß nur noch wenig Kraft in seinem Griff lag, und so schloß er die Augen, bleckte die Zähne und drückte verzweifelt zu, als Darling versuchte, einen der beiden Revolver auf Jonathans nackte Seite zu richten. Er wand sich wie ein Fisch auf dem Trockenen, als Jonathan, so fest er konnte, zudrückte und dabei gleichzeitig jeden Augenblick den Knall eines Revolvers zu hören erwartete oder wie ihm durch die abgeplatteten Dumdumgeschosse die Därme aus dem Leib gerissen wurden. Aus dem Nichts, so schien es Jonathan, trat ihm plötzlich das Bild von Vanessa vor die Augen, wie sie auf ihrem Küchentisch kämpfte. Wahrscheinlich hatte Darling sie niedergehalten, als Leonard das Gerät in sie hineingetrieben hatte. Mit einer letzten Aufwallung verzweifelter Wut trieb Jonathan seine Daumen hindurch, und der Kehlkopf zerkrümelte wie eine Streichholzschachtel. Darling gurgelte und starb.

Ein paar Sekunden lang blieb Jonathan keuchend liegen, die Stirn auf Darlings schweigender Brust. Dann raffte er sich hoch und ergriff die Revolver. Weitermachen!, befahl er sich. Blinkernd vertrieb er die großen blinden Flecke in der Mitte seines Sehfelds und stolperte weiter, die weit hinausschwingende Treppe hinunter und quer durch den sterilen Art-Deco-Salon. Er stürmte in den Gymnastikraum hinein und warf sich, beide Revolver in der Hand, auf den Boden. Der Raum war leer. Aber jetzt konnte er sie hören, wie sie draußen vor dem Haus schrien. Er spannte beide Hähne mit dem Daumen und kam unter Mühen wieder auf die Beine. Schwindelig! Brechreiz!

Er taumelte auf die Tür zu dem kleinen getäfelten Speisesalon zu und stieß sie mit dem Ballen seines Fußes auf.

Die Droge schwamm in seinem Kopf, und die ganze Szene spulte sich ab wie ein Traum – wie ein Ballett in Zeitlupe. Strange und Grace waren beim Abendessen. Sie wandte sich der aufgehenden Tür zu, und ihre nackten Brüste wippten boshaft bei dieser abrupten Bewegung. Strange glitt auf seine Füße und streckte abwehrend eine Hand aus, mit der Handfläche nach vorne, wie eine Hindu-Segensgeste. Jonathan hob einen Revolver und feuerte. Der Knall hallte in seinem Kopf wider; selbst der Rückschlag schien seine Hand nur langsam hochzuheben. Wie durch Zauber verschwand die linke Seite von Stranges Gesicht, und statt dessen war da unversehens ein Schwall von roter Gelatine. Grace griff in die Luft,

ihr Gesicht zu einem Schreckensschrei verzerrt, doch kein Laut war zu hören. Strange sank unter den Tisch, und sie wurde ohnmächtig.
Nach dieser Zeitlupenszene überstürzten sich die Dinge dann urplötzlich. Jonathan stolperte zurück in den Gymnastikraum. Er keuchte und war unsicher auf den Beinen. Er hatte das Gefühl, sich übergeben zu müssen. Immer näher kamen die Schritte der Männer. Er knipste die ganze Batterie von Höhensonnen an und richtete ihren Schein auf die Außentür. »Mir ist schlecht!« wimmerte er laut, als er fahrig die grüne Brille überstreifte, wobei ein Auge von dem Gummiband zugedrückt wurde.
Sie stürmten in den Raum herein. Drei Mann. Der mit den eingeschlagenen Zähnen kam als erster, versuchte, das blendende grelle Licht mit dem Arm abzuwehren, und hielt sich die Automatic vors Gesicht. Jonathans erster Schuß riß ihm den Arm oben an der Schulter ab; er drehte sich um sich selbst und fiel erst dann zu Boden, und dabei besprühte er die beiden anderen mit seinem Blut. Das nächste Dumdumgeschoß traf denjenigen, welcher der Tür zunächst stand, im Nacken, als er fliehen wollte. Sein Körper wurde in die Luft gerissen und prallte gegen die Sprossenwand. Er fiel nicht zu Boden, weil ein Arm sich in den Sprossen verfing, doch sein Körper zuckte konvulsivisch.
Dem dritten Mann gelang es, aufs Geratewohl einen Schuß auf die Höhensonnen abzufeuern, und eine der Birnen implodierte über Jonathans Kopf, so daß ihm heiße Glassplitter ins Haar rieselten. Jonathans Vergeltungsschuß riß dem Mann das Bein am Knie weg. Fassungslos stand er einen Moment da. Dann sackte er auf die Seite, wo ihm die Stütze fehlte.
Da jetzt nicht mehr geschossen wurde, war die Stille überwältigend. Der Mann, der sich in der Sprossenwand verfangen hatte, glitt jetzt doch langsam zu Boden, wobei seine Stirn auf jeder Sprosse aufschlug und einen ratternden Ton hervorbrachte. Dann herrschte Totenstille.
Er riß die grüne Brille von den Augen und stolperte hinüber zu der Tür, die in den Umkleideraum führte. Spiegel. Eine unendliche Zahl nackter Männer mit Revolvern. Blut klebte an ihren Gesichtern; ihre Knie und ihre Brustkästen waren aufgeschürft und bluteten. Er öffnete die mittlere Spiegeltür und betrat das Aquarium.
Und da war Leonard. Er hatte eine Mauser-Maschinenpistole im Anschlag und schob gerade das hölzerne Halfter-Magazin zurecht, langsam und bedächtig; seine Augen mit den schweren Lidern waren bar jeden Ausdrucks. Er stand auf der anderen Seite des Einwegspiegels, allein im Art-Deco-Salon, hielt sich dicht an die Glaswand gepreßt und wartete darauf, daß Jonathan durch die Tür des Gymnastikraums herauskäme.
In Jonathans Schläfen hämmerte das Blut. Er war so müde, ihm war so übel. Das einzige, was er wollte, war schlafen. Für einen Augenblick

lichtete sich der Nebel der Droge in seinem Gehirn. Vanessa. Leonard und Vanessa – und Küchengeräte. Er biß die Zähne aufeinander und schlich lautlos auf die durchsichtige Wand vor ihm zu. Er hob beide Revolver, so daß die Mündungen nahezu das Glas berührten, und wartete, wie Leonard auf seiner Seite sich voranpirschte – wartete, bis sein massiger Körper ihm direkt vor die Läufe geglitten kam. Ein Lauf war auf Leonards Hals gerichtet, der andere auf sein Ohr.

Der Spiegel explodierte, und Leonards kopfloser Körper schlitterte auf einer Welle von Glassplittern über den Parkettboden. Er zuckte wild und wälzte sich in dem klirrenden Glas. Dann hörte es auf.

Und Jonathan übergab sich.

Covent Garden

Der Fahrer des Taxis Nummer 68204 zwängte sich auf der Suche nach einem Fahrgast durch das Gewirr enger Gassen oberhalb der Hamstead High Street. Gleichmütig fand er sich damit ab, daß es offenbar aussichtslos war, hier in dieser ruhigen Gegend jemand noch um diese späte Stunde aufzugabeln, und er beschloß daher, ins Stadtzentrum zurückzufahren. Als er auf einer verlassen daliegenden Kreuzung hielt, fing er halblaut an »*On the Road to Mandalay*« zu singen und fiel mit größter Unbekümmertheit von einer Tonart in die andere. Da wurde die hintere Tür seines Taxis aufgemacht, und ein Fahrgast stieg ein.
»Wohin, Kumpel?« fragte der Fahrer über die Schulter hinweg, ohne auch nur den Kopf zu wenden.
»Nach Covent Garden.«
»In Ordnung.« Der Fahrer fuhr an und summte seine lässigen Variationen von »*Roses of Picardy*«. Flüchtig überlegte er, was wohl ein Mann mit amerikanischem Akzent um diese Zeit in Covent Garden verloren habe. »Zum Markt?« fragte er.
Die Stimme des Fahrgasts klang schwach und ein wenig wirr, und der Fahrer befürchtete schon, er hätte womöglich einen Betrunkenen aufgelesen, der ihm jetzt sein Taxi vollspucken könnte. Deshalb fuhr er an den Rinnstein und drehte sich um. »Nun hören Sie mal, Kumpel. Wenn Sie betrunken sind . . . Mich laust der Affe!«
Sein Fahrgast war nackt. »Sie da! Was soll das heißen?«
»Fahren Sie zum Markt. Von dort aus werde ich Sie dirigieren.«
Der Fahrer wollte diesem ganzen Unsinn schon ein Ende machen, da erblickte er zwei riesige Revolver auf dem Sitz neben dem Fahrgast. »Zum Markt also?« Er löste die Handbremse und fuhr weiter. Das Singen allerdings war ihm vergangen.
Vor der Einmündung einer engen, unbeleuchteten Gasse im Herzen des Marktbezirks hielten sie. »Da sind wir, Kumpel.«
»Ja.« Die Stimme des Fahrgasts hörte sich an, als ob er während der Fahrt eingenickt sei. »Hören Sie zu, Fahrer, ich glaube, ich hab kein Geld bei mir . . .«
»Ach, das geht schon in Ordnung, Kumpel!«
»Wenn Sie eben mit mir reinkommen, werde ich . . .«
»Nein! Nein, das ist schon in Ordnung. Vergessen Sie's!«
Der Fahrgast rieb sich Nacken und Augen, als ob er einen klaren Kopf

bekommen wollte. »Ich . . . äh . . . ich sehe ja ein, daß Ihnen dies sonderbar vorkommen muß, Fahrer . . .«
»Nein, Sir, durchaus nicht.«
»Wollen Sie auch wirklich nicht mit hineinkommen und sich Ihr Geld holen?«
»Nein, wirklich nicht, Sir. Wissen Sie, wenn dies die Stelle ist, wo Sie hinwollten . . .«
»Ja, das ist sie.« Unter Schmerzen kletterte Jonathan aus dem Taxi, nahm die Revolver an sich, und das Taxi schoß davon.

Bis auf den ausgemergelten Maler mit den wild funkelnden Augen, der wütend aufblickte, als Jonathan einen kalten Windstoß mit hereinließ, war die äußere Werkstatt von MacTaint leer. Halblaut fluchte der Maler vor sich hin, wandte sich dann jedoch sogleich wieder seinem *magnum opus* zu, an dem er seit nunmehr elf Jahren arbeitete: eine riesige, in pointillistischer Manier mit einem aus drei Haaren bestehenden Pinsel gemalte Ansicht des Londoner Hafens.
Steifbeinig und benommen stakste Jonathan an ihm vorbei auf den Eingang zu MacTaints Wohnung zu.
Der Maler kehrte zu seinem Werk zurück. Nach einer Weile hob er sein ausgezehrtes Christusgesicht und starrte in die Ferne. Irgend etwas war seltsam an diesem Eindringling gewesen – irgend etwas an seiner Kleidung.

Schläfrig hockte er im tiefen, heißen Wasser der Badewanne. Ein großes, halbleeres Whiskyglas in der Hand, ließ er den Arm über den Rand der Badewanne baumeln. Wenn auch das Wasser immer noch weh tat und ihn all seine Schrammen und Abschürfungen spüren ließ – Knie, Brust, Schulter, den Hinterkopf, mit dem er aufgeschlagen war, als er durch das Fenster wieder zurückgeschwungen war ins Zimmer –, so war sein Denken doch schon ganz klar. Das Schlimmste war vorüber. Jetzt brauchte er nur noch die Filme aus dem Bauch des Marini-Pferdes herauszuholen.
MacTaint trat ein. Er hatte Badetücher in der Hand und schlurfte, ohne sich um den Dampf im Badezimmer zu kümmern, in seinem abgewetzten, knöchellangen Mantel daher. »Du hast Lilla einen schönen Schrecken eingejagt, als du blutüberströmt und mit nacktem Arsch daherkamst. Ich dachte schon, ich müßte den Fußboden aufwischen hinter ihr. Jetzt beruhigt sie sich aber schon bei einer Flasche Gin.«
»Sagen Sie ihr, es tut mir unendlich leid – von Schauspieler zu Schauspieler, gewissermaßen.«
»Das werd ich tun. Himmel, sieh dich bloß mal an. Die haben dich aber ganz schön vermöbelt, was?«

»Na, sie haben aber selbst auch ganz schön was abgekriegt.«
»Davon bin ich überzeugt.« Mißtrauisch betrachtete er das Badewasser.
»Das is nich gut für dich, Jon. Baden macht schlapp. Das verwässert die Körpersäfte.«
»Könnte ich noch ein Glas Milch haben?«
»Herrgott, mein Junge! Kannst du denn nicht aufhör'n, dich zugrunde zu richten?«
Dennoch schlurfte er hinaus, um die Milch zu holen, und als er dann zurückkam, tauschte er die Milchflasche gegen das leere Glas in Jonathans Hand aus.
Jonathan riß den Metallfolienverschluß ab und trank die halbe Flasche leer, ohne einmal abzusetzen. »Ah! Jetzt fühle ich mich schon wesentlich besser!«
»Möglich. Aber immer noch nicht gut genug, mein Junge. Nichts in der Welt könnt mich dazu bringen, dich heut nacht mitzunehmen. Nicht mit der zerschundenen Schulter. Sag mal! Die Fresse ha'm sie dir wohl auch poliert, was?«
»Nein, das war ich selbst – als ich von einem Kaminsims runterfiel.«
». . . einem Kaminsims?«
»Ja. Ich bin raufgeklettert, um mich wachzuhalten.«
»So, so.«
»Aber ich bin nochmal runtergefallen.«
». . . ich versteh. Aber ich will dir mal was sagen, Jon, ich bin heilfroh, daß ich nicht an der Uni bin. Das wär mir viel zu anstrengend.«
»Hören Sie, Mac. Sind Sie sicher, daß Sie heute nacht in die National Gallery reinkommen?«
Aus schmalen Augenschlitzen heraus musterte MacTaint ihn. »Du bist einfach nicht in der Verfassung mitzukommen, glaub mir. Und ich werd's auch nicht zulassen, daß du Sand in mein Getriebe streust.«
»Ich weiß, und ich sehe das ja auch ein.« Jonathan goß Milch in sein Glas und fügte dann noch einen kräftigen Schuß Whisky hinzu. »Erzählen Sie mir, wie Sie an den Chardin herankommen wollen.«
MacTaint schaute sich suchend nach einem Glas für sich selbst um, dann schüttelte er die Zahnbürsten aus einem Plastikbecher auf dem Waschtisch und benutzte den Becher. Schließlich machte er es sich auf dem Klositz bequem. »Ich kletter einfach die Vorderseite des Gebäudes rauf. Die ist sowieso grade von einem Gerüst verdeckt, das sie brauchen, um die Fassade mit heißem Dampf zu reinigen. Das gehört zu diesem Plan ›Haltet London sauber!‹ Da kann man einfach nicht geseh'n werden, bei den vielen großen Planen, die sie an dem Gerüst angebracht haben, damit kein Dreck und Wasser auf die unten Vorübergehenden fällt. Das Fenster ist zugehakt, aber das spielt keine Rolle. Ich hab einen jungen Burschen drauf angesetzt gehabt, den Haken in den letzten beiden Monaten immer ein

Stück weiter anzufeilen. Ich husch also bloß das Gerüst rauf, steig durchs Fenster und spiel den nationalen Kunstschätzen ein bißchen mit.«
»Wachen?«
»Das sind träge alte Arschlöcher, die nur drauf warten, daß ihre Pension endlich durchkommt. Ich brauch wirklich nur 'n paar Sekunden, um ihren Chardin gegen meinen auszutauschen.«
Mit den Zehen drehte Jonathan am Hahn und ließ heißes Wasser nachlaufen, spürte, wie es unter seinen Beinen warm wurde und die Abschürfungen und Wunden neuerlich brannten. »Sagen Sie mir, Mac. Wieviel, nehmen Sie an, verdienen Sie an dem Chardin?«
»Fünf-, vielleicht siebentausend Pfund. Warum?«
»Da ist etwas drin, was ich haben will. Nur einen Saal weiter. Ich werde Ihnen fünftausend dafür geben.«
»Hast du denn soviel?«
»Ein Mann hat mir zehntausend gegeben, damit ich was für ihn erledige, und das teilen wir uns.«
»Ein Bild?«
»Nein. Ein paar Filmspulen. Und die stecken im Innern des bronzenen Marini-Pferdes, das nebenan ausgestellt ist.«
MacTaint kratzte sich am Scheitel und betrachtete dann aufmerksam ein paar Schuppen an seinem Fingernagel. »Und an das wolltest du ran, während du mich begleitetest?«
»Stimmt.«
»Obwohl mir das meine Sache verhunzt hätt?«
»Stimmt.«
»Du bist ein ausgekochter Halunke, Jonathan.«
»Stimmt.«
»Ein Bronzepferd, sagst du? Wie soll ich 'n das mitschleppen? Ich mein, das könnte doch ganz schön Aufmerksamkeit erregen, wenn ich mit 'm Bronzepferd hinter mir durch die Straßen zockelte.«
»Sie müssen das Pferd mit einem Hammer zertrümmern. Ein fester Schlag, und es springt auseinander.«
»Ich hab so das Gefühl, daß die Wächter das hören könnten.«
»Ich bin sogar überzeugt, daß sie das werden. Sie müssen eben wie der Wind wieder draußen sein. Das ist ja der Grund, warum ich Ihnen soviel Geld dafür biete.«
Nachdenklich kratzte MacTaint sich den verfilzten Bart unter seinem Kinn. »Fünftausend, eh?«
»Fünftausend.«
»Und was ist auf den Filmen?«
Jonathan schüttelte den Kopf.
»Hm, ich nehm an, das war wohl 'ne dumme Frage.« Mit dem Ärmel seines Mantels wischte er sich über das Gesicht. »Ist heiß hier drin.«

»Ja, und dampfig wie in einer Waschküche auch.« Jonathan hatte sich bemüht, mit offenem Mund nur flach zu atmen, seit MacTaint eingetreten war. »Nun, wie ist es?«
Nachdenklich kratzte MacTaint sich am Ohr, dann fuhr er sich mit der Handfläche über seine knollige, rotgeäderte Nase. »Na schön«, sagte er schließlich, »ich werd dir diese verdammten Filme holen.«
»Das ist phantastisch, Mac.«
»Ja, ja«, knurrte der.
»Wann werden Sie mit ihnen wieder zurück sein?«
»So in anderthalb Stunden. Oder, wenn sie mich erwischen, in elf Jahren.«
»Können Sie mir die Filme nicht in meiner Wohnung in Mayfair vorbeibringen?«
»Warum nicht?«
»Ich werde Ihnen die Adresse geben. Sie sind ein Goldstück, MacTaint.«
»Ein gottverdammter Narr bin ich.« Er schlurfte davon, um etwas zum Anziehen für Jonathan zu holen, als dieser sich erhob, um aus der Wanne zu steigen. Für einen Moment schoß ihm ein Schmerz in die Schulter, der ihn innehalten ließ, doch der ging vorüber, und er war imstande, sich mit einer Hand abzutrocknen, wenn ihn das auch einige Verrenkungen kostete.
»Hier«, sagte MacTaint, als er mit einem Haufen Lumpen zurückkehrte. »Das sind welche von mir. Selbstverständlich nicht grade meine besten, und vielleicht sitzen sie nicht so gut, aber du weißt ja, Bettler und wählerische Leute . . Und nimm bloß diese gottverdammten Kanonen von dir mit. Ich möcht nicht, daß die hier bei mir rumliegen.«
In die Kleider hineinzukommen war eine Tortur für seine Nase, und Jonathan nahm sich vor, sich sogleich noch einmal unter die Dusche zu stellen, sobald er in seiner Wohnung war.

Er kam später in seine Wohnung, als er gedacht hatte, denn er mußte den ganzen Weg zu Fuß gehen, obgleich MacTaint ihm fünf Pfund in die Hand gedrückt hatte. Ein paar noch spät auf der Suche nach Fahrgästen befindliche Taxen waren zwar in Sichtweite gewesen, hatten auf sein Winken hin jedoch nicht gehalten, sondern die Fahrt vielmehr beschleunigt. Die Kleidung!
Als er den Schlüssel von dem kleinen Sims der Tür herunterangelte, hörte er drinnen bereits sein Telefon klingeln. Hektisch fummelte er am Schloß herum, da er sich den ganzen Nachhauseweg über bereits vorgenommen hatte, Maggie anzurufen, um ihr zu sagen, daß alles vorüber und er in Sicherheit sei.
»Ja?«
Yanks aufgesetzte amerikanische Aussprache war eine große Enttäu-

schung. »Ich hab überall hinter Ihnen hertelefoniert. Wo haben Sie denn bloß gesteckt?«
»Ich hab zu tun gehabt.«
»Ja, ich weiß.« Yanks Stimme hatte etwas Unsicheres; offenbar hatte er sich von seinem Besäufnis in Vanessas Wohnung während seiner Krise aus Selbstmitleid und Ekel noch nicht wieder ganz erholt. »Ich ruf von *The Cloisters* aus an.«
»Was tun Sie denn da?«
»Wir haben das Haus eben durchkämmt, weil wir fürchteten, Sie könnten ganz schön in der Klemme stecken. Aber Sie haben ja eine ziemliche Schweinerei zurückgelassen. Das Haus ist leer – das heißt, von Lebenden keine Spur mehr.«
»Aber ich nehme an, Loo wird die ganze Sache doch vertuschen und mich da raushalten?«
»Aber klar doch. Hören Sie, ich bin auf dem Weg raus zum Pfarrhaus. Soll ich Sie und die Filme bei Ihnen abholen?«
»Ich habe die Filme noch gar nicht.«
Es entstand eine Pause. »Sie haben sie *nicht?*«
»Nun bloß keine Panik, bitte! In einer Stunde oder so werde ich sie wohl haben, dann hole ich Miß Coyne ab und wir treffen uns im Pfarrhaus.«
»Miß Coyne ist schon auf dem Weg dorthin. Ich hab sie angerufen, um herauszukriegen, wo Sie steckten, aber das wußte sie natürlich auch nicht, und da hab ich ihr gesagt, wir würden uns dort treffen.«
»Ich verstehe. Nun ja, jedenfalls brauchen Sie sich nicht die Mühe zu machen, mich abzuholen. Wenn wir zusammen rausfahren, würden Sie die ganze Zeit über quasseln, und das könnte ich im Augenblick nicht so gut vertragen.«
»Sie verstehen es, einen zu verletzen. Aber abgemacht, dann seh'n wir uns also im Pfarrhaus. Nehmen Sie keinen hölzernen . . .«
Jonathan legte auf.
Er badete, zog sich etwas anderes an und ruhte sich in dem abgedunkelten Zimmer aus, als MacTaint gegen die Tür donnerte.
»Du hast nicht zufällig 'n Tropfen Whisky zu Haus?« lauteten seine ersten Worte. »Ach, übrigens, hier . . .« Damit reichte er Jonathan ein zylindrisches Paket, das in Plastikfolie eingewickelt war. »Weißt du, was du mit diesen Scheißfilmen machen kannst?«
»Schwierigkeiten gehabt?« Er reichte ihm die Flasche.
»Das kann man wohl sagen! Such bloß nicht erst nach 'm Glas.« Er nahm einen tiefen Zug. »Sag mal, mein Junge, kannst du dir eigentlich vorstellen, was das für einen Krach macht, wenn man in einem sonst leeren Ausstellungssaal mit 'm Hammer 'n Bronzeguß zertrümmert?«
»Ich nehme an, das ist nicht ganz unbemerkt geblieben.«
»Man hätt meinen können, daß die Stukas wieder da wären. Willst du

nicht auch 'n Schluck?« Er nahm selbst einen herzhaften Schluck, dann ließ er die Flasche plötzlich sinken, lachte und verschüttete dabei etwas Whisky auf sein Revers. »Du hätt'st mal seh'n soll'n, wie mein alter Arsch das Gerüst runtergewetzt ist – ich die Leinwand unterm einen Arm und dein verdammtes Paket unterm anderen. Nichts als Ellbogen und Knie. Hab bestimmt kein' schönen Anblick geboten. Ein Gepfeife und Gebimmle war das, und ein Gerufe von den Leuten! Ach, war das 'ne Sache, Jon!«

»Lassen Sie mich's mal sehen.«

MacTaint holte den Chardin, den er gegen die Wand gestellt hatte, ging damit zu einem Sessel, der gutes Licht hatte, dann ließ er sich auf dem Sofa neben Jonathan niederplumpsen, wobei Wölkchen von penetrant muffigem Geruch aus seinen Kleidern aufstiegen. »Ist es nicht herrlich!«

Jonathan betrachtete es etliche Minuten. »Haben Sie schon einen Käufer?«

»Nee, aber . . .«

»Ich habe noch fünftausend.«

MacTaint drehte sich um und betrachtete Jonathan, wobei seine Augen unter den fühlergleich vorgestreckten Augenbrauen ganz schmal wurden. »Willkommen wieder in unserer Mitte, mein Junge!«

»Sie sind ein alter Gauner, MacTaint!« Jonathan erhob sich und gab ihm die fünftausend Pfund, die er für die Filme beiseite gelegt hatte; dann holte er jedoch auch noch die anderen fünftausend hervor, die Strange ihm für seine Auslagen vorgestreckt hatte, und reichte ihm die gleichfalls.

»Ta«, machte Mac, stopfte sich das dicke Bündel Banknoten in die Tasche seines zerschlissenen langen Mantels. »Keine schlechte Nacht, alles in allem. Aber jetzt mach ich mich wohl besser auf die Socken. Lilla wird nervös, wenn ich noch so spät unterwegs bin.«

Das Pfarrhaus

Streifen von Nebel auf den tiefliegenden Teilen der nach Wessex hinausführenden Straße wurden vom silbrigen Schein des Vollmonds überhaucht, der durch das schwarze Netzwerk der Baumwipfel hindurchlugte und mit dem Lotus Schritt hielt, als dieser sich durch die zu dieser frühen Stunde verlassen daliegende kleine Straße hindurchwand. Jonathans Schulter war immer noch steif, und mit einer Hand zu steuern war anstrengend, so daß er es bei mittlerem Tempo bewenden ließ. Es war eine schwere Woche gewesen. Sein Reaktionsvermögen war unterhöhlt, und um sich wach zu halten, ließ er noch einmal die Ereignisse vor seinem geistigen Auge vorüberziehen. Er fuhr, um Maggie wiederzusehen, und neben ihm auf dem Beifahrersitz klapperte der schwarze Plastikzylinder mit den Amateur-Sexfilmen.

Da er redlich müde war, flitzten Menschen, Ereignisse und Zufälle der vergangenen fünf Tage durch seinen Kopf und folgten dabei subtileren Gesetzen als dem der simplen Chronologie. Ein Ereignis ging ihm durch den Kopf, und dann, als er schon im Begriff stand, an ein anderes zu denken . . . da war es plötzlich. Es war doch ganz klar! Die verschiedenen kleinen Gewebefetzen, die nirgendwo hingepaßt hatten – plötzlich bildeten sie ein Ganzes.

Maggie . . .

Er trat aufs Gaspedal und schaltete die Scheinwerfer aus, damit er nicht geblendet wurde, wenn er unversehens in dicht gelagerten Nebel hineinfuhr.

Er trat in kurzen Abständen auf die Bremse und schlitterte quer in den Feldweg hinein, der von der Asphaltstraße zum Pfarrhaus führte. Als der Wagen schaukelnd zum Stehen kam, wurde die Tür des Pfarrhauses aufgerissen, und Yank raste auf den Lotus zu. Die große, eckige Gestalt des Pfarrers füllte den gelben Türrahmen hinter Yank – er hatte etwas Unförmiges, Großes in der Hand.

Genau als Jonathan sich duckte, zersprang seine Windschutzscheibe in ein Spinnwebnetz und wurde milchig trüb. Eine zweite Kugel zerschmetterte das Seitenfenster und fuhr in den Notsitz. Er fummelte im Handschuhfach nach der 45er, riß den Wagenschlag auf und ließ sich ins feuchte Gras rollen. Auf der anderen Seite des dampfenden Fahrgestells schlitterte Yank auf einem Fuß und blieb stehen. Jonathan schoß darauf, und der Fuß wurde zu einem Knie. Er schoß auch auf dieses, und aus dem Knie wurden

Kopf und Schulter, die sich allerdings nicht mehr rührten. Das Gesicht hatte Yank in den Kies gepreßt.

Der Knall der unter dem Lotus widerhallenden Schüsse übertönte die stolpernden Schritte des Pfarrers, der jetzt über Yanks regungslosem Körper stand, ein Holzscheit vom Kamin schlagbereit in der Hand.

»Alles in Ordnung mit Ihnen, Dr. Hemlock?« rief er und rang pfeifend nach Atem.

Jonathan erhob sich auf die Knie und lehnte die Stirn gegen das Chassis. »Ja, alles in Ordnung.« Das kühle Metall vertrieb den Schwindelanfall. »Ist er tot?«

»Nein. Aber er blutet sehr. Ein Bein scheint ab zu sein.«

Jonathan vernahm einen spröden, pulsierenden Laut, als ob jemand gerade aufhören wollte, auf Kies zu pissen. »Wir sollten ihm wohl das Bein abbinden. Ich muß ihm unbedingt ein paar Fragen stellen.«

»Ich hoffe doch, Sie haben die Filme mitgebracht?«

»Himmelherrgott, Padre!«

Sie trugen Yank in die gemütliche kleine Stube, die nach Möbelpolitur und Holzrauch roch, und der Pfarrer nahm sich Yank vor, wobei er ihm erstaunlich geschickt Erste Hilfe leistete. Er legte die Aderpresse unmittelbar über dem abgeschossenen Knie an, und nach kurzer Zeit war das schwallweise herausspritzende Blut zu einem dickflüssigen Rinnsal geworden.

»O je, o je!« brummelte der Pfarrer jedesmal, wenn er bemerkte, wie das Blut auf seinen schönen Axminster-Teppich floß.

Jonathan bediente sich mit dem Kognak des Pfarrers, während er neben dem Kamin stand und zusah, wie der ältere Mann mit flinken, geübten Händen arbeitete. »Er kommt wohl nicht zu sich, was?«

»Ich fürchte, nein. Keine große Aussicht, daß er nach *dem* Schock nochmal das Bewußtsein erlangt.« Der Pfarrer sah auf und zwinkerte, und zum erstenmal bemerkte Jonathan eine blutunterlaufene Schwellung auf seiner Stirn.

»Hat Yank Sie geschlagen?«

Der Pfarrer quälte sich hoch und betastete vorsichtig die Schwellung. »Ja, ich glaube. Ich hatte's schon ganz vergessen. Wir hatten eine kleine Auseinandersetzung. Als er ankam, war er betrunken und streitsüchtig. Er sagte irgend etwas Beleidigendes – was eigentlich, weiß ich nicht mehr –, und als ich mich dann umdrehte, hatte er eine Pistole auf mich gerichtet. Dann fing er an, alles mögliche über Max Strange daherzureden, und daß er das Geld brauche, um sich in Nebraska eine Ranch zu kaufen, und . . . ach, was weiß ich noch. Er war nicht ganz richtig im Kopf, wissen Sie. Für diese Sache war er wirklich nicht der geeignete Mann.« Er zwinkerte. »Dann näherte sich plötzlich Ihr Wagen, und das lenkte seine Aufmerksamkeit ab. Ich wurde handgemein mit ihm, er

schlug mich mit seiner Pistole nieder und machte, daß er rauskam. Daraufhin griff ich mir ein Holzscheit, doch ehe ich Ihnen dann zu Hilfe eilen konnte, war es schon nicht mehr nötig. Ich glaube, ich könnte selbst einen Schluck von diesem Kognak gebrauchen.«
»Hat er irgend etwas über Maggie Coyne gesagt? Irgendwie angedeutet, wo sie ist?«
»Leider nein. Glauben Sie, sie ist in Gefahr?«
»In Gefahr ist sie bestimmt . . . falls sie überhaupt noch lebt. Yank muß sie bei Strange verpfiffen haben. Und um mit Spionen und Zuträgern fertig zu werden, hat Strange eine ganz einfache Formel.«
»Das hört sich an, als ob Sie *wüßten*, daß Yank in Stranges Sold gestanden hat.«
»Erst seit einer Viertelstunde. Diese Häufung von ›Zufällen‹ hat mir endlich die Augen geöffnet. Strange wußte von Ihrem Parnell-Greene, wußte von mir, wußte, daß ich mit Vanessa Dyke gesprochen hatte. Er war uns immer ein paar Schritt voraus. Er besaß einfach zu viele Informationen, und es gab zu viele Zufälle. Das mußte irgendwie aus dem inneren Kreis hier kommen. Und dann war Yank auch nach ihrer Ermordung in Vanessas Haus – keine Spur von Polizei, nur Yank. Und dann hat er noch so getan, als wäre er betrunkener, als er in Wirklichkeit war. Später wollte er mich dann abholen in meiner Wohnung, mich und die Filme. Das paßt alles zusammen. Was mir dann aber endlich die Augen öffnete, das war ein Satz – etwas, was einer von Stranges Männern sagte, nachdem sie mir die Droge reingejagt hatten. Der Kerl sagte, ich hätte ›ins Aus geschlagen‹.«
»Und was bedeutet das?«
»Darum geht es gerade. Dieser Ausdruck ist beim amerikanischen Baseball gebräuchlich. Nur Yank hätte ihn verwenden können.«
»Ich verstehe.« Der Pfarrer zwinkerte nachdenklich. »Was unternehmen wir jetzt wegen Miß Coyne?«
Jonathan legte einen Finger an die Schläfe und massierte sie. »Sie könnte überall sein. Vielleicht sogar in ihrer Wohnung.«
»Oh, das bezweifle ich. Ich habe die letzten beiden Tage verschiedentlich bei ihr angerufen, aber es hat niemand abgenommen. Ich wollte wissen, was es Neues über Sie gibt. Yank hatte aufgehört, Bericht zu erstatten – und jetzt weiß ich auch, warum.«
Jonathan konzentrierte sich immer noch auf Maggie. »Ich muß etwas unternehmen. Das beste wäre wahrscheinlich, erst einmal in ihrer Wohnung nachzusehen, und dann . . . Warten Sie! Warum wollte denn Yank die Filme in die Hand bekommen?«
»Das liegt doch auf der Hand, oder? Strange würde ziemlich viel für sie bezahlen.«
»Aber Strange ist tot. Und das wußte Yank auch.«

»Da, fürchte ich, irren Sie sich. Yank beschrieb mir zwar das ziemlich grausige Blutbad, das Sie unter den *Cloisters*-Leuten angerichtet hätten. Er war ganz stolz darauf, verstehen Sie, die männliche Wut eines amerikanischen Landsmanns und so. Und dann berichtete er, Sie hätten Strange eine grauenhafte Gesichtswunde beigebracht. Und eine gewisse Miß Amazin . . . oder war es Miß Grace? . . . nun, ist ja auch egal . . . die hätte Strange in ein Versteck geschleppt.«

»Hat er einen Namen genannt? Irgendeinen Ort?«

Auf dem Boden rang Yank zitternd nach Atem und stöhnte . . . wie ein Kind, das aus einem Alptraum erwacht.

»Wo ist Maggie Coyne?« wollte Jonathan wissen.

Gestöhn.

»Wo ist Strange?«

Yanks Stimme klang belegt und wie aus weiter Ferne. »Ich . . . wollte . . . ich wollte nur . . . Ranch . . . Nebraska.«

»Wo ist Strange?«

»Bitte! Nicht . . . Futter-Station.« Yanks Körper wurde ganz steif, um sich jedoch gleich darauf zu entspannen und schlaff zu werden. Er hatte abermals das Bewußtsein verloren.

Knurrend erhob sich der Pfarrer. »Welche Ironie! Er hat Angst vor der Futter-Station. Welche Ironie!«

»Wieso Ironie?«

»Er begreift nicht, daß Sie ihn vor diesem grausigen Schicksal bewahrt haben.«

»Wieso ich?«

»Aber klar doch. An einbeinigen Leichen besteht praktisch überhaupt kein Bedarf.« Der Pfarrer zwinkerte.

Nachdem er dem Pfarrer die Filmkassetten übergeben hatte, holte Jonathan die zweite 45er aus dem Lotus mit der zerschossenen Windschutzscheibe heraus. Während Yanks Wagen warmlief, überprüfte er die Trommel. Es waren nur noch zwei Kugeln darin. Genug also.
Ein sanfter Regen und niedrig hängende Wolken ließen den Übergang von Nacht und Morgendämmerung verschwimmen, als Jonathan durch die menschenleeren und verzweiflungsschwangeren Londoner Straßen fuhr. Vor dem *Cellar d'Or* hielt er. Als er die schmale Steintreppe, die zum Kellereingang hinabführte, hinunterstieg, hörte er drinnen das Heulen eines Staubsaugers.
Die Tür war nicht verschlossen.
Eine schwarze Matrone mit rotem Umschlagtuch schob ihren Staubsauger willkürlich über den schwarzen Teppich hin und her und blickte nicht auf, als er die Bar betrat. Jetzt, wo die Arbeitsbeleuchtung eingeschaltet war, nahm sich das goldschwarze Dekor schäbig und billig aus, und es roch nach kaltem, abgestandenem Zigarettenrauch und schalem Alkohol. Jonathan wartete einen Moment, bis sich seine Augen an das trübe Licht gewöhnt hatten.
»Machen Sie die Tür hinter sich zu, Sir. Es ist kalt heute morgen.« Jonathan erkannte das Baßgebrumm von P'tit Noels Stimme. Gleich darauf sah er ihn, wie er im Hintergrund des Raumes saß.
»Tut mir leid, Sir, aber wir haben geschlossen. Gespenstergleich entschwinden unsere Kunden mit dem ersten *cocorico* des ersten Hahnenschreis.«
Jonathan hob den Revolver und ging langsam auf P'tit Noel zu.
»Sonderbar, nicht wahr, Sir, daß die Hähne rund um den Globus nicht dieselbe Sprache sprechen. In Haiti krähen sie *còcorico*, wohingegen sie hier in England . . .«
»Wo ist Strange?«
»Sir?«
»Keine Ausflüchte, P'tit Noel. Ich bin's leid.«
Träge erhob sich der Haitier und vertrat ihm den Weg zur Treppe nach oben; doch die Muskeln unter dem enggestrickten weißen Pullover bildeten vor Anspannung wieder einen römischen Brustharnisch. Ohne die ruhigen Augen von Jonathan zu lassen, wandte er sich in seinem Patois an die Reinmachefrau: »*Vas-toi en, tanta.*«

Der Staubsauger wurde abgestellt, das Aufheulen erstarb, und die Matrone verschwand lautlos.
»Gilt die Kanone mir?« fragte P'tit Noel.
»Ich habe nicht die Absicht, mich mit Ihnen zu schlagen.«
»Bedenken Sie, daß ich ein starker Mann bin, Sir. Wahrscheinlich könnte ich die erste Kugel auffangen und käme Ihnen dann doch noch an die Gurgel.«
»Keine Kugel aus dieser Kanone.«
P'tit Noel warf einen Blick auf den riesigen Revolver.
»Sind sie oben?« fragte Jonathan.
»Sie erwarten jemand. Aber nicht Sie. Jemand mit einem Paket.«
»Der kommt nicht mehr. Hören Sie zu, P'tit Noel, an Grace liegt mir nichts. Nur wenn sie sich zwischen mich und Strange stellt, werde ich sie in Stücke schießen. Wenn sie sich aber raushält, laß ich sie laufen.«
P'tit Noel überlegte. Langsam nickte er. »Mam'selle Grace hat eine Pistole. Geben Sie mir eine Chance, sie aus dem Zimmer herauszuholen. Wenn Sie ihr nichts tun, laß ich Sie in Ruhe. Der Mann bedeutet mir nichts.«
Er drehte sich um, ging die Treppe voran und dann den Flur hinunter. Dann hob er eine Hand und gab Jonathan mit einer Geste zu verstehen, zurückzutreten. Leise klopfte er an. Amazing Graces Stimme verriet die Anspannung, unter der sie stand. »Ja?«
»Ich bin's, Mam'selle Grace. Er ist hier – der, den Sie erwarten.«
Jonathan drückte den Rücken gegen die Wand, als es im Schloß klickte und die Tür aufging. »Wo zum Teufel haben Sie . . . He!«
P'tit Noels Hand schnappte zu wie der Blitz und riß Grace an ihrem Arm heraus in den Korridor. Sie kreischte, als ihre kleine Automatic über den Korridorboden schlitterte. »Max!« Dann erblickte sie Jonathan, und ihre Augen funkelten vor Wut. »Es ist Hemlock, Max!« Sie warf sich mit ihrem kleinen nackten Körper auf ihn, die Fingernägel ausgestellt wie Krallen, die Lippen zurückgezogen, so daß ihre dünnen, scharfen Zähne sichtbar wurden. »Ich bring Sie um, Sie Schweinehund!« P'tit Noel warf sie sich über die Schulter, als wäre sie schwerelos, doch mußte er alle Kraft aufwenden, um sie festzuhalten, da sie sich in seinen Armen wand und drehte und ihr nackter Körper von dem plötzlich austretenden Zornesschweiß ganz schlüpfrig wurde. »Laß mich los, du Nigger-Bastard!« Schwerfällig schickte er sich an, auf die Treppe zuzugehen, wobei seine ungebärdige, wildgewordene Last zeterte und mit den Beinen strampelte und ihn kratzte. Trotzdem konnte er es nicht über sich bringen, sie zu schlagen, ja, nicht einmal sich vor der Strafe ihrer ohnmächtigen, verzweifelten Wut zu schützen. Sie grub ihm die Fingernägel in die Wangen und riß ihm vier tiefe, rote Schrammen in das Braun, doch er sah sie nur weiter mit resignierten, unglücklichen Augen an.

»Bitte! Bitte!« Sie schluchzte und stieß keuchend Versprechungen aus. »Du darfst mich ficken, wenn du mich losläßt! Max! Max!«
Er stieß tröstende Laute aus, als er die Treppe weiter hinunterging. Mit weiß hervortretenden Knöcheln versuchte sie, sich an dem Geländer festzuklammern, doch sein unnachgiebiges Vorwärtsdrängen zog sie langsam fort.
Selbst nachdem sie die Treppe hinunter waren, vernahm Jonathan ihr Gezeter und ihre unflätigen Beschimpfungen. Dann hörte er einen letzten gequälten Aufschrei und schließlich nur noch ein Schluchzen.
Aus dem Innern der Wohnung vernahm Jonathan eine gedämpfte Stimme. Jonathan trat die Tür auf und wich sogleich wieder zurück, um den Kugeln zu entgehen, doch kamen keine Schüsse. Wieder das gedämpfte Sprechen. Unverständliche Worte, wie wenn jemand versuchte, trotz eines Knebels im Mund zu reden. Den Revolver vorm Gesicht, preßte Jonathan sich draußen gegen die Wand.
Jetzt wurden die Worte verständlich. Die Stimme war ein kehliges Flüstern durch zusammengebissene Zähne hindurch. »Kommen Sie . . . herein . . . Dr. Hemlock!«
Jonathan stieß die Tür noch weiter auf und blickte durch den Spalt. Strange lag kraftlos auf dem roten Samtsofa. Er hatte kein Hemd an, und ein Handtuch bedeckte sein halbes Gesicht. Um zu zeigen, daß er keine Waffe habe, hatte er beide Hände hochgereckt.
Jonathan trat hinein und schloß die Tür hinter sich ab. Dann ging er zum Schlafzimmer hinüber, durchsuchte es kurz und kehrte zurück.
Stranges nicht vom Handtuch bedecktes Auge folgte jeder seiner Bewegungen; Haß und Schmerz malten sich darin. Offensichtlich bereitete es ihm große Mühe zu sprechen, und seine Worte waren kaum zu verstehen durch die zusammengebissenen Zähne. »Bringen Sie Ihren Auftrag zu Ende, Hemlock!«
»Das habe ich bereits.«
»Nein. Nicht ganz. Ich lebe noch.«
»Wenn Sie sterben wollen, warum bringen Sie sich dann nicht selbst um?«
»Kann nicht. Keine Waffe. Grace wollte mir nicht helfen. Zu schwach, um zum Fenster zu kommen.«
Plötzlich blitzte das Auge zornig auf. »Wissen Sie, was Sie mir angetan haben?« Verkrampft, unter größter Mühe und mit einem Schmerzenslaut riß er das Handtuch von der anderen Gesichtshälfte herunter. Die Wange fehlte, und unmittelbar unter der Stelle, wo eigentlich das Ohr hätte sitzen sollen, grinsten Jonathan weiße Backenzähne an, die sich auf den spitz zulaufenden Röhren der offen daliegenden rosa Wurzeln hielten. Und der Augapfel, der nirgends mehr einen Halt hatte, baumelte wie eine schlappe Qualle herunter. Die Blutung war zum Stillstand

gebracht worden, doch aus dem Fleisch sickerte eine klare Flüssigkeit heraus. Es hatte bereits angefangen zu schwären.
Jonathan sah weg, als Strange das Handtuch wieder darüberlegte. Als er hinblickte, standen Tränen in dem einen Auge. »Bitte, töten Sie mich, Hemlock! Bitte! Mein ganzes Leben . . . der Schönheit . . . geweiht.« Die Stimme wurde schwach, und die Fingerspitzen zitterten. Die unverhüllte Wange hatte die Unterwasserfärbung eines somatischen Schocks angenommen, und Jonathan fürchtete, daß er das Bewußtsein verlieren könnte.
»Was haben Sie mit Miß Coyne gemacht?«
Das Auge war verschwommen und verwirrt. »Wem?«
Er kannte nicht einmal ihren Namen. »Das Mädchen! Dasjenige, von dem Yank Ihnen berichtet hat. Wo ist sie?«
»Sie . . . sie ist . . .« Sein Auge schloß sich, als er versuchte, klar zu denken. »Nein. Ich hab da was, womit ich handeln kann, nicht?«
Jonathan dachte einen Moment darüber nach. »Na schön. Sagen Sie mir, wo sie ist, und ich erlöse Sie.«
»Versprechen Sie . . . das?« Sein Kopf wackelte, als wieder ein Schock durch ihn hindurchging.
»Sagen Sie's schon!«
Wieder ging das Auge auf, freilich zitterte das Lid, so schwer fiel es ihm, es hochzuschieben. »Ehrenwort?«
»Wo ist sie?«
»Tot. Sie ist tot.«
Jonathans Inneres gefror. Er schloß die Augen und saugte Luft durch seine Zähne. Er hatte es gewußt! Hatte es gefühlt, im Pfarrhaus schon. Und dann wieder, als er durch die traurige, wie ausgestorbene Stadt gefahren war. Es war, als ob irgendeine Energiequelle dort draußen – irgendeine warme Kraft, die von einem metaphysischen Kontakt ausging, plötzlich abgeschnitten worden sei. Mit fadenscheinigen Argumenten hatte er sich dagegen gewehrt. Vielleicht hielten sie sie als Geisel fest. Vielleicht war sie auch entkommen.
»Wer hat sie umgebracht?« fragte Jonathan.
»*Ich* hab's getan.«
Stumpf blickte Jonathan auf ihn herab. »Sie lügen! Sie wollen bloß, daß ich Sie in meiner Wut umbringe! Aber das werde ich nicht tun. Ich werde jetzt einen Krankenwagen rufen – und die Leute warnen, daß Sie Selbstmord begehen könnten. So werde ich Sie vor sich selbst schützen. Man wird Sie wieder zusammenflicken – mehr oder weniger. Und es wird Monate dauern, ehe Sie eine Möglichkeit finden, sich umzubringen. Und die ganze Zeit über werden sie Sie ansehen. Die Schwestern. Die Ärzte. Die Wärter im Gefängnis. Die Rechtsanwälte. Sie werden Sie ansehen. Und Ihr Gesicht niemals vergessen.«

Jonathan schickte sich abermals an, auf die Tür zuzugehen, den Revolver schlaff in der Hand. »Ich freu mich schon darauf, Sie in den Zeitungen wiederzusehen, Strange!«
Strange packte die Rückenlehne des Sofas, um sich festzuhalten, und raffte sich hoch. Dabei geriet das feuchte Handtuch ins Rutschen, und das verstümmelte Gesicht wurde wieder sichtbar.
»Leonard hat sie umgebracht.«
Jonathan drehte sich um.
»Ich habe Ihnen einmal gesagt, Hemlock, daß ich ein Laster hätte – ein teures – eins, das subtiler ist als Sex. Mein Laster ist so kostspielig, weil es Menschenleben kostet. Mir bereitete es Vergnügen, Hemlock, dabei zuzusehen, was Leonard mit Frauen anstellt. Bei Ihrem Mädchen war er besonders einfallsreich. Und ich hab zugesehen! Und sie hat mich auch nicht enttäuscht. Sie hatte einen starken Willen. Es hat lange, sehr lange gedauert. Wir mußten sie oft wieder ins Bewußtsein zurückrufen, aber . . .«
Strange gewann.
Schließlich bekam er doch seinen Willen.

Stockholm
28 Tage später

». . . de facto hat man das Wort ›Stil‹ gänzlich seines Bedeutungsgehalts beraubt. Durch Überstrapazierung und durch Mißbrauch. Es ist ein Kritikerwort. Keine Malerei hat ›Stil‹. Und wenn man es recht bedenkt, auch nur wenige Kritiker.«
Die Zuhörerschaft kicherte verhalten, und Jonathan senkte den Kopf, geriet ein wenig aus dem Gleichgewicht und hielt sich an der Seite des Podiums fest. Als er fortfuhr zu sprechen, war er dem Mikrophon zu nahe, was ein Rückkopplungsjaulen zur Folge hatte. »Tut mir leid! Wo war ich? Ach ja. Richtig. Es ist genauso bedeutungslos, von dem *Stil* der flämischen Schule zu sprechen wie vom *Stil* dieses oder jenes Malers zu reden.«
»Sie haben meine Frage nicht verstanden, Sir!« protestierte der junge, schrecklich gescheite Lehrer, der dieses Thema aufgebracht hatte.
»Ich verstehe durchaus, worauf Sie hinauswollen«, sagte Jonathan und nahm einen Schluck Gin aus dem Glas, wobei er inständig hoffte, daß seine Zuhörer den Inhalt für Wasser halten möchten. »Ich weiß schon im voraus, auf welchen dunklen Punkt Sie hinauswollen, und ziehe es vor, ihn einfach nicht zur Kenntnis zu nehmen.«
Im Hintergrund des Auditoriums warf der ganz mit seiner Aufgabe identische junge Amerikaner, der für die kulturellen Vorträge in Schweden verantwortlich war, fforbes-Ffitch einen besorgten Blick zu; f-F war eigens von London herübergeflogen, um sich persönlich davon zu überzeugen, wie die Vorträge, die sein Institut mitfinanzierte, ankamen.
»Ist er immer so?« fragte fforbes-Ffitch leise wispernd.
»Ich glaube nicht, daß er seit seiner Ankunft schon einmal nüchtern gewesen ist«, sagte der Amerikaner.
fforbes-Ffitch schob seine Brauenbögen in die Höhe und schüttelte mißbilligend den Kopf.
»Sie . . . Sie können doch aber unmöglich leugnen, daß die flämische Schule und der Jugendstil *stilistisch* eine Antithese bilden.« Der junge schwedische Lehrer ließ sich nicht so leicht ins Bockshorn jagen.
»Quatsch!« Jonathan vollführte eine Geste mit dem Arm, warf damit das Mikrophon um, und der Aufprall schien seine Feststellung nur noch zu unterstreichen. Mit dem Zeigefinger vor den Lippen bedeutete er dem Mikrophon, zu schweigen. »Selbstverständlich lassen sich krasse Unterschiede zwischen den beiden Bewegungen aufzeigen. Die flämischen

Maler neigten im großen und ganzen dazu, sich auf lebensnahe, gesunde, erdhafte, wenn auch vielleicht etwas schwerfällig-sture Art mit der Natur zu beschäftigen – wohingegen die Vertreter des Jugendstils sich mit organischen, überkandidelten, ja fast tropisch-bösartigen *Dingen* abgaben. Aber kein Maler gehört irgendeiner Schule an. Schulen, das sind doch nur Kritikerkategorien, die gewissermaßen *post mortem* ausgeheckt worden sind. Wenn Sie sich zum Beispiel einmal eine ›typisch Jugendstil‹-Ausführung eines Blumensujets ansehen wollen, dann verweise ich Sie auf den flämischen Maler Jan van Huysum oder, nicht ganz so überzeugend, Jacob van Walscapelle.«

»Leider kenne ich die beiden Maler nicht, auf die Sie anspielen, Sir«, sagte der junge Schwede steif und ließ damit alle Hoffnung fahren, seine These von diesem scharfsinnigen amerikanischen Kritiker untermauert zu sehen, dessen Bücher und Artikel gerade in diesem Augenblick die gesamte Kunstwelt unheimlich in Bann geschlagen hatten.

Die überwiegende Mehrheit der Zuhörer setzte sich aus jungen, verwahrlosten Amerikanern zusammen, da dieses Amerikahaus wie die meisten dieser Institute mehr ein von der Regierung finanzierter gesellschaftlicher Klub für gammelnde Amerikaner war als ein wirksames Ventil von Informationen über Amerika und amerikanische Propaganda. Jonathans Vorlesungen hatten den üblichen Rahmen von Boykottierung und spärlichem Besuch durchbrochen, der zurückzuführen war auf die hochgeputschte Verärgerung darüber, daß Amerika es nicht fertiggebracht hatte, seinen nach Schweden geflohenen GIs Straffreiheit zuzusichern und die Vietnam-Katastrophe abzuwenden.

»Es ist ja ein reines Wunder, daß überhaupt noch jemand hier ist«, flüsterte fforbes-Ffitch, »wenn er Abend für Abend so betrunken und kratzbürstig gewesen ist.«

Der amerikanische Diplomatenanwärter zuckte die Achseln. »So voll ist es aber bisher noch nie hier gewesen! Ich begreife das nicht. Sie saugen das alles förmlich in sich hinein.«

»Komisches Volk, diese Schweden. Masochisten. Ich würde mich nicht wundern, wenn das die Folge eines nationalen Schuldkomplexes über Nobel und sein Dynamit wäre.«

Über den Lautsprecher dröhnte Jonathans Stimme. »Kinder, ich werde diesen meinen letzten Vortrag damit beenden, daß ich unseren beiden Gastgebern Gelegenheit gebe, ein paar Worte an euch zu richten. Sie platzen offensichtlich vor lauter Bedürfnis, sich mitzuteilen, denn sie tuscheln schon die ganze Zeit über in der hintersten Reihe. Ich glaube, euch versichern zu dürfen, daß unser Gastgeber vom *United States Information Service* über folgendes Thema sprechen wird: ›Warum es Amerika nicht gelungen ist, jungen Männern Straffreiheit zu gewähren, die den Mut hatten, gegen den Krieg zu kämpfen statt gegen Menschen.‹«

Jonathan trat von der Bühne herunter, stolperte ein wenig, und die Zuhörer wandten erwartungsvoll das Gesicht dem Hintergrund des Auditoriums zu.
Der junge USIS-Vertreter errötete und versuchte, sich mit einer List aus der Affäre zu ziehen, denn seine Stimme wurde nahezu fistelig, als er sagte: »Was wir wirklich wissen wollten, war . . . äh . . . sind da noch Fragen?«
»Yeah, ich hab 'ne Frage!« rief ein Schwarzer aus der Mitte der Versammlung heraus. »Wie kommt es, daß diese ganze Watergate-Scheiße nicht rauskam, ehe dieser Scheiß-Nixon nicht seine Wiederwahl in der Tasche hatte?«
Ein anderer Amerikaner erhob sich. »Sagen Sie ihm, wenn er uns Straffreiheit zusichert und uns nach Haus kommen läßt, werden wir keinem Menschen gegenüber etwas darüber verlauten lassen, wie sehr er das Ansehen Amerikas im Ausland in den Dreck gezogen hat.«
fforbes-Ffitch benutzte die Gelegenheit zu versichern, daß er mit alledem nichts zu tun habe. »Ich bin Engländer«, erklärte er zwei Zuhörern in seiner Nähe, die das nicht die Bohne interessierte.
Mittlerweile war Jonathan den Seitengang hinuntergegangen und hatte sich neben den sich vor Verlegenheit windenden USIS-Vertreter gestellt. Er legte ihm den Arm um die Schulter und redete ihm gut zu: »Machen Sie schon, Junge, geh'n Sie drauf ein! Mit denen werden Sie schon fertig! Schließlich sind Sie ein von der Regierung ausgebildeter Redner.« Damit kniff er ein Auge zu und ließ ihn stehen.
Die Buhrufe legten sich, als er den Saal verließ, und die Zuhörer brachen langsam auf, redeten untereinander und lachten.
Jonathan bahnte sich den Weg zum Ausstellungsraum, der vom Foyer abging. Was dort ausgestellt wurde, waren plumpe Keramikarbeiten der Musterschüler einer wohlbekannten kalifornischen Schule für Designer, hierhergebracht worden, um den Schweden einen Begriff vom Können dieser jungen Künstler zu vermitteln. Eines der ausgestellten Stücke hatte einen Titel, der schöpferische Angst und persönliche Verzweiflung ausdrücken sollte: »Der Topf, den ich zerbrach« – und genau das war es auch. Daneben stand eine ganz besonders zutreffende gesellschaftspolitische Aussage in Form eines Bierkruges, auf dem Onkel Sam mit schwarzen Zügen und der kursiven Aufschrift prangte: »Trink nicht aus mir!« Den Glanzpunkt der Ausstellung jedoch bildete eine lange zylindrische Form aus roter Keramik, die sich während des Brennvorgangs nach unten gebogen hatte und folglich »Widerwillige Erektion« benannt worden war.
Jonathan holte tief Atem und lehnte die Stirn gegen die rupfenbespannte Wand. Zuviel! Zuviel Fusel! Seit Wochen hatte er getrunken. Seit Wochen, Wochen, Wochen.

»Ist es denn so schlimm?« fragte eine der jungen Schwedinnen, die ihn gesucht hatten und jetzt an der Tür standen.
Jonathan stieß sich von der Wand ab und füllte tief seine Lungen, um die Welt wieder ins Lot zu bringen. »Nein, es ist großartiges Zeug! Das ist unsere subtile Methode, euch für uns zu gewinnen. Wir blenden euch mit unserer jungen Kunst. Eine Nation, die so was hervorbringt, kann so schlecht nicht sein.«
Die junge Schwedin lachte. »Zumindest zeigt es, daß eure Jugend Humor hat.«
»Wie sehr wünschte ich, daß das stimmte! Jedesmal, wenn ich den Schund von einem jungen Künstler sehe, versuche ich, ihm zu vergeben, indem ich mir einrede, daß er sich lustig machen will – daß er nur so tut, als ob. Nur fürchte ich, daß er's doch ernst meint. Banal, versteht sich, und gähnend langweilig . . . aber ernst gemeint. Ich nehm an, irgendwo wird 'ne Party geschmissen?«
Sie lachte. »Sie warten schon auf Sie.«
»Großartig.« Er kam ins Foyer und gesellte sich zu einer Gruppe von energiegeladenen und gutgelaunten jungen Schweden. Sie luden ihn ein, mit ihnen zum Essen zu kommen und hinterher von einer Kneipe und möglicherweise auch von einer Party zur anderen zu ziehen, wie sie es jeden Abend getan hatten. Attraktive junge Leute waren das: körperlich kräftig, mit klarem Geist, gesund. Oft hatte er darüber nachgedacht, wie lebensbejahend die Schweden doch im Durchschnitt waren, wobei er freilich die Maxime des Reisenden außer acht ließ, daß die attraktivsten Menschen in der Welt jene sind, denen er als erste nach Verlassen Englands begegnet.
Die Kälte draußen war beißend und der Wind durchdringend. Während die jungen Leute warteten und sich dabei in die Hände bliesen, verabschiedete sich Jonathan höchst formvollendet von dem grüngewandeten Wächter vom *Beräknings Aktiebolag,* das seit wiederholten Bombendrohungen das amerikanische Kulturinstitut bewachte. Der arme Kerl, der da mit steifem Gesicht und Tränen in den Augen in der Kälte umherstapfte, tat ihm aufrichtig leid. Er bot ihm sogar an, seine Wache für ihn zu übernehmen.

Eine Bar. Dann noch eine Bar. Dann ein Privathaus. Es gab eine hitzige Diskussion und Streit. Wieder eine Bar – die jedoch gerade zumachte, als sie hineinwollten. Jemand hatte eine großartige Idee und rief jemand an, der nicht zu Haus war. Jonathan zwängte sich zusammen mit den vier noch übriggebliebenen Studenten in einen kleinen Wagen, und sie fuhren in die Gamla Stan zurück, um ihn in sein Hotel in der Lilla Nygatan zu bringen, denn er hatte schwer getrunken und war peinlich ungesellig geworden.

Am Rand der mittelalterlichen Insel, die für Privatwagen gesperrt ist, ließen sie ihn aussteigen. Jemand fragte ihn, ob er auch sicher sei, daß er nach Hause finde, doch er sagte, sie sollten nur weiterfahren – ja, sie sollten sich zum Teufel scheren. Als die roten Schlußlichter des Wagens im wirbelnden Schnee verschwunden waren, machte er kehrt und stellte fest, daß eine junge Schwedin zusammen mit ihm ausgestiegen war. Die Party war also doch noch nicht aus! Er legte ihr den Arm um die Schulter – Mädchen fühlen sich gut an in dicken Pelzmänteln, wie Teddybären –, und so schlenderten sie auf der Suche nach einer Bar oder einem *cave*, das noch offen hatte, durch die Gegend. Schließlich fanden sie eine, eine *inne stället for visor, jazz och folkmusik* und tranken Whisky und brüllten sich wegen der schrillen Musik gegenseitig zu, was sie sich sagen wollten, bis auch diese Pinte schloß.
Unsicher auf den Beinen spazierten sie durch die verlassenen engen Gassen und hielten sich aneinander fest. Der Schnee lag bereits hoch auf dem Kopfsteinpflaster, doch noch immer fielen große, gleichgültige Flocken hernieder, die glitzernd um die Gaslampen herumwirbelten.
Sie kamen durch die schmale, von einem Bogengang gesäumte Gasse, die Yxsmedsgränd, als er auf dem Eis ausglitt und in eine Schneewehe hineinfiel. Als er sich kaum wieder mühsam hochgerappelt hatte, fiel er abermals.
Sie lachte unbekümmert und fragte, ob sie ihm helfen solle.
»Nein! Mit mir ist alles in Ordnung. Übrigens liege ich hier sehr bequem. Ich glaub, ich werd heut nacht hierbleiben.«
»Komm jetzt. Wir gehen in dein Hotel.« Sie lachte gutmütig und half ihm auf. »Bringt dich das in Verlegenheit, wenn dir so was passiert? Auszurutschen und zu fallen, wenn ein Mädchen bei dir ist?«
»Ja, das tut es. Aber das liegt nur daran, daß ich eine chauvinistische Sau von Mann bin.«
»Schwein.«
»Dann eben Schwein. Und was bist du?«
»Studentin. Ich studiere Kunstgeschichte. Ich hab alle Bücher von dir gelesen.«
Ein großes, rechteckiges Gewicht hing ihm im Kopf herum, und er versuchte, es mit dem Handrücken der geballten Faust wegzutrommeln.
»Wie alt bist du, Liebling?«
»Neunzehn. Und du?«
Langsam blickte er zu ihr auf, und der Alkohol schien für einen Augenblick zu verfliegen. Gut ging es ihm nicht gerade – aber er war stocknüchtern. »Was meintest du?«

Er betrachtete sie eingehend, von einem Auge zum anderen. Sie war ein durchaus hübsches Mädchen, aber es waren nicht die richtigen Augen. Sie waren nicht flaschengrün.
»Was ist denn?« fragte sie. »Geht es dir nicht gut?«
»Viel schlimmer als das. Ich bin nüchtern. Sag mal . . . Hör zu. Hier ist der Schlüssel zu meinem Hotel. Die Adresse steht drauf. Bleib da über Nacht. Ist ganz in Ordnung. Sehr gemütlich.«
»Gefall ich dir nicht?«
Er lachte trocken auf. »Ich finde dich großartig, Liebling. Die Hoffnung der Zukunft. Bye-bye.«
»Wohin willst du?«
»Ich mach'n Spaziergang.«

Strahlend und kalt stieg die Sonne über dem still daliegenden Wasser des Riddarfjärden auf – eine spröde, gelbe Sonne, die zwar Helligkeit spendete, aber keine Wärme. Ein einzelner Schlepper zog ein Kielwasser von glitzerndem, die Augen schmerzendem Silber durch das ölige, schwarzgrüne Wasser, und sein Tuckern war der einzige Laut in der windstillen Kälte. Jonathans Augen, in die die Kälte Tränen getrieben hatte und die er wegen des Lichtes zusammenkneifen mußte, folgten dem bedächtigen Weg des Schleppers, als er sich gegen den Zaun in der Nähe der U-Bahn-Station von Gamla Stan lehnte. Die Hände hatte er in den Jackentaschen vergraben, den Kragen hochgeschlagen, die Schultern verspannt, um das Frösteln und Zittern zu unterdrücken. Die schimmernde, verharschte weiße Oberfläche des Schnees, welcher den Kai bedeckte, war noch ganz jungfräulich bis auf eine einzelne lange Spur von blauschattigen Fußstapfen, die seine reglose Gestalt mit einer schmalen Gasse zwischen altertümlichen Gebäuden verband, welche den Hügel hinter ihm bedeckten.
Ein Mädchen trat aus der dunklen, feuchtkalten U-Bahn-Station heraus, wo sie die Nacht vor Schnee und Wind geschützt zugebracht hatte. Unglücklich blickte sie sich um und zog den Parka aus Armeebeständen enger um die Schultern. Sie trug einen Rucksack und eine Gitarre, und die amerikanische Flagge, die sie sich auf den Hosenboden ihrer Jeans genäht hatte, war an der einen Ecke abgegangen und zerschlissen. Ihr ungewöhnlich nichtssagendes Gesicht war hager, und ihre rotgeränderten Augen verrieten Hunger und Elend. Mißtrauisch betrachtete sie Jonathan. Distanziert und gleichgültig musterte er sie. Ein gelber Aufkleber auf ihrer Gitarre in Form einer grinsenden Sonne riet ihm: »Amüsier dich gut!«